solo una historia más

solo
una
historia
más

jacqueline
maley

Cualquier forma de reproducción, distribución, comunicación pública o transformación de esta obra solo puede ser realizada con la autorización de sus titulares, salvo excepción prevista por la ley. Diríjase a CEDRO si necesita reproducir algún fragmento de esta obra.
www.conlicencia.com - Tels.: 91 702 19 70 / 93 272 04 47

Editado por HarperCollins Ibérica, S. A.
Avenida de Burgos, 8B - Planta 18
28036 Madrid

Solo una historia más
Título original: The Truth About Her
© Jacqueline Maley 2021
© 2023, para esta edición HarperCollins Ibérica, S. A.
Publicado originalmente por HarperCollinsPublishers Australia Pty Limited.
© Traductor del inglés, Jesús de la Torre

Todos los derechos están reservados, incluidos los de reproducción total o parcial en cualquier formato o soporte.
Esta edición ha sido publicada con autorización de HarperCollinsPublishers Australia Pty Limited.
Esta es una obra de ficción. Nombres, caracteres, lugares y situaciones son producto de la imaginación del autor o son utilizados ficticiamente, y cualquier parecido con personas, vivas o muertas, establecimientos comerciales, hechos o situaciones son pura coincidencia.

Diseño de cubierta: Lisa White
Imágenes de cubiertas: (Mujer) Aritz Dimas Aizpiolea / Stocksy.com / 3188376; (cortinas) Shutterstock.com

ISBN: 978-84-18976-44-5
Depósito legal: M-27177-2022

Para Evelyn

*Tú eres el único y no tengo a otro.
Duerme blando, cariño mío, mi preocupación y mi tesoro.*

Christina Rossetti,
«Llorando, mi pequeño, con los pies doloridos y agotado»

PRIMERA PARTE

Capítulo uno

El verano siguiente a escribir el artículo que mató a Tracey Doran, había dejado de acostarme con dos hombres muy distintos tras verme implicada en lo que algunas personas en internet llamaron «un escándalo sexual», aunque cuando lo describieron de esa manera no se parecía a lo que a mí me había ocurrido, sino más bien a lo que podría pasarle a la gente sobre la cual yo escribía, un tipo de personas completamente distintas a mí. Ese verano yo vivía en una destartalada casa adosada de Glebe con mi hija pequeña, Maddy, que era el centro de todo.

La casa era antigua y se levantaba bajo la firme custodia de una gigante higuera australiana que era aún más antigua. La higuera era enorme y, en ocasiones, una amenaza, como un cruce entre un pterodáctilo gigante y un ejemplar de fauna antigua sacado de un cuento de hadas. Siempre amenazaba con invadir la casa, pero en aquel entonces yo tenía otras preocupaciones más allá de la higuera con la que vivía o la casa que me gustaba. Esta se hallaba al otro lado de un parque que estaba unido a la banda costera y desde ella podía vislumbrarse el puerto si te subías al borde de la bañera y levantabas el bastidor de la ventana de encima del váter. A menudo me subía al borde de la bañera, no para vislumbrar el puerto, sino porque era el único modo de poder mirarme todo el atuendo, pues no había espejo de cuerpo entero en la casa. Desde que me había mudado allí, había tenido la intención de comprar uno y pegarlo a la parte posterior de una puerta, pero de eso habían pasado más de dos años.

No parecía que hubiera nunca tiempo para ese objetivo y ya me había acostumbrado a mirarme el cuerpo por partes: cara, escote, un par de piernas flotantes... Mientras recorría la ciudad por mi trabajo, me veía de vez en cuando reflejada en algún espejo de cuerpo entero del baño de alguna oficina o de una *boutique*. «Aquí estoy —pensaba—. Allá voy». Era una sorpresa cada vez que me veía entera.

La falta de una superficie reflectante grande no era el único defecto de la vivienda. Tenía humedades en las paredes y el yeso se desmoronaba. El patio de atrás estaba cubierto de puntiagudas vainas de liquidámbar y las puertas francesas se hinchaban cuando llovía. Aun así, era el tipo de premio exclusivo de Sídney que hacía que los agentes inmobiliarios llenaran el buzón con sus tarjetas de visita casi a diario e incluso, en una ocasión, se acercaron a mí en un concierto de Navidad de la guardería de Maddy —ella hacía de una oveja poco convincente— para preguntarme si me había planteado vender, en vista de cómo estaba el mercado. A mí nunca se me había ocurrido vender, sobre todo porque la casa no era mía. Era de mi tío Sam, que la había comprado por veinte mil dólares en 1970, dato que hacía que la gente ahogara un grito de sorpresa cuando él lo contaba en alguna cena.

Maddy y yo vivíamos allí desde que ella tenía dos años y yo tuve que dejar a su padre tras el Incidente... o fue Charlie el que me dejó, todavía no lo tengo claro. Lo único que yo sabía era que el idilio de la primera maternidad, de las manchas de leche, de dar de mamar por las noches, de las preocupaciones y de las primeras veces —primera sonrisa, primer apretón de dedos, primer paso, primera pataleta en un supermercado, primeras hemorroides (mías), primera punzada de culpabilidad en todo el estómago— había acabado para mí de forma estrepitosa. Más tarde, cuando descubrí lo difícil que era cuidar sola de una niña, Charlie decidió que era yo la que se había marchado. Se acomodó en esa postura y no había quien le moviera de ahí. Me lanzaba pullas, me insultaba, me decía que yo había decidido irme, que qué me había esperado, pero yo no estaba segura de hasta qué punto había sido una decisión.

Al principio, la casa de Ruby Street iba a ser una solución temporal, pero el tío Sam estaba tan encantado con Maddy, una deliciosa bebé que lanzaba sonrisas como si fueran confeti, que terminé quedándome. Al final fue el tío Sam quien se fue, tras sufrir una caída en el baño y romperse la cadera mientras Maddy y yo estábamos de vacaciones en Queensland. Se mudó a una residencia de ancianos de Potts Point donde le visitaba una enfermera rolliza y eficiente y donde podía pasear, o al menos renquear, por el puerto de Beare Park. Era su zona favorita de Port Jackson, decía, y era allí donde quería morir. El tío Sam hablaba de su muerte con bastante franqueza, como si se tratara de un viaje que estuviese planeando, una especie de periodo sabático que fuese a emprender pronto.

Yo no quería matar a Tracey Doran. Al empezar el verano ni me había imaginado cómo me afectaría su muerte. Ella solo era un artículo más.

En Sídney el verano comenzaba, en realidad, alrededor del mes de septiembre, cuando los árboles limpiatubos florecían y las urracas empezaban a gorjear y abalanzarse en picado con intenciones asesinas, un doble acto que representaba a la flora australiana; su belleza solo aparecía en un contexto de peligro. Ese año, de hecho, una urraca mató a una persona, un ciclista sobre el que se abalanzó con tanta violencia que le sacó del carril bici y le hizo meterse delante de un camión Mack que circulaba a toda velocidad. ¿Cómo demostrar la intención dolosa de un pájaro? Yo había estudiado media licenciatura de Derecho, pero no lo sabía.

—Si fue asesinato u homicidio involuntario queda entre la urraca y su dios —dijo mi compañero Victor cuando leímos horrorizados la noticia.

Estábamos sentados a nuestras mesas y consultábamos los diarios.

—O diosa —repliqué yo, porque desde que había nacido Maddy estaba tratando de eliminar cualquier forma de sexismo en mi discurso.

Este objetivo estaba condenado porque Maddy, a pesar de vivir en un entorno de clase media progresista y estar al cuidado de una madre soltera (yo) que literalmente lo hacía todo por ella, era una fuerte valedora de las normas de género. Se negaba a creer que cualquier niño de pelo largo pudiera ser varón, cosa que resultaba bochornosa en los parques infantiles llenos de chicos de abundante cabellera con nombres como Leaf y Miro. Maddy además me corregía entre risas cuando yo le explicaba que también podía haber una primera ministra.

—¡No, no puede haber eso, mamá! —Se reía, y yo tenía que admitir que las pruebas con las que contaba en mi defensa eran escasas.

Maddy llevaba ropa de color rosa como si cumpliese las órdenes de un poder superior a mí y, de alguna forma, había asumido el sagrado triplete de los intereses de las niñas: hadas, princesas y unicornios, a pesar de mis intentos de acercarla a libros de edificantes exploradoras femeninas y demás propaganda feminista descarada, como un libro de dibujos con el título *¡Mami se va al trabajo!*

Esperaba que ella se guardara esas opiniones en la guardería, donde la cuidaban con todo el esmero una tribu de mujeres bondadosas pero firmes y mucho más pacientes que yo a la hora de atenderla. Cada mañana, antes de irme a trabajar, dejaba a Maddy en sus brazos, como si fuesen el siguiente eslabón de la cadena maternal, mujeres que trabajaban para que otras mujeres como yo pudieran trabajar. ¿Quién cuidaba de sus hijos mientras trabajaban? Era un truco de muñeca rusa para el que el feminismo no tenía respuesta. Yo intentaba no sentirme demasiado culpable por ellas ni por el hecho de que Maddy pasase tanto tiempo en la guardería mientras la mayoría de los niños solo estaban allí unos cuantos días a la semana, como si se tratara de un trabajo a media jornada o simplemente un pasatiempo. Las madres de los niños de media jornada tenían trabajos, pero también la capacidad y la libertad económica de dedicar unos días a la semana a absorber la fugacidad de los primeros años de infancia de sus hijos. Era una fugacidad de la que yo era dolorosamente consciente, especialmente cuando dejaba a Maddy por las mañanas dando golpecitos a un cuenco de cereales, con la carnosa línea de su brazo arrugándose en el pliegue de la muñeca de tal forma que me daban ganas de abrazarla y volver a colocarla dentro de mí como si fuese una pieza de rompecabezas. A pesar del caos en el que había nacido, yo daba gracias a Dios por tenerla, o más bien le habría dado las gracias de haber creído en él... o ella.

Aquellas mañanas, yo salía corriendo a trabajar deseando verme en una vida paralela, la que se aferraba a mí como una sombra persistente desde el Incidente. En esa vida, Charlie y yo seguíamos juntos y felices, de un modo en que él aún seguía besándome el cuello. En esa vida paralela, yo tenía un trabajo modesto pero exitoso en el que podía sumergirme unos cuantos días a la semana y que me permitía usar el cerebro y participar con acierto en conversaciones durante las cenas, así como dedicar a mi hija días que pasaba con ella en el parque, leyendo cuentos en la biblioteca o yendo a comprar a Kmart. Esos trayectos empezarían siendo motivo de ironía; sin embargo, enseguida se convertirían en algo deseado porque rompían el tedio. En esa vida vivía una maternidad de verdad, como la que representaban ante mí las mujeres que yo conocía. Habría días que dedicaría al modo mamá, asistiendo a salas de ludoteca, buscando las mejores clases de natación, introduciendo almuerzos bien equilibrados en envases con compartimentos especiales para minimizar el desecho de plásticos, y gastando mucho dinero en *babychinos,* que, según los cálculos aproximados de mi compañero Vic, dejaban un margen de beneficios mayor que un diamante de sangre. Estos días me darían acceso a otro tipo de conversaciones en las cenas con amigos, las que tenían lugar en la cocina, entre las mujeres, mientras ayudaban a la anfitriona a recoger la mesa. Esas conversaciones serían una mezcla de recomendaciones de pódcast y libros de consejos para la crianza, y estarían aderezadas con opiniones sobre otras madres que no estaban presentes, opiniones que se expresarían en forma de preocupación por sus hijos. En realidad, yo evitaba ese tipo de conversaciones en las cenas de amigos y me quedaba en la mesa con los hombres para hablar de temas que me interesaban y que estaban lo suficientemente alejados de mí, como la política o los rumores sobre la industria de los medios de comunicación. De todos modos, sospechaba que no me invitaban a muchas de esas cenas. Después de aquel verano, probablemente era yo el centro de los rumores, lo cual requería que no estuviese presente.

Un día de primeros de noviembre, salí con Maddy de nuestra casa de Ruby Street. La ayudé a sortear las raíces de la higuera, que sobresalían por el camino de entrada, y abrí la valla de hierro oxidado, que soltó un grito silencioso. Maddy tenía cuatro años y caminaba con lentitud. Nuestras velocidades estaban siempre desacompasadas cuando íbamos a la guardería porque a ella le gustaba pasar los dedos por las vallas y coger cosas que se encontraba en el suelo, como tapones de botellas y piedras importantes. Yo la llevaba agarrada de la mano mientras consultaba los correos y la hora en mi teléfono. Después de dejarla en brazos de una de las semidiosas, fui a tomar el autobús para ir a la redacción del periódico en el que trabajaba. Yo seguía llamándolo periódico, aunque escribir para él era cada vez menos importante que hacerlo para la web o que buscar contenido para lo que se llamaba «captación de lectores». Yo tenía cincuenta mil seguidores en Twitter y casi diez mil en Facebook. En Instagram, disponía de una cuenta abierta en la que publicaba esbozos de las historias que estaba investigando, como una rueda de prensa del primer ministro, una fotografía de varios medios de comunicación reunidos en una acera o una bandeja llena de pastas y galletas de almendra dispuesta por una familia de refugiados que había huido de una muerte segura.

Aquel día yo había salido pronto, lo cual no era habitual, y decidí ir al trabajo andando en lugar de tomar el autobús. La temporada de las jacarandas estaba en toda su plenitud y las calles estaban llenas de nubes púrpuras que dejaban caer una lluvia de flores sobre la acera. Eran pelotas pegajosas al pisarlas. El aire seguía siendo fresco, pero casi con la promesa de un calor venidero. Iba escuchando las noticias por los auriculares cuando sonó el teléfono. Era Curtis, mi jefa de redacción, la típica jefa de redacción: exaltada, fumadora y recientemente divorciada. Le dije que iba de camino.

—Entonces, ¿no te has enterado? —preguntó.

La pregunta me puso de mal humor. Todos los periodistas tememos que la gente se entere de las cosas antes que nosotros, pues nuestro trabajo consiste en saber las cosas antes que la gente. Mi relación con Charlie me había agudizado ese instinto. Tal como me había dicho mi psicóloga, la cohorte de personas que han sido seriamente engañadas podía dividirse en dos tipos: quienes necesitan saber y quienes no quieren saber.

Yo era de las primeras, lo cual me había provocado sufrimiento. Esta necesidad de saber implicaba que tuviera numerosas imágenes desagradables grabadas de forma indeleble en mi lóbulo temporal, imágenes que mi cerebro se empeñaba en conservar contra mi voluntad. Mi prolongada falta de sueño crónica hacía que me olvidara de todo tipo de cosas, desde mi número PIN hasta, en una ocasión, el nombre de mi madre, pero las imágenes permanecían y, a veces, eran tan vívidas que me resultaban más presentes y reales que mi propio reflejo.

—¿Que si no me he enterado de qué? —pregunté.

En mi mente se dispararon distintas posibilidades: hechos noticiosos suficientemente importantes como para que mi jefa de redacción me llamara a las 07:50 de la mañana. ¿Un atentado terrorista? ¿Un político asesinado? Quizá me habían nominado para un premio.

—Ay, Dios, Suze —dijo Curtis—. No hay una forma fácil de decir esto.

Hizo una pausa.

—¿Una forma fácil de decir qué?

—Tracey Doran ha muerto. Murió anoche. Ella…, eh… Oye, Suze… —balbuceó e hizo otra pausa—. Se ha suicidado.

Dejé de caminar. La saliva desapareció de mi garganta, como el agua marina que desaparece por un espiráculo. Las piernas me empezaron a temblar. Fui a sentarme sobre un muro de piedra de un jardín por el que estaba pasando. Había un rosal amarillo en pleno florecimiento.

—Hablé con ella anoche mismo —dije—, así que no creo que sea verdad. Estaba viva anoche.

—Lo hemos visto en los informes policiales de primera hora de la mañana… —insistió Curtis—. Después, uno de los chicos de Kate ha confirmado que es ella.

Kate era una reportera policial. Era propensa a las emociones en sus textos, pero nunca se equivocaba.

—Joder.

—Lo sé —contestó Curtis—, pero óyeme bien. Ella tenía problemas, ¿de acuerdo? Así que no creo que debamos culparnos. No es culpa tuya. Tu artículo era riguroso.

En teoría eso era verdad.

—¿Cómo ha sido?

Hubo una pausa más. Podía oír la respiración de Curtis por el auricular, pesada como la de un pervertido sexual o la de un bebé.

—Curtis.

—¿De verdad lo quieres saber?

Mi corazón latía como si estuviese furioso.

—Sí —respondí.

—Pastillas. Se drogó. Alcohol y pastillas.

Sus palabras se quedaron flotando en el aire durante un rato, mezclándose con las jacarandas, la placidez de la mañana y la alegría amarilla de las rosas. Me pregunté dónde estaría Tracey, físicamente, cuando murió. ¿Estaba en la cama, al estilo Marilyn? ¿O en su bañera con patas, flotando sobre un mar perfumado de pétalos y aceites esenciales, como una Ofelia de Instagram? Quizá se había tumbado en su sofá de lino blanco como si fuese un sacrificio. Yo había visto en sus cuentas de redes sociales todas estas posibles localizaciones de suicidio. La semana anterior mismo había publicado una historia en Insta en la que etiquetó a los fabricantes del sofá. Eran franceses. Tracey los llamó «proveedores de algodón».

Curtis volvió a soltar otro resoplido en el teléfono. Me di cuenta de que estaba fumando mientras hablaba conmigo. Cuando yo fumaba, me gustaba hacerlo a solas, con actitud contemplativa, como una especie de meditación que provocara cáncer. El hábito de Curtis era más parecido a la respiración: lo hacía como acompañamiento a todas las demás actividades.

—¿Por qué no te tomas el día libre? —me propuso—. Ve a pasarlo con tu hija. Llévala a la playa o algo así. Ya hace bastante tiempo de playa. —Hizo una pausa—. Puede que el agua siga estando un poco fría.

—¿Cómo lo vamos a contar? —pregunté—. ¿Lo vamos a contar?

El protocolo de noticias de suicidios era estricto con el fin de evitar imitaciones. Tuve el espantoso pensamiento de que Tracey era lo que se conocía como *influencer* de las redes sociales.

—Tendremos que pensar cómo publicarlo —respondió Curtis—. Tú no tienes por qué estar. Quédate en casa. Date un baño. Ve a dar un paseo. Haz... ese tipo de cosas.

En otras circunstancias yo me habría reído del fútil conocimiento de Curtis sobre lo que hace la gente para descansar. Ella misma nunca tenía ratos de descanso, solo tiempo en el que o bien estaba trabajando o bien durmiendo o dedicándose a esas ocupaciones que a mí no podían interesarme menos, como pasear o darse un baño. ¿Pasar el día con Maddy? Su inocencia, su dulzura, su aspecto tan saludable parecían un insulto ante esa noticia, así que le dije a Curtis que la vería en un rato.

Bajé los escalones de arenisca que llevaban al camino del puerto que serpenteaba entre los peñascos, junto a los astilleros, en dirección a la oficina. Vi los destellos de la luz del sol en el agua. Pasó a mi lado una corredora, con su coleta sacudiéndose como una marioneta. Los primeros días de verano como este eran mis preferidos. Eran una preparación, ya que el calor seguía siendo suave, la luz del sol todavía moteaba y la humedad no suponía mayor problema. Eran un cosquilleo antes del puñetazo en el estómago del verano.

Seguí caminando, entré en el trabajo y, mientras lo hacía, traté de calcular el peso de lo que acababa de pasar. Curtis estaba en la mesa de la redacción, masticaba un chicle de nicotina y revisaba Twitter con una energía frenética. Mascaba el chicle para sortear el siguiente cigarro, no porque tratara de dejar de fumar. A veces me preguntaba cómo sería el estado de su sangre. Bajó la pantalla cuando vio que me acercaba.

—Ben estaba empeñado en que te quedaras hoy en casa —dijo levantando la mirada.

Él era el director ejecutivo del periódico. Gestionaba las relaciones públicas, los presupuestos y el personal y, por lo general, se mantenía apartado de los asuntos editoriales. Era como un oso, pero no de los de peluche, sino una de esas personas que ejercían poder a través del silencio y con la amenaza de que solo rompería ese silencio con algo que no querrías oír.

—Me lo tomaré con calma —dije—. Mantendré un perfil bajo.

Me llevé los periódicos y el café a mi mesa, como hacía cada mañana. Sobre ella había una foto de cuando Maddy era bebé, con una amplia sonrisa sin dientes y el pelo recogido por encima de una forma que siempre hacía que el corazón se me parase lleno de amor. La foto era mi único objeto personal. Estaba sobre un montón de cuadernos y papeles: informes, requerimientos de libertad de información y otros documentos. Del montón de papeles sobresalían notas adhesivas como si fuesen algas. Había algunas estatuillas de premios que había ganado, que permanecían en mi mesa solo porque me parecía demasiado pretencioso llevármelas a casa para exponerlas allí. ¿Para qué? ¿Para quién? Varias tazas de café salpicaban aquel desorden entre manchas de leche cuajada. La redacción estaba tranquila, como si por un momento fingiera ser un lugar prestigioso, como una biblioteca o un juzgado. Me encantaba estar ahí cuando todavía estaba en silencio, antes de que empezara el ruido del ciclo de noticias diarias. Era igual que estar en un teatro antes de que el público entrara y se levantara el telón. Me gustaba pasar entre las mesas vacías de mis compañeros reporteros, mesas que parecían haber sufrido un saqueo durante la noche, pues pocos periodistas eran ordenados con sus cosas personales. Me gustaba ver encima de ellas los montones de periódicos con las últimas ediciones recién salidas, como las sábanas nuevas de una cama. Me gustaba tomarme mi primer café mientras leía los periódicos de la mañana en papel, disfrutando de la breve pausa entre el deleite de las noticias del día anterior y la redacción de las de ese día. No veía por qué esta mañana tenía que ser diferente. Sobre todo, no quería pasar sola el día demasiado luminoso y aburrido que me esperaba fuera, vacío, sin poder rellenarlo con trabajo.

No era culpa mía.

Después de terminar con los periódicos, encendí mi ordenador y abrí mi Twitter, eché un vistazo y volví a salir. Abrí después mi correo electrónico. Había varias notificaciones para los medios sobre las actividades de diferentes ministros para la jornada, los boletines electrónicos de periódicos extranjeros a los que estaba suscrita, un correo de un antiguo pastor evangelista con el que estaba trabajando para un artículo sobre la ocultación de abusos sexuales dentro de su iglesia... Los ojos se me iluminaron al ver un correo de Tom, el hombre con el que estaba teniendo una relación (sexual, no romántica; nunca romántica). El correo tan solo contenía un enlace para una extraña muestra de arte. Pulsé sobre él. La exposición parecía consistir en televisiones descuartizadas. Se llamaba *Disrupción*. El asunto del correo de Tom decía sin más: «¿Quieres ir?».

Desde luego que no quería. En los años posteriores al Incidente me había acostado con muchos hombres, pero nunca me había despertado con ninguno de ellos. No buscaba amor ni compañía ni nada que se le pareciera. Ni siquiera me molestaba ya en buscar excusas conmigo misma relacionadas con esto, aunque alguna vez tuve que ponerlas ante otras personas. Las madres solteras (posiblemente también los padres solteros, no tenía ni idea) se acostumbraban a la compasión sincera de sus conocidos, las personas que decían «no sé cómo te las apañas». Percibía miedo en los ojos de estas personas. Les preocupaba que lo que me había pasado a mí pudiera ser contagioso. Sin embargo, la otra cara de la compasión era peor aún. Se trataba de un tono de empoderamiento cuando te preguntaban por tu vida amorosa, si habías tenido alguna cita últimamente o si estabas en alguna aplicación o web, preguntas formuladas con una curiosidad tan patente que no te dejaban otra alternativa que sospechar si habría un fondo de insatisfacción en el matrimonio de quien preguntaba. Para esas personas, yo ponía excusas sobre por qué no estaba «teniendo citas» (¿desde cuándo hemos aceptado tan alegremente este americanismo en nuestro léxico?). ¡Que tenía muy poco tiempo! Que estaba centrada en Maddy. Que estaba proyectándome en mi carrera. Que cuidar de un bebé sale caro. Que me estaba dando un descanso.

Tom era diferente, porque había entrado en mi vida con suavidad, como una nube benévola. Era camarero en una cafetería a la que iba a menudo con Maddy. Solía ir allí porque daban *babychinos* gratis con los cafés para adultos. Nuestra aventura había empezado cuando Tom nos trajo a la mesa una ración extra de malvaviscos rosas para Maddy, una especie de versión inversa de la prueba del malvavisco que Maddy había pasado admirablemente comiéndoselos todos y, después, mirando a Tom con su carita de arroz con leche para pedirle más. Empezó con los malvaviscos y culminó con mis visitas informales a la casa que él compartía, un poco más arriba de la nuestra, en Glebe Point Road. Tom tenía pelo moreno y barba y era alto, pero de una forma furtiva y saltarina, como si se olvidara de su altura hasta que empezaba a moverse por el mundo. En la cama actuaba con pericia y eficacia. Por lo que yo sabía, estaba enfrascado en alguna especie de intento de carrera artística y, también, era demasiado joven para mí. No estaba segura exactamente de cuánto más joven porque me daba miedo preguntar.

Yo estaba a punto de cumplir los cuarenta y, aunque era de la ideología de jamás ocultar mi edad ni sentir vergüenza por ello, esa determinación empezaba a flaquear a medida que se acercaba mi cumpleaños. En algunas ocasiones, tenía la vertiginosa sensación de que me iba aproximando lentamente hacia la zona invisible de la que hablaban las mujeres de mediana edad y que parecía más bien una alcantarilla. Por lo que había visto, las mujeres guapas sentían un miedo insólito por esa alcantarilla, como si hubiesen vivido a crédito y ahora les estuviesen exigiendo el pago de sus deudas. Supuestamente, yo estaba incluida. Era alta y de piernas largas. Los hombres habían admirado mis ojos. Mi pelo, que lo llevaba largo, era de un bonito castaño rojizo, pero el color era prestado (cada semana era más obra del peluquero, mientras que mi verdadero pelo se iba volviendo gris como las nubes que traen lluvia). Había empezado a sospechar que mis pestañas se dirigían hacia la invisibilidad, saliendo despacio por la puerta, para no llamar la atención. Un día, yo me giraría y ya no estarían. Parte de mi vello púbico había perdido pigmentación, mientras que de otras partes de mí brotaba pelo sin autorización.

Tom me hizo recuperar algo. Una tarde, poco después de empezar a vernos, me fumé un cigarro mientras estaba tumbada y desnuda en su cama provisional. Tom había encontrado el colchón en la calle, cosa que deseé que no me hubiese contado. Él estaba tumbado al revés, con los pies junto a mi cabeza. La ventana que tenía encima proyectaba un cuadro de luz del sol que enmarcaba su cabeza. La levantó para mirarme y me dijo:

—¿Sabes lo que eres? Flexible.

Le besé el tobillo y no dije nada, pero acepté el cumplido en silencio y me lo guardé en el bolsillo para analizarlo después. Tendría que darle la vuelta y evaluar su veracidad. Por ahora, al menos, con mi pelo ayudado por el peluquero y bajo la mirada de Tom, yo seguía siendo visible y me sentía agradecida por ello, pero eso no podía trasladarse a apariciones en público. No habría exposiciones ni presentaciones a amigos. Decidí cortésmente no hacer caso al correo de Tom, aunque se me pasó por la cabeza que él no iba a entender dónde estaba la cortesía en lo de no hacerle caso. Quizá le enviara después un mensaje o incluso me pasara a verlo. Por experiencia, sabía que el sexo era mi mejor alternativa para evitar preguntas.

Mientras veía mi bandeja de entrada, me llamó la atención un correo electrónico de un nombre que no reconocí: Patrick Allen. Lo abrí. Vi que Patrick Allen tenía socios. Vi que Patrick Allen era abogado. Vi que Patrick Allen era abogado y que representaba a un magnate ya retirado al que yo me había referido de paso en un artículo que había escrito un par de semanas antes. Vi que me había demandado.

Había pasado a la segunda página, una página poco importante adonde iban los artículos antes de morir o, al menos, a descansar un minuto o dos antes de desaparecer. En internet no aparecía y, por una vez, no me molestó. Era una noticia corta, cuatrocientas inofensivas palabras sobre el funeral de Estado de un antiguo vice primer ministro. Aquella mañana yo había dejado a Maddy en la guardería sin prestar atención a la piel enrojecida que tenía alrededor de la boca, mientras me decía al mismo tiempo que no era más que un sarpullido por la saliva, un diagnóstico inaudito que me inventé mientras iba corriendo al funeral, que era en el ayuntamiento a las nueve de la mañana. Llegué unos minutos antes. Había montones de flores y dolientes vestidos negros. Había un cuarteto de cuerda y muchas palabras sobre aquel gran hombre. Había una viuda, con la cabeza y el cuerpo inclinados.

El vice primer ministro era conocido por su papel en la reforma del régimen fiscal, por haber defendido recortes nada populares en la financiación de las universidades y por ser uno de los corruptos más sinvergüenzas que habían existido jamás en Canberra. Según se decía, no solo era un sobón. También se servía de los ojos para toquetear («Creo que se conoce como violación con la mirada», me había dicho una compañera mayor con toda la frialdad) y usaba los brazos para convertir los abrazos en un secuestro. Su personal femenino estaba sobre aviso y las más mayores solían vigilar a las más jóvenes, sin dejarlas nunca a solas con él, aunque a veces ni siquiera eso era suficiente, pues había rumores de que se quitaba el zapato durante las reuniones y que su dedo del pie cubierto por el calcetín se abría camino por la pierna de alguna joven que estuviese enfrente.

Todo estaba bien detallado, pero no cabía la posibilidad de que fuera publicado, al menos no el día en que ese gran hombre iba a ser enterrado. A veces, la verdad está en los silencios, en los vacíos, pero es difícil denunciar los vacíos. De modo que yo había escrito un artículo bastante insípido sobre el funeral y las personas que habían acudido.

Uno de los asistentes era Bruce Rydell, que, en los años ochenta, había sido el propietario de una cadena de televisión comercial. Se rumoreaba que guardaba una pistola en el cajón de su escritorio. A menudo se le describía como «extravagante», lo cual quería decir que era un capullo. Rydell había querido ser dueño de un periódico además de la cadena de televisión, pero las leyes sobre propiedad de medios de comunicación se lo impidieron, así que emprendió una guerra contra el Gobierno por esa legislación. El vice primer ministro, que también era titular de la cartera de medios de comunicación y telecomunicaciones, era su principal punto de contacto y de conflicto. Había una vieja historia, que ya se había publicado con anterioridad, sobre un enfrentamiento entre los dos durante una reunión en el despacho del vice primer ministro. Presuntamente habían utilizado un lenguaje particular. Presuntamente, hubo amenazas. Tuve que poner asteriscos en todos los insultos e incluí esta anécdota al final de mi artículo, una especie de nota al pie histórica para darle un poco de color.

Antes de presentarlo, se me pasó por la mente que quizá debería consultar la legalidad de aquello, pero entonces recibí una llamada de la guardería de Maddy. Las manchas rojas alrededor de la boca habían resultado ser una enfermedad de las manos, los pies y la boca, un horror bacteriano que se las arreglaba para parecer tan propio de la agricultura como del medievo. La directora de la guardería, una mujer experimentada en el control de enfermedades, me dijo que Maddy tenía treinta y nueve y medio de fiebre y que tenía que ir a recogerla de inmediato. Sentí un remolino de culpa tan intenso que, por un momento, me pilló a contrapié y tuve un destello de la vida paralela. En esa vida Maddy no era la última niña que quedaba en la guardería cuando su madre entraba corriendo, derrapando con sus tacones a las seis menos dos minutos de la tarde, como una soldadita con los botones de la rebeca mal abrochados. En la vida paralela, no había ninguna constelación de llagas en su boca ni horas de confusión en la sala de aislamiento de la guardería. Había días en casa llenos de color y galletas. Había tranquilidad y un buen médico de cabecera, no el despliegue de médicos de asistencia veinticuatro horas a los que Maddy tenía que acudir porque yo nunca podía escaparme del trabajo a tiempo. Había orden, pocas comidas de pasta preparada en dos minutos y menos preocupación por lo que las grasas transgénicas podían provocar en los niños de cuatro años. En la vida paralela, había alguien que me daba una copa de vino después de acostar a Maddy, alguien que me masajeaba los hombros, me ofrecía un poco de ayuda y me decía: «¿Qué tal te ha ido el día?», «¡La cena está lista!» o, ¡el mayor acto de amor!, «Tú quédate ahí, ya lo hago yo»; pero esa vida era un espectro y esta, la de aquí y ahora, era la de carne y hueso, aunque llena de llagas. La vida real.

Así que envié el artículo precipitadamente y salí corriendo a recoger a mi hija, que estaba demasiado enferma incluso para llorar. Guardó silencio mientras la llevaba a casa y pasé buena parte de la noche asegurándome de que el movimiento de elevación y descenso de su pecho era el adecuado, por si acaso, por si acaso. Todo se reducía a esa primera obligación de una madre: asegurarse de la continuidad de la respiración. Cualquier pensamiento sobre legalidades había desaparecido. Ningún abogado supervisó el artículo. Apareció en el periódico del sábado, aparentemente libre de tacha, aunque no me di mucha cuenta, porque pasé gran parte del día preocupada por si debía llevar a Maddy al hospital. Parecía una difícil decisión entre ser la madre que sobreactuaba ante una simple infección y ser la madre que no llevaba a su hija al hospital ni siquiera cuando su temperatura rozaba los cuarenta grados, tenía la frente encendida y parecía demasiado cansada o triste como para hablar, «en qué narices estaba pensando esa mujer». Al final metí a Maddy en un taxi y la llevé a urgencias, donde las enfermeras fueron tan agradables que me dieron ganas de abrazarlas o de llorar, hice las dos cosas. Los síntomas de Maddy mejoraron en cuanto tomó ibuprofeno y le pusieron una compresa fría. Después de volver a casa del hospital, sana y salva, Maddy se quedó dormida en el sofá en medio de un nido de cojines, aferrada a su mantita y al dedo anular sin anillo de mi mano izquierda. Me pasé los cuatro días siguientes en casa con ella. Esperé a que las llagas pasaran de ser volcanes a ser costras y pude volver a llevar a mi hija a la guardería y regresar al trabajo.

—Espero que no estés viendo internet. Twitter está hoy hecho una cloaca, más todavía de lo habitual.

Victor me saludó al pasar hacia su mesa. Vic era un periodista de investigación especializado en los bajos fondos. Yo guardaba las distancias en el trabajo. Muchos de los periodistas a los que conocía se habían despedido, así que ahora Vic era mi único amigo de verdad en la redacción. Pasaba sus días de una forma bastante misteriosa, reapareciendo a veces justo antes del cierre con las rodillas de los pantalones sucias o, en una ocasión, con una mano llena de rasguños. «Ah, es que he tenido que agacharme por debajo de una cosa», decía, o «solo ha sido por la moto». Tenía un pelo voluminoso que se teñía de lavanda. Estaba algo rellenito y, por detrás, podía ser confundido fácilmente con ese tipo de señoras que hacían de jurado de bizcochos en la Fiesta de Pascua. Vic era de una pequeña ciudad al norte de Nueva Gales del Sur. La ciudad tenía un festival de la jacaranda y, por lo poco que Vic me había contado de su infancia, una generalizada aversión por los chicos afeminados. Sus primeras sospechas sobre sí mismo quedaron confirmadas por su propio padre, que un día le llevó aparte cuando estaba jugando con las muñecas de sus hermanas, con seis años, y le dijo que solo los maricones jugaban con cosas de niñas. «Ah, pues eso es lo que soy», pensó Vic.

Yo me giré en la silla para mirarlo. Llevaba una camisa llena de cebras. Esa camisa era de sus preferidas. Decía que era una representación ingeniosa del estampado de cebra.

—¿Te has enterado?

—Está por todo internet —respondió Vic—. ¿Estás bien? Sabes que no es...

—¿Qué dice la gente? —pregunté—. Quiero saber qué están diciendo. Me da miedo mirar.

Vic había encendido su ordenador y yo miré la pantalla, que mostraba nuestra página web. El rostro de Tracey Doran, con sus saludables mejillas, me miraba directamente a los ojos. Su muerte era la noticia de primera plana. Tenía en las manos un batido de color esmeralda y sonreía. Los dientes le resplandecían de salud.

—Vale. Bien —dijo Vic—. Esto es lo que he leído. Parece que después de que ayer saliera tu artículo, los seguidores de Tracey la emprendieron con ella, muchos de ellos. Empezaron a acosarla por internet. «Zorra mentirosa, espero que te mueras, por qué no te mueres», ese tipo de cosas.

Cerré los ojos un momento.

—¿Estás bien? —preguntó Vic.

—Estoy bien —respondí—. Continúa.

—Y parece que la reacción a su muerte está convirtiéndose, sobre todo, en una especie de ataque contra el acoso. Ya sabes, gente hablando del carácter insidioso de los trols de internet. Salud mental. Ese tipo de cosas.

—¿Qué están diciendo de mí?

—Tú mantente alejada un tiempo de internet.

—Claro —respondí—. Es fácil no mirar internet.

Nos interrumpió Curtis, que vino a decirme que el director quería verme. Me llevó a una de las salas de reuniones de paredes de cristal que estaban junto a la redacción. Los reporteros llamaban a esas cajas de cristal «las salas de los lloros», pero si querías llorar sin que nadie te viera, tenías que agacharte en un rincón como si fueses un ninja o taparte la cara con un teléfono. Yo ya lo sabía. Durante los días oscuros posteriores al Incidente había llorado mucho en el trabajo.

Ben y Curtis estaban sentados en la mesa enfrente de mí. El enorme pecho de Ben sobresalía por encima de la mesa de tal forma que hacía que yo me reclinara sobre mi respaldo. Podía verle la alfombra oscura del torso bajo la camisa blanca. Ben era una persona, por lo general, silenciosa, pero su silencio en cierto modo le ayudaba a ocupar más espacio, y no al contrario. Me explicó que la dirección quería protegerme y alejarme del foco de atención durante un tiempo. Dijo que iba a apartarme de la labor de noticias y que podría continuar trabajando en artículos sin plazo de entrega. Dijo que era por mi bien. Mientras hablaba, Curtis se movía nerviosa, al parecer sin poder controlarse. Cuando Ben terminó de hablar, el único sonido que se oía en la sala era el del bolígrafo de Curtis, que golpeteaba repetidamente sobre la mesa con el ritmo de un metrónomo a toda velocidad. Él se giró para mirar los dedos de Curtis y el golpeteo cesó.

—Así que estoy metida en un lío —dije—. He caído en una especie de desgracia.

—Para nada —contestó Curtis sacudiéndose—. No es así. Es para protegerte. —Se pasó la mano por el pelo.

Mientras ella hablaba, recordé las palabras de un psicólogo criminal al que entrevisté una vez: «Si quieres descubrir la mentira, mira las manos». Me dijo que las personas que mentían casi siempre tenían la necesidad de mover las manos para exorcizar su angustia mediante algún tipo de movimiento. Durante una prolongada observación del padre de Maddy, llegué a la conclusión de que era verdad.

—¿Protegerme de qué? —pregunté.

Miré a Ben, que no tuvo problema en sostener mi mirada.

—De lo que está diciendo la gente, sobre todo —respondió.
—Pero ¿y si lo que está diciendo la gente no es verdad? —insistí.
—Eso no importa.

Ben giró el reloj que llevaba en la muñeca y lo miró. Era un caro artículo de oro con apariencia náutica que daba la impresión de que podían llamarle en cualquier momento para comprobar sus coordenadas. El gesto fue rápido y cargado de significado. Quería decir: «Aquí hemos terminado».

Tracey Doran era experta en bienestar y salud, entusiasta de la comida orgánica e *influencer* en las redes sociales. Había fingido tener cáncer de huesos y, después, fingió curarse de él con una dieta vegana orgánica. Había documentado su «travesía» (ya nadie contaba historias, solo travesías) en su cuenta de Instagram y consiguió un enorme seguimiento en redes sociales. Publicaba fotos suyas con mejillas radiantes y pelo lustroso, bebiendo zumos verdes en una cocina pastel. Preparaba ensaladas de col rizada y rúcula sobre las que disponía verduras *gourmet* y cereales centenarios como si fuesen joyas. Sus mascotas se convirtieron en parte del espectáculo: un gato anaranjado y un chucho del color del estiércol que tenía cierto aire de desconsuelo, como si fuese el único que mostrara escepticismo ante ese proyecto. Publicaba fotografías del gato y el perro con ella en el centro, el sol y sus girasoles. Al poco tiempo, ofrecieron a Tracey publicar un libro. Seis cifras por recetas y consejos de salud y bienestar entrelazados con fragmentos autobiográficos. El acuerdo se publicó en revistas profesionales y páginas de negocios de los periódicos como uno de los primeros ejemplos de cruce entre medios de comunicación: los tradicionales dirigidos por los revolucionarios, es decir, las redes sociales. Sin embargo, para Tracey el libro supuso solo un coqueteo con los medios más tradicionales, a los que necesitaba para impulsar su perfil en favor del juego principal: el manantial inagotable de internet, donde la fama podía rastrearse en tiempo real y donde podía ganar toneladas de dinero con cada toque y deslizamiento de pantalla surgido de la distraída e intermitente atención de sus compañeros de generación milenial. Realizaba también un pódcast en el que recibía a diferentes invitados de la industria del bienestar y la salud. Casi todo el dinero, decía, menos los gastos de funcionamiento y un pequeño sueldo para ella, lo destinaba a la beneficencia. Ella especificaba a qué organismos se lo entregaba, etiquetándolos en las redes sociales, y, a cambio, recibía efusivos agradecimientos. Ese era su sello, íntegro, altruista e inofensivamente espiritual. Unas semanas antes, la publicación sobre moda y estilo de los domingos de *The Tribune* había publicado un artículo sobre Tracey y, al día siguiente, recibí un correo electrónico. Lo leí mientras me comía un paquete de palitos de queso en mi mesa.

Hola:

Espero que puedas leer esto. Soy un ama de casa de Queensland y una admiradora de tu trabajo. Me gustó tu artículo sobre el sistema de casas de acogida. ¿Por qué son tan inútiles los políticos? Ayer leí otro artículo en tu periódico que se titulaba «La guerrera del bienestar y la salud: cómo una mujer venció el cáncer mediante la dieta y la conciencia plena». La protagonista del artículo era Tracey Doran. Yo conozco a Tracey de toda la vida. Asistió al instituto de Newgate con mi hija y se graduaron en 2008. Tiene veintiocho años, no veintitrés, como se asegura en el artículo. Lo sé porque estuve en la fiesta de su dieciocho cumpleaños. Me preocupa que sea una mentirosa patológica. Nunca ha tenido cáncer. Ni su propia madre se cree sus mentiras. Una cosa es que Tracey mienta a su familia, pero otra es que mienta a toda Australia. ¿Y si otras personas que de verdad están enfrentándose a un cáncer se creen sus mentiras? DEBE investigar esto. Atentamente, una lectora preocupada.

Me lamí los restos de queso de los dedos. Con escepticismo, busqué en Google sin mucho empeño. Después, hice algunas llamadas. Como tenía el nombre del instituto, pude buscar a alumnos (tenían su propio grupo de Facebook); a partir de ahí, no necesité mucho más de dos semanas de entrevistas telefónicas y de investigación por la red para desenmarañar la vida orgánica de Tracey Doran. Descubrí enseguida que la mayoría de las personas que estaban cerca de Tracey no se creía sus afirmaciones. Solo cuando comenzó a divulgarlas por las redes sociales es cuando empezaron a adquirir solidez como veraces. Si un artículo se retuitea las suficientes veces, termina convirtiéndose en real. Mi exclusiva contó con los permisos legales y esperé hasta el último momento para ponerme en contacto con la protagonista para que hiciese alguna declaración. No quería que Tracey pusiese en peligro el artículo con la publicación de un adelanto para su «comunidad» de la red, como ella llamaba a sus seguidores.

Concedí a Tracey un día para que respondiera a una larga lista de preguntas. Me contestó con un correo electrónico estrambótico y lleno de incoherencias en el que reiteraba su carácter filantrópico, aludía a «fuerzas oscuras que amenazan la autenticidad del alma y el corazón» y adjuntaba una hoja de cálculo que documentaba sus supuestas donaciones a entidades benéficas. No envió ningún recibo y algunas de las entidades que nombraba no parecían existir de verdad. En pocas ocasiones había caído en mi regazo una historia tan clara, cosa que más tarde solo serviría para agravar mi sensación de culpa. Resultó demasiado fácil. El periódico publicó el artículo a toda plana. Se hizo viral. A mediodía la página ya contaba con cien mil comentarios. Varias cámaras se apostaron en la casa de Tracey en Brisbane esa tarde. Por la noche, mientras cenaba los restos de los palitos de pescado de Maddy, recibí una llamada de Tracey. Me amenazó con denunciarme. Parecía borracha. Ahora era por la mañana y ella estaba muerta. Me parecía un ciclo demasiado corto. No parecía real. No parecía verdad.

Pasé el resto de la mañana haciendo llamadas esporádicas para un artículo que no tenía interés en escribir, sobre el perfil de una política, y evitando pensar en Tracey. Esperaba que no hubiese sido en la bañera. Por alguna razón, para mí era importante que hubiese muerto en el sofá, como si su muerte pudiese suavizarse con un lino francés orgánico y, de esa forma, también sus consecuencias. Sobre las tres, sonó mi teléfono y me sobresaltó. El tono de llamada eran los primeros acordes de *Gimme Shelter*. Tom se las había apañado para ponerlo, como parte de una discusión que estábamos teniendo sobre cuál era la mejor canción de los Rolling Stones, y yo no sabía cómo quitarlo. La llamada venía de un número desconocido. Contesté. Hubo una pausa y, después, oí una voz al teléfono. Era una voz de mujer, vivaz pero seria, y no tardé en darme cuenta de que era la voz de Tracey Doran. Me llevó un momento más darme cuenta de que no estaba viva. La voz no me hablaba a mí, sino que estaban reproduciéndola para mí. Era un audio de uno de sus pódcast: «Hola, chicos. Soy Tracey. Hoy vamos a hablar de la valiente participación en vuestra propia verdad y sobre cómo utilizar eso para vuestros objetivos de bienestar y salud —decía—. Y sobre cómo los bloqueos de energía...».

—¿Hola? —contesté—. ¿Quién es?

«... pueden interrumpir tu camino hacia el crecimiento...».

Colgué y miré a mi alrededor con la sensación de que alguien pudiera estar mirándome. Sonó entonces el aviso de un mensaje de texto en el teléfono. De nuevo se trataba de un sonido ridículo por cortesía de Tom: el punteo de un bajo. Cada mensaje sonaba como el comienzo de la banda sonora de una película porno. El mensaje no era de un número, sino de una dirección de correo electrónico que no reconocí. Decía: «Espero que estés orgullosa, puta zorra. Tú la has matado».

Decidí salir temprano del trabajo. Fui a recoger a Maddy.

La guardería de Maddy era una utopía de la primera infancia dedicada a estimular distintos resultados en materia de desarrollo. Tenía un «rincón del hogar», donde había muñecos tumbados en catres hechos con cajas de zapatos, todos juntos, como si se tratara de un orfanato ilegal. Había un «rincón de la ciencia», donde unos insectos con expresión hosca estaban metidos en depósitos para ser observados por los niños. En ocasiones, los sacaban para que también los pincharan. Había un centro de improvisación donde los niños lanzaban tajos a lienzos de fieltro como si fuesen pequeños expresionistas. Yo no podía decir que mi hija tuviera aptitudes para el dibujo o el arte. Sus obras eran más del lado perezoso del impresionismo. Pulsé el código de seguridad para entrar y busqué a Maddy por el patio. Una de las profesoras me vio y me saludó. Se llamaba Indira. A menudo le hacía a Maddy trenzas y coronas de pelo trenzado que le hacían parecer salida de un libro infantil que transcurriera en Suiza. Maddy la adoraba.

—Está en la sala de lectura —me dijo Indira.

Mientras hablaba, un niño le clavó una pajita en la oreja. A menudo me preguntaba cómo aguantaban esas mujeres. ¿Era porque trabajaban por turnos? Quizá todo resultaba más soportable si podías contar el tiempo que quedaba para el final. Entré en la sala de lectura, un espacio con aspecto de útero con luz tenue y cojines en el suelo, un lugar que guardaba gran parecido con una de esas salas *chill out* de las *raves* ilegales en almacenes a las que iba de adolescente. Incluso había una lámpara de lava. Miré desde la puerta de cristal y espié a Maddy. Estaba tumbada con la cabeza en un cojín, escuchando un cuento que le estaban leyendo. Tenía la cara enmarcada por el pelo moreno y las marcadas líneas de su corte de pelo contrastaban con sus redondeados rasgos. Podría haber escrito un soneto a las mejillas de mi hija. Era mi conexión más directa con la felicidad, el mejor acceso al deleite que había tenido nunca. Tras el Incidente, de mí rezumaba la pena como si fuesen gotas de condensación, pero incluso en mis peores momentos, jamás se vio afectado el placer que sentía al ver a Maddy. Maddy era el firme peñasco desde el que brillaba la luz.

Un día, cuando Maddy tendría tres años, unos seis meses después de que Charlie saliera de nuestras vidas, aparentemente para bien, la dejé tomando su leche en el sofá, delante de los dibujos, como era habitual después de que volviera de la guardería. Salí un momento al lavadero para poner una lavadora. El patio trasero era un parque de juegos para las zarigüeyas. Eran una plaga. Dejaban higos masticados por el suelo como si fuese el arroz de una boda y los trozos de higo se me quedaban pegados a las sandalias, aunque tratara de sortearlos. Cuando estaba atravesando de nuevo el patio, una vecina atrajo mi atención. Charlamos un rato por encima de la valla hasta que oí el ligero gemido constreñido de Maddy angustiada, un gemido apagado pero inconfundible. Corrí hacia la puerta trasera, la abrí y la encontré dando vueltas histérica por la casa, como un poni aterrorizado con un pánico animal. Me había llamado, me había buscado y, al no encontrarme, había creído que la había abandonado. La tranquilicé y le hice una promesa en silencio: «Te querré con más fuerza aún. Te querré más del doble. Yo sola seré mejor que dos».

Abrí la puerta y arrojé un rayo de luz en forma de isósceles al interior de la cálida oscuridad de la cueva.

Maddy levantó la cabeza del cojín y miró con los ojos entrecerrados hacia la puerta.

—¡Mami! —gritó.

Maddy creía firmemente que los ratones, una clase de animal con la que estaba obsesionada, vivían en los árboles. Ese convencimiento no había aparecido de la nada. Era el resultado de un engañoso libro de dibujos que solía leerle en el que una familia de ratones vivía en una elaborada casita en un árbol, con preciosos muebles, torrecillas, escaleras serpenteantes y pequeñas zapatillas tamaño ratón a lo largo de los pasillos. Estos ratones de los árboles eran una de las principales fuentes de conversación entre Maddy y yo, aunque también hablábamos de las muñecas de Maddy, de los amigos de Maddy de la guardería, de lo que íbamos a desayunar, comer y cenar, de lo que íbamos a hacer el fin de semana y, por último, del color de los ojos de las personas. Esas conversaciones eran distintas de nuestras discusiones, que trataban principalmente sobre la ropa que Maddy debía ponerse y cosas que ella no quería hacer en un momento dado, como cenar, irnos del sitio donde estuviéramos, cepillarse los dientes o el pelo... Hay muchas cosas que nadie te cuenta antes de ser madre, y la que encabeza la lista es lo difícil que es cepillarle los dientes a otra persona. Estas discusiones me resultaban frustrantes y había veces en las que tenía que salir de la habitación, meterme en mi dormitorio y cerrar la puerta para tomar aire y recuperar la calma. Me sentaba sobre la colcha azul, miraba por las puertas francesas que daban al balcón y pensaba: «Me he puesto rabiosa por la negativa de otra persona a ponerse calcetines». Era rabia de verdad, con el pulso elevado, la tentación de decir algo irrevocable y el aflojamiento de la lengua lista para gritar, pero las rabias iban y venían.

Nuestras conversaciones eran largas y satisfactorias. A menudo divagaban en direcciones inesperadas, como preguntas sobre de qué están hechos los huesos, adónde ha ido el sol, si solo tenemos una capa de piel y, en una aterradora ocasión, de dónde salen las personas.

—Los bebés crecen en la barriga de su mamá —respondí rápido, y Maddy lo aceptó, aunque pareció notar que esa solo era una parte de la cuestión.

Mientras iba con Maddy por la calle después de recogerla hablamos sobre ratones. La llevé a la cafetería de Tom para tomar una «leche de batido», que es como Maddy llamaba a los batidos. También decía *pollamitas* en vez de palomitas, lo cual resultaba embarazoso en las fiestas de los niños. La cafetería era de esas que tienen paredes de pizarra y carteles que anuncian la procedencia del café que sirven ese día. Aquel día era de las islas Galápagos y tenía aroma a azúcar moreno y manzanas verdes. Pedí una taza y un batido de plátano para Maddy. Se escabulló de la silla para ir a jugar con la cocina en miniatura que habían colocado en un rincón para los niños. Era de un diseño suficientemente escandinavo como para integrarse en la estética de la cafetería. A ella le gustaba hacerme té y traerme trozos de tarta hechos de madera clara. Miré a mi alrededor para buscar a Tom, pero recordé que había mencionado que era su día libre. Por un momento me pregunté qué hacía en su tiempo libre. No era algo de lo que habláramos. A veces charlábamos de los libros que Tom tenía esparcidos por su habitación, muchos de los cuales yo había leído antes de dejar la universidad.

Una camarera joven y guapa me trajo el café. Tenía un tatuaje que le salía como una vid desde el cuello hacia los pechos. Tenía unos pechos preciosos. Pensé en cuántas veces a lo largo del día Tom los miraría, un vistazo rápido a los ojos, brevemente hacia abajo y, de nuevo, subir a la cara. La mayoría de los hombres parecían poder realizar ese movimiento de ojos rápido, aunque otros parecían incapaces. Me pregunté por qué se acostaba Tom conmigo si podía hacerlo con esta joven o con varias otras que tuvieran tatuajes interesantes y una seguridad en sí mismas que yo había perdido hacía tiempo, si es que alguna vez la tuve. Mis propios pechos se habían rendido, como si fuesen la única parte de mi cuerpo que de verdad hubiese absorbido los pesares de los últimos años. El resto de mí había aguantado bastante bien, pensaba yo, al menos físicamente, pero mis pechos, en forma de disco, indiferentes, habían absorbido la tragedia y se habían vuelto en sí mismos tragicómicos.

Mientras miraba cómo jugaba Maddy, el sonido de un bajo emanó de mi teléfono. Bajé la vista y vi un mensaje de un número que no tenía grabado en mi móvil, pero que conocía muy bien. «Estaré por aquí mañana. ¿Y tú?».

La camarera tatuada se contoneó hacia nosotros con el batido. Llamé a Maddy para que se acercara y se sentó en su taburete para bebérselo afanosamente, haciendo alguna pausa para apartarse el pelo de los ojos con un gesto que parecía adulto. Echó la cabeza hacia atrás y las mejillas se le inflaron con esferas perfectas, como bolas de helado. Miré a mi hija y sentí la misma mezcla de responsabilidad y amor que me había atemorizado cuando su padre se fue... o cuando yo le dejé. La primera vez que ocurrió, resultó aterrador. Esa conciencia abrumadora y repentina de que yo iba a ser la única responsable de mantener con vida a esa bebé, de que era yo quien tenía que alimentarla, leerle cuentos, asegurarme de que tenía la ropa adecuada, de que esa ropa estaba limpia, de ganar el dinero suficiente para comprar una casa donde pudiéramos vivir algún día (porque sabía que el idilio de Ruby Street no podría durar para siempre), cortarle las uñas, enseñarle buenos modales, enseñarle a hablar, a leer, a conducir, a amar, a ser, explicarle de dónde venían las personas. Tenía que sostener su creencia de que los ratones vivían en mansiones con torretas encima de los árboles hasta que fuese sin duda alguna evidente que no era así. Esta responsabilidad me agobiaba. No tenía sentido fingir lo contrario, solo que sí fingía, todo el tiempo. Lo evitaba en las conversaciones y me sentaba con ello a solas, a veces en mitad de la noche, cuando me asaltaba la preocupación absurda de algún objetivo que me quedaba lejos: ¿quién iba a enseñar a Maddy a cambiar el aceite del coche? Entre todas esas responsabilidades, me esforcé por dejar algo de espacio para mí. El principal espacio que tenía era el trabajo, y era el trabajo lo que hacía que siguiera siendo visible. El trabajo era mi forma de asomar la cabeza por encima de las olas. Era el oxígeno que tomaba a bocanadas.

Cuando te quedas sola para cuidar a un niño pequeño, tus opciones se contraen como una criatura asustada. Tu libertad personal se encoge hasta quedar del tamaño de un puntito. Pequeños momentos, como un trayecto en tren sola o las pocas horas entre su hora de acostarse y la tuya, adquieren para ti más valor que tus propios dientes. Se consiguen hitos de desarrollo a base de sufrimiento. El tiempo se vuelve pesado y las tardes, sobre todo las tardes, son largas. La deserción provoca rabia, un tsunami de pesadumbre justificada. ¿Cómo no iba a ser así? Provoca una rabia tan titánica que amenaza con inundarte. Aprendes que, si tienes que buscarte la vida, debes mantener la cabeza despejada. Debes buscar tu oxígeno. Así que pones en práctica tu única opción: decides cómo lo vas a soportar, porque no tienes más remedio que soportarlo, cosa que no es reconocida por los «No sé cómo lo haces» con los que te encuentras en cenas con amigos y en el parque. A nadie le gustan las mujeres enfadadas. Una mujer amargada, que murmura, que se queja, que busca venganza, hace que los demás se sientan incómodos, y eso es intolerable, repulsivo incluso. Nadie se pregunta cómo es posible soportar el abandono con educación, elegancia y ligereza. Desde luego, nadie te dice cómo se hace. A la gente le gusta la parte de santidad que hay en una madre soltera. No les gusta tanto la rabia, el esfuerzo, la parte no santa que implica. Yo tomé mi decisión con anterioridad. Decidí no estar enfadada, es decir, decidí gobernar y vigilar mi rabia, aunque a menudo pareciera completamente ingobernable, salvaje, solitaria y temerosa como un animal que ha huido de su cautiverio y que va a la carga por la calle principal mientras los aldeanos huyen. Como habría dicho Tracey Doran, hay que saber controlar tu sello. Si yo no podía acabar con mi rabia, la ignoraría. Optaría por el camino más diplomático.

Maddy se acercó vestida con un delantal diminuto.

—Mami, ¿quiere azúcar, señora?

—Sí, dos, por favor, señora de la cafetería.

—Es de *metida*, mamá.

Quería decir de mentira.

—Vale. ¿Puedo tomar un poco de azúcar de *metida*?

—No tengo azúcar de *metida*.

—Ah, de acuerdo. Entonces, leche.

—Di por favor, mami.

—Por favor.

Capítulo dos

El hotel lo eligió él. En todo el tiempo que nos habíamos estado viendo nunca me había llevado a ese tipo de hoteles donde él se alojaba cuando viajaba por trabajo: los caros y elegantes con vistas a parques, puertos o ríos, los que tenían pantuflas de cortesía y puertas que no hacían ruido cuando las cerrabas. Decía que esas habitaciones de hotel eran igual de solitarias que las demás, y era un experto, pero yo me veía con él en hoteles intermedios, hoteles que se concedían a sí mismos unas cuantas estrellas por ser limpios y espaciosos, pero que te obligaban a pagar por el wifi y el desayuno. En esos hoteles era poco probable que se encontrara con algún conocido. Yo observaba a menudo a los demás huéspedes de estos lugares tan indiferentes y me preguntaba quiénes serían. Empresarios medianos, turistas, quizá otros adúlteros. Los hoteles formaban siempre parte de una cadena, y la cadena siempre tenía un nombre como Allure, Azure o, en una ocasión, Entice.

El hotel de ese día estaba en el norte de Sídney, un lugar tan poco romántico como se puede esperar del centro comercial menos importante de una ciudad importante. Lo nuestro no era romanticismo. Mientras yo cruzaba el puente de la Bahía, entre destellos que me lanzaba el agua, tuve una visión de la vida paralela, de estar haciendo este trayecto con Maddy detrás y el padre de Maddy delante, dirigiéndonos a Palm Beach o a algún lugar del norte donde el tráfico disminuiría y las sombras se irían alargando con la tarde, algún sitio donde podríamos ver a Maddy corriendo tras las olas en el mar como si fuese un cachorro. Esperé a que se borrara esa imagen. Siempre se borraban. Aparqué y fui a buscar el hotel. Me adentré en una maraña de calles debajo del puente de la Bahía, pero sin vistas. Él ya se había registrado, me había enviado un mensaje mientras yo conducía: «Date prisa». Le gustaba economizar. Pasé junto a la recepción y monté en el ascensor que llevaba a la habitación, crucé un pasillo, pasé junto a una asistenta que tiraba del cable de una aspiradora como si fuese la cola de un perro revoltoso. La miré con una débil sonrisa y seguí el olor químico del ambientador. Esa era otra diferencia fundamental entre los hoteles intermedios y los cinco estrellas: los hoteles de cinco estrellas no olían a nada. Los de presupuesto medio siempre tenían un olor intenso y empalagoso que se filtraba silencioso por los conductos de aire o cualquier otro sitio, un olor que estaba destinado a hacer que te olvidaras de lo que estaba tratando de ocultar: el olor de la gente.

Llamé a la puerta. Abrió y me saludó con la cabeza a la vez que se llevaba un dedo a los labios. Estaba hablando por teléfono.

—Es el servicio de habitaciones —dijo—. Voy a comer en el hotel. Sí. No. Sí, lo haré. Muy bien, Beano.

Era su mujer. La llamaba Beano. Decía que llevaban tres años sin tener sexo.

—Eso creo. No, iré en taxi. Te veo luego.

Pulsó el teléfono con el pulgar para cortar la llamada y pude entrever cómo la imagen de su mujer desaparecía en la pantalla. Melena corta y prudente, gafas, una boca bonita... El tipo de mujer decente y casada que yo podría haber sido, si las cosas hubiesen sido de otra forma. Me miró, solo un momento, y me rodeó la cintura con el brazo para acercarme hacia él, con su cara en mi cuello.

—Cree que estoy en Melbourne —dijo—. Tengo una reunión a las tres.

—Muy bien —respondí, y puse una mano sobre su cinturón.

Él bajó la cabeza hacia el escote de mi vestido y me dijo que me callara. Así era como actuábamos. Nuestra intimidad se revelaba con la ausencia de sutilezas. Me dio la vuelta y me echó contra el escritorio chapado de nogal y yo fijé la mirada en el papel de carta con membrete del hotel, el bolígrafo barato que estaba apoyado sobre el secante y el teléfono del hotel con sus botones cuidadosamente etiquetados: conserjería, servicio de habitaciones, llamadas externas.

El sexo fue silencioso, como siempre, pero respetuoso, en el sentido de que siempre se aseguraba de que yo recibía lo que necesitaba. Cuando terminó, él se apartó de repente, entró en el baño y cerró la puerta. No hubo arrumacos ni descanso. Eso no habría venido a cuento. Yo estaba ahí por su patente necesidad de mí, la necesidad que hacía que siempre volviera a pesar del peligro que implicaba y de la evidente vergüenza que le daba engañar a su mujer. Oí el sonido del agua. Salió con una camisa nueva y yo me acerqué para ayudarle con la corbata, un gesto propio de una esposa, pero tan insignificante que parecía un juego.

—¿Qué vas a hacer esta noche? —pregunté.

—¿Eh?

Su mente estaba ya en otra parte.

—Esta noche. Tu mujer cree que estás en Melbourne. Así que tienes la noche libre. No me digas que tienes otra amante.

—No soy tan tonto —dijo con frialdad.

—¿Entonces, qué? Apuesto a que eres miembro de algún club de caballeros o algo así.

—Me gusta tener tiempo para mí.

—¿Te escapas al cine? O quizá tengas el repugnante hábito de jugar al *bridge* —dije—. Cuéntame.

Terminé de arreglarle la corbata, pasé la mano para alisarla y levanté los ojos hacia su cara. Su mirada estaba teñida de cierta tristeza y rápidamente fui consciente de lo solo que estaba este hombre al que veía para tener sexo y del que apenas sabía nada en realidad. Siempre había supuesto que ya no quería a su mujer, pero ahora creía que quizá fuese al revés y que por eso me buscaba y me tomaba de la forma que lo hacía, reuniéndose conmigo en un hotel de cuatro estrellas donde poder follarme rápido y, después, pasar a otra cosa; dejando su necesidad en el norte de Sídney durante una semana o tres, hasta nuestro próximo encuentro, cuando de nuevo se enfrentaría a ello.

—Bailo —contestó.

Me reí, pensando que no hablaba en serio.

—¿Tú bailas?

—Sí. Me gusta bailar salsa. Beano, Jenny, lo odia. Siempre lo ha odiado. Es demasiado tímida. Por supuesto en los sitios a los que voy no importa si eres bueno, pero aun así no le gusta ir.

—Habría apostado a que jugabas al *bridge* o…, no sé…, que practicabas *jiu-jitsu* antes que salsa.

—Estuve un año estudiando en Berkeley. Salí con una cubana. Me llevaba a clubes de salsa de San Francisco. Rompí con aquella chica, pero seguí con el baile siempre que puedo.

—¿Y vas a esos sitios tú solo? ¿Eso se puede hacer?

—Ah, sí. Siempre hay mujeres sin pareja que buscan hombres.

—No lo dudo.

—Lo estás malinterpretando si estás pensando eso. No es así.

Parecía herido. Era muy remilgado, en cierto modo.

—Solo estaba de broma. Estoy impresionada.

—Quizá podrías venir alguna vez.

Entonces me miró, cogió un mechón de mi pelo y me lo escondió tras la oreja, un pequeño gesto solícito que casi me deshizo.

—Quizá lo haga.

Sabía que jamás lo haría.

Me aparté de él y me moví por la habitación recogiendo mis cosas, arrodillándome en el suelo para buscar bajo la cama un pendiente que había perdido. Lo encontré. Era la mitad de un juego de pendientes de zafiros que Charlie me había regalado, un regalo por un sentimiento de culpa que en su momento no supe.

—¿Vas a volver al trabajo esta tarde? —pregunté.

—Sí —contestó—. Tengo una rueda de prensa. Y una reunión con *marketing*. Lanzan la nueva página web la semana que viene.

—Ah, sí. Es verdad —dije. Metí el pendiente en el lóbulo.

—¿Necesitas que hablemos de lo que pasó ayer? —preguntó sin mirarme. Estaba viendo los correos electrónicos en su teléfono.

—Hemos acordado que voy a estar un tiempo alejada —dije.

—Sí, pero que conste que yo he tomado la decisión por tu bien.

—No ha sido culpa mía que Tracey Doran haya muerto.

—Nadie lo piensa. No es un castigo. Es protección.

Mi cara se encendió y sentí una fuerte puñalada, un remolino nauseabundo de arrepentimiento por todas las pequeñas decisiones que me habían llevado a este hotel del norte de Sídney con su papel con membrete y su abrumador olor a bosque de pino.

—En fin. Me mantendré alejada —dije mientras cogía mi bolso—. Tú por un lado y yo por otro. Creo.

Él bajó la mirada a su reloj náutico.

—Adiós —dijo—. Te veo en el trabajo.

—Adiós, Ben.

Yo sabía que no era lo más adecuado. Las mujeres que se acostaban con sus jefes casados ocupaban una categoría especial que no era socialmente aceptada. Quizá tenían su propio espacio en el infierno: el de las mujeres que no ayudan a las demás mujeres, el de las que roban novios y las asesinas. Las mujeres como yo traicionábamos la sororidad doblemente: en primer lugar, por follarnos al marido de otra y, en segundo lugar, por ser la confirmación de mil estereotipos negativos de cómo ascienden las mujeres en el trabajo.

Yo había puesto a prueba unas cuantas fisuras en el feminismo que, al menos, podrían permitir una conducta así, aunque no pudiera considerarse correcta: ¿empoderamiento, liberación, el extremo opuesto del espectro de la elección personal? Sin embargo, al final llegué a la conclusión de que no había forma racional que justificara lo apropiado de esto. Podía decirme que este no era un modo de avanzar en mi carrera, pero era un debate conmigo misma, por lo que, en realidad, no importaba lo convincente que resultara ni si era correcto. En cuanto Ben y yo quedáramos expuestos, se derrumbaría.

¿Por qué este peligro me parecía tan hipotético? Y sobre todo, y en particular: ¿por qué la mujer de Ben, la pobrecita Beano, parecía tan lejana, tan remota que resultaba imaginaria, una fantasía? De hecho, éramos Ben y yo los que no éramos reales, pues no había de verdad ningún «Ben y yo», aparte de los encuentros que manteníamos y el sexo. Concedámosle a Beano la dignidad de la solidez, de la realidad, de la existencia en el plano expuesto de las cuentas bancarias compartidas, los conciertos escolares, el calendario familiar y el sentido común. Ese era el terreno de Beano. Yo deambulaba por el inframundo de la vida de Ben, un lugar en los confines que solo existía en nuestro recuerdo y en varios cargos en su tarjeta de crédito, una tarjeta de crédito que suponía que mantenía en secreto. El inframundo estaba lleno de sombras y era refutable, al menos ante uno mismo. No era una costumbre adecuada, sin duda, pero tampoco era real. Esta no era la vida real.

Me había olvidado de llevar comida. Habían pasado varios días tras la muerte de Tracey y había recogido a Maddy en la guardería para llevarla al parque que estaba enfrente de nuestra casa. Lo llamábamos el Parque de Árboles, en honor a las higueras de Bahía Moreton. Me encantaba estar allí al atardecer, cuando quedaba cubierto por una luz dorada y lo poblaban apenas unos niños, paseantes de perros y unas cuantas niñeras contentas. Los días buenos, el Parque de Árboles era como la sede de la felicidad, y yo, mirando a Maddy jugar delante de mí, no deseaba recuperar mi pasado, porque no existía, ni estar en la vida paralela, porque la que tenía en ese momento parecía la única verdadera, pequeña pero perfectamente formada.

Maddy había disfrutado del tobogán, del columpio y del enorme y espantoso tiovivo que me hacía sentir náuseas y al que ni siquiera desde lejos podía ver girar. Ahora Maddy tenía hambre y, como era habitual, yo no venía preparada. Los tentempiés y su cantidad y calidad eran uno de los marcadores de las habilidades maternales. Era algo que había aprendido a base de palos. La furia alcanzaba su culmen cuando una niña pequeña tenía poco azúcar en sangre. Tuve que sufrir rabietas en coches y parques y, peor aún, en supermercados, antes de darme cuenta de que el deber de la madre es engañar al hambre, no solo saciarla. Aun así, los tentempiés eran una de las cosas que habían desaparecido de mi cerebro durante la pérdida de memoria por la falta de sueño. Me solía olvidar de ellos o no llevaba suficientes. En una o dos ocasiones ofrecí a Maddy un caramelo de menta de mi bolso como último recurso. Casi siempre olvidaba llevar una botella de agua como las buenas madres del parque, que ofrecían a su prole tazas de diseño hechas de plástico reciclado, con mecanismos antisalpicaduras y pajitas ecológicas, o vasos con mangos especiales que podían sujetarse con eficacia a las tiras de los cochecitos, todo ello como parte de la metódica infraestructura infantil que implicaba la buena maternidad de la clase media.

Como consecuencia de mis olvidos, Maddy solía pedir algo de comida a sus amigos del parque, acercándose a ellos como una gaviota agresiva y con los ojos saltones mientras sus madres sacaban cuernos de la abundancia de sus prácticos bolsos: patatas fritas dulces y orgánicas, galletas sin azúcar, fruta cortada metida en tápers como piezas de origami... Esa tarde estábamos con una de esas madres, Minh, la mamá de Annie, una amiga de Maddy. Minh estaba casada con un hombre que se llamaba Stan, que trabajaba en finanzas y que viajaba a menudo a Hong Kong. Vivían en nuestra misma calle, en una casa victoriana restaurada por un diseñador de interiores cuyo trabajo había aparecido en *Vogue Living* (yo sabía esto porque mi madre estaba suscrita). Minh tenía una piel tan suave y un cuerpo tan compacto que me parecía intimidante, y tenía una elegancia minimalista en su forma de actuar como madre. Ese día yo llevaba un vestido camisero que tenía el dobladillo descosido, cosa de la que no me di cuenta hasta que estuve en el trabajo y tuve acceso a un espejo de cuerpo entero. Minh llevaba unas bermudas de lino y una impecable camiseta blanca, además de unas sandalias que le envolvían decorativamente sus preciosos pies. Metió la mano en su bolso de lona y sacó una caja de tentempiés preparada para su hija con primor. La abrió como si fuese el cofre de un tesoro. Contenía cuadraditos de bocadillos de pan de trigo integral sin bordes, galletas orgánicas, un yogur sin azúcar y uvas cortadas por la mitad. A Maddy se le salieron los ojos.

—Tengo hambre, mami —me dijo—. Necesito comida.

Vi cómo Minh sacaba unas toallitas húmedas y, después (y esto sí que me pareció fardar demasiado) una servilleta bordada con conejitos. La metió por el cuello de Annie para recoger lo que se le pudiera derramar mientras comía.

—Mami va a ir al quiosco a comprarte algo —le dije a Maddy—. ¿Quieres una magdalena?

—Quiero un bocadillo de jamón como el de Annie —respondió Maddy, traicionera.

—Hay para todas —comentó Minh—. Toma, Maddy.

Le ofreció uno de los bocadillitos cuadrados de Annie, lo que hizo que su hija lanzara un aullido de rabia. Y yo no podía culparla. Maddy se comió el bocadillo perfecto y pidió más. Minh distrajo a Annie con una bebida servida en una taza esmaltada, con su marca discreta pero no tanto como para que no se viera que era de marca.

—Quiero leche también, mami —dijo Maddy, mirando a Minh llorosa.

Minh me miró con gesto de disculpa.

—Lo siento, normalmente no compartimos las botellas. Estamos intentando que no caiga enferma.

«Estamos»: el indicador despreocupado de la familia nuclear.

—Ay, claro. Lo entiendo perfectamente —contesté—. Maddy y yo tuvimos gastroenteritis el mes pasado. Vomitó en la cama. ¡Dos veces! Y luego en la mía.

Minh parecía molesta por esta anécdota. No fue la primera vez que pensé que, aunque la gente solía decir lo de «no sé cómo lo haces» a los padres solteros, casi nunca querían oír los detalles de cómo lo hacíamos.

—Maddy, vamos al bebedero —dije mientras agarraba su acolchada manita.

A Maddy le encantaban los bebederos y reaccionó animada nada más oír la propuesta. Atravesamos juntas el parque. Yo miraba la preciosa cabecita de mi hija mientras trotaba, con el pelo tachonado de horquillas con los colores del arcoíris, y decidí hacerle esa noche un escalope de ternera, su favorito, con pan rallado y con mantequilla y nata en el puré de patatas de acompañamiento. Ya en el bebedero alcé a Maddy y traté de colocar su boca delante del chorro mientras, a la vez, apretaba el botón que hacía salir el agua. Aunque tenía experiencia en este movimiento, pocas veces conseguía realizarlo sin mojar a Maddy hasta tal punto que tenía que cambiarle la ropa, si es que me había acordado de llevar una muda. Levanté a Maddy delante del grifo y traté de sostenerla de forma que pudiera beber bien sin empaparse de agua.

—¿Te puedo ayudar?

Era Tom. Llevaba pantalones cortos y un balón de baloncesto bajo el brazo y estaba sudando. Llevaba también bandas elásticas en las muñecas y botas altas. Parecía joven.

—¡Hola!

Bajé a Maddy del bebedero. Ella se limpió la boca con la mano.

—No sabía que venías aquí. ¿Qué haces? ¿Lanzando unas canastas? ¿Era esa la forma correcta de hablar del baloncesto? Me sentí vieja.

—Venimos unos cuantos a jugar aquí los miércoles por la tarde —contestó Tom—. ¿Qué hacéis vosotras?

Bajó la mirada hacia Maddy, que se estaba agitando como un perro.

—¿Qué tal está mi chica número uno?

Maddy le sonrió y soltó un hipo.

—Creo que el agua se le ha metido por donde no es —dije, y le di una palmada en la espalda.

—¿Has recibido mi correo de la exposición? —preguntó Tom.

—Sí. Lo siento mucho. He tenido mucho trabajo.

—No pasa nada. ¿Puedes venir? Es el viernes que viene.

Me había olvidado de las televisiones descuartizadas. Hice que mi cerebro se pusiera en marcha rápidamente.

—Me gustaría —contesté—, pero tengo que buscar una canguro y Betty tiene ahora mucho que estudiar. Los exámenes del certificado de bachillerato.

Betty era la adolescente que vivía al lado, la hija de mi vecina Felicity. Hacía muchas veces de canguro para mí. Venía de una familia grande y una casa atestada de gente. Mi casa era un lugar tranquilo donde poder estudiar.

—¿No está Betty en el curso 11?

Recordé que Betty hacía algún turno en la cafetería de Tom. Le conocía. Probablemente estaba encaprichada de él. Si yo fuese adolescente también lo estaría.

—Perdona, sí. Tienes razón —contesté—. Su madre habló de exámenes.

Tom me miró fijamente con sus ojos verdes, un color que contrastaba de forma disparatadamente bonita con la oscuridad de su barba, que de alguna forma hacía que resaltaran sus rasgos en lugar de taparlos. ¿Por qué estaba haciendo esto? ¿Qué sentido tenía este baile?

—¿Quieres que yo le pregunte a Betty? Creo que va a trabajar mañana en la cafetería.

—Bueno, es que lo de tener una canguro es muy caro. Esa es la verdad —respondí, con poca convicción.

—Deja que yo pague. Estaré encantado. Deja que te saque de casa.

Su amabilidad despertó en mí una rabia irracional. ¿Por qué insistía tanto en que fuera a ver una exposición que consistía en televisiones descuartizadas con sus tripas cayendo sobre el suelo? Televisiones que, según la página web de la galería, eran *vintage,* pero que, en realidad, eran idénticas a la que yo tenía cuando era pequeña; televisiones con pantallas modestas y reversos protuberantes; televisiones que obligaban a sus espectadores a levantarse y moverse si querían cambiar de canal. ¿Desde cuándo era eso *vintage*? Era mi infancia.

Por debajo de nosotros, como a la altura de la pierna, Maddy volvió a tener hipo.

—Mira, la verdad es que estoy pasando una época difícil en el trabajo y yo…, de todos modos, no soy una persona muy aficionada al arte.

Esperaba que esto último dejara claras las cosas. Un artista, aunque fuese aspirante a ello, posiblemente no querría tener de novia a una persona que no era aficionada al arte.

—No pasa nada —contestó sonriendo—. Lo cierto es que yo no soy aficionado a las noticias y, aun así, leo el periódico, a veces.

Mientras hablábamos, Maddy giraba su cabecita para mirarnos a cada uno, por turnos, como si fuese una espectadora de Wimbledon. Volvió a tener hipo y su pequeño pecho se sacudió hacia fuera al hacerlo. Se rio.

—Yo creía que nadie por debajo de los treinta leía ya los periódicos.

—Puede ser. Yo tengo treinta y uno.

Traté de recordar qué hacía yo a los treinta y un años. Trabajar, en medio de una separación temporal de Charlie y con una breve relación con un funcionario de un ministerio. Habíamos ido de vacaciones juntos a Irlanda y habíamos recorrido en bicicleta el Anillo de Kerry bajo la lluvia.

—Entonces, ¿eres un milenial?

—Sí, supongo que lo soy.

—Pues yo soy de la generación X. O de la Y. Nunca lo sé con seguridad. Parece que no está muy definido. Pero soy más mayor —afirmé.

—Me lo imaginaba.

Se llevó una mano a la frente para secársela. Unas gotas de sudor le caían sobre la nariz romana. Su aspecto merecía hacerle una reproducción del busto y mostrarla en algún museo privado.

—Mami, ¿por qué tiene Tom cosas negras debajo del brazo? —preguntó Maddy con auténtica curiosidad.

—A veces los hombres tienen pelo debajo de los brazos, cariño —contesté y, a continuación, me miré—. Y también las señoras. Las mujeres —añadí.

—¿Mi papá también tiene? —preguntó Maddy con un hipo.

—Sí, sí que tiene.

—Oye —dijo Tom—. Tengo que volver al partido, pero avísame de lo del viernes, ¿vale?

Le dije que lo haría.

—Adiós, Mad. Ven a verme pronto, ¿vale? Te tengo guardados algunos malvaviscos.

Se giró y salió corriendo hacia su partido. Sus amigos le recibieron con silbidos, burlas y amplias sonrisas en la cara. Yo miré a Maddy. Con el hipo ahora se le había salido un trozo de bocadillo de jamón, el bocadillo de jamón de Annie, por delante del pichi, donde le dejó una mancha que se unió a la humedad del agua del bebedero formando una pasta de jamón. Levanté los ojos hacia Minh, que miraba con verdadero interés. A las mujeres como Minh les encantaba escuchar los detalles de mi vida sexual o de mi «vida amorosa», que era como ellas la llamaban. A mí siempre esta profunda zambullida en los detalles me parecía un intercambio desequilibrado. Yo nunca podía preguntarles por su vida sexual. Tampoco es que quisiera saberlo. Busqué un pañuelo en mi bolsillo y traté de quitarle a Maddy los trozos del bocadillo que había regurgitado sobre su pecho.

—¿Estás bien, cariño? ¿Te sientes mal?

—Estoy bien, mami. Gracias, estoy bien —contestó Maddy.

De vez en cuando intercalaba en su discurso frases de adulto perfectamente formuladas.

—¿Tú te encuentras bien? —me preguntó.

A menudo me preguntaba si me encontraba bien y otras si era feliz, una pregunta que no parecía que una niña de cuatro años debiera hacerle a su madre. De todos modos, no tenía una respuesta sincera.

—Estoy bien —respondí.

Volvimos al encuentro de Minh y Annie.

—¿Mami? —dijo Maddy.

—Sí, cariño.

—¿Adónde van los erizos por la noche? —Pronunció *por* con suavidad, como *po*—. ¿Los erizos son *octurnos*? ¿Les gusta la noche o el día?

La noche anterior habíamos estado hablando de los búhos, lo cual condujo a una conversación sobre animales nocturnos. Le hablé de las zarigüeyas y los zorros. Le dije a Maddy que no estaba segura acerca de los erizos, así que tendría que investigar.

No es verdad. No es del todo verdad: sí que sabía un poco sobre erizos. Sabía que vivían en Sicilia porque había visto uno allí, aunque fue una visión tan inusual como la de atisbar un ornitorrinco en un riachuelo australiano. Cinco años antes había recorrido Europa con el padre de Maddy. Concebimos a Maddy en una buhardilla parisina, una habitación que pertenecía a una amiga de un amigo que era payasa profesional. En Francia el oficio de payaso se considera una forma artística seria. Elodie, la payasa amiga de un amigo, estaba pasando el verano en Berlín, asistiendo a un taller de mimo, así que Charlie y yo subarrendamos su buhardilla en un elegante palacete compartido del siglo XIX en el noroeste de París, cerca de los establecimientos de comida vietnamita del Boulevard de Belleville y del Parc des Buttes-Chaumont y de los risueños chicos franceses que se saltaban las vallas del metro pero se detenían después para abrírselas a las chicas guapas que pasaban. Maddy había sido creada durante el calor seco y los largos y vacíos días de agosto, cuando teníamos París para nosotros y poco más que hacer aparte de disfrutarnos el uno al otro, en la época en que aún podíamos hacerlo. La creación de Maddy tuvo lugar en la cama de una alcoba rodeada de estanterías empotradas, lo cual habría resultado encantador de no haber estado atestadas de pelucas de payaso, narices rojas y botes cubiertos de maquillaje. Mucho tiempo después, el olor a tortitas mojadas provocaba en mí una extraña y lejana sensación que resultaba en parte erótica y, sobre todo, triste.

Después de París, cuando Maddy empezaba a crecer muy dentro de mí, habíamos viajado al sur de Grecia, donde discutimos y, después, a Sicilia, donde nos reconciliamos. En Taormina, en la costa este de Sicilia, nos mezclamos con europeos pijos recién salidos de sus yates, turistas americanos y oligarcas de bronceado permanente. Taormina era antigua y patricia y se extendía sobre unos acantilados del mar Jónico. Alquilamos un pequeño apartamento situado en las colinas rocosas que daban a él. Pertenecía a un médico, un hombre atractivo y esbelto que vestía de lino sin arrugar y que a mí me parecía como si pudiese anunciar algún producto lujoso destinado al mercado de hombres mayores y elegantes: puros, quizá, o *whisky*. Se llamaba Silvio. Cada mañana nos traía naranjas sanguinas de su huerto. Vivía solo y parecía sufrir alguna especie de tristeza que le hacía permanecer en nuestra casa más tiempo del necesario. Una mañana le preparé un café en su cafetera y se lo serví en unas tacitas de porcelana que destellaban bajo el sol del balcón con un naranja siciliano. Silvio nos informó, con pesar, de que esas tazas habían pertenecido a su mujer.

—*Lei è morta* —dijo. Después cuando le miramos confundidos, se explicó con un marcado acento—: Mi mujer ha subido al cielo. —Señaló por encima de él.

—Lo siento mucho, Silvio —le contesté—. *Apologia. Scuse* —añadí antes de darme cuenta de que no lo estaba diciendo bien.

Él asintió con seriedad y se quedó en silencio un momento antes de cambiar el tema de conversación:

—¿Ustedes cuándo… matrimonio? —nos preguntó.

Charlie tenía una envidiable capacidad de dejar silencios en medio de las conversaciones, espacios que no parecían suponerle ningún problema. Como suele ocurrir a menudo en las relaciones, yo me convertí en lo contrario a él al actuar para compensarlo, así que siempre me apresuraba a llenar esos silencios. Cuanto más incómodos eran, más inapropiada era mi prisa por hablar.

—¡Ah, no! —le dije a Silvio con una ligera carcajada—. Nosotros no estamos… no matrimonio.

Silvio me miró con gesto serio.

—Matrimonio es bueno. Ustedes deben matrimonio —insistió.

¿Cómo explicar a este hombre tan amable y apenado el mar Jónico de resentimiento, incomodidad y necesidad que aparecía entre Charlie y yo con ese asunto? Para Silvio era muy sencillo: si querías a alguien, te casabas con esa persona. Si se moría, llorabas su muerte.

Se terminó el café y señaló hacia el monte Etna, que lanzaba humo a lo lejos como si fuese un tubo de escape.

—El volcán está *attivo*. No pueden ir —nos advirtió, y se fue.

Con el monte Etna borrado del itinerario, teníamos poco que hacer aparte de montar en el funicular hasta la atestada playa de guijarros negros, leer libros, dormir, hacer el amor y comer. Yo comía *prosciutto* crudo y granita de limón. Charlie se comía cada pez que se encontraba. Una tarde en la que él no me hablaba por razones que no estaban claras, yo me puse unas zapatillas y salí de nuestro apartamento para subir hasta

Castelmola, un pueblo construido en el interior de las rocas y que quedaba aún más alto que Taormina. Dejé a Charlie con su libro en el balcón (estaba leyendo *Las novelas de Patrick Melrose*. Fue el año en que todo el mundo leía *Las novelas de Patrick Melrose*). Subí entre jadeos hasta el pueblo, lleno de hileras de casas y calles de adoquines que rodeaban las ruinas de un castillo romano. Recorrí las calles laterales y fui serpenteando por la cuesta que llevaba al castillo. Mientras subía por las murallas, salpicadas de grafitis, me miré los pies y vi que estaba a punto de pisar algo. Era un erizo pequeño y casi negro que relucía como una piña entre las piedras erosionadas. Tenía las púas perfectamente dispuestas alrededor del cuerpo, como un manto de espinas. Estaba tratando de ir hacia algún sitio, con su pequeño hocico sobresaliendo del manto de espinas como un estambre de una flor. Yo no sabía a dónde iba ni qué estaba haciendo, pero me preocupaba que no pudiera llegar. Me agaché para mirarlo, pero, cuando me acerqué, se contrajo asustado y se convirtió en una bola de pinchos. Con cuidado, traté de sacarlo del camino con el pie para evitar que pudieran pisarlo y que sus púas pudieran quebrarse como ramitas bajo el pie de algún turista o algún grafitero, pero resultaba difícil hacerlo rodar y, al rato, los intentos de hacer que se desenrollara y se fuese a un lugar más seguro me parecieron una crueldad. Así que dejé al erizo y empecé a bajar torpemente por la cuesta para volver con Charlie. Le encontré dormido en una hamaca, con el libro caído sobre el pecho.

Al día siguiente, cuando vino a visitarnos el atractivo doctor, le hablé del erizo. Tuve que buscar la palabra en italiano. Era *riccio,* procedente del erizo de mar.

—¡Los *riccio* son muy poco comunes en Italia! —comentó Silvio, emocionado—. En Sicilia tenemos *riccio* de color muy oscuro.

Después de que se fuera, dejando un reguero de tristeza, yo me tumbé en el sofá para leer una guía mientras Charlie lavaba las tazas de café y tarareaba. Cuando terminó, saltó sobre mí con un abrazo cariñoso.

—*Riccio* son *raro*. ¡*Ricc-i-o* son muy *raro*!

Me besó. El estado de ánimo de Charlie me resultaba tan inescrutable como las entrañas del monte Etna. Solo sabía que tenía que mantenerme alejada del ciclo de la tormenta y esperar a que cambiara el tiempo. Ahora sentía el deseo perverso de arruinar como fuera su alegre estado de ánimo, de perforarlo.

—¿Cuándo vas a pedirme que me case contigo? —pregunté.

Pero no funcionó. Se limitó a sonreírme y me besó en la nariz antes de contestar:

—Pronto, erizo mío. Pronto.

Capítulo tres

@SuzeHamilton Puta zorra periodista
@SuzeHamilton Sigue lavándote, pero siempre tendrás sangre en tus manos era una persona única y brillante la mataste con tus mentiras
@SuzeHamilton Puta información falsa
@SuzeHamilton Espero que estés contenta ahora que está muerta
@SuzeHamilton Deberías morir tú y no ella

Vic tenía razón. Twitter era una cloaca. Después de unos días de no mirar las redes sociales, pensé que podría hacer tabla rasa y mirar mis cuentas, limpiarlas todo lo posible, bloquear a quien hiciese falta y pasar página rápidamente. Había pensado publicar algún tipo de mensaje sobre la muerte de Tracey Doran e incluso había llegado a redactar un borrador, pero ¿qué podía decir? «Con profunda tristeza recibo la noticia de la muerte de Tracey Doran»: mentira. «No soy responsable en absoluto de la muerte de Tracey Doran»: a la defensiva. «Cada uno de vosotros puede irse a la mierda»: agresivo, no propio de mí. Entré en Facebook, en mi cuenta del trabajo, no en la real. En mi cuenta real no hacía nada, ni publicaba ni comentaba nada apenas. De vez en cuando, espiaba un poco a un hombre con el que me estaba acostando o a otro con el que estuviera interesada en acostarme. Al fin y al cabo, a eso se reducía todo el proyecto social de las redes sociales, ¿no? A eso y a la creación de un espacio para el insulto en ámbitos donde la discreción, si no el silencio, había sido antes la norma.

Vi que mi cuenta de Facebook del trabajo también estaba salpicada de bilis, parte de ella en los comentarios sobre el artículo de Tracey Doran que había publicado en mi cuenta y que había olvidado borrar después de su muerte. Mi bandeja de entrada de mensajes de Facebook estaba abarrotada, y eso tampoco era agradable. Era una versión más selecta y dulce de los comentarios de Twitter, pero más cargada de insultos sexuales y algunas amenazas de violencia, tanto implícitas como explícitas. Lo bueno de Facebook era que los trols no actuaban con tanta impunidad. En Twitter la mayoría de la gente que publicaba cosas en verdad malvadas ocultaba su identidad por medio de cuentas anónimas. En Facebook, probablemente porque requería demasiada molestia (y en el mar de Internet nada debería requerir jamás demasiada molestia), la gente no solía abrir cuentas falsas para trolear. Se limitaban a hacerse pasar por sí mismos. Esto conducía a la cómica situación en la que recibías una amenaza de violación (como me pasó a mí ese día) de alguien que se describía en su perfil como un hombre familiar, feliz y medio calvo y que mostraba una fotografía acompañado de niños, ahí mismo, a plena luz digital. Podía acceder a la información de su equipo de fútbol preferido, del instituto al que asistió e incluso de sus gustos musicales (Dire Straits y lo último de Paul Simon) y también a la foto de la fiesta del séptimo cumpleaños de su hija. Tenía una tarta de *Frozen.* Jugué por un momento con la idea de destaparlo ante su mujer, cuyo perfil estaba vinculado al de él y su relación representada con un icono de un corazón. La mujer trabajaba de enfermera en un hospital del sur de Sídney y, en su página, había compartido toda una sarta de citas motivadoras. Los memes, que decían cosas como «No puedes empezar el siguiente capítulo de tu vida si te empeñas en volver a leer el anterior» y «¡Si no funciona el plan A, el alfabeto tiene 25 letras más!» eran el modo que usaban algunas mujeres para soportar su silenciosa desesperación en el ámbito de internet. Investigué un poco a la mujer. Era jugadora de baloncesto y pertenecía a un club de baile *country.* Decidí no molestarla. Bloqueé al marido violador, pero Facebook no era solo un lugar para las palabras. También había fotografías y, mientras revisaba los mensajes de mi bandeja de entrada, me encontré con una fotografía que había enviado alguien que supuse que sería un hombre: una foto de un pene. Parecía una babosa hinchada.

—¡Dios mío! —exclamé.

Esto era nuevo. No estaba segura de qué hacer.

Victor pasó a mi lado y se dejó caer en su mesa, junto a la mía. Su pelo lavanda había pasado al color rosa. Era tornasolado y resplandecía, como la melena de una Pequeña Poni de Maddy.

—¿Qué te pasa, nena? —Miró mi pantalla por encima de mi hombro—. Ah —dijo—. Ah.

Vic me hizo una señal para que me apartara a un lado.

—Yo me encargo —indicó—. Las fotos de pollas son lo mío.

Tecleó durante un rato, después me devolvió mi asiento.

—Ahí tienes, nena. Ese hombre malo ha desaparecido. Nunca más volverá a molestarte.

—Eres mi caballero de la brillante armadura —contesté—. Te doy las gracias.

—*Namasté* —respondió Victor—. ¿Cómo estás? ¿Se han calmado un poco las cosas en internet? Ahora parece que todo el mundo está indignado con ese presentador de televisión que fue a su fiesta de Navidad vestido de oficial de inmigración.

Yo conocía al presentador en cuestión. Había escrito años antes un perfil sobre él para nuestra revista del fin de semana.

—Siempre está garantizada alguna nueva indignación —continuó Vic—. Es el ciclo de la vida de internet.

—No me puedo creer que ya estemos casi en Navidad —repuse.

Una vez hubo desaparecido la foto de la polla, supe que tenía que enfrentarme a la música legalmente arriesgada de la demanda por difamación de Bruce Rydell. Reenvié a la abogada de la redacción la carta que había recibido de Patrick Allen y asociados. Esperaba que me dijera que no les hiciera caso, que Rydell era un cascarrabias que siempre estaba amenazando con demandar a la gente y que nadie se lo tomaba nunca en serio. Lo único que yo sabía de Rydell era que estaba jubilado y que pasaba la mayor parte del tiempo en su enorme yate, navegando por el Mediterráneo y molestando a mujeres en las discotecas de Capri.

Me sentía como un policía al que han apartado de las calles y le han asignado labores de administración. Podía seguir discretamente con algunas de las noticias que tenía en marcha: una historia de corrupción menor, un concejal de la ciudad que había estado asignando contratos a empresas relacionadas con su mujer; o un soplo fiable sobre una previa condena por violencia doméstica a un miembro de un *lobby* de la industria armamentística con amigos en el Gobierno. Sin embargo, según órdenes de Ben, no podía acceder a nada de eso.

Ese mismo día pude ver a Ben entrando en el ascensor cuando yo salía y sentí que me invadía una oleada de vergüenza. Nunca sabía qué decir cuando me lo encontraba en el trabajo y siempre me sentía incómoda durante nuestras conversaciones, como si alguien nos pudiera ver y considerara que en nuestras palabras había señales de romanticismo. Como jefe, Ben me trataba con brusquedad, lo cual no estaba mal, porque trataba igual a todo el mundo. Era respetado y algo temido, porque economizaba mucho sus palabras en las conversaciones. Su carácter inescrutable era la razón por la que me gustaba acostarme con él. O por la que le permitía que se acostara conmigo. No estaba segura de que me gustara. Llevábamos haciéndolo casi un año, pero nuestros contactos eran muy intermitentes. Podían pasar meses sin que nos viéramos, entonces yo me sentía aliviada pensando que se había acabado, pero, luego, recibía un mensaje con una petición de ir a un hotel de rango medio y siempre había algo que me impulsaba a acudir.

Había empezado después de una entrega de premios. A mí me habían nominado por una serie de artículos que había escrito sobre trabajo ilegal en restaurantes de lujo de Sídney. Algunos de los restaurantes que saqué a la luz tenían contratos de publicidad con el periódico y habían amenazado con retirar los anuncios, pero Ben peleó por esa historia ante el director comercial. Nos sentamos juntos en la entrega de premios. Era un acto de etiqueta y, por primera vez, vi a Ben como un hombre, un hombre al que le quedaba muy bien el traje, no porque fuese elegante, sino porque la elegancia del traje contrastaba con su brutalidad y el resultado era que parecía supermasculino y tremendamente atractivo. Yo no me reconocí nada de esto a mí misma en aquel momento, pero Victor, que estaba sentado a mi lado, sí lo hizo.

—Joder, el jefe está muy follable esta noche —me susurró al oído.

Victor había evitado el código de etiqueta y apareció vestido con lo que decía que era un *kilt*, pero que parecía más bien una falda de cuadros. Lo acompañaba con un bolso colgado de la cintura que él hacía pasar por una escarcela.

—Eres un lexicógrafo —contesté.

—Deberían nominarme a algún premio.

De hecho, Victor optaba también a un premio y tanto él como yo ganamos en nuestras categorías. Yo no esperaba para nada ganar, así que el anuncio de mi nombre me provocó una emoción entre impacto inoportuno y agradable sorpresa. Me dirigí al escenario con la sangre cargada de una inesperada adrenalina. Me vi inundada de pensamientos espontáneos sobre Charlie y sobre que, en la vida paralela, él habría estado orgulloso de mí. Incluso podría haber estado conmigo esa misma noche, mirando desde la mesa mientras yo recogía el premio, aplaudiendo, soltando silbidos y centelleando con una felicidad posesiva. Por supuesto, él no habría hecho nada de eso. Probablemente habría dicho que odiaba vestir de etiqueta, que no le apetecía estar rodeado de jefes y hablar de banalidades y que se quedaba en casa. Ese era el problema de la vida paralela, que resultaba imposible comprobarla. Todo lo que ocurría en ella era solo real en la teoría. No había forma de saber si habría sucedido, así que era imposible de rebatir. Era una fantasía, pero, al contrario que otras, esta no proporcionaba consuelo ni esperanza alguna. La llevaba siempre conmigo como una capa pesada. Y ahí estaba, echada sobre mis hombros aquella noche mientras yo me acercaba al escenario con mi vestido con la espalda al aire y mis pendientes lanzando destellos bajo las luces, y ahí estaba mientras estrechaba la mano que me tendían, cogía la pesada estatuilla y miraba al mar que formaba la muchedumbre. Me acompañó mientras me sacaban del escenario, pues tenían que continuar y cumplir con una agenda, y cuando vi el destello de una cámara en mi cara a la vez que juntaba los dientes para sonreír y me colocaba junto al patrocinador.

—Enhorabuena, señorita Hamilton, muy merecido —me felicitó, después me soltó sin mirarme.

Entonces tuve un momento de vacío existencial al darme cuenta de que esto que yo había deseado, este premio, esta cosa que pensaba que me serviría de consuelo, no proporcionaba consuelo alguno. Mientras volvía a mi mesa, todos mis compañeros se pusieron de pie para saludarme. Estaban orgullosos de mí, los hombres silbaban, las mujeres me besaban y yo me puse una máscara de modesta felicidad. Levanté los ojos hacia Ben mientras él me apartaba la silla y vi sus ojos y el destello de su deseo, del que tuve una firme convicción. «Me desea», pensé. Y sentí, por fin, un poco de consuelo.

No ocurrió nada hasta después de los postres. Cuando los camareros los trajeron, yo ya me había bebido un tonel de vino blanco y la visión se me difuminaba. Estuve toda la noche muy pendiente de Ben, de dónde estaba y de con quién hablaba. Ahora que lo recuerdo, era como ver una caída a cámara lenta, como si nuestros movimientos hubiesen estado planeados desde antes. Sabíamos que terminaríamos juntos tarde o temprano, así que no había prisa. Después de que retiraran el plato principal y terminaran con los anuncios de los premios, todo el mundo dejó su asiento y nos dispersamos, recorriendo la sala para felicitar a los ganadores y entablar contacto con los jefes. Yo me quedé en la mesa, sola, comiéndome en silencio un *fondant* de fresa. Me había perdido el plato principal mientras estaba en el escenario recogiendo mi premio. Ben se sentó a mi lado pesadamente, pues estaba borracho, y le pidió un café a la camarera.

—¿Qué tal está nuestra reportera estrella? —me preguntó.

—Hambrienta, la verdad. Han retirado mi cena antes de que pudiera comérmela.

—Eso es inaceptable —replicó.

Hizo un gesto al camarero y le pidió pan. El camarero trajo un panecillo y un plato de mantequilla.

—Deja que yo te unte la mantequilla —dijo Ben—. No hay nada mejor que un pan recién hecho y bien untado de mantequilla. Sería mi última comida si estuviese en el corredor de la muerte.

—¿Y por qué estarías en el corredor de la muerte? —pregunté.

—Ah, pues por asesinato, sin duda —respondió Ben—. Suelo considerar la idea del asesinato varias veces al día. Es solo cuestión de tiempo que cometa alguno.

—No tenía ni idea —comenté—. Por fuera pareces muy calmado. ¿Sería algo así como un crimen pasional o algo más aleatorio?

—Aleatorio. Bueno, hasta cierto punto. Quizá elimine al tipo que me roba el periódico cada mañana. Merecería la pena, solo por descubrirlo.

—¿Te roban el periódico? Eso me parece especialmente cruel.

—Ni que lo digas —contestó Ben—. ¿Es que no sabe quién soy yo?

Bajó la mirada al panecillo. Le estaba poniendo mantequilla en cada rincón.

—¿Cómo sabes que es un hombre? —pregunté—. Si nunca has visto quién es…

—Sí. Tienes razón —asintió—. No hay que hacer suposiciones.

Colocó el panecillo con mantequilla delante de mí, como una pequeña ofrenda.

—Las suposiciones son el enemigo de la verdad —añadí antes de comerme el panecillo, dándole un buen mordisco.

Más tarde fuimos a un bar de la ciudad, un lugar oscuro con reservados y lamparillas en cada mesa. Nuestros compañeros estaban de pie, rodeándonos, charlando alegres, con círculos que se oscurecían bajo sus ojos a medida que se iba haciendo más tarde. El maquillaje de ojos se fue corriendo y las corbatas aflojándose. Ben pidió cócteles con la tarjeta de crédito de la empresa. Victor sacó un paquete de tabaco de su bolso-escarcela y dirigió expediciones a la puerta para ir a fumar. La gente se fue yendo, de uno en uno. Victor estaba tan borracho que tuvieron que meterlo en un taxi como si fuese un inválido. Después solo quedamos Ben y yo y empezamos a caminar por una Macquarie Street vacía. Pasamos por la Biblioteca Estatal y el Parlamento y, en algún lugar cerca de Los Cuarteles, nos apoyamos el uno en el otro. Me llevó a Hyde Park y tuvimos sexo apresurado y peligroso bajo una higuera de Bahía Moreton, en medio de un lecho de ciclamen. Después Ben me dejó en un taxi y a mí me costó creerme lo que había sucedido. Esa fue la primera vez.

Estaba en medio del tedioso proceso de llamadas de teléfono para recopilar información para mi artículo, empezando por los colegas parlamentarios, que oficialmente solo decían cosas agradables, pero extraoficialmente todo eran críticas. El personaje central de mi perfil, una política emergente llamada Rita Delruca, era una persona comprometida, inteligente y con buena mano para la política. Jugaba sucio entre las distintas facciones, carecía de importancia en el mundo de la política y había ascendido tan rápido por ser mujer, pero esas cosas no se podían decir ahora en voz alta. Esa era la razón por la que yo prefería redactar noticias antes que perfiles. En los artículos de noticias, recopilabas la información, buscabas reacciones de todas las partes implicadas y dejabas que el lector decidiera, pero escribir un perfil era distinto. Requería matices y énfasis. Tenías que convertir tu información en un relato, aun cuando no se adhiriera a ninguno de forma natural. Había que tratar de transmitir carácter a través de las palabras de otras personas y esas otras personas siempre tenían prejuicios ocultos. ¿Cómo se resume a una persona en tres mil palabras? Desde el Incidente yo tenía la firme creencia de que los demás eran fundamentalmente inescrutables, y en un sentido agradablemente sorprendente.

Hice unas cinco llamadas antes de comer y tomé algunas notas. La redacción emitía su zumbido a mi alrededor y Victor entró trayendo consigo la noticia de su última exclusiva. Había averiguado que un hombre acusado del asesinato de su mujer y su hijo había sido investigado por los servicios de inteligencia por su implicación en la política supremacista blanca. Tenía las mejillas rosadas y una expresión de estar encantado consigo mismo cuando se sentó a escribir. Vic era la viva imagen de la dedicación cuando escribía, pulsaba las teclas de su ordenador como si estuviese tocando una sonata. Yo le envidié en silencio mientras recibía una llamada tras otra de diputados laboristas sin información relevante. Llegué a mi límite a eso de las dos de la tarde, me puse de pie, me estiré y propuse ir a por un café.

—Se te da muy bien anticiparte a mis necesidades —respondió Victor con la mirada fija en la pantalla—. Debería casarme contigo. ¿Quieres dinero?

Dije que no y tomé el ascensor hasta la planta baja, donde pedí un par de cafés a Marisa, la camarera de la empresa. Consulté mi teléfono mientras esperaba y mi atención se pulverizó con el desfile de las redes sociales. Ben apareció por la esquina, me vio y se acercó con gesto serio.

—¿Tienes un minuto? —preguntó.

—Siempre —respondí.

Frunció el ceño ante tanta familiaridad.

—¿Qué ha pasado con el artículo de Bruce Rydell?

—¿A qué te refieres?

—Me ha llamado la abogada. Bueno, en realidad ha sido Colin Preston quien me ha llamado.

Colin Preston era el presidente del consejo de administración.

Le pregunté por qué.

—Le ha llamado Rydell. Se conocen. Van al mismo refugio de esquí o algo así. Rydell está muy cabreado. Dice que no deberías haberte hecho eco de un rumor. Dice que la conversación con el vice primer ministro no fue así.

—Bueno..., yo...

—¿Lo contrastaste, Suzy?

—Ya se había publicado antes. Esa historia viene de lejos. Toda la prensa se ha hecho eco.

—Repetir una difamación sigue siendo difamación.

—No es difamar si es verdad.

—Sí que lo es. Puede serlo. Además, ¿quién dice que sea verdad? La única persona que puede dar fe de su veracidad está muerta.

—¡Con leche desnatada! ¡Con leche de almendra! —anunció Marisa, y me sonrió como si estuviese anunciando un premio.

Ben me miró. Su gesto era serio.

—No es por mí por quien debes preocuparte —concluyó antes de marcharse.

De vuelta en la redacción, Victor estaba poniendo el toque final a su artículo de primera página, comprobando los datos con su contacto en los servicios de inteligencia y discutiendo con Curtis la estructura del artículo. Curtis siempre quería introducir el conflicto de una noticia justo en el primer párrafo, pero, al igual que muchos periodistas, Vic albergaba algunos sueños al estilo Capote con respecto a sí mismo, así que le gustaba optar más por una construcción lenta. Dejé el café de Vic en su mesa y me senté. Había en mi escritorio un sobre grande dirigido a mí, con letra curvada y en forma de bucle. Le di la vuelta: no había remitente ni dirección de devolución. Lo abrí y desplegué la nota de una sola página que había en su interior. La parte posterior del papel tenía marcas de la presión del bolígrafo con la que la habían escrito.

Estimada señorita Hamilton:
He pensado que esto le podría interesar.

La letra era grande y estaba escrita con tinta azul. Adjunto a la nota venía un cuadernillo. Lo giré y vi así el joven rostro de Tracey Doran por completo. Su nombre estaba escrito en la contracubierta con tipografía oscura y acompañado de unos números que se correspondían con la fecha de su nacimiento y de su muerte. Era el folleto con los detalles de su funeral.

* * *

Después del trabajo, fui a tomar una cerveza con Victor. Mi madre recogía pronto a Maddy los jueves y se la llevaba a su casa para consentirla y darle lo que ella llamaba «comida de verdad». Fuimos al *pub* que quedaba a la vuelta de la esquina de la redacción. Resultaba atractivo por su cercanía con el trabajo, pero por nada más. Lo habían reformado en los años noventa, justo en el momento en que los noventa se habían decantado por el diseño más feo, y no lo habían tocado desde entonces. Era un museo de mesas cromadas y colores primarios. Vic sentía la adrenalina de su artículo de primera página. A veces costaba relajarse después de un artículo importante. Yo pensaba que esta era probablemente una de las razones por las que los periodistas bebían tanto, para liberar los nervios por llegar a la fecha de entrega y la constante ansiedad por si se hace algo mal o por si te demandan o caes en desgracia o ambas cosas. Desde luego, era por eso por lo que yo estaba bebiendo.

—Entonces, ¿era solo el programa del funeral? —preguntó Victor—. ¿Ninguna dirección en el remite? ¿Quién crees que te lo ha enviado?

—¿Alguien que estuvo en el funeral? —contesté.

—¿Qué música le pusieron?

—No sé. ¿Importa eso?

—Se puede saber mucho de una persona por la música que ponen en su funeral.

—No es verdad —repuse—. Se puede saber mucho sobre lo que la persona que organiza el funeral quiere transmitir con respecto a la persona muerta, pero no mucho más.

—Bueno, vale. Es verdad, pero insisto en la pregunta. ¿Qué música pusieron?

—No lo sé. No he mirado el programa. Me parecía enfermizo.

Victor se quedó pensando un momento mientras daba un trago a su cerveza. Bebía cerveza de barril amarga en grandes cantidades, como si mantuviese una competición invisible con los paletos de cara rolliza que le habían torturado en el instituto.

—Tú no provocaste la muerte de Tracey —dijo.

Tenía espuma en el bigote.
—Claro —contesté.

Más tarde, tomé el autobús hasta la casa de mi madre para recoger a Maddy. Había tomado demasiadas copas. Beverley tenía un instinto afilado para distinguir el más ligero consumo de alcohol y yo iba a tener que darle explicaciones. Mientras el autobús subía entre resoplidos por la cuesta de Vaucluse, abrí el bolso y miré el programa del funeral de Tracey Doran. No habían cantado nada, pero sí que habían puesto a los Beach Boys: *I just wasn't made for these times.*

A Charlie le gustaban los Beach Boys. Había querido que sonaran en nuestra boda, que tuvo lugar una vez me lo propuso, por fin, tras regresar de nuestro viaje por Europa y saber que estaba embarazada. Yo sabía que había tardado un poco en hacerse a la idea, así que, cuando finalmente me lo pidió, sentí más alivio que alegría. No teníamos mucho dinero o, al menos, no dinero que quisiésemos gastar en una boda, por eso organizamos una ceremonia civil solamente con la familia más cercana como testigos y un cóctel en la casa del tío Sam en Glebe, que en aquel entonces seguía siendo su casa y ni cabía sospechar que más tarde se convertiría en un refugio para mí y para el contenido de mi floreciente vientre.

Nuestro primer baile fue en el patio trasero, que estaba cubierto de lirios e iluminado por guirnaldas de luces. El patio daba a un inestable muelle que estaba sujeto a la trasera de la casa. Los invitados se agolparon en avalancha sobre él para vernos bailar, o arrastrar los pies, al ritmo de Al Green. Charlie quería que sonara *God only knows* de los Beach Boys, pero yo no. Y gané yo. Para entonces ya estaba embarazada de seis meses y el vestido que había encargado a un modista por internet me quedaba demasiado ajustado por la parte de atrás y, como humillación definitiva, demasiado suelto por el pecho. Esperaba que buena parte del peso que había ganado fuese por retención de líquidos, pero ¿quién retiene líquidos en el culo? Terminé casándome con un vestido de algodón largo y suelto, de tirantes y sin cintura. Era todo lo que podía hacer para no llevar tanga.

Victor me puso flores en el pelo y me dijo que estaba guapa, pero no le creí. Mi vientre hizo que el primer baile resultase incómodo, la antítesis de todo lo que Al Green habría querido que su música inspirara, eso seguro. Dimos vueltas por el patio mirándonos el uno al otro mientras nuestros amigos y familiares nos observaban y no pude saber, ni siquiera en mi imaginación, en qué estaba pensando Charlie. Me preguntaba si se suponía que era así como debía sentirme.

Unos años después, yo estaba en el mismo patio trasero sola, con mi niña pequeña dormida en la casa que tenía detrás de mí y sin saber dónde estaba Charlie. Caminé por el patio donde una vez había bailado. Llevaba el pelo cubierto por un gorro de ducha y tenía unos guantes de cocina en la mano. Parecía una lavaplatos desgraciada o una fabricante de metadona. Fumaba un cigarro tras otro. Levanté los ojos hacia los pequeños fantasmas blancos del jazmín de las Antillas y giré el tendedero con la mano, haciéndolo chirriar en medio de la oscuridad. Me preguntaba qué iba a hacer ahora.

Capítulo cuatro

—Está dormida.

Cuando bajé del autobús en lo alto de la colina de Vaucluse, traté de calibrar lo borracha que estaba. A veces cuando estás muy bebida, puedes llegar a creer que piensas con claridad. No me pareció que fuera tan borracha. Fui en línea recta hasta la puerta de la casa de mi madre, un modesto bungaló californiano que compartía con mi padre, aunque ella ocupaba tanto espacio que, a menudo, él parecía estar ahí por casualidad. Procuré arreglarme el pelo, revisé mi aliento, me metí un caramelo de menta en la boca y lo mastiqué deprisa. Beverley abrió la puerta y su silueta se alzó imponente por un momento. Parecía como si fuese a exigirme alguna documentación antes de dejarme entrar.

—Sí, llego un poco tarde —asentí—. Hola, Beverley.

Le di un beso en la mejilla. A los quince años había empezado a llamar a mi madre por su nombre, como una especie de experimento, y continué haciéndolo al comprobar lo mucho que le fastidiaba. Beverley se hizo a un lado y fuimos a la cocina. Llamé a mi padre, que estaba en el sillón de su estudio, con las gafas colgando y el crucigrama en el regazo. En la televisión se oía el murmullo de las últimas noticias.

—¡Hola, cariño! —gritó él.

—Suzy llega tarde, Simon —advirtió Beverley.

—¿Deberíamos multarla?

—Muy gracioso, querido.

Pasamos por su lado y entramos en la cocina. Beverley dijo que yo tenía aspecto de necesitar una taza de té y no pude negarlo.

—Lo siento —me disculpé—. He terminado tarde y luego me he retrasado demasiado en el *pub*.

Era una verdad a medias. En realidad, no había tenido que presentar nada ese día. No había firmado ningún artículo en toda la semana y eso me generaba cierta angustia.

—¿Vas a sacar algún artículo? No has firmado ninguno desde hace una semana —comentó Beverley.

Leía todo lo que yo escribía. A veces me llamaba para señalarme los errores o las incoherencias.

—Estoy preparando un reportaje para la revista —contesté—. No va a salir hasta dentro de un mes o así.

—Entiendo.

Beverley sacó una elegante lata y metió hojas de té en una tetera de Marimekko. Las bolsas de té le parecían vulgares o algo así. A veces, parecía que mi madre lo hacía todo bien para resaltar lo mal que yo lo hacía todo.

Yo era su única hija. Hubo intentos de tener otro bebé, según supe, pero al final se habían rendido y habían puesto todas sus esperanzas en mí. Beverley había querido que su hija fuera procuradora o, aún mejor, abogada. Se sintió profundamente decepcionada cuando dejé la carrera de Derecho para entrar en Periodismo. Dijo que, como diplomada, ganaría menos del cincuenta por ciento del salario de una licenciada en Derecho y que la diferencia de sueldo aumentaría a medida que pasara el tiempo. En aquel momento yo me reí. Ahora pensaba a menudo en esa diferencia de sueldo, especialmente porque lo que yo ganaba como periodista apenas alcanzaba para pagar la guardería. Al final Beverley se acostumbró a la profesión que yo había elegido, pero en ocasiones hacía alguna broma, de un modo que en verdad no era ninguna broma, sobre que, en su testamento, le dejarían a Maddy lo suficiente como para que pudiera ponerse un despacho. Entonces yo trataba de imaginarme a Maddy, que aunque ya se ponía los zapatos sola casi nunca lo hacía en el pie que correspondía, siendo abogada. Quizá le quedara bien una peluca de crin.

—Voy a ir a darle las buenas noches —dije.

—No la despiertes —gritó mi madre detrás de mí, provocándome un destello de fastidio.

¿Esto era habitual cuando los padres se convertían en abuelos? Beverley siempre había tenido la sensación algo primitiva de que yo era de su propiedad, así que tenía sentido que pensara que también eran suyas las cosas que me pertenecían a mí. Y Maddy, sin duda, me pertenecía. Estaba dormida en el cuarto de invitados, que habían convertido en su dormitorio gracias a la generosa aparición de almohadas rosas, unicornios de juguete y una casa de muñecas de estilo victoriano y extraordinarias dimensiones, con ventanales y un tejado de tejas, que ocupaba un puesto de honor junto a la cama. Pude ver que Maddy había colocado varias muñecas alrededor de una mesa de comedor, un mueble de caoba (¿falsa?) en miniatura con patas talladas y unas sillas curvadas a juego. A menudo, cuando yo preguntaba por los nombres o el parentesco que tenían entre sí las muñecas, los conejitos o los ratoncitos con los que Maddy jugaba, ella me contestaba: «Su mami está en el trabajo». Incluso sus muñecos se quedaban solos en casa.

La mejilla de Maddy resaltaba sobre la almohada. Mientras dormía tenía agarrada su mantita y se chupaba el pulgar, provocando al sorber y succionar un leve ruidito que me resultaba tan familiar como mi propia respiración. Me incliné sobre ella, la besé y la acaricié suavemente con la nariz. No hay mayor placer que el de ver a tu hija dormir. Entonces la sombra de mi madre cruzó por la puerta y yo salí de la habitación marcha atrás. De nuevo Beverley fue detrás de mí hasta la cocina, donde había dos tazas de té a juego con la tetera listas y perfectamente colocadas sobre la mesa.

—He tardado una hora en conseguir que se duerma —dijo Beverley—. He tenido que leerle seis cuentos. Quería saber dónde estabas.

—Sabe que su mamá tiene que ir a trabajar —repuse—. Sabe que siempre vuelvo.

Beverley dejó que mis palabras se quedaran flotando en el aire por un momento. No era de las personas que ofrecen excesivas palabras de consuelo. Sacó la botella de leche del frigorífico y echó un poco en una jarrita de porcelana.

—Mi contribución a la vida elegante —dijo mientras la dejaba en la mesa y servía el té.

Removió la leche de su taza. La cucharita resonaba con un tin-tin-tin que invadió la habitación. Nos quedamos sentadas un momento sin decir nada mientras dábamos un sorbo. Ese silencio era más silencioso que agradable.

—¿Has sabido algo de Charlie? —me preguntó.

—No.

—¿Alguna vez te preguntas qué es lo que le mantendrá tan ocupado?

—No.

Era mentira. Me hacía esa pregunta todo el tiempo.

Mi madre se acabó el té y abrió otra lata. De ella sacó un cigarro. Fumaba uno al día, ni más ni menos, y siempre por la noche. Decía que no soportaba ver cómo el tabaco se había convertido en un problema moral, como el cambio climático o el uso de pajitas de plástico. Me apoyé en la isla de la cocina, cogí la caja de cerillas que había encima y encendí una para mi madre.

—Gracias, cariño. —Dio una calada al cigarro como si fuese una medicina—. ¿Me haces un favor? —preguntó con voz aguda mientras se tragaba el humo—. Ve a ver al tío Sam. Creo que está un poco solo. Su novia murió la semana pasada.

Sam era, en verdad, tío de mi padre y el único pariente lejano que nos quedaba, pues los de Beverley o estaban muertos o se habían distanciado mucho, pero mi madre se preocupaba por Sam más que mi padre. A mi padre no se le daba tan bien cuidar de los demás. Beverley, sin embargo, siempre estaba preocupada por el resto de la gente.

—¿Gina? Qué horror.

Gina vivía en el mismo edificio que el tío Sam y solían cenar juntos. Gina lo llamaba «refrigerio». Tenía artritis y cada semana se arreglaba el pelo, de algodón de azúcar, en una peluquería de Elizabeth Bay. No había sido novia del tío Sam. Lo sabía porque estaba bastante segura de que Sam era homosexual. Nunca se había casado y cuando, unos seis meses después de que naciera Maddy, me mudé a su casa y Sam se fue, encontré una sorprendente colección de cintas de vídeo pornográficas en un armario de abajo. Las vi, cada una de ellas, y confirmé que, sobre todo, eran de contenido homosexual. Empecé a mirar a Sam con una renovada admiración después de aquello.

—Gina no es su novia. —A continuación, cambié al tiempo pasado—. Solo eran buenos amigos.

—Tú ve a verle —insistió Beverley.

Apagó el cigarro y dijo que era hora de acostarse. No lo habíamos hablado, pero dimos por sentado que yo me quedaba a pasar la noche. Levanté a mi dormido padre del sillón, saqué la cama del sofá de su despacho y la preparé. Me desperté con la nariz de Maddy a un centímetro de la mía.

—Mami —dijo con tono serio—. Aquí estoy.

Sídney continuaba dando bandazos hacia el verano. Las mañanas se llenaban de humedad. Todas las plantas que iban a florecer florecieron, como si conquistaran el día antes de que el verdadero calor pudiese con ellas. Las jacarandas perdieron su manto púrpura. La triste planta de albahaca que yo tenía en el estante de nuestra cocina, mi única inclinación a la cocina más básica, volvió a cobrar vida, haciéndome sentir como si pudiera tener un mayor control de lo doméstico de lo que me correspondía. Empecé a poner albahaca como decoración en las comidas de Maddy, como los palitos de pescado y los espaguetis a la boloñesa. Maddy llamaba a la albahaca «hojas» y la apartaba.

—No quiero hojas, mami —decía, y se quejaba hasta que se las quitaba del plato.

Aun así, yo seguía poniéndoselas. Había leído en internet que a los niños hay que ofrecerles las cosas cien veces antes de que las prueben.

Unos días después de que apareciera en mi mesa el programa del funeral de Tracey Doran, recibí otra carta, con la misma letra curvada. Esta contenía una nota similar:

Estimada señorita Hamilton:
Esto le puede interesar.

Dentro del sobre había un informe escolar de Tracey Doran. Había sido una buena estudiante de matemáticas. Recibió ciertos elogios en geografía y su profesora de inglés mostró admiración por su «imaginativa expresión escrita». Unos días después, fue un certificado de vacunación de una mascota: un perro que tenía el mismo apellido que Tracey. Supuse que se trataba del perro melancólico que aparecía en algunas publicaciones en sus redes sociales. ¿El hecho de que alguien tuviese su certificado de vacunación quería decir que le estaban cuidando? No había pensado nunca en las mascotas huérfanas.

Más tarde llegó un sobre más grande que contenía algo blando y abultado. Resultaron ser dos agujas de croché con una prenda de croché recién empezada. Era de hilo rosa y parecía como si fuese el principio de un gorro de bebé o, quizá, alguna prenda para un perro pequeño. «Tracey estaba haciendo esto cuando murió», decía la nota. Después de recibir este paquete, salí de la redacción para dar un largo paseo por la curva del puerto cercana al edificio. Me quedé cerca del agua, con la cara alzada hacia arriba. Mi piel empezó a quemarse bajo el sol de la última hora de la mañana y escuché el leve ruido de las grúas que levantaban vigas de acero sobre una obra al otro lado de la bahía. Más apartamentos. Estaban apareciendo por todo Sídney. Tomé aire varias veces y volví al trabajo. Tiré el croché a una caja. No quería tocar algo que había tocado una mujer muerta.

Había muchas razones por las que me alegraba de no haberme hecho abogada. Principalmente porque sabía que se me habría dado muy mal. Había llegado a esta conclusión cuando trabajaba de asistente en un bufete del centro de la ciudad, cuando todavía estudiaba. Mi madre me había ayudado a conseguir el trabajo por medio de Frederick van Steen, el marido de una de sus amigas del tenis. Frederick era uno de los socios y, siempre que se cruzaba conmigo en los pasillos, me dedicaba un pequeño saludo de capitán y me decía con un tono demasiado alto:

—Te mantenemos ocupada, ¿verdad?

Yo no estaba segura de si me mantenían ocupada. El trabajo que me daban me resultaba completamente incomprensible. Me asignaron el caso de un litigio en el que estaba implicada una importante compañía de comida rápida que tenía problemas con sus franquicias. Requería mucho trabajo de documentación, análisis de contratos en busca de posibles incumplimientos y la hábil aplicación de notas adhesivas junto a cláusulas especialmente condenatorias. La verdad era que yo no tenía ni idea de lo que hacía durante todo el día. Todo me parecía muy alejado de la realidad, envuelto en una jerga y un revestimiento jurídico que era imposible de relacionar con personas de verdad que se movían por el mundo como yo, personas que iban al trabajo y daban de comer a sus familias, que se detenían en los semáforos y tiraban la leche cuando se agriaba. El trabajo, la lectura minuciosa y el análisis de contratos, sin embargo, requería una enorme concentración, más de la que yo podía ofrecer.

Ese verano yo estaba saliendo con un compañero de la Facultad de Derecho. Tenía una sonrisa torcida y piernas de atleta y mis intentos de examen ininterrumpido de documentos se veían, a menudo, echados a perder por los intrusivos pensamientos sexuales que tenía relacionados con él. Las luces de los despachos funcionaban con un sensor de movimiento y, un día, al pasar junto al despacho en el que otro asistente estaba sentado solo examinando unos documentos, las luces se le apagaron. Llevaba tanto tiempo inmóvil que el sensor de movimiento registró que la habitación estaba vacía. Vi cómo dejaba de leer apenas el tiempo suficiente para levantar el brazo rápidamente en vertical por encima de su cuerpo, un gesto eficaz que le sirvió para activar los sensores y volver a encender las luces, de modo que pudo volver a la lectura. Supe en ese momento que jamás podría ser abogada. Nunca tendría la capacidad de quietud necesaria como para desactivar los sensores de movimiento.

El bufete estaba distribuido en cinco plantas de uno de los edificios más prestigiosos de la ciudad. Tenía caras tiendas de diseño ubicadas en la planta baja a las que solía entrar a mirar durante la hora del almuerzo. En mi mente jugaba con las dependientas a ver quién aguantaba más, pues seguramente sabían que yo no tenía dinero, pero eran incapaces de hacer otra cosa que seguirme la corriente hasta que me iba. En una de esas tiendas, durante una triste hora del almuerzo, vi un adorno para un bolso de mano etiquetado en setecientos veinticinco dólares. ¡Por un adorno de un bolso de mano! Era algo que yo antes ni sabía que existía. Vi que estaba hecho de pelo (real, esperaba, dado su precio) pegado a un cordón de piel trenzada y a una bola plateada con un enganche para sujetarla al bolso. Le di la vuelta varias veces a la etiqueta para asegurarme de que el precio era del adorno del bolso y no del bolso en sí. Cualquiera que tuviese dinero suficiente para comprar un adorno así tenía demasiado dinero, pensé, y al día siguiente contesté a un anuncio de un periódico sobre un curso de periodismo.

Recordé todas las razones por las que no había sido abogada cuando entré en una reunión con varios de ellos para tratar sobre la amenaza legal de Bruce Rydell. Allí estaban la abogada de la empresa, Stefanie, y otro abogado de un bufete especializado al que habían contratado para ayudar en este asunto. Se llamaba Francis y tenía algo verde pegado a sus dientes, algo de lo que, al parecer, nadie le había avisado. Stefanie tenía un cuerpo menudo y compacto que a mí me resultaba intimidante. Las mujeres pequeñas siempre me hacen sentir excesivamente grande, como si mi persona se me derramara por los bordes, aunque hacía dieta para mantenerme en lo que se consideraban los límites aceptables. Francis había traído a una especie de parásito legalista, quizá su pasante, al que no presentaron y se pasó toda la reunión tomando notas en su portátil. Ben también estaba presente. Me aseguré de sentarme varias sillas lejos de él, fuera de su campo de visión. Stefanie parecía ser quien presidía la reunión. Estaba sentada en la cabecera de la mesa y barajaba algunos papeles.

—Gracias a todos por venir —dijo. Su actitud era resuelta—. No voy a quitaros mucho tiempo. Como sabemos, Bruce Rydell denuncia que la historia de la que se ha hecho eco Suzy concerniente a lo que se dijo en una reunión que mantuvo con el vice primer ministro en 1988 es falsa. Dice que los comentarios que se le atribuyen, especialmente lo de que dijo al vice primer ministro que se «preparara para un puto Armagedón» si no accedía a los cambios que proponía en las leyes de propiedad de medios de comunicación, se publicaron con intenciones maliciosas.

—Escribí «presuntamente» —señalé—, que «presuntamente» le dijo al vice primer ministro que debía prepararse para el puto Armagedón.

Stefanie miró sus papeles mientras yo hablaba, a la espera de que terminara para poder continuar.

—También asegura que nunca pronunció las palabras «Más os vale que os preparéis para una década en la oposición, zorras. Vamos a mataros».

—Yo nunca dije que él...

—Y niega rotundamente haberle dicho al vice primer ministro que era un imbécil. Ni una basura.

Stefanie hizo una pausa y ella, Francis, el pasante sin nombre y Ben giraron sus cabezas para mirarme.

—Censuré las palabrotas —dije sin convicción.

Stefanie se colocó bien las gafas con un movimiento limpio y continuó:

—El problema fundamental que tenemos aquí es la falta de disponibilidad de la verdadera defensa, dado que solo había dos interlocutores en la conversación y uno de ellos, la única persona que podría confirmar la veracidad de esta anécdota, está muerto... En fin, que estamos paralizados. Legalmente.

Sentí una oleada de desprecio hacia Stefanie. Me pregunté si alguna vez se había comprado un adorno para un bolso.

—El señor Rydell también ha dejado clara su intención de presentar una demanda de indemnización por daños morales por dolo.

—¿Dolo por mi parte? —pregunté.

—Sí.

—¿Cómo puede saber cuáles eran mis motivaciones?

—Su abogado lo establecerá, el dolo, a través de un análisis cruzado y los documentos legales. Tus mensajes de texto, correos electrónicos y ese tipo de cosas.

—¿Pueden reclamar como pruebas los mensajes de texto? —preguntó Ben.

—Sí —respondió Stefanie—. Lo más probable es que reclamen los mensajes entre Suzy y sus superiores relativos al artículo.

—¿Y los mensajes que se envían por aplicaciones encriptadas?

—No siempre son tan encriptadas como creemos —contestó.

Traté de recordar qué tipo de comunicaciones había mantenido con Ben o Curtis con relación al artículo antes de salir corriendo a recoger a Maddy. Pensé en todas las demás comunicaciones que había compartido con Ben por mensaje de texto. Me pregunté qué propósito podría tener ese examen de mensajes.

Francis se aclaró la garganta antes de hablar.

—¿Hubo alguna persona presente en esa reunión entre Rydell y el vice primer ministro? ¿Alguien de su equipo, quizá? ¿O un empleado del departamento pertinente?

—No lo sabemos. No lo creo… No sé —dije—. La anécdota se había publicado antes en varias ocasiones. ¿No podemos usar eso en nuestra defensa?

—No —contestó Stefanie.

—¿Qué nos recomiendas? —preguntó Ben, interrumpiéndome.

—La publicación de una disculpa completa. Absoluta. Una rectificación impresa en un lugar destacado del periódico. El pago de los gastos legales de Rydell y un pago *ex gratia* para él para zanjar el asunto.

—Pero si es millonario —protesté.

—Multimillonario —apuntó Ben—. Hazlo —le indicó a Stefanie.

Y dicho esto, terminó la reunión. Ben se enfrascó en una conversación seria con Stefanie mientras salían juntos de la sala. El pasante sin nombre guardó su portátil. Francis me brindó una triste sonrisa mientras salía. Vi que aún tenía esa cosa verde en los dientes. No le dije nada.

* * *

Esa noche, después de acostar a Maddy tras leerle cuatro cuentos y contener sus intentos de obligarme a que le leyera el quinto, dejé a Betty, la vecina adolescente, al cargo de ella y salí calle arriba para ir a ver a Tom. Llevaba conmigo una botella de vino y nos sentamos en su terraza a bebérnosla. Le pregunté por su trabajo, su trabajo de verdad, y le escuché mientras me hablaba de él. Fotografiaba, sobre todo, retratos y algún paisaje, pero elaborados. A veces manipulaba digitalmente las imágenes para crear trampantojos. Me contó que la serie que estaba realizando se llamaba *Realista*. Consistía en la recreación de escenarios de los grandes mitos griegos usando modelos que sacaba principalmente de su equipo de baloncesto. En ese momento, estaba trabajando en una sesión con un Hércules que era un pívot de metro ochenta llamado Dale.

—Quizá te haga una fotografía —me dijo a la vez que me llenaba el vaso.

Estábamos bebiendo en unos vasos desiguales que Tom había encontrado en una estantería y había lavado en el grifo del baño.

—Ay, sí —contesté—. ¿Quién voy a ser? ¿Medusa?

—Afrodita, por supuesto —respondió, y nos metimos en la cama poco después.

Más tarde Tom me acompañó a casa por la calle mojada por la lluvia de principios de verano. Hicimos una parada en un 7-Eleven para comprar leche y pan para el desayuno de Maddy. El dependiente lo marcó sin decir nada y me pasó la bolsa de la compra por encima del mostrador como si balanceara una pesa rusa. Tom la cogió y la llevó por mí.

—Háblame de Hércules —le pedí mientras caminábamos.

—Bueno, ya sabes, famoso por su fuerza —respondió Tom—, pero escondía secretos. Lo cierto es que tuvo una vida difícil.

—¿Y eso?

Entrelacé mi brazo con el suyo.

—Sus problemas empezaron pronto, cuando era bebé. La mujer de su padre envió dos serpientes a su cuna para matarlo.

—Ah, pero ¿las serpientes no pudieron con él?

—No. Las mató con sus propias manos.

—Bien hecho, Hércules.

—Hércules era prodigioso.

Llegamos a mi valla oxidada y la abrí.

—¿Y quién era su madre?

—Alcmena. El padre de Hércules, Zeus, se hizo pasar por el marido de ella para seducirla.

—Entonces, ¿ella cometió adulterio sin ser consciente?

—Era una mortal, por lo que resultó fácil engañarla. Los dioses siempre se la jugaban a los mortales.

Tom me pasó la bolsa y me dio un beso de buenas noches.

—Ven a la exposición —reiteró—. No te disgustará. Puedo garantizarte que el alcohol será de mala calidad, pero abundante y gratis.

—¿Y si no entiendo ese arte?

—En el arte no entenderás nada si crees que hay algo que entender.

—Vale —asentí—. Iré a la exposición.

Dentro Betty estaba tumbada en el sofá con las piernas arqueadas y un brazo colgando por el borde. Estaba quieta y la luz de la televisión se movía sobre su cara dormida.

Había ido a la ciudad para reunirme con un contacto político que conocía a Rita Delruca, la protagonista de mi perfil. Había accedido a darme cierta información sobre las trampas de las que se había servido Delruca para conseguir ser preseleccionada para su escaño. Era poca cosa, pero necesitaba salir del trabajo. Había humedad y, nada más salir del edificio y empezar a andar por el centro, mi cuerpo se llenó de sudor. El contacto era un antiguo empleado del Congreso convertido en asesor que se llamaba Theo. Seguía siendo miembro del partido y hacía gala de sus ambiciones abiertamente. Iba detrás de su propia preselección, pero para un escaño mucho más seguro en el sur de Sídney al que le tenía echado el ojo desde que estudiaba para entrar en política y anunció a sus amigos que algún día sería primer ministro. Yo ya sabía que era común entre los políticos mostrarse completamente despreocupados, naturales y seguros de sí mismos. No tenían ningún problema en exponer al desnudo su ambición. Yo, a veces, me preguntaba cómo debía de ser ir por ahí ataviado con ese tipo de confianza en uno mismo.

Me reuní con Theo en una cafetería del Queen Victoria Building. Estaba llena de clientes navideños y, mientras nos tomábamos nuestros capuchinos, un enorme pino se erguía sobre nosotros, como si fuésemos unos niños en un bosque de cuento. Yo me había acostado una vez con Theo, durante una temporada que pasé en Camberra, antes de Maddy. La mezcla del invierno extremadamente frío y la cultura del alcohol entre la élite política de la capital me había llevado a tomar algunas malas decisiones en el terreno sexual durante aquel periodo. Theo, por lo menos, era divertido. Carecía por completo de malicia, lo cual era raro en una persona y más aún en un político, pero ¿importaba algo la ausencia de malicia en una persona tan interesada? No estaba segura. Theo me contó cómo Delruca había conseguido muchos apoyos reclutando a montones de inmigrantes de habla no inglesa para que la votaran. Posiblemente también a gente muerta. Me informó de que aquella preselección estaba siendo el centro de una investigación interna en el partido.

—¿Podrías conseguirme documentación de eso? —le pregunté.

Lo que pudiera decir la gente no servía de mucho, pero los documentos sí.

—Puedo intentarlo. Dame unos días.

Dio un sorbo a su capuchino.

—Lo más importante es que Delruca no es ningún ángel. Todo ese trasfondo de que viene de una familia pobre, que lo ha pasado mal, ya sabes, teniendo que criar a su hijo siendo madre soltera, es una buena historia para los laboristas, desde luego.

Hizo una pausa para limpiarse la boca con el borde de una servilleta de papel. Tuve un repentino recuerdo de besar esa boca, con sus labios finos y poco carnosos. Recordé que Theo era el resultado de una educación cara. Su padre era presidente de una importante empresa que cotizaba en bolsa y probablemente se había criado en un chalé con piscina y con una persona a la que pagaban por cuidar de la piscina. Probablemente estuviese motivado por la envidia por un pasado laborista; por eso y por el hecho de que Delruca estuviese en la facción equivocada.

—En fin, seguro que lo ha pasado mal —continuó—, pero no es ninguna santa. Devuelve cada golpe que recibe. Sabe cómo desenvolverse.

Yo estaba segura de que era así. No me parecía sorprendente que Delruca supiera defenderse. Me pregunté por qué se esperaba siempre que las mujeres con pasados complicados se mostraran sumisas si querían comprensión o si querían gustar, pero no lo dije en voz alta. Me limité a tomar notas y, cuando terminamos, pagué los cafés.

¿Qué hay que ponerse para la inauguración de una exposición de arte conceptual? ¿Qué ropa puede servir para que parezcas lo suficiente desenvuelta sin que se note que estás tratando de parecer desenvuelta? Yo sabía que el único denominador de lo guay era la falta de esfuerzo, pero resultaba muy difícil de conseguir. Me di una vuelta por el centro comercial de Pitt Street y miré en varias tiendas. Observé disimuladamente a las veinteañeras modernas que cogían ropa de los estantes. Me parecía que estaba produciéndose una especie de resurrección de los noventa: las formas de los vaqueros habían cambiado, de repente, y no parecía que hubiese en venta ninguno que no fuese pirata. Los pantalones piratas eran siempre un problema para las altas, pues corrías el peligro de que pareciera que llevabas bermudas, y yo no estaba dispuesta a correr ese riesgo. Me probé un vestido negro de media pierna, me hice un selfi en el espejo y se lo envié a Victor. Me contestó: «Pareces un cuervo triste». Entonces me probé uno de esos vaqueros nuevos, tobilleros se llamaban. Eran suficientemente ajustados como para provocar algo de interés. Me los pondría con unos zapatos planos y una camiseta negra lisa. Si no podía parecer guay, al menos podría ir discreta. Me zambullí entre la gente y entré en una juguetería para buscar a algún miembro de la familia de ratones de los árboles que tanto gustaban a Maddy. Se llamaban Familia de ratones Barnet y tenían todo tipo de casas que podías construir para ellos, como una casa en un árbol, obvio, un bungaló o una casa de campo. Tenían incluso un teatro de *ballet,* donde se colocaba a los ratones de puntillas en pequeñas plataformas y se movía una palanca que los hacía girar y moverse como bailarines. Maddy debía de tener los ratones bailarines, pero en la tienda ya no quedaba ningún teatro de *ballet,* así que pedí que lo encargaran.

—¿Quiere *El cascanueces* o *El lago de los cisnes?* —me preguntó la dependienta—. Veo en el ordenador que solo nos queda *El lago de los cisnes* en el almacén.

—Ese está bien —respondí, y busqué la tarjeta de crédito en el bolso.

Vi que mi teléfono se iluminaba con un mensaje. Cuando salí de la tienda me quedé un momento quieta, pestañeando, en medio del río de compradores de la calle. Luego abrí el mensaje. Era de Ben y se me cayó el alma a los pies al tiempo que mi ingle experimentaba un sobresalto. Tenía una habitación en un hotel situado en el mismo lugar, al otro lado del puente, y quería que fuese. Me descubrí montando en un taxi.

Ben había ido allí para decirme que aquello tenía que acabar. Lo dijo casi con dulzura, sentado sobre la cama de aquel hotel mediocre con la cabeza agachada. El cubrecama estaba hundido y formaba ondas alrededor de su cuerpo. Dijo que la conversación con la abogada le había hecho entrar en razón.

—La posibilidad de que encuentren los mensajes —dijo— ha hecho que me dé cuenta.

Yo no podía darme cuenta de nada. Sentía tanto alivio como fastidio. Fastidio por haberme hecho ir hasta allí para contarme esto y por la estupidez de que se sintiera obligado a hacerlo así, a hablarlo. No éramos unos adolescentes. No estábamos compartiendo una historia de amor. No era necesaria la caballerosidad. Ben podría imponérsela a sí mismo, pero ¿tenía que arrastrarme a mí? Una llamada de teléfono habría bastado. Tras nuestra reunión con la compacta Stefanie yo había revisado los mensajes que había intercambiado con Ben y había borrado todo lo que pudiera resultar incriminatorio, pero tenía la vaga sensación de que, aun así, podrían quedar almacenados en la nube. ¿Dónde estaba la nube? Sobre la cama, Ben hablaba de Beano, de su matrimonio, de sus hijos, y fue entonces cuando salí de mi aturdimiento y le dije que no, que no, que no, que no estábamos haciendo esto.

—Te debo una conversación —dijo.

—La verdad es que no —repuse.

Y lo decía en serio. Podía quitarme de encima a Ben. Podía dejarle marchar de una forma bastante sencilla, con la misma facilidad que se suelta el cordón de un globo de helio. Sentí una oleada de desprecio por él y por la expresión seria que tenía, y sentí el deseo de fastidiarle de alguna forma, de quitarle el poder que él me había arrebatado.

Le agarré la mano y él accedió. Me moví hasta colocar mi cuerpo sobre el suyo. Él hundió la cabeza sobre mi esternón y pronunció mi nombre en voz baja.

—¿Por qué no me defendiste en la reunión? —le pregunté.

—¿Qué?

Su cabeza estaba buscando el hueco de mi clavícula.

—Te rendiste a esos abogados con demasiada facilidad.

—No me pareció que tuviésemos muchas alternativas —replicó—. Al final es decisión mía.

Se puso de pie y se apartó de mí a la vez que se ajustaba la parte delantera de los pantalones. El cubrecama conservó el hueco de su peso.

—Fue una decisión de mierda —dije.

—Esa es tu opinión. Tengo que irme ya.

Lanzó una mirada rápida a su reloj y cambió de expresión.

—Salgo yo primero, ¿te parece?

—Adelante —respondí, y escuché cómo cerraba la puerta y se iba.

Fui a la ventana para mirar, durante unos minutos, la respetable vida de esa calle del norte de Sídney, a sus empleadas, a sus mensajeros en bicicleta, la alegría navideña de sus adornos de Papá Noel en trineo y sus postes telefónicos con espumillón.

Me tranquilicé al pensar que por fin había terminado y que la forma de acabarse no era importante. Una historia más para empaquetar y guardar y nadie sabría nunca nada, salvo nosotros dos. Podía trabajar con Ben sin tener que mirarle nunca a los ojos.

Unos minutos después, cogí mi bolso y me dispuse a marcharme. Cuando abrí la puerta y salí al pasillo, oí voces. Al levantar la mirada, vi la espalda de Ben y, detrás de él, mirándole y mirándome, estaba la cara de Beano, la mujer de Ben, con expresión de angustia. Al verme, la angustia se transformó en furia.

—¡Lo sabía! —gritó—. ¡Lo sabía!

Ben se giró para mirarme. Yo me había quedado inmóvil, espantada, y su cara era el vivo retrato de la vergüenza, estampa que supe que se añadiría a mi banco mental de imágenes indelebles. Agarró a su mujer de los hombros y le habló en voz baja y con suavidad mientras ella gritaba y mientras yo hacía lo único que se me ocurrió que podía hacer: girarme hacia el otro lado y marcharme por la salida de incendios, con el corazón latiéndome a toda velocidad, como un ratón que huye de un gato. Por fin salí a la calle, donde el sol del principio del verano me iluminó, y tuve la sensación de no merecerlo.

Resultó que había una aplicación que uno puede descargarse para rastrear el GPS del teléfono de otra persona y ver dónde está. Toda esa información estaba disponible. Estaba en la nube.

Capítulo cinco

La verdad es que yo no sabía decir si las obras eran brillantes o terribles, pero tras mi segunda copa de vino blanco empecé a notar que no me importaba y que la misma clasificación de obra de arte era un acto burgués y, por tanto, innecesario. Tom estaba a mi lado mientras mirábamos las televisiones que había destrozado el artista. Las piezas estaban colocadas sobre el suelo de cemento pulido. Había, también destruidas, algunas radios y un reproductor de vídeo por el que sentí un destello de nostalgia. Cuando era niña, mi padre traía a casa cada viernes por la noche alguna película de vídeo nueva de la tienda. Yo siempre esperaba que fuera un estreno, quizá una donde saliera Sally Field. La verdad es que pensaba que la generación de Tom se había perdido algo, y no se trataba solo del aprecio por lo singular que acabó cuando todo empezó a estar disponible a la carta, desde el sexo hasta la televisión. Se habían perdido el tener que sentarse a esperar cosas que no elegían: canciones, programas, personas, incluso anuncios. Se habían perdido el descubrimiento fortuito. Aunque pensaban que sabían mejor que nadie lo que querían, según mi experiencia, rara vez ocurría eso.

—¿Puedo tentarte?

Estábamos delante de un modelo de televisión de finales de los noventa, cuando comenzaban a aparecer las pantallas planas, pero antes de que fueran como obleas. Esta era sólida y enorme, con una trasera protuberante que habían hecho papilla. La pantalla de televisión, también rota, no funcionaba, pero sobre ella se proyectaban, de forma espectral, imágenes de noticias violentas desde un proyector colocado en una pared detrás de nosotros. Había un bate de béisbol encadenado a la pared con un pequeño cartel pegado a él que decía: «Pruébame» y, de uno en uno, la gente se acercaba para golpear la televisión con el bate. Era como una especie de violencia con autorización artística.

—Tú primero —le dije a Tom.

Cogió el bate de béisbol y lo balanceó ligeramente, con gesto atlético, contra los restos agrietados de la pantalla, provocando una pequeña rotura. Me pasó el bate y me sorprendí moviéndolo con bastante fuerza, una fuerza que contenía una mezcla de vino barato y los acontecimientos de esa tarde.

—Tranquila, leona —dijo Tom cogiéndome el bate de las manos—. Quizá sí que consigamos convertirte al final en una buena entendida en arte.

—No estoy segura de que pueda entender el arte si lo estoy haciendo añicos.

—Se puede entender de muchas formas —repuso Tom—. De todos modos, hay mucha gente que cree que el arte debería ser efímero.

Movió sus bonitos brazos en torno a sí para señalar al público, que estaba compuesto principalmente por hípsters de veintitantos años. Se podían dividir, en general, en dos categorías: los que vestían como campesinos de las montañas (las chicas con vestidos pasados de moda y botas robustas; los chicos con pantalones de trabajo enrollados por los tobillos) y los que llevaban versiones más bonitas de la ropa que yo había vestido de adolescente (vaqueros de talle alto, perneras rotas y camisetas de grupos de música).

—Creo que necesito otra copa.

Tom detuvo a un camarero que pasaba y cogió una copa de vino llena para mí. Yo le pasé la vacía.

—El truco de esta exposición es que, cuando acabe, el artista va a tirar los restos al vertedero, lo va a grabar y eso formará parte de su siguiente instalación —me explicó.

Di un sorbo a mi vino. Sabía a metal y limón.

—¿Y si viene un coleccionista acaudalado y le suplica comprar uno de los trozos? —le pregunté—. Ya sabes, para colocarlo en un pedestal en su casa, quizá junto a su televisión de verdad.

—¿Cómo una especie de *memento mori*?

—Sí. Una advertencia para la televisión —imaginé—. Como si quisiera decir: no te acomodes demasiado, pronto quedarás obsoleta.

—Bueno, la terrible perspectiva de que pueda ganar un poco de dinero supondría un grave insulto a su integridad como artista —replicó Tom.

—¿Quién gana dinero?

Se nos acercó un hombre joven. Era bajito, llevaba tupé y tenía la piel pálida. Podría haber sido un poeta del siglo XIX, desde luego tenía los dientes para parecerlo, de no ser porque llevaba unos pantalones cortos de cuero. Parecía haber una especie de obstinación en estos artistas jóvenes: un agresivo rechazo a todo lo que pudiera hacer parecer que se habían vestido para una ocasión especial. Era como si todos llevaran disfraces. Se habían arreglado para parecer desarreglados. Llevaban gorros absurdos y algunos olían a lana mojada.

—Bueno, tú no. Justo se lo estaba explicado a Suzy —respondió Tom—. Danton, esta es Suzy Hamilton. Suzy, este es el artista, Danton. Nos conocemos de la Facultad de Bellas Artes.

Estreché la mano de Danton sin fuerza. Me había temido que llegaría este momento. No tenía ni idea de qué decir.

—Una obra muy interesante —comenté—. Enhorabuena.

—Ah, gracias. Normalmente hago arte callejero, así que esto es distinto —respondió Danton con tono de pereza. Sus ojos recorrieron la sala por detrás de mí, examinándola—. Me gusta convertir los desechos en mi arte. ¿Y tú a qué te dedicas, Suzy?

—Soy periodista.

—Ah, qué maravilla. ¿Cómo te apellidas?

Tom acababa de decírselo. Se lo repetí.

—Te he leído —dijo Danton con despreocupación—. Soy un ávido consumidor de noticias. Lo cierto es que saco de ahí la mayor parte de mi inspiración. Toda esta exposición es sobre la alteración. Es una descripción física de la alteración que lleva a cabo la industria de los medios de comunicación. La muerte de los dinosaurios.

Yo nunca sabía qué decir cuando la gente, normalmente en alguna fiesta, pontificaba sobre la inminente muerte de los periódicos. Había pocas formas de responder con educación.

—Es mucho mejor estar en una industria en crecimiento, como el arte conceptual —señaló Tom. Me agarró del codo y me dio un ligero y reconfortante apretón—. No te entretenemos más, amigo. Deberías ir con los críticos y los coleccionistas.

—¡Qué aburrimiento! —exclamó Danton alegre, antes de alejarse para unirse a otro grupo de personas.

—Estoy preocupado por sus rodillas —dijo Tom cuando se fue—. Tan expuestas a los elementos...

Me terminé el vino. Estaba bebiendo sin parar. Después de esa tarde, del hotel y de la cara de angustia convertida en furia de Beano, había caminado varias manzanas hasta encontrar un parque que se adentraba en el puerto, entre los bloques de oficinas de nivel medio y las calles de los barrios de las afueras. Estuve esperando allí hasta que el pecho se me tranquilizó y, después, subí a un taxi, pero no volví al trabajo, pues la redacción se había convertido en un destino impensable, remoto y hostil después de lo que había hecho. Fui a recoger a Maddy, porque mientras la tierra siguiera girando Maddy necesitaría un baño y palitos de pescado, y yo necesitaría el agradable placer de prepararle la cena, escoger el cuenco que Maddy quisiera y el minitenedor con el que arponeaba su comida como si fuese un rey medieval. Maddy me necesitaba, pero yo sabía que, antes o después, el péndulo se movería y Maddy me rechazaría, aunque esperaba seguir cerca, de fondo, como una admiradora o una suplicante.

—¿Tienes un cigarro? —pregunté a Tom.

—Sí, pero tú no fumas.

—A veces sí. Cuando era más joven fumaba —afirmé, como si tuviera que convencerle de mi experiencia en este campo.

Salimos y nos unimos a un pequeño grupo de gente que sostenían sus cigarros alejados del cuerpo, como si estuviesen agarrando la correa de un perro invisible. Pensé en lo mucho que fumaba cuando Maddy era muy pequeña, después del Incidente, cuando el tabaco era la muleta que evitaba que me inclinara del todo hacia un lado. Tom se acercó con un mechero.

—Qué buen matrimonio el del tabaco y el alcohol —comenté.

—¿Y por qué lo dejaste? —me preguntó Tom.

Expulsó el humo hacia arriba en forma de nube, como si se lo estuviese enviando a los dioses.

—La verdad es que no lo dejé a conciencia. Simplemente me quedé embarazada.

Era verdad. Tras regresar de Europa noté que todo el vino que probaba me sabía como si estuviese picado. Los cigarros me mareaban y ansiaba comer plátanos con una urgencia que jamás había sentido por ninguna fruta. Hice pis en un palito, después fui al médico para un análisis de sangre. Los niveles de la principal hormona del embarazo eran altos, lo que significaba una baja posibilidad de aborto. Incluso siendo un cigoto, Maddy estaba llena de vida.

—Así es como supe que estaba embarazada —continué mientras daba una calada—. No soportaba los cigarros ni el vino.

—Ojalá te hubiese visto embarazada o te hubiese conocido embarazada —dijo Tom.

—No resultaba atractiva. Cada vez que me ponía de pie, hacía un ruido como si fuese un tenista de un Grand Slam lanzando una derecha.

Siempre he envidiado a esas mujeres con maridos que se vuelven locos con sus cuerpos de embarazadas. ¿Era madurez? ¿Era solo la necesidad de tomar ese cuerpo antes de que se viera rebasado por una fuerza mayor, una fuerza contra la que jamás podrían competir? Lo que quiera que fuera, Charlie no lo sintió. Dejó de querer tener sexo en cuanto se me empezó a notar. Mi cuerpo se convirtió en algo secreto y cambiante que solo compartía con el bebé. Mi piel empezó a oler a malta y se volvió exuberante, un lugar de experiencia mutua con mi hija nonata.

—Qué excitante.

—Oh, sí.

—Quizá puedas enseñarme una foto de ti embarazada —dijo Tom.

No tenía muchas. Charlie, que nunca fue un entusiasta de la fotografía, apenas había hecho fotos durante mi embarazo. Yo me había sentido demasiado boba como para que me importara, la verdad, pero de vez en cuando, si lo pensaba, le daba mi teléfono y le pedía que me hiciera una foto. Él siempre obedecía, pero me hacía sentir desesperada, como si le estuviese suplicando que me mirara, como haría después Maddy conmigo cuando salió y se convirtió en la que era. Maddy en un columpio del Parque de Árboles, elevándose más alto de lo que lo hacía antes, o ejecutando su propia versión de un *demi plié,* o dándome una constelación de garabatos trazada en un trozo de papel de la carnicería y anunciando que es un retrato de un perro, de una casa o de mí… Todos esos gestos, todo ese arte, expresaban lo mismo: «Aquí estoy. Mírame. Fíjate en mí».

Entramos de nuevo y volví a molestar a la camarera, pero me dijo que ya no había más alcohol. Los aficionados al arte y yo habíamos dejado la galería seca. La gente fue saliendo a la calle. Varias chicas con gorros decían que la exposición era impresionante, superinteresante y superinnovadora. Una chica borracha con un aro que le atravesaba el cartílago de la oreja dijo, elevando demasiado la voz, que la exposición era superpoco original. De un modo u otro, todo era súper.

Uno de los amigos de Tom, Conal, a quien ya me había presentado antes, decía que iban a ir al Marlborough, y emprendimos el camino todos juntos bajo la estela de las luces fluorescentes. Hicimos una parada en una gasolinera para comprar más tabaco y yo contuve el deseo de comprar leche para el desayuno de Maddy. ¿Qué estaba haciendo yo aquí, una vez más, con esta gente joven que hacía un uso excesivo de los superlativos y se comportaba como si el mundo estuviese esperando su aceptación? Después, de nuevo la calle iluminada, la angustia de una sirena de policía al pasar, cierta dificultad para caminar, la mano firme de Tom en mi brazo y un «¿Estás bien?» al cual respondí con un tranquilizador «Sí, estoy bien». Luego me vi en el interior del *pub,* iluminado con lucecitas y con un triste intento de árbol de Navidad que parecía un paraguas roto. Tom me sentó y me trajo un vaso de agua, yo abrí la boca para protestar, pero descubrí que no tenía fuerzas para hablar.

A continuación, Tom fue al baño y yo saqué el teléfono para ver si había mensajes de Betty, la canguro, aunque no es que yo estuviese en condiciones de responder ante una posible crisis. No había nada y envié un mensaje a Betty para decirle que llegaría a casa sobre la medianoche. De forma mecánica, sin pensar, abrí la aplicación del correo, que estaba conectada con mi correo del trabajo. Y ahí estaba, justo el primero de la fila de correos, uno para toda la redacción. Solamente unos pocos tenían autorización para enviar ese tipo de mensajes que llegaban a toda la plantilla. Era de Ben, una de las pocas personas que tenían esa autoridad, solo que no lo había escrito Ben. Lo había escrito su mujer, la tranquila Beano de labios bonitos, que hacía de ventrílocua a través de él con la voz de su angustia y su rabia. Escribía para informar a todos («a todos vosotros», decía, en plan amistoso, como si fuese un aviso para entrar en el equipo de baloncesto del trabajo) de que su marido llevaba meses follándose a Suzy Hamilton, «puede que años», añadía, abriendo la línea temporal para darle el máximo efecto dramático. Y que pensaba que todos debían saberlo.

Debió de dedicar su rabia a entrar en el ordenador de su marido. Era prerrogativa de la esposa saberlo todo. Beano había atacado el iCloud de Ben como una de las Furias. Era una vikinga que mataba a los aldeanos. Estaba totalmente decidida. El correo, que era corto pero muy detallado, como un buen artículo, se había enviado a las 23:10, es decir, que lo acababa de enviar.

Tom volvió y se sentó a mi lado con la misma empatía con la que realizaba todos sus movimientos, como si ese espacio que ocupaba fuese suyo. A su lado, Conal hablaba con una chica joven con lápiz de labios de color vino tinto que cruzó la mirada con la mía y me sonrió, abriendo la boca como una muñeca feliz, y Tom me preguntó, una vez más, si estaba bien. Le respondí que la verdad es que ya era hora de que volviera a mi casa.

SEGUNDA PARTE

Capítulo seis

Nadie quería trabajar en el turno de Nochevieja. Todos los que atendían la barra del Little Friend querían estar fuera, enfrentándose a la muchedumbre, drogándose y evitando de forma ostentosa el espectáculo de los fuegos artificiales. Los habitantes de Sídney eran las únicas personas del mundo que podían permitirse mostrar hastío ante los espectaculares fuegos artificiales de su espectacular puerto. Yo también llevaba tiempo siendo así. Los fuegos artificiales eran demasiado jaleo, los parques del puerto estaban demasiado atestados de gente, resultaba demasiado difícil volver a casa desde las fiestas de la orilla, pero también sabía que si ibas a una fiesta en la parte oeste de la ciudad o en cualquier lugar sin vistas a los fuegos artificiales, te arrepentirías a medianoche, cuando oyeses los chasquidos y estallidos y su luz desdibujada y lejana se proyectara sobre el rostro de la persona con la que estuvieses hablando en ese patio trasero donde te encontraras sin vistas al puerto. Ese ruido, esa sensación era la de que la vida estaba sucediendo en otro lugar. Era la pena insignificante e intrascendente de saber que te habías perdido algo precioso que otras personas sí estaban disfrutando. De esa sensación era de la que procedía toda la tristeza de la vida, ¿no es cierto? Yo no iba a ver los fuegos artificiales este año, ni siquiera lo iba a intentar, pero me pagarían más del doble. Necesitaba el dinero.

Durante las semanas que siguieron al correo electrónico de Beano dirigido a toda la plantilla, me habían dado una baja por asuntos propios y solo me comunicaba con el departamento de recursos humanos y los abogados que redactaron la lamentable disculpa ante Bruce Rydell. Durante el tiempo que llevaba de baja forzada, había leído el periódico todos los días: artículos de peleas parlamentarias por recortes fiscales, asesinatos de moteros y políticos que recibían comisiones en bolsas de papel de parte de promotores inmobiliarios... A medida que se acercaba la Navidad, las noticias adquirían un tono más ligero, con artículos sobre lo que el primer ministro iba a leer durante sus vacaciones de verano. Siempre eran libros escogidos con prudencia, una mezcla de premios nacionales y biografías de políticos importantes (ningún político dijo nunca *La cucaracha* o, mejor aún, *Que les den a todos*). Había artículos sobre las luces de Navidad en la ciudad y las avalanchas en el mercado de pescado por la Nochebuena. Vic tenía un artículo estupendo sobre un Santa Claus sobón en un centro comercial. Y entonces, un buen día, apareció con letra grande en un lugar destacado de la página tres:

> El día 29 de octubre *The Tribune* publicó el artículo «Rivales y amigos rinden homenaje en el funeral de Estado del vice primer ministro», en el que se relataba una reunión mantenida en los años ochenta entre el entonces vice primer ministro y el empresario Bruce Rydell. *The Tribune* retira toda insinuación de acoso, abuso o cualquier otro tipo de comportamiento inapropiado por parte del señor Rydell. Nunca hubo intención de que el artículo fuese entendido de esta forma. *The Tribune* pide disculpas al señor Rydell por cualquier perjuicio o apuro que haya podido provocarle.

De modo que, por lo menos, eso ya estaba y, en medio de todas mis recientes humillaciones, apenas suponía un toque de color. Vic vino a verme a casa. Su único comentario al respecto fue: «Oye, no te juzgo. Entiendo por qué te metiste en eso». Trajo vino y mi correo. Nos sentamos en el balcón de mi casa, con Maddy dormida arriba, y nos bebimos el vino durante la cena. Preparé pasta con pesto casero. Tenía tiempo y albahaca abundante. Vic trajo también novedades del trabajo: Ben había dimitido para pasar tiempo con su familia. Hice una mueca de dolor al oír eso. Curtis había dejado de fumar, esta vez de verdad, por lo que estaba de un humor espantoso. Victor estaba seguro de que toda la nicotina de los parches le estaba afectando a la hora de elegir las noticias.

Revisé mi correo y vi un par de paquetes con una letra que me resultaba familiar.

—Es mi fan —dije.

—¿La loca que te envió lo del croché?

—No sabes si es una mujer —respondí—. Podría ser un hombre.

El primer paquete contenía un libro mugriento de tapa blanda con las esquinas dobladas. Era un ejemplar de los mejores poemas de Sylvia Plath. Me encantaban esos poemas. A Tracey Doran también, según la nota que acompañaba al libro, escrita con la habitual cortesía mordaz: «He pensado que esto le podría interesar…».

Abrí una página y vi que estaba marcada con la huella de un pulgar. Esas líneas eran un pequeño laberinto que marcaba la identidad de Tracey. Cerré el libro y se lo pasé a Vic.

—Bueno, esto explica lo del suicidio —comentó.

—¿Fue culpa de Sylvia Plath?

—A las veinteañeras depresivas les encanta Sylvia Plath.

El segundo paquete era más pequeño y contenía un mechón de pelo, ligero y unido con una goma corriente. Era de color castaño dorado y podría haber sido de cualquiera. Yo tenía un mechón parecido guardado en alguna caja, del primer corte de pelo de Maddy. Había guardado uno para mí y otro se lo envié a Charlie, cuando todavía tenía una dirección suya.

—Es escalofriante —dijo Victor.

—No sé qué hacer con todo esto.

—Quémalo.

—Creo que lo voy a guardar.

Victor me contó que la nueva directora ejecutiva, Marsha Jenkins, quería que el periódico se centrara más en la política federal. A Victor no le gustaba esa mujer y, al darme cuenta de que yo, involuntariamente, o quizá con toda la voluntad, era la responsable de su designación, consideré esto como algo más de lo que sentirme culpable. Otra cosa más para la colección.

—El otro día me pidió que le dijera cuál era la fuente de uno de mis artículos —me contó Vic. Movió su copa de vino en el aire con un gesto de furia—. ¿Te lo puedes creer?

No me lo podía creer.

Una semana después de que Vic viniera a cenar, yo también empecé a sentir aversión por Marsha Jenkins. Marsha me pidió que fuese al trabajo para una reunión. Yo había creído que estaríamos las dos solas, pero estaba también presente un representante de recursos humanos, que me entregó una advertencia formal por el uso de mi teléfono del trabajo en asuntos personales. Marsha Jenkins me dijo que me recomendaba que pidiera una baja prolongada y que, cuando volviera al trabajo, podríamos tener una conversación sobre una «posible reubicación» de mi «puesto».

Más tarde, Vic me contó que el pasado de Marsha incluía un marido infiel. Tenía entendido que en ello estuvo implicada una bailarina profesional. Estuve abrumada durante una semana y, entonces, la historia de la aventura amorosa y el motivo de que Ben ya no fuera director ejecutivo salieron publicados en la página web de Media Watchers, la cual solía leer toda la industria de los medios de comunicación. Enseguida se propagó por los distintos canales de internet. Soporté unos cuantos días de intensos insultos en las redes sociales, entre los que se incluían unas cuantas amenazas más de violación y, después, tras una semana de desesperación, varias sesiones angustiosas de alcohol con Vic y una llamada de teléfono de Marsha Jenkins instándome a que «considerara» mi puesto, presenté formalmente mi dimisión, apenas media hora después de enviar mi perfil de Rita Delruca.

Rompí mis ataduras con una década de periodismo, sin más, con un correo electrónico. Me sentí ligera. Había llegado a tal punto de saturación con los cambios sufridos en los últimos años que este paso apenas lo noté. Recibí una indemnización modesta, apenas la pequeña cantidad de dinero por la baja que se me debía. Lo ingresé. Albergaba un tenue y quizá imposible sueño de que algún día le compraría a mi hija una casa donde pudiera crecer. O, al menos, un apartamento.

Era una época del año terrible para buscar trabajo, especialmente si poco tiempo antes habías caído en desgracia en tu industria, la cual —ahí Danton no se había equivocado— estaba decayendo. No ayudaba el hecho de que nunca hubiera terminado mi miserable licenciatura de Derecho. «A medida que el tiempo vaya pasando», había dicho mi madre, y ahora esto me obsesionaba. Conseguí algo de trabajo como redactora de textos publicitarios y, un día, cuando estaba visitando al tío Sam en su residencia al este de la ciudad, vi una nota en un tablón de la sala común, donde unas señoras con el pelo plateado y púrpura se movían tambaleándose y siempre había, al menos, un hombre cuya demencia le hacía creer que era pariente mío. La nota decía: «Se busca escritor profesional para ayudar con una biografía autopublicada».

Llamé al número que aparecía y conocí a un residente compañero de mi tío Sam (los llamaban «clientes»). Su nombre era Jacob. Había sido anteriormente un gran empresario. Tenía una Orden de Australia y un enorme ego y quería que la historia de su vida quedara escrita para su familia. Victor me ayudó a crear una página web profesional para los trabajos de redacción de textos publicitarios y, a partir de mi trabajo con Jacob, añadí el de negro literario a mi lista de talentos.

Me dedicaba a mi trabajo como escritora durante el día y, por la noche, trabajaba en el Little Friend, de ocho de la tarde hasta media noche. Sufría insomnio y Maddy se acostaba a las siete y media, así que supuse que era una forma productiva de aprovechar el tiempo. Betty estaba encantada de venir a hacer de canguro a mi casa y estudiar mientras Maddy dormía. Yo me decía a mí misma que el trabajo del bar era temporal y que con el nuevo año pensaría algún plan.

El dueño del Little Friend era un hombre de mediana edad de la zona llamado Trevor que llevaba gorras de béisbol que resultaban demasiado juveniles para él. Mis irrisorios intentos por flirtear con él terminaban siempre con una reticencia agradecida pero distante. Una noche supe por qué, cuando la mujer y los hijos de Trevor vinieron justo antes de abrir y él besó a su mujer en los labios con auténtico deleite. El resto del personal del bar lo componían en su mayoría estudiantes de la Universidad de Sídney o personas que estaban relacionadas con la universidad de alguna manera: ayudantes de profesores o lumbreras de edad avanzada que se pasaban por allí con la esperanza de conseguir financiación para un doctorado, alargar la aventura que estaban teniendo con su supervisor o cosas parecidas. Yo había obtenido por internet un certificado para poder vender alcohol de forma responsable y casi me había resultado divertido. Me recordó al tiempo en que estudiaba por la noche para mis exámenes de Responsabilidad Civil o de Derecho Penal. En aquella época yo solía posponer los estudios y me quedaba viendo hasta tarde procedimientos policiales de Estados Unidos en televisión. Sin embargo, al estudiar para el certificado de servicio responsable de alcohol, no había tiempo para posponer nada debido a Maddy, que parecía estar notando algún cambio en el ambiente y estaba más pegajosa que nunca.

Una mañana en que le preparé unos cereales, ella se sentó en la mesa y empezó a representar todo un complejo escenario con los ratones del árbol. Uno le decía al otro: «¡Vete a la cama *ahoda* mismo!». Detuvo la representación, me miró y dijo con perfecta pronunciación y seriedad:

—Papi va a venir pronto a casa.

—¿Sí, cariño? —pregunté yo. ¿Sabía Maddy algo que yo no sabía?

—Sí. Va a venir a casa por mi cumpleaños.

Y volvió con los ratones mientras yo servía leche sobre los cereales y mis ojos se empañaban.

El trabajo en el bar me parecía reconfortante. Había cierto arte en la forma de servir la cerveza y yo lo dominaba a la perfección. Servir vino era algo en lo que también tenía práctica. Dejaba los cócteles para mis compañeros cocteleros. De jueves a domingo el bar siempre estaba ajetreado, lo suficiente como para mantenerme animada y alejada de mis pensamientos, y si trabajaba el resto de las noches, a veces el ambiente resultaba lo suficientemente tranquilo como para poder leer un libro. No leía entonces ningún periódico ni veía las noticias. Apagaba la televisión cuando empezaban los informativos de la noche. En lugar de noticias, leía libros: todo desde Nabokov hasta Le Carré y Somerset Maugham, e incluso en varias sentadas placenteras, en el baño y ligeramente borracha, *El valle de las muñecas*. Evitaba la radio y, en su lugar, escuchaba pódcast. Me enteré de los crímenes sin resolver de Pittsburgh y las revueltas de India. Escuché historias sobre sectas, cambio climático y problemas de lejanos desconocidos, gente que se había enamorado o sufría cáncer o tenía un bebé al que odiaba o un secreto que necesitaban soltar. Cuanto más invadiera mis ojos y oídos con historias de otras personas, menos energía me quedaría para pensar en la mía.

La redacción de textos publicitarios ocupó mis días. El rumor se extendió por la residencia de Sam y tuve que hablar con varias familias que querían un relato de las vidas de sus padres o abuelos. También estaba desarrollando una miniespecialidad en labores de agencias gubernamentales. Los organismos gubernamentales siempre estaban solicitando subvenciones o tratando de conseguir algún galardón para órganos intergubernamentales, para así poder justificar su existencia y prevenir los cortes de presupuesto. Tras varios años de escuchar en las fiestas a gente como Danton que mi industria estaba desapareciendo, me di cuenta de que yo poseía, al menos, un talento: podía transmitir información con claridad.

En los lánguidos días posteriores a la Navidad, cuando la ciudad estaba a dos velas, las playas llenas y el centro financiero de Sídney era un desierto que solo pisaban turistas chinos sobrecalentados, tomé el tren hasta Museum y paseé por Hyde Park. Pasé junto a los ciclámenes que eran el escenario de mi bochorno y llegué a la Biblioteca Estatal, donde me senté bajo el aire acondicionado y escribí una solicitud para que Parks Australia entrara en una cosa que se llamaba Premios de Sostenibilidad. Cogí la prosa espantosa que me habían dado los encargados de las comunicaciones de Parks Australia, la desnudé, inserté bastantes puntos y seguidos y la salpimenté con las expresiones que parecían gustarle a este tipo de gente: «competencias trasversales», «iniciativas expansibles» y cosas así. Me pagaban bien por este trabajo, pero era intermitente y difícil de predecir. Eso es lo que me llevó al bar en Nochevieja, cuando nadie más quería trabajar, pero Trevor ganaría algo de dinero para sus pintorescos hijos y su besable mujer.

Aquella noche, estaba atendiendo la barra con Jessica, que era rolliza y espléndida y llevaba el pelo envuelto con un pañuelo, como la mujer del cartel de *We can do it!* para las trabajadoras en los tiempos de la guerra. Tenía los brazos cubiertos de tatuajes. Jessica acababa de romper con su novio. Habían estado viviendo juntos y él se había ido, de repente, y a ella le estaba costando pagar su parte del alquiler. Me contó que, cuando su novio se marchó, se llevó todas sus pertenencias de una vez. La última imagen que tenía de él era alejándose por la calle, con una mancuerna en una mano y un trozo de madera contrachapada bajo el otro brazo. Sobresaliendo por lo alto de su mochila se veía un recogedor y una escoba, con la cabeza de la escoba bien alta, como un suricato en alerta.

—¿Por qué tenía un trozo de madera contrachapada? —le pregunté.

—Decía que iba a hacer estanterías —me contó Jessica—. Nunca las hizo.

Ella estaba con los cócteles y yo con el resto de la barra. Llevaba una camiseta escotada con el acrónimo ACAB escrito sobre sus maravillosos pechos. Eran las siglas en inglés de «Todos los policías son unos cabrones».

Trevor también estaba trabajando, supervisándonos y ejerciendo autoridad, aunque parecía más un negociador que un matón. Fuera de las ventanas abiertas del bar se respiraba cierto salvajismo en la atmósfera. La gente gritaba por la calle. Pasaban tribus de adolescentes parloteando. Unos policías con perros antidrogas invadieron el bar. No pareció que se dieran cuenta del insulto que Jessica llevaba estampado en el pecho. Los perros tiraron de las correas, pero no encontraron nada, y mientras tanto un coche de policía con las luces parpadeantes estuvo aparcado en la acera de afuera.

Tuvimos espectáculo en directo: un tipo de la zona que tocaba una especie de híbrido entre música electrónica, pop y *rock* con una guitarra eléctrica, su voz y un sintetizador. Llevaba unas rastas que le colgaban por la espalda como una cuerda áspera. Se llamaba Pete. Me gustaba lo en serio que se tomaba su trabajo, la formalidad con la que desenredaba sus bobinas de cables, enchufaba su equipo y preparaba sus cuerdas vocales con un Martini y un ejercicio de *Sonrisas y lágrimas* con el que cantaba el «do, re, mi». Tocaba principalmente versiones, pero hacía mezclas extrañas. En ese momento estaba tocando una versión *reggae* de *Sorry* de Beyoncé, en la que ella le dice a todo el mundo que no lo lamenta. La tarareé en voz baja mientras servía vino y cerveza de barril.

El público estaba compuesto, sobre todo, por los habituales del centro de la ciudad, gente con zapatillas de marca y algunas parejas de cuarenta y tantos, probablemente gente de la zona con niños que estaban dormidos en sus cercanas casas adosadas bien rehabilitadas y que daban al puerto, como la casa en la que vivíamos Maddy y yo, solo que con reformas preciosas y cuyos ocupantes eran sus propios dueños. Estos profesionales de clase media, con sus grupos de madres, sus salarios de seis cifras y su afición a la cerveza artesanal, estaban ahuyentando a los estudiantes y los pobres del barrio, según decía la gente, pero bebían generosamente y dejaban buenas propinas antes de marcharse, suponía yo, a fiestas o a sus casas con sus hijos para ver los fuegos artificiales de las nueve de la noche. Los hípsters se quedaron bebiendo *whisky* en petacas y moviendo las cabezas al compás de la música.

Pete estuvo cantando hasta las diez, momento en que hizo un descanso y se acercó a la barra para pedir una copa. Trevor estaba rellenando los cuencos de palomitas saladas, algo propio de él: cualquiera que tomara una copa en su bar tenía un cuenco de palomitas, que servía de un barril que había detrás de la barra. Yo las comía en secreto a lo largo de mi turno. Cuando llegaba a casa, solía pasarme el hilo dental para quitarme las cáscaras de marrón traslúcido que dejaban las palomitas entre los dientes. A veces me llevaba un vaso de ellas para Maddy, para quien las palomitas eran sinónimo de fiesta.

Trevor dejó un cuenco delante de Pete, que estaba colocado entre dos mujeres jóvenes que estaban sentadas en la barra, de espaldas a ella. Pete pidió otro Martini y Trevor le dijo que, como era Nochevieja, todos debíamos tomar una copa.

—Una copa para la plantilla —anunció—, pero vigilad a los policías o perderé mi licencia.

Jessica se sirvió un poco de *whisky* y yo pedí un mojito porque... por qué no. Jessica lo mezcló con pericia y me lo puso delante, una pequeña escultura congelada rodeada de verdor. Hubo un breve momento de tranquilidad en el servicio y los cuatro, las camareras del bar, el dueño y el músico, chocamos nuestras copas.

—¡Feliz año nuevo! —gritamos al unísono.

Pete acabó rápido con sus palomitas y pidió más. Me pregunté si esa sería su cena de la noche. Posiblemente fuera su única comida del día. Parecía desnutrido y tenía la apariencia de un duende, pero pasaba lo mismo con muchos otros jóvenes de la ciudad. Tom era un caso aparte entre su grupo de amigos, pues era atlético y alto y parecía que podía abrirte la tapa de un bote si lo necesitabas. Había dejado de hablarme, aunque sin ningún dramatismo. Después de que saliera la noticia de mi asunto sexual con Ben (me negaba a llamarlo aventura, aunque muchos otros sí lo hacían), Tom simplemente se había alejado de mí, limpiamente y sin hacer ruido. «Creo que lo mejor será que lo dejemos, ¿no?», había dicho, y desde entonces no se había puesto en contacto conmigo. Su forma de rechazarme sin histrionismos ni malas formas había sido una revelación. Su amor propio era tranquilo y nada extravagante. Dejé de llevar a Maddy al Parque de Árboles y, cuando íbamos por Glebe Point Road, me cruzaba de acera para no pasar por delante de la cafetería de Tom.

—Las llaman solteronas, ¿lo sabías? —me dijo Pete mientras devolvía su cuenco de palomitas.

—Perdona, ¿qué?

—A las palomitas que no han explotado. Las llaman solteronas, en la industria de las palomitas de maíz —explicó—. No tienen suficiente humedad para crear vapor para la explosión.

—¿Estás de coña? —le preguntó Jessica.

Su capacidad para el desprecio era alucinante. Se acercó a Pete y le quitó el vaso de Martini, aunque no había terminado de bebérselo, una maniobra que hizo que sus pechos palpitaran furiosos por encima del borde de su camiseta. Parecía poder romper en dos a Pete con la rodilla como si fuese una rama. Yo sospechaba que él estaba encaprichado con ella.

—En la industria de las palomitas de maíz... —le imitó Jessica poniendo los ojos en blanco, y tiró su vaso hacia atrás.

Pete dejó su puesto en la barra, volvió al micrófono y afinó la guitarra mientras masticaba las últimas palomitas. Se había dejado las solteronas sin comer en el fondo del cuenco. Dio de nuevo la bienvenida a su público y empezó a cantar *In the wee small hours of the morning*, que era una de mis canciones favoritas. Me recordaba a cuando era niña. A veces, pocas, mi padre me preparaba tortitas los domingos por la mañana mientras escuchaba música. Pete estaba haciendo una versión electrónica de la canción, lo cual le daba más tristeza, en cierto modo.

Enseguida dieron las once. Pete aumentó la velocidad, haciendo que nos acercáramos a trompicones hacia la medianoche con versiones rápidas de David Bowie, incluso con ritmo de *jazz*, y luego con algo de los Beatles y de Marvin Gaye. Los más mayores del bar cantaban al compás. Yo servía una copa de vino tras otra, Shiraz, Chardonnay y variedades francesas y españolas que cuidaba de pronunciar bien, porque podía no ser camarera profesional, pero seguía teniendo una educación, o a medias.

La noche llegó a su punto álgido, con los clientes meciéndose, levantando sus copas y abriendo sus rostros con sonrisas ebrias y felices, con los rasgos relajados en el punto medio exacto entre el placer achispado y lo grotesco. Yo estaba mareada por el mojito. Jessica, en un gesto de solidaridad entre hermanas, había esperado a que Trevor se pusiera de espaldas antes de servirme una dosis adicional de Bacardi a la vez que me guiñaba un ojo. Ahora las luces parpadeaban alegremente y la música extraña de Pete me inundaba como una marea de sonido. Me pareció que todos estábamos en el mismo barquito feliz, navegando en medio de la noche. Mañana desembarcaríamos en un nuevo país: el año nuevo.

Fui al cuarto de atrás a por una bandeja de vasos recién lavados y el vapor que salía de ellos se mezcló con mi sudor e hizo que me sonrojara. Cuando volví a la barra, vi a una mujer sentada junto a ella, aparentemente sola, en el mismo lugar donde Pete se había comido su cena de palomitas. Tenía el pelo corto y escaso y un cuerpo grande que caía en cascada por su taburete. Su cara era rolliza y relativamente lisa y bonita.

Su pelo era de un intenso tinte rubio y llevaba una enorme y deslumbrante camiseta de leopardo escotada que mostraba una piel arrugada por el sol antes de hincharse hacia fuera. La camiseta tenía cortes por encima de las mangas y por ellos asomaban los hombros sonrosados y redondos de la mujer. Estaba sentaba en la barra con la espalda completamente erecta y el bolso de incrustaciones de diamante colocado delante de sí. Noté que tenía uñas de gel. Victor siempre hacía bromas sobre las mujeres de su pueblo que llevaban esas uñas.

—¿Te sirvo algo? —le pregunté.

Cogí un trapo pequeño de la tira de mi delantal y limpié la barra por delante de ella.

La mujer levantó su bolso para dejar que pasara el trapo.

—Un Bacardi con Coca-Cola —contestó.

Aunque Jessica era la que preparaba los combinados y yo me encargaba de los vinos y la cerveza, se lo puse. Parecía muy fuera de lugar. Me pregunté qué estaría haciendo allí. Quizá se había peleado con su marido y estaba deambulando por la calle.

—Gracias, cariño —dijo—. Te ha tocado la pajita corta, ¿no?, y tienes que trabajar en Nochevieja.

—Ah, no me importa —contesté.

La mujer asintió mientras inclinaba la copa sobre su boca, que estaba maquillada con un lápiz de labios carmesí.

—Por cierto, ¿tienes una pajita, querida?

—La verdad es que ya no servimos pajitas. Por orden del dueño.

Señalé con la cabeza a Trevor, que estaba manteniendo una animada conversación con un grupo de tipos barbudos. Eran tipos que en cualquier otro bar podrían estar ya al borde de la violencia, pero en este probablemente estarían hablando de discriminación estructural o permacultura.

—Es verdad —dijo la mujer—. Estuve en Bali hace unos años con mis hijos y era asqueroso, el plástico. A mi hija le preocupaba toda la vida marina que se estaba muriendo.

—Es un problema serio —asentí.

—¿Tienes hijos?

Como periodista, siempre me sentía ofendida cuando me hacían alguna pregunta personal. Me consideraba la única persona con derecho a preguntar. Resultaban tan sorprendentes como espantosas las licencias que puedes tomarte por el simple hecho de considerarte reportera. Podías preguntar lo que fuera a quien fuese y hacer que la gente se abriera como almejas, o como palomitas de maíz. Yo solo daba información personal como una forma de establecer cierta intimidad con una fuente o con el personaje de una entrevista. En cuanto compartías algo de tu propia historia, la gente solía relajarse más y contarte la suya. Sin embargo, como camarera, me estaba acostumbrando a hablar más de mí. Las películas y las escenas que aparecían en las canciones de Frank Sinatra eran reales: los bebedores solitarios estaban, a menudo, tristes. Querían hablar.

—Una hija. Cuatro años —respondí.

—¿Hija única?

—Sí.

—¿Planes de tener un segundo?

Esta pregunta me la hacían mucho, normalmente de boca de mujeres mayores que eran abuelas o deseaban serlo. Nunca parecía que la gente pensara que un único hijo era suficiente. Yo tenía una respuesta estándar para esas ocasiones que hacía que desaparecieran los pequeños fantasmas de la vida paralela:

—Ya tengo bastante con una. —Sonreí a la mujer, que se había terminado la copa—. ¿Otra?

—Ah, sí, por favor. Al fin y al cabo, es Nochevieja.

Le serví otra con una dosis generosa. Se la puse delante y la mujer la cogió y la levantó, con sus uñas de gel como garras alrededor del vaso.

—Salud —dijo, y abrió la garganta para bebérsela de un solo trago—. Otra, por favor.

Dejó la copa con un golpe. Las uñas, pintadas de rojo oscuro, golpearon contra el mostrador. Yo había obtenido mi certificado de servicio responsable de alcohol, pero no quería tener que poner nunca en práctica sus instrucciones. Por lo general, Jessica y Trevor se encargaban de los borrachos más desagradables, y teníamos pocos de esos por el tipo de bar pequeño y de moda que era este. Más o menos una vez a la semana entraba al bar algún hombre con una camiseta de «Este es el aspecto de un feminista».

—Quizá te vendría bien bajar el ritmo —le dije—. Puedo ponerte una copa de vino.

—Solo quiero Bacardi. No quiero bajar el ritmo. Quiero que esta noche pase rápido, llegar al año que viene.

Transigí. Era Nochevieja. ¿Quién iba a decirle a nadie que no se emborrachara? Le puse otra, pero esta vez más corta. Solo un poco sobre la Coca Cola.

—He pasado un *annus horribilis*, podría decirse. ¿No es eso lo que dijo la reina?

—Eso creo —contesté.

—Supongo que todo el mundo tiene problemas.

—Así es.

Esperé un momento. Me pregunté si querría saber más. Sabía muy bien cuándo alguien quería hablar. Miré por la barra. Todos tarareaban a medida que se acercaba la medianoche. Había algo menos de gente, pues algunos se marchaban a ver los fuegos artificiales o a alguna fiesta, y la barra parecía estar controlada.

—Siento que hayas pasado un mal año —le dije a la mujer.

Dejó caer la cabeza hacia delante para mirar su copa y vi el vulnerable cuero cabelludo que asomaba entre sus reflejos rubios.

—Mi hija ha muerto —dijo alzando la mirada. Sus ojos brillaban—. De hecho, creo que la conoces, que la conocías.

Tuve la sensación de estar cayéndome, como ocurre a veces en los sueños, cuando te despiertas, de repente, con el impacto. Me quedé inmóvil y esperé.

—Se llamaba Tracey. Tracey Doran. Tú eres Suzy Hamilton, ¿verdad?

—Sí.

—Mi hija era especial.

Los ojos de la mujer ahora centelleaban y me pregunté si iba a gritarme o a tirarme el vaso. El corazón me bombeaba contra la caja torácica.

—¿Qué haces aquí? —le pregunté—. ¿Qué quieres que te diga?

—Una puta disculpa estaría bien —espetó la mujer.

Después pareció recordar dónde estaba, se recompuso y agarró su bolso de incrustaciones. Estaba nerviosa, podía verlo. El sudor le brillaba en la cara.

—Pero probablemente no lo lamentes —continuó—. La gente como tú se limita a pisotearlo todo sin que le importe.

—Yo nunca tuve intención de pisotear a tu hija —dije. Hablé con toda la tranquilidad de la que fui capaz—: Solo estaba haciendo mi trabajo.

El pánico se abrió paso en mi pecho. Miré a mi alrededor en busca de ayuda. Trevor seguía hablando con los barbudos, Jessica estaba preparando lo que parecía un Tequila Sunrise, colocando con cuidado las guindas de marrasquino como si fuesen preciosos adornos. Siempre se enorgullecía de eso.

—¿Qué trabajo? Ya no tienes ese trabajo —soltó, a la vez que me miraba con su bonita sonrisa.

—Tienes razón. Dimití.

—Estabas acostándote con tu jefe. Lo he leído todo en internet.

Me di cuenta de la fría seguridad con que esta mujer sabía de mí todo lo que había a disposición del público.

—En fin, ahora sí que voy a aceptar esa copa. Gracias, querida.

Como no sabía qué otra cosa hacer, le puse otro Bacardi con Coca-Cola. Sentí sus ojos sobre mí mientras servía el licor en el vaso. Se lo puse delante.

—Creo que deberías tomarte esta copa y, después, marcharte —sugerí.

Trevor, tras separarse de los barbudos, se acercó despacio, apretó los hombros de Jessica al pasar junto a ella mientras colocaba la sombrilla del cóctel y se colocó detrás de mí.

—¿Todo bien por aquí, Suze? —preguntó.

Su buen humor estaba llegando a su culmen a medida que se acercaba la medianoche.

—Sí. Todo bien.

—La verdad es que ya me iba —dijo la mujer.

Echó la cabeza hacia atrás y abrió la boca para beber mientras seguía mirándome. Volvió a dejar el vaso, cogió su bolso y se levantó del taburete con la exagerada dignidad de quien va algo borracha.

—Bueno, esto me lo quedo —añadió, luego cogió el vaso, se lo metió en el bolso y se fue.

Mientras salía, pude ver que llevaba ese tipo de zapatos ortopédicos que tienen las suelas curvadas y se supone que imitan la pisada de un guerrero masái. La madre de Tracey Doran, redonda, bajita y rosada, no podía ser menos parecida a un guerrero masái. Trevor y yo vimos cómo se iba, agitando su camiseta de leopardo. Enseguida quedó engullida por el río de personas que pasaban por la acera.

—¿Esa señora ha robado un vaso? —preguntó Trevor.

—Creo que sí.

—¿La conoces?

—No —respondí—. No la conozco.

Aturdida, miré por la sala. Los chicos de las barbas estaban agarrados, como camaradas, con los brazos entrelazados. En el rincón había una pareja discutiendo, con expresión de fastidio en la cara y él doblando el brazo para beber de su vaso grande. Ella llevaba un vestido rojo y pendientes con borlas que se sacudían mientras le reprendía. Él acercó la mano a la mejilla de ella para acariciarla y ella se calmó. El recipiente del Tequila Sunrise de Jessica estaba animando a su acompañante, una chica alta con mono vaquero y el pelo recogido en una intricada trenza. Le quitó la guinda a la copa de su amiga y se la metió en la boca. Jessica había abierto champán y estaba acercando una copa a mi mano, y Pete había dejado su canto de *reggae* electrónico para empezar a contar hacia atrás hasta la medianoche.

—¡Diez! ¡Nueve! ¡Ocho! —gritó.

Jessica me pasó el brazo por la cintura.

—¡Siete! ¡Seis! ¡Cinco!

Yo me incliné sobre su blanda corpulencia.

—¡Cuatro! ¡Tres! ¡Dos!

Trevor nos sonreía a todos, mientras miraba su bar como un padre orgulloso.

—¡Uno! ¡Feliz año nuevo!

Alguien lanzó unas serpentinas que se agitaron alegres por la sala. Otros encendieron bengalas que movían a un lado y a otro. Su luz era una caligrafía sin sentido escrita en la tenue atmósfera del bar. A media distancia, podía oír el estruendo de los fuegos artificiales, un leve retumbar como el de un volcán que se despierta. Pete empezó a cantar una versión de *Auld Lang Syne* en estilo *hiphop*, con quejumbrosas y prolongadas voces de Stevie Wonder. El nuevo año nos reclamaba.

Ayudé a limpiar y cerrar y, cuando llegué a casa, eran alrededor de las cuatro de la mañana. Me quité la ropa y los zapatos y los dejé amontonados en el suelo. Me metí en la cama desnuda. Hacía calor y estaba demasiado cansada como para ponerme algo, demasiado cansada incluso como para cepillarme los dientes y quitarme el maquillaje. Tenía los pies hinchados y cuando me tumbé sentí el pulso palpitándome en ellos. Y entonces, como era Nochevieja (en realidad ya era el Día de Año Nuevo) y era una masoquista, saqué mi teléfono y busqué, en la aplicación de mis fotos, la carpeta en la que guardaba todas las fotos de Maddy en la nube, donde podrían estar seguras. Fui hacia atrás, retrocediendo en el tiempo, desde los primeros pasos hasta las primeras palabras y antes incluso, al principio de todo: los primeros meses de la bebé, cuando todo lo que hacía era un milagro que merecía ser registrado y ser objeto de elogios alborozados, cuando la coronilla de su cabeza encajaba en la curva de mi cuello como una parte necesaria.

«¿Dónde se hacen las personas?».

Encontré un vídeo y pulsé para reproducirlo. Era de cuando Maddy tenía unos seis meses y le dimos a probar su primera comida sólida, aunque, como señaló Charlie, aquel no era un nombre apropiado. Machaqué un poco de batata y masajeé con cariño los grumos. Habíamos metido a Maddy en su sillita de plástico moldeado, la que se le quedó pequeña rápidamente porque sus piernas se volvieron como de salchicha. En el vídeo le ofrecía la cuchara y Maddy la miraba con recelo. Después se la acerqué a la boca y se alarmó. Sus ojos se abrieron y movió los brazos como si fuese Charlie Chaplin, poniéndose en tensión para evitar la cuchara que se acercaba hacia ella, pero incapaz de moverse porque estaba demasiado ajustada en el interior de su asiento. Me pareció divertido y, en el vídeo, me reí, pero Charlie vio la angustia en la cara de Maddy y le puso la mano en su piernecita.

—No pasa nada —dijo en voz baja—. De verdad, no pasa nada.

Me di cuenta de que al ver eso cualquiera pensaría que Charlie era el padre bueno.

Capítulo siete

En realidad, eso era lo terrible, también lo bueno. Era lo que resultaba tan desconcertante, que era un padre estupendo. Hacía gorgoritos y cambiaba pañales, daba palmaditas y acariciaba, cantaba nanas sin sentido y se quedaba a su lado mientras ella dormía, como una urraca que vigila el nido. Estaba convencido del ingenio precoz de Maddy.

—¡Mira, está pasando las páginas! —exclamó cuando Maddy, a los dos meses, había extendido la mano para golpear el libro que le estábamos leyendo—. Sabe cuándo he terminado la página.

En otra ocasión, más adelante, justo antes de que se marchara para siempre, Charlie se mostró convencido de que Maddy sabía escribir. Me juró que había hecho la forma de una *M* en un trozo de papel y que sabía que era su inicial. Yo no creía que nuestra hija supiera leer ni escribir, pero era evidente que quería a su padre. Movía los brazos en el aire hacia él como un pájaro entusiasmado. Él se inventaba nombres para ella, como Madlet, Madigan, Marrón, Abracitos, Salchicha... Estábamos de acuerdo en que éramos repugnantes. Nos tumbábamos juntos en la cama y mirábamos fotos de nuestra hija. La inundábamos de amor y accesorios. Compramos gimnasios para bebés, saltadores elásticos, hamaquitas, balancines, libros de cartón, juguetes tintineantes y montones de ositos de peluche. Los ositos formaban una comunidad. Charlie los colocaba a todos en fila en un estante del dormitorio, como jueces peludos en un estrado. Les daba vida mientras yo le cambiaba el pañal a Maddy, haciéndola reír, una especie de gorjeo y chirrido que, para nuestros oídos, era una muestra de verdadero júbilo. Compramos un espejo para colocarlo en su sillita del coche situada de espaldas, para que así pudiéramos verle la cara desde el asiento delantero mientras conducíamos. Al principio ella odiaba esa sillita y lloraba con rabia cuando la dejábamos en ella, así que lo único que veíamos en el espejo era un círculo de rabia rosa y retorcida, una fresa enfadada. Yo quería quitarlo porque me angustiaba mucho verla llorar además de oírla. Charlie decía que pronto se tranquilizaría, y así fue, entonces el espejo se convirtió en otra herramienta de comunicación. Podías mirar mientras conducías y ver reflejada la explosión de una sonrisa mirándote. Sus ojos eran alegres, como los de su padre, y se fijaban en todo.

Charlie llenaba a Maddy de cariño. A mí no me tocaba. Supe que estábamos jodidos cuando me sorprendió un día cambiándome en nuestro dormitorio, tratando de colocarme un sujetador de lactancia. Soltó un ruido angustiado y un «¡Perdón!» antes de volver a cerrar la puerta; esto de parte de un hombre al cual, no mucho tiempo atrás, había recorrido con mi lengua centímetro a centímetro. Una extraña y adormecida cortesía se instaló entre nosotros. Ninguno de los dos cogería el último trozo de chocolate por la noche y los dos insistiríamos en que el otro se duchara primero por la mañana. Cuando estaba siendo desagradable, Charlie usaba esta especie de consideración exagerada como un escudo. A la hora de enfrentarse a cualquier decisión conjunta, decía: «No, en serio, lo que tú digas» o «Decide tú, no me importa». Esa despreocupación llegó a enfurecerme, pues sentía como si ninguna de esas decisiones (a dónde ir a cenar, dónde vivir cuando terminara nuestro alquiler, qué hacer en las vacaciones de verano…) le interesara. Solo me seguía la corriente hasta que pudiera encontrar una salida.

Y la salida llegó pronto. Se aseguró de ello.

Después de aquella noche, yo no dejé de pensar en la madre de Tracey Doran. Veía de reojo una cabeza rubia y me giraba rápido para comprobar que se trataba de otra señora distinta de mediana edad, con reflejos en el pelo y unos zapatos de una hostil finura. En la playa, el Día de Año Nuevo, vi ondearse un caftán con estampado de leopardo, pero la mujer que lo llevaba era, después de observarla, una matriarca de Balmoral con la cara alisada y sandalias de marca a juego. Deseé saber el nombre de la madre. ¿Sería la señora Doran? En los artículos posteriores a la muerte de Tracey, y que, en su mayoría, yo había tratado de no leer, se decía poco sobre su familia. Eran sus amigas las que hacían los homenajes, llenando Instagram de imágenes de los globos que habían soltado en su recuerdo, amarillos, porque era el color preferido de Tracey. Sus mascotas asistieron al homenaje, eso sí lo sabía. Al desconsolado perro le obligaron a llevar un lazo amarillo en el cuello. De nuevo, me pregunté qué habría pasado con el perro y el gato. Quizá la madre de Tracey se los habría llevado.

El Little Friend cerró una semana después de Nochevieja, cuando Trevor llevó a su familia a la Costa Sur, donde tenía una casa de vacaciones y probablemente, imaginaba yo, pasaría preciosas noches de sexo con su mujer, después de que sus hijos se acostaran, y el sonido de las olas se elevaría al compás de sus suspiros.

Mis padres alquilaban cada año una casa en Avoca Beach durante las dos primeras semanas de enero. Solía ser una casa de diseño de cuatro dormitorios construida sobre elegantes pilotes y revestida de madera de bangalay, diseñada para desteñirse y agrietarse con el tiempo. Pero mi padre perdió todo su dinero en la primera década del 2000, en una serie de malas inversiones que tuvieron que ver con la crisis de las hipotecas y su exposición a los mercados estadounidenses. Puso a nombre de Beverley todo lo que pudo, un sacrificio que empeoró el complejo de mártir de ella. Consiguieron salvar el bungaló californiano sobre la colina de Vaucluse, pero poco más. Yo sabía que mis padres tendrían que vivir de la pensión cuando mi padre se jubilara, cosa que a mi madre le habría parecido imposible cuando se casó con él tras la universidad. Simon, el estudiante de Medicina de pelo largo y pantalones de pana, y Beverley, tan preciosa que distraía a la gente cuando hablaban con ella, determinados a vivir conforme a las altas expectativas que ella tenía sobre sí misma...

Beverley era adoptada. Su madre adolescente renunció a ella y fue acogida por una familia cristiana de Brisbane. Esta familia adoptiva era grande y buena, aunque estaban más motivados por el deber cristiano que por el amor. Beverley me dijo que siempre se había sentido una extraterrestre entre ellos. Yo nunca conocí a sus padres adoptivos: murieron antes de que yo naciera. Mi madre parecía conservar poco cariño hacia ellos y rara vez los mencionaba.

—Odiaba su forma de comer —me contó una noche mientras se fumaba su cigarro en la cocina—. Sus mandíbulas chasqueaban. Sus bocas hacían un sonido húmedo que no soportaba. Yo los miraba engullir durante la cena y sabía que era distinta, que no tenía que estar allí.

Era lista y había conseguido una beca para la Universidad de Sídney, a la que Simon había ido después del instituto, siguiendo la senda de su padre médico, una senda que no contaba con el cruce con una estudiante de Bellas Artes increíblemente guapa a la que le gustaba creer que iba a ser actriz. La vio interpretar a Viola en el estreno de la versión estudiantil de *Noche de Reyes*. Como eran los setenta, habían adaptado la obra para incluir una visión del mundo marxista, con el duque Orsino refundido en un capitalista propietario de una fábrica. Era mediados de julio y hacía más frío de lo que Beverley, de Queensland, podía soportar. Hubo una fiesta tras la representación. Unas horas después de que bajara el telón, Beverley estaba con Simon fuera del teatro, en un túnel de viento del campus. Ella se acercó al abrigo de la chaqueta de pana de él y compartieron su primer beso. En Navidad ella ya estaba embarazada de mí y se casaron enseguida. Beverley nunca terminó su licenciatura porque aquello sucedió unos años antes de que «la liberación de la mujer» despegara de verdad, según me dijo, y en aquel entonces, cuando te quedabas embarazada, se esperaba que te retiraras de los foros públicos, más o menos. Yo había aceptado esto una vez, pero ya no. Ahora creía que mi madre había dejado la universidad por propio alivio y falta de interés y que no había tenido nada que ver con el patriarcado. La vida de casada era su destino.

El problema de Beverley había sido siempre que su inteligencia era superior a su imaginación, por lo que, años después, cuando se aburría y se sentía muy enfadada, no sabía por qué. Eso fue, más o menos, cuando yo tenía la edad de Maddy ahora, la edad a la que una niña despierta. Cuando desperté y vi a una madre enfadada por estar atrapada, pero demasiado orgullosa como para iniciar una carrera en la que sus talentos no fuesen reconocidos y elogiados de inmediato. En toda mi vida mi madre nunca había trabajado fuera de casa. Se había imaginado en distintos trabajos, como si fuesen sombreros, examinando su efecto antes de rechazarlos. Fotógrafa; demasiado difícil. Recepcionista; demasiado modesto. Profesora; la diplomatura le quitaría demasiado tiempo y ella estaba muy ocupada conmigo, con la casa y con todo lo demás. Respiré aliviada en nombre de los potenciales alumnos de mi madre. Probablemente los habría obligado a ponerse en fila cada mañana para mirarles los dientes, como hacía conmigo, o les habría gritado cuando sus notas no estuviesen a la altura de sus expectativas, como también hacía conmigo. Así que Beverley renovó por una década y, después, cambió al entretenimiento, cosa que consideraba un deporte sangriento.

Cuando su marido, el desafortunado y feliz de Simon, perdió todo su dinero, la furia cinética de ella, previamente contenida en la casa y en su familia, salió en erupción. Había puesto todas sus esperanzas en mi padre y, entonces, todo se derrumbó y ella comenzó a soltar patadas. Empezó a maldecir a los políticos y empresarios, a los hombres que estaban en el poder y a las mujeres que eran sus cómplices. Yo estaba bastante segura de que mi madre ahora votaba a los verdes. Era una posición solitaria para un ama de casa que vivía en Vaucluse, una mujer que, no hacía mucho, se había postulado para entrar al club náutico (si bien se habían visto obligados a retirar su solicitud cuando perdieron el dinero y cualquier posibilidad de tener un barco). De modo que ahora solo alquilaban una casita de campo en Avoca. No eran pobres, en realidad, pero esa no era una conversación que se pudiera tener con Beverley.

No había nada que nos retuviera a Maddy y a mí en la ciudad. Pasados los primeros días de enero, cuando me sentí algo menos triste, preparé algunas maletas y llevé a mi hija por la Autopista del Pacífico, entre las sombras y luces de los eucaliptos, pasando por el amplio suspiro donde la carretera se abría al río Hawkesbury, después por la salida de Gosford. Rodeamos la colina verde en dirección a Avoca y subimos a lo alto, donde la vista era una explosión de toda la gloriosa playa australiana en verano, con la fuerte inclinación del sol mostrando el azul y los encajes de las olas.

—La playa está cerrada —advirtió Beverley en cuanto abrimos la puerta. Después le dijo a Maddy—: ¡Hola, cariño! Ven a contárselo todo a la abuela.

—¡Medusas! —exclamó mi padre—. Esos demonios de gelatina han vuelto. Viento del mar.

Mis padres estaban sentados en la mesa de la cocina de la humilde casa, que en realidad era una casa de playa normal sin rehabilitar. Beverley pensaba que la pobreza y la desesperación se encontraban en los suelos laminados y las encimeras revestidas. Estaban jugando a las cartas.

—Qué decepción —dije a la vez que me inclinaba para besar a mis padres, primero a mi madre—. Pero no vamos a permitir que eso nos afecte demasiado. De todos modos, lo que le interesa a Maddy es la arena. Lo único que necesitamos es un cubo y una pala.

—¿Hay gelatina en la playa, mami? —quiso saber Maddy.

—No, cariño. Tiene medusas —respondió Beverley—. ¡Enormes medusas que te pican!

—Mamá —le reprendí. Después, como sabía que le enfadaría, añadí—: Beverley.

Maddy había desarrollado últimamente algunos miedos y antojos extraños. Pensaba que el gato Garabato era peligroso. Un día empezó a chillar cuando abrí la escotilla del desván y subí por la escalerilla abatible para guardar las cajas de cuadernos que había traído de mi mesa del trabajo. No había forma de sacarla de su creencia de que a su madre se la había tragado un agujero maligno. A veces se retorcía y gritaba en sueños, entonces yo me preguntaba de quién se estaba defendiendo.

—Mañana podremos hacer castillos de arena y comer helado y el abuelo te llevará a las piscinas naturales por la tarde —aseguré—. ¿Verdad, papá?

—Sí —contestó, aunque resultó que todas las tardes que estuvimos allí estaba demasiado borracho como para hacer nada aparte de dormir, así que Beverley y yo nos llevábamos a Maddy a hurgar entre los pequeños mundos cristalinos que había en el cabo rocoso de esa playa del norte.

En lugar de sentir miedo por la playa, Maddy empezó a asociarla de algún modo con la gelatina, y a ella le encantaba la gelatina. Las medusas desaparecieron después de los dos primeros días, cuando cambió el viento, pero nosotros seguimos llamándola la playa de las medusas de gelatina y pasamos una agradable semana paseando por ella. Por las mañanas, nos levantábamos temprano y mi madre preparaba café, un café recién hecho en la centelleante cafetera de plata que había traído de Sídney. Mi padre, adormilado y con las marcas de las sábanas en las mejillas, hacía un crucigrama, o lo intentaba, mientras dejaba las partes más difíciles para su mujer. Beverley era mucho más lista que él. Esto era una verdad indiscutible en mi pequeña familia. Sus cualidades eran superiores e innatas y, por mucho que mi padre se aplicara, no la superaría. Este era un acuerdo al que mi padre y Beverley habían llegado al comienzo de su matrimonio, cuando rebajaron sus expectativas para que coincidieran con lo que veían el uno en el otro. Maddy se sentaba en el regazo de su abuelo, porque lo adoraba, y colocaba sus deditos sobre los de él mientras escribía las letras en los cuadros del crucigrama. Ella sabía las letras.

—Aquí necesitamos una *B*, bichito —decía mi padre, expulsando el aliento del *whisky* del día anterior sobre la cabeza de Maddy, adormecida por el sueño.

—Yo sé dibujar la *B* —contestaba ella, y cogía su manita alrededor de la de él y, juntos, dibujaban una *B*.

Después, los cuatro recorríamos las pocas calles que nos separaban de la playa, pasando por delante de la casa de diseño donde se suponía que teníamos que alojarnos. Beverley siempre comentaba algún defecto que veía en ella: que estaba envejeciendo mal, que necesitaba arreglos, que los muebles parecían viejos de todos modos...

—Quizá hayan renovado los muebles —dije una mañana inocentemente.

Supe de inmediato que había hecho mal, pues pasó toda una hora hasta que mi madre se recuperó lo suficiente como para poder hablarme directamente. Mi madre tenía un don especial para la manipulación con el silencio.

Les había contado a mis padres una historia evasiva y, en definitiva, falsa sobre por qué había dejado el trabajo. Dije con frivolidad que me estaba sintiendo insatisfecha como creadora y, después, añadí algunas medias verdades sobre que, de todos modos, la industria periodística estaba revuelta y que ya era hora de pensar en la segunda etapa de mi carrera. Mi padre respondió que quería que yo me dedicara a lo que me hiciera feliz y yo pensé que eso era bastante cierto. Beverley quería saber si iba a retomar el Derecho. Me había mirado con dureza. Seguro que ella sabía qué había pasado en el periódico. Tenía una cuenta de Twitter con la que seguía a montones de periodistas. Seguramente dio con el artículo de *Media Watchers* que contaba la deshonra de su hija, pero no dijo nada. Beverley siempre aguantaba sin decir nada, y pensé, sin que fuera la primera vez, si esa sería la razón por la que yo había terminado con un hombre como Charlie, que ofrecía la promesa de un gran amor pero nunca la cumplía; un hombre que tapaba su propia necesidad volviéndose en contra de los que le querían, diciéndoles (y diciéndome) que los despreciaba; un hombre que pensaba que yo era lamentable, fea y poca cosa; un hombre que se olvidó o no supo ver, en medio de su guerra contra mí, las amplias necesidades de nuestra hija.

Después de la excursión a la playa de la mañana, de vuelta a casa subíamos por un sendero entre arbustos. Entonces mi padre, aún lúcido, nos preparaba un desayuno con tortitas adornadas con frutas de verano (todo lo que Beverley pudiera encontrar en el mercado, como mangos, frambuesas, papayas, higos o arándanos). No había sirope de arce, pero sí teníamos un altavoz portátil y, por tanto, a Frank Sinatra. Después de las tortitas y una ducha, Beverley siempre necesitaba alguna cosa del mercado, ya fuera gorgonzola, zumo de granada o una lechuga romana para la ensalada griega. Continuaba poniendo una mesa elegante, aunque la mesa misma estuviese hecha de pino barato, como la casa. A Maddy le gustaba ayudar a la abuela y Beverley la llevaba trotando por el pequeño mercado mientras apretaba aguacates y olía limones. A Maddy le gustaba encargarse de las compras de menos peso, especialmente del jamón. Le encantaba el jamón.

Un día, cuando Beverley estaba rebuscando en su cartera en la caja, se le cayó una pequeña fotografía. Era mía, de cuando tenía alrededor de diez años, vestida con un mono para el que ya era demasiado mayor y con los ojos entrecerrados por el sol. Maddy la cogió y dijo encantada:

—¡Soy yo cuando sea mayor!

Cuando llegábamos a casa después del mercado, nos preparábamos para comer y mi padre anunciaba que era hora de tomar una copa, al fin y al cabo estaba de vacaciones. En ese momento la cara de Beverley se encogía, pero no decía nada, porque nunca había dicho nada y no tenía sentido empezar a hacerlo ahora.

Cuando me fui de casa y empecé la vida adulta, me fui dando cuenta de lo que mi padre era. Le puse nombre y tomé algunas decisiones. Sabía de otros padres que se enfadaban y gritaban. Algunos eran mujeriegos; otros decían cosas imperdonables, cosas que no recordaban pero que se quedaban para siempre en la garganta de la persona, la persona sobria, que sí las recordaba. Mi padre no hacía nada de eso. Simplemente se emborrachaba en la comida y se quedaba dormido a media tarde, si podía, y después se despertaba para la cena, donde saciaba su propia sed bajo el engaño de servir bebida a su familia. Era lo que llamaban «funcional». El alcohol le ayudaba a salir suavemente de situaciones. Con él era capaz de marcharse sin moverse y sin rencor. Podía ausentarse sin provocar ninguna molestia. Era una forma de dirigir su vida que, en mi opinión, tenía su mérito. Yo misma me zambullía en ella de vez en cuando.

Las tardes eran para las piscinas naturales, solo Maddy, Beverley y yo, en bermudas, descalzas y con redes, cubos y teléfonos para hacer fotos de Maddy saltando de roca en roca. Se ponía en cuclillas junto a las piscinas y miraba en su interior como una vidente. Anunciaba conchas y cangrejos, algas y estrellas de mar. No entendía nunca por qué los cangrejos huían de ella y trataba de atraerlos, a veces con canciones que se inventaba. El intento de Maddy de pronunciar la palabra «anémona» hizo que todo el viaje mereciera la pena, a pesar de haber estado con mis inalterables e imperfectos padres.

En nuestra última noche, birlé un cigarro a mi madre, aunque podría habérselo pedido. Lo cogí del paquete que estaba en la mesa de la cocina, con la tranquilidad de una ladrona profesional, mientras Beverley estaba de espaldas lavando los platos. Esa era otra cosa que Beverley odiaba de esta casa de la playa: no había lavavajillas. Decía que era una agresión contra los derechos humanos. Ayudé a mi madre a limpiar la cocina y, después, salí por la mosquitera de la puerta y bajé a la playa, que estaba iluminada por una luna gibosa y un brillante manto de estrellas. Me quité los zapatos y hundí los pies en la arena, que seguía estando caliente por el sol del día.

Pensé en la última vez que había paseado a solas por esta playa. Charlie y yo nos habíamos tomado lo que llaman una «luna prebebé» para venir aquí, apenas unas semanas antes de que Maddy naciera. El nacimiento terminaría con un suceso bastante violento para mí (por suerte, no para ella), pero yo ignoraba todo lo que el futuro me ofrecería cuando partimos hacia esa luna prebebé. Pensé que podía ser la solución que necesitábamos. Los viajes previos a un nacimiento se anuncian como unas vacaciones felices para acariciarse el vientre y durante las cuales las parejas dan paseos por la playa, pueden dormir, disfrutan de la compañía del otro por última vez como pareja sin hijos y se agarran de la mano. Por el contrario, nuestra luna prebebé había sido un fin de semana penoso con reflujos e insomnio por mi parte y retiro silencioso e inmersión telefónica por la de Charlie. El peor momento fue cuando descubrí una aplicación de envío de fotos en su teléfono, esa en la que la foto «explota» tras treinta segundos sin dejar rastro evidente (mentira, por supuesto, ya que en internet todo se puede rastrear; otra verdad melancólica que pronto descubriría). Le dije a Charlie que yo creía que esa aplicación se usaba para mensajes de contenido sexual. Él contestó que solo era para hacer el tonto con sus amigos. Discutimos y me fui de la casa —en aquella época yo hacía muchas salidas dramáticas con poco o nulo efecto—. Estuve caminando sola por la playa. Y aquí me encontraba de nuevo; sola, pero ahora, al menos, era libre.

Encendí el cigarro y la llama de la cerilla fue una pequeña señal en la oscuridad. Pensé en aquella noche y en lo mucho que había temido estar sola. Me fui con mi bebé y, ahora que lo pensaba, cuando pasó aquello la pérdida quedó absorbida en mi vida con bastante facilidad y pude empaquetar mi amor por Charlie y guardarlo. En los últimos años me había dado cuenta de muchas cosas; sin embargo, la más liberadora fue descubrir que mi propia pena no importaba. Era algo relativamente pequeño, que podía perderse con facilidad entre el enorme ruido del mundo. Poco después, se había vuelto lo suficiente ligero como para llevarlo conmigo y pensé: «Así es ahora y, a veces, hasta puedo olvidarme por completo de que está ahí».

Sin embargo, para la madre de Tracey Doran no había forma de guardar su pena. La saturaba, la inundaba, rebosaba de ella. Era lo que los franceses llaman *insupportable*. No podía construirse estructura alguna dentro de sí misma que la sujetara, la contuviera o la apuntalara, tampoco que evitara que creciera, rebosara y combustionara hacia aquellos que lo merecían, como yo, y probablemente hacia muchos otros que no. No era de extrañar que robara vasos de los bares. El universo le había robado a su hija. Y toda su vida se había reducido a un solo objetivo: debía contar a gritos su injusticia.

A la mañana siguiente, hicimos las maletas y viajamos en dirección sur hacia Sídney. Yo tenía los hombros bronceados y en la nariz una constelación de pecas nuevas o manchas de sol. Maddy llevaba una colección de conchas y un nuevo cangrejo como mascota que mi padre había guardado en una bolsa con agua salada, un cautivo marino sin opción alguna a abandonarla. Le estuvo cantando durante todo el viaje a casa.

Capítulo ocho

Pasaron un par de semanas de pleno verano en Sídney. La humedad tenía algo de hostil y a mediodía el calor era tan brutal que resultaba imposible salir a la calle. La guardería de Maddy estaba de vacaciones, motivo por el cual yo trabajaba por las noches, pero pasaba el día con mi hija. Íbamos a playas y museos, organicé encuentros para jugar, recordé llevar algo para comer, preparamos galletas e hicimos juntas un rompecabezas gigante de la familia de los ratones de los árboles, tan grande que ocupaba toda la mesa de la cocina. Una vez estuvo acabado, Maddy no quería que tocáramos una única pieza. No podía entender el carácter efímero del arte. Así que comimos encima de él, con nuestros cuencos de cereales colocados encima de bigotitos y garras diminutas.

La preocupación por el dinero cruzaba por mi mente. Mi trabajo de biografías por encargo había llegado a un dique seco. Necesitaba que el mundo de los negocios y de la jerga empresarial del sector público volviera a ponerse en marcha e instara a mi habilidad para la traducción. Envié correos electrónicos en busca de trabajo, pero recibí respuestas automáticas de «fuera de la oficina».

Una noche, a primera hora, Maddy y yo fuimos a Hyde Park, donde se estaba celebrando el Festival de Sídney, lleno de mujeres con camisetas de cuello *halter*, hombres con otras de mensajes irónicos y también familias que habían asistido a la primera hora. Vi a la gente que iba a los espectáculos para adultos y desaparecía en una oscura carpa para ver un *cabaret* o alguna actuación. Cómo deseaba poder sentarme a disfrutar del lujo de que otra persona me entretuviera, aunque solo fuera un rato. Sentí una punzada de celos por aquellas mujeres solteras que cada dos fines de semana salían, bebían, tenían sexo, volvían a casa tranquilamente y dormían solas. Sin embargo, Maddy daba patadas a mi lado, haciéndome en la mano con su manita una caricia húmeda. Nos encontramos con Vic, que estaba pasando el verano trabajando y había venido directo desde la oficina. Hizo cola para pedir un vino rosado mientras Maddy y yo comprábamos cajas de pasta para cenar. Nos sentamos en la hierba delante de un gran escenario donde había un animador infantil vestido de payaso entonando canciones de niños con un ritmo hiphopero. Intercaló partes en las que él cantaba una estrofa y el público respondía. Los niños estaban entusiasmados.

—¿Está haciendo chistes de insultos a madres para niños de menos de cinco años? —preguntó Victor a la vez que me pasaba un vaso de rosado.

—Eso creo.

—Supongo que es el público objetivo perfecto.

Maddy estaba apoyada entre mis piernas, hipnotizada. De vez en cuando soltaba respuestas a las preguntas del payaso hiphopero, aunque él, que se encontraba a veinte metros en un escenario alto, desde luego no podía oírlo.

—¿Y qué tal el trabajo? —pregunté.

Era una pregunta con mucho trasfondo. Todavía no echaba exactamente de menos el trabajo, porque seguía sintiéndome ofendida y porque mi salida aún tenía cierto aura de vacaciones. Todavía no se había convertido en una forma de vida.

—Aburrido —respondió Vic—. Curtis y yo somos casi los únicos adultos que estamos trabajando en el desierto navideño.

—¿Qué tal está Curtis?

—Triste, creo. Su ex se ha llevado a los niños a Adelaida de vacaciones y apesta a soledad. Y a tabaco.

—¿Ha empezado a fumar otra vez?

—Claro que sí.

Vic estuvo hablando un rato sobre su vida amorosa. Estaba viendo a varios hombres que había conocido a través de distintas aplicaciones de contactos. Su principal problema, decía, era que en ese mundo todo había empezado a girar en torno al género y él no era ni jovencito ni oso.

—¿Te convierte eso en un lobo? —pregunté.

—En lo que me convierte sobre todo es en una persona cansada.

Nos tumbamos bajo unos eucaliptos gigantes, aspiramos el aire caliente y perfumado y vimos cómo una rata gigante se escabullía por un cubo abierto de la parte de atrás de un puesto callejero que vendía comida vietnamita. Sídney estaba llena de vida, a pesar del calor mortal. En cada parcela de terreno que no estaba cubierta de hormigón, brotaba algo. Los animales e insectos se multiplicaban. Cada grieta contenía vida.

Yo sabía que Victor trabajaba durante el periodo navideño porque no le gustaba ir a su casa y la jornada de veinticuatro horas en el periódico le proporcionaba una buena excusa para no tener que ir. La última vez que había vuelto a casa por Navidad, varios años atrás, su padre se había emborrachado mucho durante la comida. Entonces su madre escondió la ginebra y, según contó Victor, eso hizo que todo se volviera absolutamente insoportable. Su padre le había llamado «afeminado» y Victor había decidido no volver nunca más.

—Toda esa jerga homofóbica viene de los setenta —aseguró Vic—. Es vergonzoso para todos.

«¿Ves? —pensé yo—, mi padre no es así». Él era un corderito tierno y borracho que no haría nunca daño a nadie, siempre y cuando no le permitieras conducir. Yo suponía que venía de la última generación de los que esperaban poco de sus padres.

—¿Qué tal tu chico? —preguntó Vic después de una pausa—. ¿Cómo se llamaba? ¿Tim? ¿Robert?

—Tom.

—¿Qué tal está Tom?

—No hay ningún Tom.

—Vaya. ¿Qué ha pasado con Tom?

—Tom se enteró de lo de sus cuernos.

—Ah. Lo de que te follabas al jefe.

—Mi ambiciosa vida sexual para ascender.

Nos reímos levantando la cabeza hacia el cielo, donde los murciélagos cruzaban el anochecer rosado en formación, como manchas de Rorschach con alas.

—Pues es una pena —dijo Victor—, lo de Tom.

—Bah, de todos modos era demasiado joven. Ahora soy una señora mayor. Tengo artritis en una rodilla. Veo a otras personas de mi edad y pienso que parecen viejas. Vi una foto mía el otro día y pensé: «¿Quién es esa señora con la cintura gruesa y sin mentón?».

—Tú no tienes una cintura gruesa. Además, tienes mentón —repuso Vic—. Y que les jodan a los «demasiado jóvenes».

Coloqué las manos sobre las orejas de Maddy y le miré con los ojos abiertos de par en par.

—Lo siento. Quería decir, que se vayan al infierno los «demasiado jóvenes».

De todos modos, Maddy no estaba escuchando. Estaba cantando al compás del lejano payaso del *hiphop*. La canción decía algo sobre montar en un avión del arcoíris que resultaba bastante espeluznante.

—¿Victor? —dije.

Me sentía suelta con el vino.

—¿Sí?

—¿Crees que soy una mala persona?

—No —contestó—. Creo que quizá lo finges. Yo creo que la mayoría de las personas se pasan la vida fingiendo de un modo u otro. —Hizo una pausa para dar un sorbo a su rosado—. Así que no te machaques.

—¿Y si nunca consigo superarlo?

—¿Superar el qué? Te refieres a Charlie o... Lo que pasó con Tracey Doran no fue...

—Lo sé. No fue culpa mía.

—No tienes por qué superarlo —insistió—. Esa idea de que la gente supera las cosas es basura. Son rollos de Oprah. Es una estupidez sacada de la psicología positiva. —Después añadió con voz más baja—: Odio la psicología positiva.

—Bueno, eso no es muy esperanzador.

—Yo no creo que la gente supere las cosas, pero sí creo que podemos aprender a salir de ellas. Y cuando lo conseguimos, nos sentimos algo más calmados con nosotros mismos y volvemos a vibrar.

—¿Vibrar?

—Sí, a vibrar.

En ese momento, el payaso hiphopero saltó del escenario y avanzó hacia el grupo de niños que se habían reunido para verlo. Llevaba una máscara blanca de felicidad grotesca. Maddy gritó asustada y se lanzó contra mi pecho agarrándome como si estuviese en un combate de lucha libre.

—¿Por qué llevamos a ver payasos a los niños? ¿Tanto odiamos a nuestros hijos?

Tomamos aquello como una señal para ir a comprar helados, una bola cada uno, con sabores diferentes y tres cucharitas para poder compartirlos.

Enero se iba acercando a su término medio, la guardería volvió a abrir, por suerte, y yo empecé a intentar encontrar de nuevo más trabajo como escritora para rellenar mis días. Al final conseguí algo en una entidad benéfica que fomentaba la escritura y la lectura entre comunidades desfavorecidas. El fomento de la escritura de aquella institución no se extendía a su capacidad de formular frases legibles en sus folletos, así que me lo encargaron a mí. Pagaban bien, aun con el descuento que les hice por tratarse de una organización sin ánimo de lucro. Me estaba quedando sin dinero y el pago del impuesto de circulación de mi coche era a principios de febrero.

Una noche en el bar, unas tres semanas después de la aparición en Nochevieja de la madre de Tracey Doran y su bolso de diamantes, recibí una llamada. Era ella. Se disculpó. Dijo que había bebido demasiado esa noche y que había sido una época del año difícil.

—He estado bebiendo demasiado, en general —reconoció—. Voy a volver a ir, pero esta vez no beberé tanto y podremos hablar.

—No sé de qué tenemos que hablar —repuse.

—Quiero hablarte de mi hija.

—Yo no conocía a tu hija.

—Lo sé —dijo la madre de Tracey con la voz acalorada—. Lo que escribiste... no era ella. Eso no era ella.

—No se suponía que fuera una biografía.

—Pero terminó siéndolo, ¿no?

Suspiré. Ella esperó.

—¿Qué quieres? —le pregunté.

—Hablar.

Hice una pausa. Jessica estaba en el otro extremo de la barra, mezclando algo azul para un pelirrojo que esperaba y sin hacer caso a los intentos de Pete de ligar con ella. Me sentí tan vieja como un pino Wollemi. ¿Qué estaba haciendo yo ahí?

—Si no aceptas, iré a tu bar cada noche y me sentaré en el taburete a beber hasta que lo hagas —aseguró la madre de Tracey Doran.

«Banquo en el bar de los hípsters», pensé.

—¿Cómo te llamas? —pregunté—. No me lo dijiste.

—Jan —respondió—. Jan Doran.

Claro que era Jan. Había millones de Jans de mediana edad en Queensland. Jans dirigiendo quioscos y dando los pistoletazos de salida en las fiestas escolares; Jans ayudando a padres ancianos a sentarse y rebuscando entre sus pertenencias cuando morían; Jans que tenían cocheras dobles y maridos que rara vez hablaban; Jans que tenían hijos que las dejaban e hijas que dependían demasiado de ellas; Jans que trabajaban en gestorías y en recepciones de colegios, que hacían de todo y no pedían nada; Jans que compraban en Kmart y, quizá en ocasiones especiales, en almacenes Sussan, que se sometían a programas de pérdida de peso, después los dejaban y luego, en Año Nuevo, volvían a apuntarse; Jans que mantenían las cosas a flote. La energía de las Jans por toda la nación sostenía ciudades, comunidades y familias, y nadie notaba nunca su presencia. Yo había conocido a varias, pero nunca les había prestado atención de verdad. No hasta que una de ellas entró en mi bar y me exigió que la mirara, que hablara con ella, que la escuchara, que la viera.

—De acuerdo —contesté—. Vamos a vernos.

Había algunas pruebas que respaldaban la hipótesis de que Jan Doran estaba loca o que estaba sufriendo alguna especie de episodio depresivo o de algún otro tipo. Para compensar, pensé que sería mejor que nos viéramos en público. Así que acordamos vernos al día siguiente en un lugar de la playa de Glebe lo suficientemente íntimo como para que pudiéramos hablar bien, pero no tanto como para que un intento de asesinato o mutilación pasara desapercibido para la gente que pasara por allí. Yo llegué primero y estuve toqueteando un rato mi teléfono antes de rendirme y mirar hacia el reflejo del sol de la mañana en el agua. Tenía una entrega al día siguiente para el folleto de la organización benéfica. Albergaba la mala sensación de que Maddy tenía liendres, pues se había estado rascando la cabeza y esta no era mi primera vez. Sabía lo que eso significaba y estaba preparándome mentalmente para la lacerante tarea de cepillar el pelo de mi hija con un peine de dientes finos. La última vez el cuero cabelludo de Maddy había sangrado. Necesitaba buscar más trabajo como autónoma y, en algún momento, pensar en buscar un trabajo de verdad, algo que no implicara tener que servir palomitas a veinteañeros ni desenmarañar la prosa de otras personas.

Vi a Jan a cierta distancia. Llevaba puestos unos pantalones discretos y otra blusa con estampado animal, de cebra esta vez. Su forma de caminar era peculiar. Arrastraba los pies por culpa de los zapatos de guerrero masái, un efecto que hacía parecer casi como si flotara. No estaba segura de si debía saludarla con la mano. Me decidí por un gesto breve que alertara a Jan de mi presencia sin que representara una bienvenida. Jan se arrastró hacia mí y se sentó a mi lado pesadamente y con la respiración acelerada. Exudaba un calor húmedo y margoso. Eran las nueve de la mañana y la temperatura era probablemente de unos veintiséis grados, además de la humedad. Se giró para mirarme y me brindó una bonita sonrisa. Buscó en su bolso, esta vez de lona grande, alegre y floral, y sacó un pequeño bote que tenía por fuera gotas de condensación.

—¿Té helado? —me ofreció.

Lo rechacé.

—No te importa si bebo, ¿no? —dijo Jan antes de dar un sorbo—. El médico dice que soy propensa a la deshidratación y a la falta de azúcar en sangre, así que con esto mato dos pájaros de un tiro.

Yo no estaba muy informada sobre la hipo- y la hiperglucemia, pero pensé que quizá Jan estaba equivocada con lo del té helado. Jadeaba y esperamos a que se calmara y pudiera hablar mejor.

—Pues aquí estamos —dijo.

—Sí —respondí. Me sentía rígida, culpable y enfadada, aunque no estaba segura de por qué—. Aquí estamos.

—Quería hablarte de mi hija —comenzó Jan—. Esas cosas que escribiste no estuvieron bien. Y lo sabes. Contaste historias de ella.

—Escribí un artículo sobre ella —repuse—. Es lo que hacemos los periodistas. Escribimos artículos.

—Pero tú no eres periodista —dijo Jan con satisfacción.

—Vale, me has pillado —respondí—. Ya no soy periodista, pero sigo escribiendo.

Parecía hablar a la defensiva. No estaba segura de por qué me importaba lo que Jan pensara de mí ni por qué quería que Jan entendiera que solo porque mi trabajo ya no se viera no hacía que fuese menos escritora. Al fin y al cabo, seguía ganándome la vida escribiendo, solo que ahora lo que escribía no tenía consecuencias.

—Escucha… —empecé.

—No. No. ¡No! —exclamó Jan, animada de repente. Movió su cuerpo en el banco del parque y se giró para mirarme. Pude ver que muchas de las venas de su nariz habían estallado, como un pequeño estuario—. ¡No te voy a escuchar! Ya no voy a escuchar más a nadie. Tracey quería ser como tú, ¿sabes?

—Como yo, ¿en qué sentido?

—Quería ser escritora, importante, notoria.

—Te refieres a que quería ser famosa —puntualicé—. Lo consiguió.

De inmediato me sentí cruel, pero Jan no pareció notar el menosprecio.

—Era guapa y siempre supo que una parte de aquello le traería problemas —dijo—, pero quería que la conocieran por su inteligencia. Era inteligente de verdad. Se le notaba desde que era pequeña.

Permanecí en silencio. El destello blanco de una cacatúa pasó volando sobre nosotras. Estábamos sentadas bajo la sombra moteada de un eucalipto amarillo.

—¿Ahora se te ha comido la lengua el gato? —me preguntó.

—No sé qué quieres que diga.

—Pues puedes dejar de decir «No sé qué quieres que diga».

—De acuerdo. Pues...

—¡Escúchame! —me espetó Jan—. No digas nada.

—Pero si no dejas de decir...

—Escucha de una maldita vez.

Me quedé inmóvil. En el puerto un hombre en kayak se dirigía en solitario hacia la costa, golpeaba el agua con su pala. Las cacatúas discutían por encima. El largo chirrido de una cigarra se añadió a la atmósfera del día.

—Hiciste que Tracey pareciera tonta y una mentirosa, como si no fuera buena persona y solo buscara su propio provecho, como si solo quisiera clics y «me gusta» y ese tipo de cosas.

—Bueno, sí que buscaba muchos seguidores —señalé—. Tenía mucho éxito en las redes sociales. Y era lista. Se valía de ello.

Estaba tratando de decir cosas que fueran verdad pero que no resultaran hirientes.

—Se valía de ello —repitió Jan burlándose—. ¡Se valía de ello! Ese es exactamente el tipo de expresiones que ella quería utilizar. Solo quería poder meter un «se valía» en la conversación como si tal cosa.

—Hablas como si Tracey no tuviese más alternativas en la vida.

—Fue a la universidad —dijo Jan con frialdad—. Tuvo que dejarlo. Tuvo un problema. Se suponía que no teníamos que llamarlo crisis.

El médico decía que eso era muy anticuado. No sirvió de nada. Se estresó mucho, se quedó muy delgada y copió el trabajo de otra chica, y ahí acabó todo.

Me pregunté por qué ninguno de los que había entrevistado para el artículo había mencionado ese escándalo de plagio. Habría sido un buen detalle.

—Tracey tenía problemas —afirmé—. Desde joven. Más joven, quiero decir.

—Esa es una palabra maravillosa, «problemas» —replicó Jan—. Esconde todo tipo de pecados, ¿verdad? Porque ¿quién no tiene problemas? Todos los tenemos. O puede que tú no.

—¿Yo no qué?

—Que no tengas problemas.

Me miró con dureza. Yo aparté la mirada.

—Quiero saber por qué escribiste ese artículo.

Jan hablaba en círculos, dando vueltas como una libélula y regresando después rápidamente para aterrizar donde quería estar.

—Me dieron un soplo —contesté—. Lo comprobé. Se unió a otros más. Tu hija era un personaje público muy conocido que…, al parecer, había actuado de forma fraudulenta. Por tanto, era una buena historia.

—¡Eso es una *P* mayúscula, *M* mayúscula! —exclamó. Se rio sin ganas, sacudiendo su cuerpo en el banco a mi lado—. Lo escribiste porque pensaste que tú también te harías famosa, famosa con toda esa gente vuestra de los medios de comunicación. Pensaste que podrías robarle la historia a mi hija y recibir premios y todas esas cosas. Pensaste que podrías explotarla, igual que ella explotaba su cáncer.

—Pero, en realidad, ella no tenía…

—Admítelo.

—Dime una cosa que yo escribiera que no fuera…

—Admítelo.

Cerré los ojos un momento.

—Vale, lo admito. Sí —dije—, si quieres verlo de ese modo. Yo sabía que sería una buena historia. Tu hija era muy conocida. No le venía mal ser guapa y ser tan querida por sus admiradores. Sabía que sería una buena historia y, sí, me gustaba esa sensación.

Hubo una pausa y por un momento la mañana se llenó solamente de las peleas entre las cacatúas.

—Eres madre soltera, ¿verdad? —dijo Jan.

Había empezado otro círculo. Me pregunté cómo se habría enterado. La verdad es que no importaba.

—Sí —respondí.

—¿Sientes rabia?

—No, me siento afortunada —contesté—. Afortunada de tenerla.

—*P* mayúscula, *M* mayúscula —repuso Jan, pero esta vez con tristeza y en voz baja.

—No es ninguna puta mentira —protesté—. Es la verdad. Sí que me siento afortunada. Cada día.

—Estoy segura de que sí, cariño —afirmó Jan—, pero mientes si me dices que no sientes rabia. Reconozco a una compañera de viaje cuando la veo.

—Tengo que irme pronto —repuse—. Tengo cosas que hacer.

La humedad estaba aumentando demasiado, un muro de densa atmósfera por el que había que respirar. Las nubes se amontonaban unas sobre otras por delante del sol. El cielo parecía demasiado bajo.

—Escribiste muchos datos, sin duda, pero tampoco tengo ninguna puta duda de que no escribiste la verdad sobre mi hija. Solo escribiste una historia.

—Tengo que irme ya, de verdad.

Tenía que poner dos lavadoras, comprar champú para liendres, organizar la cena y, de repente, deseaba con urgencia estar en la fresca oscuridad de mi dormitorio, a la sombra de la higuera gigante, sentada en mi cama y recordando, en silencio, que mis problemas no eran para tanto. No podía pensar bien con el calor, los graznidos y el ajetreo de los pájaros.

—Te acompaño —dijo Jan, y se levantó.

Mientras yo esperaba a que pasara por delante de mí, vi las marcas de las tablas del banco sobre el gran trasero de esta mujer extraña y admirable. Jan miró hacia arriba, a las ramas de los eucaliptos amarillos, que todavía se agitaban con los esfuerzos de los pájaros.

—Malditas cacatúas —comentó, y recorrimos juntas el camino de vuelta.

En los días siguientes, fue como si Jan Doran hubiese desencadenado algo en mí, como si me hubiese lanzado un hechizo, ya fuera una maldición o un regalo, como si hubiese desmigajado un pequeño ladrillo y ahora toda una pared se estuviese cayendo. Llegó la rabia. Era una rabia brillante y polivalente, una furia tan pura y fuerte que me sorprendí regodeándome en ella. Me hacía seguir adelante, andar a grandes zancadas en lugar de caminar y, en mi imaginación, mi pelo se agitaba hacia atrás como una llamarada y yo me movía con una nueva determinación. Me sentía llena de rabia, tanta rabia que esa noche fui yo la que se sentó con Maddy mientras ella se retorcía, lloraba y se pasaba los malévolos dientes metálicos del cepillo de las liendres por el pelo. Era rabia por tener que hacer daño a mi hija para ayudarla. Sentí rabia a la mañana siguiente, cuando a Maddy se le cayó sin querer su cuenco favorito y los cereales que contenía terminaron esparcidos y empapados por el suelo de la cocina, las patas de la mesa, la ropa limpia de Maddy y la pared. La furia aumentó cuando me agaché para limpiarlo. Sentí rabia al sentarme en mi mesa para trabajar en la prosa casi insondable de la organización benéfica para la alfabetización, con sus vocales mal colocadas, sus adjetivos sin concordancia y su forma de convertir verbos en sustantivos cuando no debían. Una irritación justificada me invadía mientras escribía y acababa con la confusión de significados, tratando de segar las palabras para convertirlas en algo legible. Sentí rabia por las otras madres que recogían a sus hijos en la guardería, con sus flequillos despuntados y zapatos orgánicos que parecían haber salido de los pies de un espantapájaros. ¿Por qué estas mujeres se permitían llegar a estar tan pálidas y tener un aspecto tan corriente? Probablemente yo también estaba pálida y, sin duda, era corriente, lo cual también me provocaba rabia. Sentí de nuevo la oleada de irritación, más tarde, cuando Maddy quiso un cuento más, y luego otro, y yo le grité a mi hija que estaba cansada de leerle cuentos y que «¡Las mamás también necesitan descansar!». Maddy lloró y yo la consolé casi sin ganas, pero en realidad no me importaban demasiado las lágrimas de mi hija porque tenía demasiada rabia. Descubrí que la rabia era la mejor forma de mantener a raya la empatía, que la rabia me aportaba lucidez y la clara sensación de que había cosas buenas y cosas malas. Servía para avanzar por el camino que habías elegido. La rabia daba certeza. La rabia te dejaba ciega. No me extrañaba que Charlie hubiese sentido tanta rabia durante tanto tiempo. La rabia te daba la razón. Resultaba que la rabia podía ser encantadora.

No duró. Desapareció igual de rápido que había llegado, y me quedé con mis antiguos sentimientos, expuestos como un arrecife seco. Me llamó mi madre. Habían vuelto de la playa y quería saber si, por casualidad, me había llevado su toalla turca, la azul aciano con los bordes blancos. En realidad, yo sabía que mi madre llamaba para saber si estaba buscando trabajo y, de ser así, de qué tipo.

—Puedo hablar con Jacob Telig —se ofreció—. Es uno de los socios de Mellon y Madison. O con David Keller, de Hunter Thompson.

—¿Hay un bufete que se llama Hunter Thompson? —pregunté con una risita.

—Sí. ¿Qué tiene eso de gracioso?

Por supuesto, Beverley no sabía quién era Hunter S. Thompson. Sus incursiones en la contracultura habían terminado con la producción comunista de *Noche de Reyes* en la Universidad de Sídney en 1976.

—¿Dan citaciones lanzándolas al aire con un cañón gigante? —pregunté por pura diversión.

—No sé de qué hablas —contestó Beverley—. Yo solo digo que conozco a algunas personas del club, gente con la que solemos cenar. Conocemos a muchos abogados.

—Ya lo sé. No quiero volver a la abogacía, Beverley —afirmé—. Ni siquiera hay nada a lo que volver. Nunca fui abogada de verdad. No me van a admitir ahora, con treinta y nueve años. O cuarenta.

—Entonces, ¿qué vas a hacer?

—Soy periodista. Soy escritora. Supongo que escribiré.

—Eres una periodista que no tiene forma de publicar nada.

—Tienes razón. Es un *koan zen*. Si a la escritora no la publican, ¿es escritora de verdad?

—Deja de hacerte la ingeniosa —protestó Beverley—. Tienes una hija a la que mantener. ¿Crees que eso es un *koan zen*?

—No, no lo creo —respondí con un suspiro. Deseé poder sentir ahora un poco de rabia—. Por ahora lo tengo todo bajo control.

—De acuerdo —dijo Beverley con la voz llena de resentimiento. Hizo una pausa—. Por favor, mira a ver si tienes mi toalla.

Capítulo nueve

A menudo pensaba en la idea de la amnesia infantil, en el hecho de que los bebés no recordaran nada o, más bien, de que los adultos no recordaran nada de cuando eran bebés. Lo había leído en uno de mis libros sobre bebés. El libro decía que ningún psicólogo ni científico podía explicarlo. Todos estaban de acuerdo en que los niños despertaban a los dos o tres años y empezaban a colocar sus primeros recuerdos en la corteza frontal del cerebro. Ahora, con frecuencia, al mirar a Maddy pensaba: ¿te acordarás de esto? Mis propios pensamientos más tempranos estaban fragmentados y eran poco fiables. Algunos de ellos eran agradables: un nuevo cachorro, un helado con mi padre, la emoción de nadar en la piscina de un vecino… Otros estaba segura de haberlos almacenado porque ocurrieron en una atmósfera de fuerte emoción adulta confusa para una niña: una mañana de Navidad en la que mi padre iba con un albornoz rojo y mi madre estaba furiosa; el tintineo de botellas al lanzarse al cubo de la basura; la emoción de mis regalos estropeada por el silencio entre mis padres… Ahora, cada vez que sentía grandes emociones, miraba a Maddy y me preguntaba si estaría guardando un recuerdo. Me preguntaba si Maddy ya habría almacenado alguno de cuando, en el entorno que la rodeaba siendo bebé, se arremolinaban emociones adultas. Me preguntaba si Maddy había registrado algunas cosas de esa época anterior, cosas que no recordaría pero que guardaría en una parte más profunda e inconsciente de sí misma, la parte que hace que uno actúe de la forma en que actúa cuando es adulto, sin entender por qué. Quizá es ahí donde empiezan todas las historias sobre nosotros mismos, en la oscuridad del recuerdo desconocido.

Por ejemplo, ¿recordaría Maddy lo que yo hacía con ella cuando tenía alrededor de un año y planeaba nuestros días en torno a sus siestas y las distintas tomas que había que darle? La paseaba por las calles en su carrito. Íbamos a cafeterías y parques. Trataba de divertirla con juguetes de plástico de distintos tamaños y colores. La miraba y pensaba en quién terminaría siendo. Pensaba también en quién era yo en ese momento, con una alegre bebé y un marido que me daba la espalda en la cama.

En aquella época, cuando todavía estaba Charlie, vivíamos en un piso del centro que era demasiado pequeño e incómodo. Yo me pasaba allí todo el día; a menudo, sentía que las paredes se me caían encima. Charlie no, además decía que me quejaba demasiado, que nada sería nunca lo suficientemente bueno para mí. Él entonces estaba trabajando para una gran consultora y formaba parte de la gran masa humana que salía del trabajo a las seis de la tarde, subía a trenes, autobuses o coches y llegaba a casa a las siete para reunirse con sus bebés y esposas. Al principio le recibía con vino y anécdotas de mi día; después, sin mirarle, ofreciéndole la mejilla para que le diera, en silencio, un beso superficial.

Una noche sonó el portero automático del piso. Yo estaba dando de comer a Maddy, por lo que ese sonido me exasperó; me fastidiaba que Charlie se olvidara las llaves. Le abrí sin hablar. Llamaron a la puerta y me levanté, incómoda, con Maddy colgada de mí, molesta por la interrupción. Abrí la puerta y en el rellano no estaba Charlie, sino una persona desconocida, una mujer. Una mujer joven con una pátina de belleza y salud. Tenía el pelo largo, castaño y cuidadosamente rizado. Parecía salida de un programa de televisión de telerrealidad, uno de esos programas en los que a todo un grupo de mujeres agradables y guapas se les presenta a un hombre para que él elija entre todas. Esta chica no sería la ganadora, probablemente, pero conseguiría estar entre las tres últimas antes de que la despidieran con una lágrima en los ojos mirando a cámara. Tenía una expresión feliz y expectante que desapareció al verme, como una pesada piedra que cae desde gran altura: yo con un bebé apoyado poco felizmente en mi cintura.

—¿Te puedo ayu...?

—Ay, Dios mío, lo siento...

—Yo no...

—He debido de equivocarme de casa.

Se deshizo en disculpas, con la cara roja, y se fue. No le di más vueltas hasta que Charlie no regresó esa noche y todos los intentos por ponerme en contacto con él por el móvil fueron en vano. Maddy parecía notar que algo iba mal porque esa noche la pasó sin parar de llorar y berrear, con la cara arrugada por la rabia o la angustia. A mí me aterraba que algo le hubiese pasado a Charlie y, tras varias horas de lloros de Maddy sin motivo evidente, tuve que acostarla, con cuidado, en su cuna y alejarme unos minutos, porque notaba que algo profundo, fuerte y oscuro se me estaba filtrando por la piel, algo parecido al pánico o la desesperación, y no quería que nada de eso estuviera cerca de ella. Esa noche entendí por qué la gente lanza a bebés contra las paredes. Yo no lancé a mi bebé contra la pared, pero sí que la dejé, al menos mentalmente. Aunque estuve presente de forma física, la mecí adelante y atrás, le di palmaditas y la calmé, en mi mente me alejé de ella todo lo que pude. La abandoné para irme a una playa de Tailandia. Recorrí en bicicleta campos de trigo dorado del sur de Francia. Fui a una fiesta en Venecia y paseé por la plaza de San Marcos, que, en mi imaginación, yo había vaciado por completo para que fuera toda para mí. A eso de las cinco de la mañana, Maddy cayó dormida y Charlie llegó a casa. Estaba sin afeitar y no había dormido.

—¿Dónde has estado?

—Tuve un evento del trabajo anoche —mintió como si nada—. Lo siento, el teléfono se me quedó sin batería. Tomamos una última copa en casa de Steve, así que me quedé en su sofá.

Yo estaba desconcertada. Dije que no me había avisado de que iba a salir. Era la primera noticia que tenía de que hubiera algún evento del trabajo.

—Mentira —replicó—. Te lo conté la semana pasada. Tienes un cerebro de bebé, zorra estúpida.

Pasó a mi lado, sin mirarme, en dirección al baño y cerró la puerta con fuerza, haciendo que Maddy se despertara. Ella empezó a llorar y yo sentí que el temor me subía por la garganta. Oí que él abría el grifo de la ducha. Fue la época en la que empecé a ser consciente del tipo de matrimonio que tenía.

Unos días después de nuestro encuentro bajo las cacatúas, salía por la mañana de casa, con Maddy detrás, cuando vi un destello de color al otro lado de la calle, y ahí estaba Jan Doran, apoyada en una higuera de Bahía Moreton, vestida con una blusa de lunares de colores diseñada para imitar la piel de algún animal de la jungla. ¿Un guepardo? ¿Un leopardo?

—¡Yuju! —gritó moviendo los brazos, y cruzó arrastrando los pies con sus zapatos ortopédicos.

Alarmada, le dije a Maddy que diera media vuelta y la empujé para que volviera a entrar por la puerta de la valla al interior de la casa. Dejé medio cerrada la puerta y Maddy protestó. Al girarme vi a Jan con una mano apoyada en mi valla, como si fuese una vecina que venía a traerme el periódico. Podía moverse rápido con esos zapatos. Su expresión era transparente y parecía contenta.

—¿Es esa tu niña? Maddy, ¿verdad?

No recordaba haberle dicho a Jan el nombre de mi hija. Estaba bastante segura de no haberlo hecho.

—Por favor, no vengas a mi casa —le pedí con tono de urgencia—. Es una invasión de la intimidad. ¿Cómo has conseguido mi dirección?

—¿Cómo conseguiste tú la de mi hija? —preguntó Jan con una amplia sonrisa.

—Veo lo que estás haciendo, pero deberías tener cuidado.

—¡Tranquilita! Pasaba por aquí. De verdad. Me estoy alojando un poco más arriba —aseguró Jan y señaló hacia el bloque de apartamentos que se hallaba en una colina detrás del Parque de Árboles, a no más de trescientos metros de mi casa—. Es un Airbnb.

—¿Vas a quedarte mucho tiempo en Sídney?

—Todavía no estoy segura —respondió—. He venido porque quiero que hagas algo por mí.

Me sentí exasperada y cansada. Al otro lado de la puerta, Maddy estaba dando golpes con sus pequeños puños y gritando. Estaba rabiosa y con razón.

—¿Y qué quieres que haga por ti, Jan?

—Quiero que escribas la historia de mi hija. La real.

—¿Vas a dejar de enviarme esos paquetes?

Me crucé de brazos y me apoyé en la puerta. Era grande y roja y tenía una ranura para las cartas del tamaño de una buena novela de tapa dura. Maddy estaba gritando a través de ella.

—¡Déjame SALIR! ¡Quiero SALIR!

Jan abrió la boca para hablar, pero la interrumpí, irritada:

—Ya no escribo para el periódico, Jan. No soy periodista ya. No tengo ningún medio donde publicar. ¿Lo entiendes? Lo he dejado.

—He visto tu página web —contestó—. Lo de tu trabajo de escritora. Dice que escribes por encargo biografías de personas. Quiero que hagas una de esas biografías de ella. Te contrataré como es debido. Será trabajo. Y creo que necesitas algo así.

Jan Doran era una mujer que había nacido en una familia pobre al suroeste de Sídney, que había vivido en una casa de madera de la época de la posguerra con su padre viudo y su hermana y que había dejado el instituto a los quince años para formarse como enfermera y poder ayudar a su familia. Resultó que la muerte de su hija había hecho a Jan muy rica. Se había mudado a la casa de estilo Queenslander que su hija había comprado con el anticipo de su libro, una caja de madera de color pastel sobre pilotes. Al principio fue solo para cuidar de los animales, pero una vez solucionado lo del testamento fue permanente y Jan dejó su casa de alquiler de Broadbeach, en la Costa Dorada. Se mudó a la silenciosa casa de su hija llevándose toda su colección de figuritas de cristal y tarjetas de hadas. Yo no sabía qué eran exactamente las tarjetas de hadas, pero, por ahora, ya tenía la sensación de que con Jan Doran era mejor no preguntar, porque casi con toda seguridad me lo contaría con todo lujo de detalles. Descubrí que su discurso era el torrencial parloteo de una persona extrovertida y sociable que ha pasado demasiado tiempo tras las ventanas tapadas de la pena. Ahora había llegado el momento de abrir las cortinas y, cuando lo hizo, ahí estaba yo, parpadeando bajo la luz del sol.

Por un lado, estaba la casa, con su fotogénica cocina, pero además, como Tracey no era ninguna tonta, había negociado unos derechos de autor más altos de lo común y, curiosamente, su libro siguió vendiéndose aun después de que su autora quedara desacreditada. De modo que, al morir Tracey, Jan heredó una suma de dinero de su hija que invirtió en acciones. Se decidió por negocios de comida orgánica y empresas de comida para mascotas, como homenaje a las pasiones de su hija. Así se encontró con una sorprendente última etapa de vida como comerciante de participaciones. Empezó a leer periódicos de finanzas y pidió prestados unos cuantos libros sobre operaciones bursátiles intradía en la biblioteca de Southport, donde las demás señoras que están a punto de abandonar la mediana edad acuden a sacar novelas eróticas y a leer el periódico tranquilamente por la mañana para mantenerse al corriente de la actualidad.

Jan Doran me dijo lo que quería, ahora que tenía dinero suficiente para darse caprichos. ¿Y para qué otra cosa era el dinero? Quería que se contara como era debido la historia de la vida de su hija, dando el mismo peso a cada uno de sus veintiocho años. Quería que quedaran claros los logros de Tracey, que se elogiaran como es debido sus éxitos. Quería que quedaran documentadas sus virtudes y su belleza, tanto la interna como la externa. Quería que fuera admirada.

—¿Por qué yo? —pregunté—. Seguro que soy la última persona que querrías que escribiera sobre tu hija.

La lógica de Jan Doran era bastante sencilla.

—Eres la única escritora que conozco. Y me lo debes.

* * *

Mientras me acercaba al pasillo de los lácteos, se presentaron ante mí, entre los yogures y las natillas, unos hombros familiares, anchos, altos y con un ligero encorvamiento en el cuello. Desde esa figura que me resultaba tan familiar, de espaldas a mí, se extendió una mano para coger leche. Era Tom y, por un momento, me regodeé en la sensación de conocer ese cuello y ese preciso lugar donde la línea del pelo se acercaba a la nuca. Yo había besado ese punto.

—Hola —dije, y Tom se giró para mirarme.

—Vaya, vaya —respondió sonriendo—. Si es mi vieja amiga. La escritora de historias y entendida en arte.

—Lo cierto es que lo he dejado —repuse—. He dejado mi trabajo.

—Eso he oído.

Me pregunté por un momento cómo se habría enterado y resolví que habría sido por Betty. Sin ninguna duda, Betty habría pasado alguna información, alguna noticia de Ruby Street, a su compañero de trabajo. No sabía si Tom le habría preguntado por mí o si Betty lo habría soltado sin más ante un indiferente Tom.

—¿Qué tal va el trabajo? ¿Y los retratos?

—Bueno, bien. —Se pasó las manos por el pelo—. De hecho, voy a exponer algunos en una galería de Paddington.

—¡Eso es estupendo! —exclamé. Estaba mostrando más entusiasmo por su arte que cuando estábamos juntos o, más bien, mientras nos acostábamos juntos—. Sigue siendo eso de los dioses romanos, ¿no?

—Exacto —contestó—. Griegos, en realidad, pero da igual. —En sus manos sostenía un litro de leche que transpiraba con el calor—. ¿Cómo está Maddy?

—Ah, está genial. Por fin ha aprendido a correr.

—Ah, muy bien —contestó, evasivo.

Me sentí una tonta por pensar que eso le importaría.

—En fin, he venido a por algunas cosas —dije, como era evidente, bajando la mirada a mi cesta tristemente cargada de rollos de cocina y guisantes congelados—. No te entretengo.

Salí huyendo hacia las verduras enlatadas, donde me escondí durante un rato, maldiciéndome. Cuando pensé que no había moros en la costa, llené la cesta de yogures, palitos de pescado y tampones y fui hacia la caja. La joven que se encargaba de ella era bajita y pecosa y miraba con desdén. Marcó la compra y anunció el precio: cuarenta y dos libras con cincuenta y cinco. En silencio me reprendí por comprar en la tienda cara varias veces a la semana en lugar de ser organizada e ir a hacer compras más grandes y con menos frecuencia al supermercado de descuentos que estaba en un barrio cercano. Las mamás del parque siempre hablaban de las ofertas de los miércoles en el supermercado. Pasé mi tarjeta a la chica de la caja, pero la rechazó. Estaba esperando unos ingresos de trabajo que se suponía que llegarían ese día, pero, obviamente, no había sido así. Le pasé una segunda tarjeta, pero luego me di cuenta de que no recordaba la clave PIN. No había forma de pagar la compra.

—Ay, Dios. Lo siento mucho —le dije a la chica de las pecas—. Creo que voy a tener que volver luego.

Ella guardó silencio y me lanzó una mirada vacía.

—Creo que no me acuerdo del PIN de esta tarjeta.

Se mantuvo impasible, sin ofrecer ningún alivio. La sangre se agolpó en mi cabeza.

—Toma, lo pago con la mía. —Era Tom, detrás de mí, pasando su propia tarjeta—. No vamos a dejar a Maddy sin sus palitos de pescado.

Mi bochorno era enorme y le dije a Tom que le devolvería el dinero de inmediato. Le haría una transferencia a su cuenta en cuanto llegara a casa, pero Tom respondió que lo cierto es que le gustaba la idea de que estuviese en deuda con él y no supe bien si estaba de broma, pinchándome o qué.

Había pocas posibilidades de saber si Jan Doran actuaba de buena fe. Se trataba de una mujer con predilección por la justicia reparadora y los estampados animales. Me había elegido, ya fuera por motivos de venganza o por perversión, para escribir las memorias de su hija. ¿Era esa la expresión correcta? Seguramente no. No podía haber recuerdo alguno por parte de una persona muerta. Más bien se trataba de la historia de una vida o de una biografía, como Jan había dicho cuando me ofreció la utilización de textos originales: diarios, fotografías de familia, cartas que escribió y recibió Tracey Doran y acceso a su amplio archivo de redes sociales. Parte del material ya lo tenía, claro, porque me lo había enviado a través de sus paquetes anónimos.

La misión era, en última instancia, imposible. No había leído todos los libros de filosofía que había esparcidos por el suelo del dormitorio de Tom, pero sabía lo suficiente como para tener claro que no se podía plasmar a una persona, meterla en una página ni en ningún otro lugar. Yo creía, básicamente, que las personas eran inescrutables, y no de una forma agradable. Ni por un momento me atrevería a describir a otra persona, a sujetarla con un alfiler como si fuese una mariposa disecada. Nunca fue ese mi objetivo como profesional. Lo único que yo había pretendido profesionalmente era buscar historias e informar de forma fidedigna, nunca esculpir a una persona en tres dimensiones. Y si no tenía experiencia en ello como reportera, aún más incompetente lo era como persona. Había creído que Charlie era de una determinada forma, consideraba que lo tenía esculpido en mi mente, inamovible, y se había convertido en otra persona completamente distinta. O no. Quizá había sido esa persona desde el principio, pero yo no lo había visto. ¿Qué tipo de observadora de la humanidad podía asegurar que era? De todos modos, ni siquiera estaba segura de si creía en la idea de una identidad inamovible porque ¿quién era yo en ese momento? Era una mujer que había perdido la mitad de su inamovilidad al convertirse en madre (nos pasa a todas, por mucho que nos esforcemos en fingir que no) y la otra mitad al perder lo único que me ataba a un mundo en el que yo importaba: mi trabajo. «Y es que quizá esa es la cuestión —pensé—. Yo ya no soy periodista». Era una camarera y una escritorzuela independiente que estaba a punto de embarcarse en la redacción del informe anual de AgriFutures de Australia. Tenía que enterarme cuanto antes de qué era el agrifuturo, pues tenía la firme sospecha de que, aun después de leer las miles de palabras de material de estudio que me envió la agencia, seguiría sin entender lo que era. Me lo inventaría sobre la marcha y el significado quedaría dosificado tras un velo de palabras. ¿Resultaría muy difícil esbozar el significado de la vida de Tracey Doran a partir de la unión de retazos de diarios, el testimonio de la madre, publicaciones de Instagram y viejas fotografías? Yo no era ninguna biógrafa, desde luego, ni tampoco historiadora, pero claro que podría hacer esto, por Jan Doran. Eso era lo que me decía a mí misma. No podía dejar que me pagara, no podía permitirlo. Y el tiempo dedicado a la redacción de una historia sobre Tracey sería tiempo que le quitaría a otros proyectos, trabajos por los que sí me pagaban. Sabía que no podía trabajar tras la barra del Little Friend toda la vida. ¿Quién me creía que era para hacer todo a la vez? Era la madre de una niña de cuatro años. Necesitaba un trabajo que fuese respetable y me diera un buen sueldo; necesitaba dinero para mantener a una niña. Dicho de otro modo, no podía permitirme aceptar este encargo, dedicar dinero (¿quién sabía cuánto?) a Jan Doran, mientras ella se movía por ahí con su estampado de leopardo, expurgando su pena por su hija la estafadora. Y, sin embargo, yo también necesitaba expurgar algo. Mi culpa. Así que acepté el trabajo.

Capítulo diez

Establecí algunas normas básicas: nos veríamos en el Airbnb de Jan, un pequeño piso de los años sesenta situado más arriba de mi casa, cerca de los viejos hangares de tranvías que habían sido reconvertidos en lo que Tom describió como centro comercial para hípsters. Nos veríamos durante el horario laboral y Jan accedió a no volver a presentarse en mi casa sin avisar. Le expliqué que no era que no me fiara de ella, sino que pensaba que sería mejor que nos enfrentáramos a esa tarea como profesionales. Era mentira. Por supuesto que no me fiaba de ella en absoluto. ¿Qué tipo de persona se presenta como hizo Jan Doran en el Little Friend en Nochevieja? Me hice esta pregunta retórica sin pensar en la respuesta lógica: el tipo de persona que yo era. Yo lo había hecho en innumerables ocasiones mientras investigaba para algún artículo y trataba de concertar entrevistas con sujetos escurridizos. Aparecer en algún sitio sin previo aviso era algo que los periodistas hacían con frecuencia y sin remordimientos.

A lo largo de las siguientes semanas me reuní con Jan por las mañanas. Dejaba las tardes para mi informe anual de AgriFutures, cuando me sentía menos aguda, el calor se filtraba por las puertas francesas de mi dormitorio y hacía que mi piel desnuda estuviese tan húmeda que se me pegaba a la silla. Continué trabajando en el bar por las noches, con Jessica sirviéndome cócteles a escondidas siempre que podía, a menudo de los que llevaban cafeína, porque yo estaba agotada. Cada vez más, mi cena consistía en las palomitas gratis del bar. La extraña música de Pete se me aparecía en sueños y, en ocasiones, tenía pesadillas con la cara de Jan apareciendo en sitios que no debía, como a los pies de mi cama o tras una cortina de ducha.

El piso del Airbnb era pequeño, una caja de luz con tres habitaciones y un lateral entero cubierto de ventanales. Tenía una sala de estar con una cocina anexa, un dormitorio con un pequeño baño al lado y amplias vistas del extremo occidental del Parque de Árboles y del agua. En mi casa se podía entrever el puerto, pero esta casa tenía una visión completa. Su propietaria y ocupante era una pensionista que había ido a visitar a sus nietos a otro estado, según dijo Jan, y cada vez que yo entraba me sorprendía la simplicidad de la vida de esa mujer. Tenía un pequeño estante con libros que incluían novelas románticas, historia popular y ficción histórica. Hacía bordados, al parecer, y toda la casa estaba iluminada por los coloridos diamantes y cuadrados de sus creaciones, que estaban sobre cada silla y sofá. Tenía una mesa para hacer crucigramas con una columna de bolígrafos en una copa alta y una luz intensa para iluminarlos. Disponía de un armario empotrado para sus vestidos y otro para la ropa de cama, y también de una mesa camilla que se abría y en la que tenían cabida cuatro personas. Ahí es donde Jan y yo nos sentamos nuestra primera mañana y acordamos qué íbamos a hacer y cómo.

—Vale —dije—. Muy bien.

Había ido con un bolígrafo, un cuaderno, un teléfono y ninguna idea clara de lo que esperaba de mí. Coloqué el bolígrafo, el cuaderno y el teléfono en la mesa.

—¿Quieres que trabaje cronológicamente? ¿Desde el nacimiento hasta… más adelante?

—Sí, eso creo —respondió Jan—. Me parece una buena forma de hacerlo.

—¿Y quieres que sea muy largo?

—Como tus otras biografías, las de los ancianos. ¿Cómo son de largas?

—De unas treinta mil palabras, más o menos.

—Me parece adecuado.

—¿Pero quieres que escriba sobre las cosas buenas, las más agradables?

—Sí. Podemos centrarnos en las partes más bonitas de su trayectoria.

No tiene por qué ser todo —aclaró Jan—, solo los momentos más memorables.

Desde el principio decidí que abordaría esa historia como cualquier otra, solo que esta vez editaría la información de forma distinta. Sería en parte obituario y, en parte, evocación, solo que trataría de minimizar los conflictos, las partes más oscuras y, especialmente, la causa de la muerte. Yo podría ser una asesina a sueldo. Podría escribir por encargo para un fantasma. Podría incluso tratar de aliviar mi propia culpa construyendo un monumento, por pequeño que fuera, de la persona a la que había ayudado a enterrar. Podría pagar la deuda y convencerme de que ya no debía nada a nadie.

Encendí la aplicación del dictáfono. Sentaba bien estar trabajando de nuevo.

—No a todos les gustan sus bebés de primeras, ¿no?

Era nuestro segundo encuentro. Jan estaba sentada en el sofá de terciopelo, con el cuerpo envuelto en una prenda con estampado de cebra que era una mezcla entre una blusa y un vestido. Se había adaptado bien al papel de entrevistada. Era franca, aunque de vez en cuando se inclinaba hacia delante para tocarme la rodilla y decía en voz baja: «Esto es confidencial, querida». Quizá Jan había visto eso en alguna película o lo había leído en un libro.

—Yo creo que algunas mujeres tardan un poco en establecer el vínculo, sí —contesté con tono neutral.

—¿Tú también? —me preguntó.

—No hemos venido para hablar de mí. Háblame de ti. Háblame del nacimiento de Tracey.

—Bueno, la verdad es que fue complicado —respondió—. Y el médico me cortó, ¿sabes?

Jan se quedó en silencio, lo cual no era habitual.

—¿Estás diciendo…? ¿Te refieres a que…? —Hice dos intentos antes de atreverme a decir—: ¿Los médicos te tuvieron que hacer una episiotomía?

—Sí. Una cosa de esas. Solo que no tenían que hacerla. No era necesario que la hicieran —contestó Jan—. Cuando me hice la histerectomía años después, el cirujano me dijo que el médico, el primero, me había hecho una chapuza. Si no me hubiese hecho ese corte, quizá las cosas habrían ido mejor. Sentí tanto dolor que estuve mucho tiempo sin poder andar. Eso hizo que no pudiera, ya sabes, crear un vínculo.

Yo también me había quedado en cierto modo destrozada tras el parto e impactada por lo violento que fue, una violencia considerada como necesaria por todo el mundo salvo por quienes la experimentan. Pensé en la clase de lactancia a la que había asistido en el hospital justo después de que Maddy naciera. Fue como una reunión de veteranos de guerra, con cada mujer jodida de cuerpo y mente sosteniendo en sus brazos un bulto de necesidad humana. A una de las mujeres le habían hecho una episiotomía y al terminar la clase trató de ponerse de pie con cuidado. Vio que no podía. Pidió ayuda, pero la enfermera, una mujer mayor de cara tosca que nos trataba como reclusas, se la negó por motivos de salud y seguridad. Yo recordaba todavía la expresión de la recién parida.

—Es una operación cruel —le dije a Jan.

—Era gordita como un corderito y tenía un bonito pelo dorado —continuó Jan—. Con unos rizos preciosos. Yo notaba lo orgullosa que estaba. Las enfermeras decían que era la bebé más bonita que habían visto en toda la semana.

—¿Y vivías entonces en Costa Dorada?

—No, en Lismore. Terry tenía allí una carnicería.

Terry era el padre de Tracey. El exmarido de Jan. Eso era lo único que yo sabía.

—Así que ¿te llevaste a Tracey a Lismore? —pregunté.

—Nunca te cases con un carnicero.

—Trataré de recordarlo.

—¿Tú te casaste?

—Sí.

—¿Qué os pasó?

—La verdad es que no quiero hablar de eso.

—Sí que sois reservados los periodistas —comentó Jan mientras movía el estampado de cebra por el sofá con evidente fastidio.

Esperé. Jan era, en verdad, del tipo de personas que necesita rellenar los silencios en una conversación.

—Terry estaba celoso y con razón, porque empecé a tener una aventura con un hombre cuando Tracey tenía unos dos años —confesó—. Un contable. Le quería. Terry se enteró y se volvió loco.

—¿Qué hizo?

—¿Sabes qué me apetece? —soltó Jan. Se acarició las rodillas y se puso en pie—. Me acaba de dar un antojo de galletas. ¿Quieres una galleta, querida?

Respondí que sí, que me comería una. Jan me preparó una taza de té cargado y dulce, y nos quedamos de pie en la cocina hablando de otras cosas y mojando nuestras galletas en las tazas. Después Jan dijo que ya era hora de que me marchara.

—Esta noche voy al teatro —anunció—. Han traído *Mamma Mia* a la ciudad.

Contesté que me habían dicho que era estupenda.

—Lo es. Yo ya la he visto. Tracey y yo fuimos a verla al Lyric, en Brisbane, el año pasado. Estuvo bailando en el pasillo —me contó Jan.

Levantó los ojos hacia mí con una expresión impenetrable. Después, me cogió la taza de la mano, aunque solo me había bebido la mitad del té, la dejó de golpe en el fregadero y empezó a lavarla. Se le movían los brazos con fuerza.

—Pues deberíamos incluir eso en la historia —dije sin convicción.

Recogí mis cosas y me colgué el bolso en el hombro. Le dije a Jan que la vería al día siguiente. Me fui y recorrí a pie la corta distancia hasta mi casa. Pensé en la tarde que me esperaba: poner el lavavajillas y la lavadora y enviar currículums para solicitar trabajos de relaciones públicas que no quería. Traté de no pensar en lo que rondaba por mi mente: Tracey Doran y su madre en un musical, sonriendo en la oscuridad, con Tracey poniéndose de pie al ritmo de ABBA.

* * *

A la mañana siguiente Jan me envió un mensaje para decirme que quería tomarse el día libre. «¡Voy al zoo con mi prima!», me escribió.

Aproveché la oportunidad para trabajar en lo de AgriFutures. Tomé el tren hacia el centro y fui a la Biblioteca Estatal, sobre todo porque tenía aire acondicionado y en Sídney estábamos sofocados con una semana de temperaturas superiores a treinta grados. La humedad era tremenda durante esas semanas. Me despertaba agotada y pasaba cada día como si estuviese nadando a contracorriente. Resultaba difícil dormir y cada noche tenía que decidir entre cerrar las puertas francesas del balcón y perder toda esperanza de sentir alguna brisa o abrirlas, sabiendo que entrarían los mosquitos y deslizarían su sirena por encima de mis oídos, sin dejarme dormir.

Resultó que AgriFutures era el organismo gubernamental que subvencionaba la investigación y el desarrollo de la industria rural. Patrocinaba los Premios Anuales de Mujeres en el Medio Rural y, aparte del informe anual, tenía que escribir el folleto que se repartiría en la noche de los premios. Escribí biografías de quinientas palabras de cada una de las nominadas. Todas habían hecho cosas maravillosas por la comunidad, como ayudar a víctimas de la sequía o poner en marcha pequeños negocios para construir una muy necesaria infraestructura agrícola. Una de ellas se dedicaba a la cría de marsupiales huérfanos. Mordisqueé el bolígrafo, levanté los ojos hacia la gigante cúpula de la biblioteca y pensé en lo poco que había contribuido yo a la humanidad. A los periodistas les gustaba vanagloriarse de ser el cuarto poder y del impacto social que provocan sus escritos. Todos querían que sus artículos tuviesen consecuencias: la dimisión de un ministro, el cambio de una ley, el anuncio de una comisión real… Yo había escrito artículos así, sobre mujeres inmigrantes víctimas de la violencia doméstica a las que habían quitado sus visados porque tuvieron que abandonar a sus maridos, sus mecenas, que les daban palizas; sobre malos tratos en correccionales de menores; sobre las mentiras de políticos y la hipocresía de sacerdotes… Consecuencias: mi último artículo había concluido con la consecuencia definitiva. Y ahora era como si eso hubiese vaciado de significado todo el trabajo anterior.

Capítulo once

Al día siguiente fui al piso de Jan. Llamé al portero automático y subí las escaleras, un pequeño esfuerzo que me hizo sudar de inmediato. Cuando abrió la puerta, observé que estaba rosa y ya tenía la frente cubierta por el sudor y manchas húmedas en las axilas de la blusa. Su enorme pecho estaba lleno de blasones amarillos que le daban un efecto alegre.

—¿Hace calor? —preguntó con una carcajada.

Entré. El piso no tenía aire acondicionado, pero era un edificio de muro doble y estaba en alto, así que entraba un poco de la brisa del agua.

—Me gusta tu blusa —dije.

—La compré ayer en el zoo —respondió Jan—. Me volví un poco loca en la tienda de regalos. ¿Sabías que las jirafas tienen la lengua azul? Yo no tenía ni idea.

Mientras hablaba se movía por la habitación, dando golpecitos en los cojines y ordenando libros. Tenía un montón de fotografías sobre una mesita. En lo alto de todas pude ver a una joven Tracey de un rubio angelical mirando a la cámara como a veces miran los niños pequeños, con verdadera agresividad, como si estuviesen a punto de darte un cabezazo.

—Te he traído una cosa —anunció Jan.

Fue a sentarse en un sillón reclinable. Este era grande y Jan bajita, con lo que los pies casi no le llegaban al suelo, apenas lo rozaba con la punta de los dedos.

—No deberías haberlo hecho —repliqué.

Me fastidiaba. Como periodista siempre había sentido recelo por los regalos. A menudo la gente los usaba para manipularte.

—Bueno, no te preocupes porque, en realidad, no es para ti —repuso Jan—. Es para Maddy.

En su regazo tenía una bolsita de plástico con el logotipo del zoo. Le dio una palmadita y me sentí obligada a acercarme para cogerla. Mientras lo hacía, Jan me sonrió. Era una sonrisa cálida, pero había también algo más en ella. Se trataba de una camiseta con la frase «¡La vida es un zoo!» impresa por delante y una colección de dibujos de animalitos: koalas, canguros, monos..., todos juntos. Era de la talla 5. Un bonito detalle.

—Es un poquito grande —advirtió Jan.

—No pasa nada —respondí—. Maddy crecerá y se la podrá poner.

—Sí. Se hará más grande. Y mayor.

Me miró directamente a los ojos, con una mirada similar a la que su hija muerta tenía en su foto de pequeña.

—Desde luego —contesté, y doblé la camiseta—. ¿Empezamos?

—Vamos.

Saqué mi cuaderno y coloqué el dictáfono en la mesa. Normalmente tomaba notas cuando grababa. Eso me mantenía ocupada y suavizaba la intensidad de las entrevistas individuales. Escribí la fecha en la parte superior de la página. Dejé en el aire, por encima del cuaderno, la punta del bolígrafo, con el extremo mordisqueado.

—La última vez me estabas hablando de cuando Tracey era bebé —indiqué—. Volvamos a eso.

—¿Alguna vez has cortado un cerdo en filetes? —me preguntó Jan.

Llevaba hablando casi dos horas sin parar. En un momento dado, yo la había interrumpido para liberar espacio en el dictáfono digital y así poder seguir grabando la conversación. Para dejar espacio para Jan borré la grabación de una entrevista con el director del departamento de correccionales y otra de una rueda de prensa del primer ministro. Había realizado ambas grabaciones apenas unos meses atrás, pero ya parecía como si pertenecieran a otra vida, lo cual era verdad. Ya no iba a necesitarlas. Además, el primer ministro había cambiado desde aquella rueda de prensa y ahora había un hombre nuevo que, en esencia, era el mismo y con el mismo traje, aunque con gafas ligeramente distintas. El nuevo primer ministro se me había insinuado una vez cuando estaba en la oposición, y borracho. Le había visto en televisión unas noches antes, presumiendo de esposa en un evento de críquet.

Por encima del antiguo primer ministro y del director del departamento estaba ahora la voz de Jan, describiendo la primera infancia de Tracey: la carnicería de Lismore, su primer año de vida y la gradual recuperación física de Jan a la vez que aumentaba el vínculo con su hija, a la que vestía con patucos y gorros blancos, como una bebé de la época victoriana. Durante el día le encantaba llevar a Tracey de compras y disfrutar de los elogios de otros clientes, en su mayoría mujeres y jubilados que la felicitaban por la belleza de su bebé.

—Era como un personaje famoso. Era preciosa —recordó Jan—. En las fiestas pasaba de unos brazos a otros como si fuese una bandeja de dulces.

Luego, cuando Tracey tenía solo seis meses, fue concebido su hermano pequeño, Mikey.

—¿Te lo puedes imaginar? —me preguntó.

No podía. Jan me había contado que había tardado años en quedarse embarazada de Tracey, que Terry «casi había tirado la toalla» con ella y, luego, como cuando llegan los autobuses, dos bebés en menos de dos años. Esa parte no fue nada fácil, especialmente con un marido volátil y una vagina destrozada en una zona de Nueva Gales del Sur con pocos profesionales de ginecología.

—Imagínate que la mitad de los hombres de Australia fueran por ahí con sus pitos abiertos, mojándose cada vez que se ríen, y que los médicos les dijeran que eso es parte del proceso, algo natural… Si les pasara a los hombres habría una comisión real —protestó, y luego se recompuso—: Mírame, hablando como una maldita Gloria Steinem.

A pesar de su vagina destrozada (o quizá debido a ello), Jan tuvo una aventura cuando Tracey tenía dos años y Mikey uno. Jan tenía formación como enfermera, pero Terry la quería con él en la tienda, así que dejaba a los niños en una guardería y le ayudaba en la caja y con las cuentas. Cuando Jan tuvo que acudir al contable, Alan, para pedirle ayuda por un problema fiscal, encontró un romance al otro lado del libro de contabilidad. Fue casi como una historia de Danielle Steel, según contó, solo que Alan conducía un Mazda y vivía con su anciana madre. Alan era tierno y amante de los libros, lo que contrastaba enormemente con Terry, que ni leía ni era tierno nunca, solo sentimental, en el sentido de dependiente y empalagoso, cuando se sentía culpable después de haberle dado una paliza a Jan. Su aventura con Alan fue efímera y «loca», decía, y con muchos más riesgos que recompensas.

—No hacíamos gran cosa, ya sabes, físicamente —me contó—. A veces íbamos juntos al cine. Él entraba antes y yo diez minutos después, luego nos sentábamos juntos en la oscuridad y solo nos cogíamos de la mano.

Vieron juntos *Le llaman Bodhi* y Alan le pasó su pañuelo cuando ella empezó a llorar. Hubo «algunos paseos por ahí en coche» y pasaron un día entero juntos cuando visitaron el museo de historia local en una casa tradicional de estilo federación. Jan pasaba horas imaginándose que vivían allí. La relación duró unos meses antes de que Terry se enterara. Jan pasó por alto los detalles de la reacción de su marido. Yo no insistí.

—Nunca he cortado un cerdo en filetes, no —respondí.

Me removí en el sofá de terciopelo. Estaba acostumbrándome a las conversaciones con Jan, que daba vueltas de una forma psicodélica y saltaba de un tema a otro. Podía empezar con una historia de cuando Tracey iba al colegio y terminar hablando de la pesca de las langostas o explicando los meridianos.

—Como mujer de carnicero, aprendes a cortar un cerdo en filetes. Aunque nunca antes lo hayas hecho, aprendes —afirmó Jan.

—Entonces, ¿estás diciendo que has cortado un cerdo en filetes? No entiendo.

—Eso no es lo importante —aclaró—. Lo que quiero decir es que después de tanto usar el cuchillo y ver sangre en la carnicería, ¿por qué me indigné con el nacimiento de Tracey? Todo el mundo sabe que habrá sangre.

—¿Nadie te había contado lo que te podías esperar? Es decir, ¿fuiste a clases de parto o algo así? —pregunté estirando las piernas sobre una otomana.

—Había clases de parto. Eran los años noventa. O sea, estábamos en Lismore, pero tuvimos esas malditas clases de parto —respondió Jan con cierta irritación. Me costaba saber qué era lo que le enfadaba—. Pero solo te decían que respiraras, lo cual es un consejo de lo más estúpido, ¿no crees? Respirar es una cosa que el cuerpo hace solo. Es con lo demás con lo que necesitas ayuda.

—Bueno, yo creo que es diferente cuando le ocurre a una. ¿No crees? —respondí con vacilación.

Era consciente de que no debía contar a Jan demasiado de mi propia historia. Estaba tratando de ser reservada y cuidadosa porque, por mucho que me fuera gustando Jan (pues tenía perseverancia, ingenio y un raro candor), necesitaba recordarme que se trataba de una persona que me había enviado inquietantes paquetes con efectos personales de su hija después de su muerte y que sabía cosas de mis circunstancias personales que yo no le había contado. Era una desconocida, y una desconocida posiblemente inestable, destrozada por la pena y que tenía buenos motivos para culparme por la muerte de su hija.

—¿En qué sentido? —preguntó Jan.

Había reclinado el sillón y estaba recostada, hablándole al techo. Lo volvió a enderezar, moviendo la palanca del sillón con una gran precisión, y me miró.

—Lo que quiero decir es que se puede estar acostumbrada a la sangre y las entrañas, pero eso no te prepara para el impacto de que te ocurra a ti. Ya sabes, cuando eres la persona que está poniendo sus entrañas. Nada podría prepararte para eso.

—¿El impacto de ser la que lo sufre, quieres decir? —preguntó Jan.

—Sí.

—Sí. Ese es el mayor impacto de la vida, ¿verdad? Cuando las cosas te pasan a ti.

* * *

Había llevado almuerzo. Encontré unos platos chinos en los armarios de la señora mayor y los puse en la mesa. Saqué el queso del plástico, corté una barra de pan, hice una ensalada rápida con tomates reliquia, aceite de oliva y albahaca, y puse higos, fresas y un mango en un cuenco. Si Beverley hubiese servido este almuerzo, habría esperado que la elogiaran por su sencilla elegancia.

—¿Hay algo de carne? —preguntó Jan, dejándose caer pesadamente en una silla.

Estábamos sentadas en la pequeña mesa plegable que estaba junto a la ventana y una pequeña brisa agitó su pelo, haciendo que por un segundo se le levantara.

—No, lo siento —respondí—. He estado a punto de comprar jamón. Lo siento.

—Claro que sí —dijo Jan en voz baja.

Se levantó de la silla y se acercó lentamente al frigorífico. Volvió con un trozo de fiambre cortado y un bote de salsa de tomate.

—Tracey se crio a base de bocadillos de fiambre y salsa de tomate —dijo Jan—. Acércame ese pan caro.

Jan se atiborró con tres bocadillos de fiambre y salsa de tomate y después empezó con las fresas. Yo cogí un poco de queso, pero hacía demasiado calor. Opté por el mango y empecé a cortarlo con un cuchillo de pelar.

—¿Y dónde está el padre de Maddy? —me preguntó.

Corté uno de los lados del mango, lo dejé en el plato y le di la vuelta para cortarlo en cuadrados, tres líneas horizontales y tres verticales. La carne del mango resplandecía como si lo acabaran de embadurnar con pintura.

—¿Por qué lo quieres saber? —repuse.

—¿Por qué no me lo quieres contar? —preguntó Jan.

—No es eso.

Era exactamente eso.

—Bueno, ¿a qué viene tanto secreto? Tú lo sabes todo de mí.

Sentí cómo se cernía sobre mí la trémula frialdad, la sensación que solía tener cuando pensaba en Charlie o en el Incidente. Sabía que era ridícula porque, según cualquier cálculo, yo ya debería haberlo superado y haber dejado que quedara absorbido en mi experiencia pasada, que se sintetizara, como hace una planta con la luz. Debería haber hecho algo con ello, lo que fuera, en lugar de lo que estaba haciendo tan claramente en ese momento: seguir llevándolo a flor de piel.

—Es una larga conversación —respondí—. Se fue. No sé dónde está.

—¿A qué te refieres con que no sabes dónde está?

Apreté la piel del mango, de forma que quedó convexo. Me ofreció sus cubos de carne.

—Se fue hace unos dos años. No dijo adónde iba. Creo que puede estar en Londres. Tenía pasaporte británico —le expliqué—. ¿Mango?

—Me quedo con la piel del mango —contestó Jan.

Se la llevó directa a la boca y empezó a caerle zumo de mango por el mentón.

—Me envía la manutención de la niña —aclaré.

Ahora me notaba a la defensiva, pues muchos padres no hacían eso. Así demostraba que seguía en contacto, que todavía le importaba. La transferencia automática a mi cuenta cada semana, con su número de cuenta, era la prueba de su amor por Maddy. También servía como prueba de vida.

—Caramba.

Extendió la mano para darme una palmadita en la mano. Podía sentir el mango en sus dedos. Nos quedamos calladas un momento antes de que volviera a mordisquear el mango hasta dejar la piel sin carne. Después se limpió las manos y la cara con una servilleta. Lo hizo con movimientos muy ceremoniosos, como si fuese una chef en un concurso de cocina de la televisión y estuviera a punto de dar un veredicto.

—La fruta más peguntosa de todas —comentó.

Capítulo doce

Más tarde, en casa, cuando Maddy se negó a comerse la cena, me invadió la rabia con una intensidad que rara vez sentía. Le grité y me puse furiosa con ella. Se trataba de un guiso de pollo con verduras escondidas, algo que había aprendido de las madres del parque: esconder verduras ralladas en todas las comidas. Era un pequeño truco maternal que te convertía en organizada y acertada. Yo tenía mis reservas con respecto a las madres del parque, pero estaba decidida a que Maddy recibiera la ingesta de vitaminas necesaria. Ella tenía otra opinión.

—Tiene cosas verdes —protestó Maddy—. No me gusta —dijo y apartó el cuenco con un golpe malhumorado.

—Sí que te gusta —insistí, diciendo lo que siempre dicen las madres y que siempre resulta ser lo que no se debe decir, ya que es de lo más irritante que te digan qué es lo que te gusta.

—¡No! —exclamó, a continuación se levantó del asiento.

Entonces fue hasta el frigorífico, lo abrió y escogió su propia cena. Y al ver eso, perdí el control.

—¡Mami es la jefa del frigorífico! —grité.

Cuando tienes que reivindicar tu poder verbalmente, es porque lo has perdido. Esto se puede aplicar a cualquier aspecto de la vida, incluidas la política y la guerra, pero ocurre especialmente con los niños. La maternidad consiste en muchas cosas y una de las principales es que constituye una clase magistral sobre la naturaleza de la autoridad y el poder.

Ambos son difíciles de mantener, según mi experiencia. Son un edificio que se debe construir y, después, vigilar constantemente.

Como era de esperar, Maddy dijo que la jefa *de vedá* era ella. Tuve la breve ocurrencia de empujarla, de tocarla de alguna forma para hacer que se sometiera a mi voluntad. Esos destellos aparecían de vez en cuando, aunque nunca los llegaba a realizar. Nunca hablé de ellos con ningún otro padre, ni siquiera con Vic, que probablemente me habría entendido o al menos no me habría juzgado. En la actual paternidad de clase media no había nada más tabú que pegar a tus hijos, y pensar en hacerlo, aunque fuera muy hipotéticamente, constituía un delito de pensamiento. En lugar de tocar a Maddy, me fui enfadada y gritando «¡Pues muy bien!».

Salí de la habitación, subí las escaleras dando fuertes pisotones hasta mi habitación y cerré la puerta de un golpe. Dentro, me senté en la cama y dejé que las lágrimas gotearan hasta mi mentón. Tenía que dejar a Maddy comida, duchada y con el pijama puesto para cuando llegara Betty, que le leería un cuento y la acostaría mientras yo salía a hacer mi turno en el Little Friend. Había incumplido el plazo de entrega del encargo de AgriFutures y había puesto como excusa que mi hija estaba enferma para conseguir más tiempo, una mentira que seguro el karma me haría pagar más pronto que tarde. Me preocupaba lo del impuesto de circulación del coche y también había que renovar el seguro. La cuenta de ahorros que tenía para Maddy, para su futuro lejano, era la única algo más jugosa que me quedaba. Todo lo demás se había quedado vacío. También me preocupaba cuánto tiempo más podríamos permanecer en Ruby Street. Mi madre había mencionado algo de las primas de Nueva Zelanda que, según dijo, parecía que habían expresado algún tipo de reclamación de la casa. Querían ponerla en venta mientras aún tuviese un precio alto. Sin un alquiler barato, nuestra vida se derrumbaría rápidamente. Nos imaginé viviendo encima de una tienda de Parramatta Road, soportando el polvo de los tubos de escape y el ruido de las motocicletas, o en alguna caja de zapatos fría y húmeda en la que Maddy sufriría infecciones pulmonares y yo me deprimiría. No era la primera vez que me preguntaba cómo podía vivir la gente en Sídney.

Necesitaba conseguir un buen trabajo, pero nunca terminé la licenciatura y había dejado mi último trabajo, si no bajo una sombra de sospecha, sí en circunstancias de lo más peculiares que fácilmente podían verse en Google. Yo tenía más destrezas perceptibles aparte de la capacidad de hacer preguntas y la de asimilar información y sintetizarla con un lenguaje coherente en una narración, pero ya no estaba segura de que estas fuesen habilidades necesarias. Maddy necesitaba clases de natación y quería aprender *ballet*, sobre todo porque la niña ratón de su familia de ratones de los árboles era bailarina, pero, aun así, el deseo estaba ahí y era real, y desde luego yo no quería ser para nada la madre que tenía que mentir sobre las clases de *ballet* para su hija de cuatro años porque la habían echado por acostarse con su jefe.

Oí un pequeño golpeteo en la puerta. Suspiré y miré hacia la higuera, que parecía volverse más grande cada día, invadiendo el balcón como un hombre huesudo con dedos insidiosos. Tenía que llamar al ayuntamiento para hablar de ese árbol.

—¿Mami? —llamó una pequeña voz.

Mi rabia se fue como una marea.

—Sí, cariño —respondí.

Me levanté y fui a la puerta. La abrí y vi a Maddy, humillada, con un anillo de migas alrededor de la boca por el que supe que había estado comiendo galletas. La abracé y escondí mi cara en el borde rollizo localizado entre su mentón y su cuello.

—Lo siento, mami —dijo con la seriedad de un juez.

Mi amor por ella salió disparado, pero salpicado de culpa, porque ella no había hecho nada por lo que lamentarse y yo sí.

Ahí estaba lo gracioso de la culpa que yo sentía por la muerte de Tracey. Traté de alejarme de ella, de adoptar la pose de los que se preocupaban por mí y me decían que no era culpa mía. Yo no metí aquellas pastillas en la boca de aquella chica de pelo de miel. Yo no le serví el vaso de vodka final con el que las tragó. Hice mi trabajo y no pensé en las consecuencias. ¿Cómo lo iba a saber? En las sociedades antiguas no había culpa en el sentido de algo que se asienta en la conciencia individual. Solo había retribución y castigo, que eran impartidos por la comunidad. Desde luego era cruel, pero también sencillo. Transfería a la víctima la necesidad de hacer algo, de acuerdo a la carga de la infracción. Hace mucho tiempo, Jan habría podido matarme, hacerme daño o hacer daño a alguno de los míos como venganza. En cierto modo, eso habría sido más puro que cargar con mi culpa por las calles de Sídney como un vagabundo con un hatillo. La culpa era desagradable y me hacía infeliz, pero lo cierto es que no me era ajena. Yo era madre y, como tal, pasamos la vida sintiendo culpa. En algunas de nosotras, esta está tan ligada a nuestra experiencia de la maternidad que la mimamos y la nutrimos. La amamos y la alimentamos igual que si fuese nuestro propio bebé.

Aquella noche, en el bar, también le tocaba trabajar a Jessica y habían llamado a Pete para que cantara su fusión de *reggae* y *hiphop* en el fondo mientras los clientes asentían con la cabeza. Estos lucían irónicas chaquetas entalladas y miradas inescrutables. Durante los descansos, Pete se metía puñados de palomitas en la boca. Desde Nochevieja, cuando Jessica trabajaba siempre se aseguraba de darle un cuenco que tuviera, al menos, un cincuenta por ciento de granos sin explotar. Jessica decía que Pete sería incapaz de ubicar un clítoris en un diagrama biológico y, mucho menos, en una mujer de carne y hueso. Estaba convencida de que era un casto involuntario al cien por cien. En los últimos tiempos, estos hombres se habían unido, al parecer, en una comunidad de internet en la que despotricaban contra las mujeres y elaboraban estrategias para subyugarlas. Si no tener sexo era una opción política, yo estaba siendo más radical de lo que creía. Llevaba unas seis semanas sin sexo y lo echaba de menos. Algunas noches me masturbaba en la cama después de mi turno en el Little Friend, como una forma de relajarme antes de dormir. Nunca pensaba en Tom, probablemente porque Tom me trataba con ternura y yo no creía merecerla, y desde luego no de él. No le había visto desde que me lo encontré en el supermercado. Le había enviado un mensaje para pedirle su número de cuenta y así poder devolverle el dinero que me prestó, pero nunca contestó. Al final, metí el dinero en un sobre y se lo dejé en la cafetería. Le escribí una nota para que no pareciera ningún trapicheo de drogas. Pasé mucho tiempo dándole vueltas a qué escribir antes de decantarme por «Gracias».

Poco después, un día en que estaba ojeando el periódico local, que era el único que me atrevía a leer, vi un pequeño perfil suyo como artista emergente de la ciudad y el anuncio de la próxima exposición de su obra sobre mitología griega. El artículo le describía como «de constitución impresionante» y «de espléndido talento». Pasé la mirada por la firma y vi que era un nombre de mujer. Odiándome a mí misma, busqué en Google a la periodista y vi que era bastante guapa, con flequillo despuntado y aire de estudiante ingenua. Había escrito mal la palabra *sátiro*. Incluía una cita de Tom en la que decía que la mayor parte de sus obras representaban a dioses masculinos, pero que tenía una pequeña serie de arpías, a las que describía como «repugnantes mujeres-pájaro carroñeras que roban comida». Pensé en el contenido de mi cesta de la compra del día del supermercado (palitos de pescado, rollos de papel higiénico y tampones) y sentí con fría certeza que el deseo sexual que antes podía haber sentido por mí murió en ese momento.

El bar estaba tranquilo, aun siendo jueves por la noche. Era finales de enero y todo el mundo estaba harto de fiestas o quizá estaban en el Festival de Sídney viendo actuaciones mucho mejores que la de Pete. Serví a una pareja que resultaba evidente que estaba en su primera cita, probablemente de Tinder, porque se saludaron con timidez y él le lanzaba miradas a ella mientras hablaba como para confirmar que se correspondía con el personaje que había proyectado en internet. Ella estaba hablando demasiado por culpa de los nervios, pero a él no parecía importarle. Teníamos un bebedor solitario en la barra, al que estaba atendiendo Jess, y un par de señoras mayores que llevaban collares interesantes y parecía como si hubiesen venido al salir del teatro. Querían un tipo de *whisky* oscuro que era demasiado valioso como para tenerlo en la barra, así que fui al almacén a buscarlo. Me dolían los pies y estaba tan cansada que me sentía fuera de mí de una forma que resultaba ligeramente placentera, como si estuviese borracha o un poco colocada. Encontré el *whisky,* que era añejo y de Tasmania, y lo llevé a la barra. Sentada en ella, cuando volví, estaba Jan, vestida como si fuese de camino a una discoteca. Llevaba un maquillaje oscuro de ojos muy marcado y lo que parecían pestañas postizas, además de una camiseta sin mangas con un dibujo de la ópera de Sídney en diamantes. Había vuelto a ir de compras, según parecía. Estaba sola.

—¡Yuju! —gritó—. Solo he venido a tomar una copa antes de acostarme.

No me alegraba de verla. Me preocupaba que Jan no tuviese conciencia de los límites; que su pena y el derrame personal que había provocado implicaran que hubiese perdido la noción de dónde terminaba ella y empezaban los demás. Su soledad, que ella ocultaba con alegría y ajetreo, era como una fuerza magnética que engullía a otras personas. Yo no quería que me engullera. Ya tenía suficientes problemas.

—Bundy con Coca-Cola, por favor —dijo.

Serví el *whisky* a las mujeres del teatro, después le puse la copa.

—¿Qué tal la noche? —pregunté, sin querer saber la respuesta en realidad.

—Estupenda. He ido a ver *Jersey Boys* en el Capitol. ¿Te gustan los musicales? Hay dos tipos de personas en el mundo: a las que no les gustan los musicales y a las que les encantan. ¡Adivina cuál soy yo! —Dio un sorbo a la copa—. ¿De cuál eres tú?

—No soy muy admiradora.

—No me sorprende —dijo con un tono indescifrable, y controlé mi deseo de preguntarle por qué.

Dejó la copa en la barra.

—Por cierto, hoy me olvidé de contarte una cosa.

Pestañeó. Sus ojos estaban invadidos por unas pestañas negras que parecían arañas o las patas de un escarabajo puesto del revés. Me miró de reojo, inquisitiva, como si ocultara algo importante, algo que yo estuviera deseando saber si es que sabía lo que me convenía. Resultaba irritante.

—Jan, estoy trabajando —señalé—. Vamos a dejar esas cosas para nuestras reuniones.

Fue un intento inútil, pues ella iba a hablar sin importar lo que yo pensara.

—Hoy hemos hablado del nacimiento de Tracey y todo eso —empezó.

Suspiré. Eché un rápido vistazo a la sala. Pete estaba haciendo un descanso, comiendo palomitas y mirando a Jessica. Jessica estaba preparando algo verde y complicado para la pareja de la cita. Las señoras del teatro daban sorbos a su *whisky* y conversaban con seriedad. Yo no quería que nadie del Little Friend supiera lo que hacía por las mañanas con Jan. Había dado pocos detalles de mi anterior trabajo a Jess y a mi jefe. Sabían que había sido periodista, pero les había dicho que «me estaba dando un descanso de ese campo», como si fuese una estrella de *rock* que está de gira y que necesita tiempo para recuperar su creatividad. No sabía si se lo habían creído o si se habían enterado de mi deshonra. Tampoco podía estar segura de que lo supieran. Jan siguió mi mirada mientras yo examinaba la sala y pareció intuir mi preocupación.

—Solo te voy a contar esto rápido y después me voy —aclaró—. Cuando Tracey era pequeña, muy pequeña, como de pocas semanas, una noche la dejé sola.

Me miró a los ojos, como para calibrar mi reacción.

—En realidad fueron dos noches —corrigió—. Ay, Dios, vale, fue una semana. Una noche en que estaba dormida y su padre estaba en el sofá viendo *Today Tonight,* le dije que iba a salir a comprar tabaco.

—¿Sí?

Ahora estaba escuchándola.

—Y sí que compré el tabaco, pero después seguí caminando y estuve dando vueltas mucho rato. Fui hasta un parque de caravanas junto al agua y me registré. Terminé quedándome unos cuantos días.

—¿Qué hiciste? —pregunté—. ¿Qué hacías durante el día?

—Fumaba cigarros y leía a Danielle Steel. Algo de un bucanero. Simplemente hui, supongo. Las tetas me goteaban por todas partes.

Hizo una pausa para dar un sorbo a su copa con delicadeza, como si fuese té y estuviésemos en un jardín.

—Fue como si pudiera bloquearla —continuó—. Cada día que estuve fuera sentía más que podía seguir allí, algo así como ampliar las vacaciones, ya sabes. Fue como una de esas mentiras que dices y que se van haciendo cada vez más grandes, pero tú estás como paralizada, es algo que puede contigo. Supongo que eso es lo que Tracey sintió después.

—Pero volviste.

—Sí. Después me sentí muy mal. Pensé que Terry estaría furioso y que me daría una paliza. Quizá por eso estuve fuera tanto tiempo, pero lo cierto es que no lo hizo. Estaba tan agradecido que lloró, porque creía que me había ido para siempre. —Hizo una pausa para dar otro sorbo, solo que esta vez se le derramó un poco—. ¡Y esa fue la única vez que sí merecí una bofetada! —exclamó con una carcajada.

—Los recién nacidos son terroríficos —afirmé—. Yo creo que todas las madres han fantaseado con hacer lo que hiciste tú.

Jan pareció pensar seriamente en esto antes de negar con la cabeza. Sus pendientes de imitación de diamantes se agitaron con un bonito movimiento.

—No estoy segura de que ella me lo llegara a perdonar nunca. Fue como si de algún modo lo supiera y nunca me lo hubiera perdonado del todo.

Jan se acabó la copa y se puso de pie para marcharse, pero esta vez no se guardó el vaso vacío.

—¿Lo vas a incluir? —preguntó—. En lo que estás escribiendo, quiero decir.

—No si tú no quieres —contesté—. Es decisión tuya. Es tu historia.

Capítulo trece

Cuando llegué a casa varias horas después, Betty estaba dormida en el sofá y esta vez había un chico abrazado a ella. También estaba dormido, pero encima de ella, como una mascota agobiante. Al despertarlos supe que era su novio y que habían estado haciendo deberes juntos, aunque no había rastro de libros ni bolígrafos. Quizá los adolescentes lo estudiaban ahora todo en el medio digital, en Snapchat.

—Ha venido tu tía Jan —dijo Betty. Se puso de pie y se desarrugó la ropa. El novio se colocó a su lado, mudo—. Solo quería traer unas galletas para Maddy. Iba de camino al teatro.

—¿Que ha hecho qué?

Betty me miró sorprendida.

—Solo ha pasado un momento. Maddy estaba dormida. No la ha despertado ni nada de eso.

Me vi inundada por algo oscuro e irracional. Subí corriendo a la habitación de Maddy y abrí la puerta. Seguía ahí, con su carita iluminada de púrpura por su lamparita de mariposa, con la piel brillante y húmeda y sus rasgos aún más angelicales al estar relajados con el sueño. Le saqué el pulgar de la boca y le alisé la manta sobre el pecho.

Betty subió las escaleras detrás de mí.

—¿No debería haber dejado que entrara? Ha dicho que era tu tía.

—No es mi tía. Es solo una persona sobre la que estoy escribiendo. No pasa nada.

Pagué a Betty con el dinero de mis propinas, pero había sido una noche tranquila, así que tuve que coger monedas del cerdito de Maddy para pagarle todo. Fue un momento humillante, poner del revés la hucha de Peppa Pig de mi hija para gorronearle dinero. «Una mujer-pájaro repugnante y carroñera». Betty tuvo la cortesía de apartar la mirada, pero su novio me observó en silencio, aparentemente fascinado, como si yo fuese una especie rara de murciélago o algo así. Mientras los acompañaba a la puerta de la casa, bajo la higuera sumida en la oscuridad de la noche, vi que tenía la cremallera bajada.

Esa noche me costó dormir. Decidí hablar con Jan sobre los límites. Había aprendido mucho sobre ellos durante la terapia posterior al Incidente. A los terapeutas les encantaban los límites. Les encantaba hablar de ellos e imponerlos. Yo era tan dependiente en aquel entonces que le solía preguntar a mi terapeuta, una mujer delgada que llevaba muchos broches, si estaba haciendo lo correcto. La trataba más como sacerdote que como orientadora. Era como si la maternidad, con su tronido de verdadera responsabilidad, me hubiese vuelto más infantil que nunca. Quería que alguien me dijera qué hacer.

—Le he dejado. No voy a volver —afirmaba. Luego hacía una pausa con la esperanza de que ella dijera algo antes de continuar—: Siento que es esto lo que debo hacer. ¿Lo es?

Mi terapeuta, que se llamaba Kathleen Wong, se reservaba su opinión y aprobación. Tenía un pelo que se movía de una forma preciosa, cayéndole como unas cortinas verticales a cada lado de su transparente rostro. Siempre mantenía las rodillas juntas cuando se sentaba y escribía notas en silencio con una pluma. Al final de nuestras sesiones, yo tenía que controlar el impulso de saltar por encima de la mesa que había entre las dos para arrancarle el cuaderno de las manos. Pensaba que solo con leer sus notas averiguaría lo que de verdad pensaba y que eso me daría alguna base sobre la que actuar. Kathleen nunca me dijo qué hacer, pero me hablaba de límites, de establecerlos y de vigilarlos. Yo leía todo lo que me daba y hacía como un ochenta por ciento de las tareas que me mandaba, que sobre todo consistían en hacer afirmaciones que empezaban con «Yo». Se suponía que no había que hacer acusaciones ni aseveraciones sobre la persona con la que estabas discutiendo. Se suponía que solo tenías que hablar de tus propios sentimientos y, después, hablar en tono neutral del efecto que esa persona estaba teniendo sobre ti.

Después de que Charlie se marchara del país y renunciara de forma efectiva a su paternidad, todo parecía carecer de sentido. Me preocupaba el coste de las sesiones. Kathleen Wong tenía su consulta en Vaucluse (me la recomendó un amigo de mi madre) y su enigmática terapia no era barata. Puse fin a nuestra relación terapéutica como una comadreja, cancelando citas de forma repetida y, al final, sin volver a concertarlas. Era incapaz de expresar siquiera el más básico de mis deseos ante mi terapeuta. Y nunca pude saber qué había escrito sobre mí en sus notas.

Decidí enviar a Jan un correo electrónico dejándole claros mis límites. Escribí unas cuantas frases en mi teléfono:

Hola, Jan:

Te agradecería que me avisaras antes de aparecer por mi casa como hiciste anoche. También me desconcierta por qué no lo mencionaste cuando viniste después al bar.
Mientras estemos trabajando en esta historia sobre Tracey, creo que será mejor limitar nuestras interacciones a tu casa.

Me costaba incluso escribir el nombre de Tracey sin sentir un estremecedor pellizco de culpa en forma de pulso acelerado. Jan respondió con un correo cinco minutos después. Probablemente era de esas mujeres que se quedaba haciendo compras por internet hasta bien entrada la noche.

¡Como quieras! ¡No era mi intención sobrepasarme! P. D.: Tu niña es una delicia. ¿Nos vemos mañana a la hora de siempre? He comprado galletas Tim Tams de sobra.

Seguía sin poder dormir. Mi ansiedad se volvía cada vez más nebulosa. Mis pensamientos insomnes vagaban incontrolados entre todas las cosas que podían ocurrirle a Maddy —desde una enfermedad y una herida hasta las distintas formas de daño psicológico que casi con toda seguridad yo le estaba infligiendo—, mi situación económica y el temor al piso de Parramatta Road. La higuera se balanceaba y crujía al otro lado de la ventana y, en ocasiones, una zarigüeya se movía en ella. La fluorescencia de la farola de la calle se proyectaba entre las ramas e inundaba la habitación con una luz pálida. Era como si yo fuese la única persona viva y, sobre las tres de la madrugada, me levanté al baño y fui a ver a Maddy solo por asegurarme de que no lo era. De vuelta en la cama, la soledad descendió fría sobre mis huesos y no podía dejar de pensar en Charlie: en su forma de atravesar corriendo la calle hacia mí en nuestra primera cita, impaciente y con sus piernas torpes; en la expresión de su cara cuando supimos que estaba embarazada, iluminada como si hubiese abierto un regalo que le encantaba; en la furia en su rostro cuando descubrí, en su teléfono, la fotografía de la vulva de su novia, rosa, sin vello, bonita y, al contrario que la mía, intacta en lugar de destrozada por un parto.

Machaqué los pensamientos de la vulva y de Charlie con un leve intento de buscar trabajo a través de una aplicación de mi teléfono. Vi que había varios puestos de asesor de comunicación en ministerios a los que yo podría acceder, y otros en organismos sin ánimo de lucro con salarios que me harían estar cerca del umbral de la pobreza una vez descontada la cuota de la guardería. Desanimada, me dispuse a buscar en Google el nombre de Tom y, al final, terminé en la página web de la galería que iba a acoger la exposición. Se inauguraba en una semana. La propaganda de la galería decía que sus obras «tenían notas épicas y eran una exploración de la simbiosis entre lo mítico y lo moderno». La fotografía que publicaban de él me lanzó a un pozo de anhelo y autodesprecio que duró, más o menos, hasta las cuatro de la mañana. Los intentos de masturbarme fracasaron. Me di cuenta de que necesitaba tener sexo cuanto antes, preferiblemente con alguien a quien no conociera muy bien.

* * *

Al día siguiente, como era de esperar, me sentía fatal, como si tuviera resaca sin haber disfrutado de la diversión que acarreaba su creación. Maddy se metió en mi cama a eso de las cinco y media de la mañana, con el pelo encrespado por detrás como si fuese el de un gato salvaje. Mientras flexionaba mi cuerpo alrededor del suyo, calculé el tiempo de más que tardaría en peinar esa zona apelmazada. Nos quedamos tumbadas juntas, quietas, durante un minuto de oasis. Agarré uno de sus pies blandos y planos y lo envolví con la mano mientras la mecía. Sentí la llegada de la calma que precede al sueño relajado, hasta que este quedó destrozado por la imposición de mi alarma, que sonó a las siete.

Cada mañana resultaba más difícil amoldar a Maddy al horario de la guardería. Era como si supiera que ahora yo solo tenía un trabajo parcial y sintiese que la estaba estafando de alguna forma al dejarla, como si estuviese incumpliendo un acuerdo. Esa mañana fue como si Maddy hubiese tomado en silencio una determinación mientras estábamos tumbadas tan tranquilas juntas y estuviese decidida a dificultar todo lo posible que saliéramos por la puerta. Yo tenía una reunión con Jan a las nueve y, después de nuestra sesión, tenía que volver a casa para terminar el texto de AgriFutures, que, para mi vergüenza, llevaba con retraso. Mientras le servía a Maddy el desayuno en la mesa de la cocina, ella inició una campaña para reclamar chuches y empezó con un berrinche cuando le dije que a los niños no se les permite tomar chuches en el desayuno. Pasó por el pataleo, los gimoteos, los irritables gritos y el ataque de lágrimas. No dejaba de decir, una y otra vez:

—Quiero chuches, quiero chuches.

Unos cinco minutos después, sentí que me iba a dar un ataque de rabia y desesperación. Se quedó sentada en su sillita, con la cabeza caída sobre los brazos con exagerado dramatismo, y lloró. Yo me acerqué a la ventana de la cocina y traté de aferrarme a alguna parte calmada de mi interior, pero al ver la cubierta rota del patio de atrás que había sido el escenario de mi trágica boda de segundo trimestre, apareció en mi mente una pregunta que parecía venir de lo más profundo de mí y a la vez me resultaba ajena: ¿cómo había llegado hasta este preciso momento?

Maddy pareció notar una oleada de la peligrosa sensación que yo irradiaba. Pasó de las exigencias a un intento de negociación conmigo, como si yo fuese la muerte.

—Solo una chuche, mami —gimoteó—. Solo quiero una chuche. —Siguió gimoteando—. Porfaaaa, mami.

En ese momento pareció angustiada de verdad, como si hubiese perdido la perspectiva de qué era lo que había querido al principio y estuviese a la deriva, con una absoluta tristeza y desesperación. Yo sabía cómo se sentía. Recuperé la compostura con la intención de decir algo bonito, algo reconfortante y maternal, el tipo de cosas que dirían las madres del parque, que empatizarían con su hijo mientras volvían a confirmar una fuerte barrera parental en cuanto al asunto de las chuches en el desayuno. A continuación, sin reconocerme a mí misma que estaba haciéndolo, cogí la albahaca del alféizar de la ventana, la que había conseguido hacer crecer y había empezado a usar para cocinar. Estaba segura de que las madres del parque habrían cultivado especies frescas como esta sin ningún esfuerzo y las tendrían en sus ventanas y porches. Cogí la albahaca y la levanté por encima de mi cabeza, de forma deliberada, como si estuviese haciendo señales para que aterrizara un avión. Usé toda la fuerza que tenía en mis hombros para lanzarla pesadamente contra el suelo de linóleo y, como cualquiera podría imaginar, quedó destrozada, con trozos de terracota saliendo disparados en todas las direcciones y la tierra rezumando de los trozos rotos del tiesto como si fuese sangre negra. Mi rabia se había desatado. La cara de Maddy mostró una caricatura de sorpresa, con la boca en forma de óvalo rosa y los ojos abiertos como los de una muñeca Kewpie. Temí haber atravesado alguna especie de frontera. Vi el miedo reflejado en los rasgos redondeados de mi hija, pero en lugar de seguir llorando y con más fuerza, como me había imaginado, se quedó en silencio. Con frialdad, la levanté de la silla y rodeamos el tiesto destrozado como si fuese una caca de perro. Me encargaría de ello más tarde.

***

Jan no había mentido con lo de las galletas Tim Tams. Al entrar esa mañana en el piso había un paquete abierto sobre la mesa, que estaba cubierta por un llamativo hule de flores. Jan había colocado encima un par de platos para las galletas y una tetera, que estaba cubierta por una especie de funda de ganchillo; estaba tan cansada que no podía recordar el nombre exacto de este objeto.

—¡Justo a tiempo para el tentempié de media mañana! —canturreó a la vez que yo me sentaba.

Me sirvió una taza y me acercó una galleta. Esa mañana yo había destrozado una pieza de loza y había aterrorizado psicológicamente a mi hija, posiblemente para toda la vida, pero no había desayunado. Ataqué la galleta con verdadera ansia, mojándola en el té para ablandarla. Jan me contó que estaba a dieta, así que no iba a tomar ninguna.

—Otra vez mi glucemia —comentó—. El médico dice que la tengo alta. Quiere que baje mi índice glucémico, pero mi prima dice que empiece una dieta keto. Dice que la keto no falla.

—¿Qué es la keto? —pregunté instintivamente, pero a continuación, pensándolo mejor, bloqueé los intentos de Jan de explicarme qué era la cetosis mediante el filtro intelectual del artículo que su prima había leído al respecto en *Woman's Day*.

«Consiste en privar de glucosa a las células del cuerpo —decía—, engañarlas para que crean que están pasando hambre».

Le expliqué a Jan que tenía que hacer una entrega esa tarde y que debíamos ponernos en marcha. Coloqué el dictáfono sobre la mesa en un intento de establecer una frontera profesional.

—Claro, claro —contestó Jan, y cruzó las manos sobre el regazo con un gesto obediente—. ¿Por dónde íbamos?

—Creo que acabábamos de pasar por lo de Alan, el contable. —Comprobé mis notas—. Tracey tiene unos cinco años y su hermano tres.

En silencio, me desesperó ver lo poco que habíamos avanzado. Todavía teníamos por delante dos décadas de la vida de Tracey. Tratar de descubrir a la hija a través de la madre era como buscar una historia dentro de otra. Me esforzaba por no entregarme a la futilidad existencial de tratar de precisar la vida de una persona. ¿Qué era una vida? ¿Una acumulación de actos constatables, apariciones públicas, logros y detalles biográficos? ¿O era algo completamente interno, la suma de momentos como los que yo había tenido esa mañana, mientras miraba por un paisaje lunar de vainas de liquidámbar y me sentía ajena a todas las partes más constatables de mí misma? El periodismo no me había preparado para ese tipo de preguntas. No estaba preparada para enfrentarme a ellas un martes por la mañana mientras me metía una galleta de chocolate en la boca y me moría de cansancio. Miré a Jan. Parecía distraída. Estaba toqueteando las cucharillas y colocando bien la funda de la tetera. Cerré los ojos un momento. Sentí el alivio de la luz como algo fresco y rejuvenecedor, como si me bebiera un vaso de agua.

—Quizá coja una, al final —dijo—. Por una no pasa nada. Solo para que fluyan los jugos.

Cogió una galleta y le dio un fuerte bocado. Abrí los ojos y la miré. Ella había cerrado los suyos durante un breve momento de placer íntimo. Recordé la palabra que buscaba: *cubretetera*.

Unas horas después, salí de casa de Jan y fui a la mía para terminar el encargo de AgriFutures. Tenía que escribir unas diez biografías de mujeres rurales destacadas, entre ellas una que había puesto en marcha su propio negocio de salchichas de canguro. Un famoso entrenador personal de Bondi Beach había elegido las salchichas para promocionarlas y recomendarlas en su Instagram y el negocio se había disparado. La mujer que lo dirigía tenía mejillas rubicundas y apariencia robusta. Parecía como si fuese capaz de enfrentarse a un rucio oriental si fuese necesario. Otra de las finalistas se había entregado a una labor de alfabetización de los indígenas y a la recuperación de los ríos de su región. Otra dirigía un servicio de asesoramiento para hombres que estuviesen deprimidos por la sequía. Todas eran vidas buenas. Tenía que escribir quinientas palabras de cada una de ellas. El problema era que a media tarde yo estaba tan cansada que me sentía como sedada. Mi párpado izquierdo se movía como si estuviese sujeto a una caña de pescar. Sentía la necesidad de agachar la cabeza, un deseo tan fuerte que era como el anhelo de una droga. Al carecer de drogas ilícitas, necesitaba cafeína.

Subí calle arriba y decidí arriesgarme a entrar en la cafetería de Tom. Tenía el mejor café y sabía que abría hasta tarde. Normalmente él hacía el turno de mañana porque le gustaba hacer fotografías con la luz de la tarde y jugar al baloncesto en el Parque de Árboles. Al menos es lo que hacía antes, pero entré y ahí estaba, vestido con un delantal negro por encima de unos vaqueros azules desteñidos y una camiseta blanca. Estaba de espaldas a mí, manejando las palancas de la máquina del café. Pude ver un punto por el que se le había desgastado la tela de la camiseta alrededor de la parte más afilada de la clavícula. Un pequeño agujero redondo mostraba un poco de su carne. Pensé en meter el dedo por él y dejar una huella sobre su espalda. Se giró. Tenía círculos amarillentos bajo los ojos, pero eso no hacía más que darle un aspecto más atractivo, como si fuese un poeta tuberculoso o el morador de una discoteca famosa de los setenta. Siempre tenía un bonito aspecto desgarbado. Me recordé a mí misma que sus sentimientos por mí yacían ahora mismo en un espectro entre el desdén, la pena y el desagrado.

—Hola, Suzy —dijo—. ¿Qué tal estás?

Le dije que estaba bien y me quedé mirándole sin decir nada durante unos segundos antes de pedirle un café doble.

—Artillería pesada —dijo—. ¿Te espera una gran noche?

—Ah, sí —respondí—. Me voy de fiesta.

—Suena fuerte.

—¿Quién sabe? Quizá termine en una *rave* en una fábrica de un barrio industrial de las afueras.

—¿Todavía hay fiestas así? Una vez fui a una —comentó—. La vuelta a casa después era un problema.

—Las *raves* no siempre tienen un buen servicio de transporte público.

No estaba segura de sobre qué estábamos hablando. La cafetería estaba vacía, aparte de nosotros dos. Tom se giró para calentar la leche. Me regodeé en la intimidad de estar en una habitación a solas con él. Sirvió la leche con una jarra de acero inoxidable y le puso una tapa al vaso. Me pregunté con aire lamentable si habría hecho algún tipo de dibujo con la espuma de la leche en el que pudiera ver alguna especie de mensaje emocional. Le pagué.

—¡Vuelvo a ser solvente! —anuncié con tono alegre.

En parte era mentira. Quería dilatar el tiempo que estaba con él. Rápidamente me di cuenta de que estaba sola. Fue un pensamiento repentino que apareció durante un momento, como una filigrana encendida, antes de volver a desaparecer. Eso explicaba muchas cosas.

—Me alegra saberlo —contestó.

—Leí el artículo sobre tu exposición —solté, sin pensar—. Suena muy bien. La periodista decía que tenía toques épicos o algo así.

—Esa periodista roza un noventa por ciento de estupidez —repuso Tom—, pero gracias.

Di un sorbo a mi café con leche y le miré, pero él no me miró a mí. Pasó un trapo por la superficie cromada de la máquina de café.

—¿Quieres venir a la inauguración? —me preguntó.

—Oh, no —respondí—. En serio, no tienes por qué invitarme.

—No pasa nada. Lo entiendo.

—No, es decir, me encantaría. Es solo que no quiero que pienses que tienes que…

—Está bien —dijo—. No lo pienso.

—¿No piensas qué? Me he perdido.

—No pienso nada —contestó.

Sonreí.

—¿Habrá canapés?

—No seas absurda. Los canapés son el enemigo del arte.

—El bajo azúcar en sangre es el enemigo del arte —dije—. Lo sé por experiencia, aunque es verdad que mi experiencia artística es limitada.

—Entonces, come antes de ir.

Capítulo catorce

Al día siguiente, Tom me envió una invitación para su exposición, que se llamaba *Mitos modernos*. La nota contenía una explicación de su obra. Al parecer reflejaba «la complejidad de la visión del mundo antiguo trasladado a escenarios modernos». Todo el texto parecía el tipo de sinsentido estudiado que yo escribiría para el folleto de AgriFutures. No estaba segura de qué significaba. Sabía que las fotografías de Tom eran bonitas y estaban llenas de luces y sombras azules. Me gustaba que los retratados evitaran mirar a la cámara. Era difícil saber si lo hacían por timidez o por orgullo.

Me dije a mí misma que ir a una inauguración era algo que cualquiera debería hacer por un amigo y Tom y yo éramos amigos. Nunca me había disculpado ante él por haberle humillado con lo de Ben. Mientras ocurría, yo había sabido compartimentarlo. Me dije a mí misma que no era necesario disculparse porque parecía irreal, como algo que solo existía en mi imaginación. Disculparse por ello habría sido como disculparse por un pensamiento que atravesara la mente o por una idea que hubiese contemplado yo sola durante un minuto antes de descartarla. Odiaba la palabra *aventura*, con sus connotaciones de espantosa lencería y amor asimétrico. No habíamos tenido una aventura, habíamos tenido sexo, pero cualquiera que fuese el nombre que yo le pusiese en privado, había derivado en una vergüenza real cuando se hizo público y cuando vi el horror reflejado en los ojos de Beano. La vergüenza parecía un reflejo exacto de lo que era yo. Y una vez lo supe, tuve que suponer que Tom podría sentirse humillado. No sabía qué se habría contado a sí mismo sobre lo que pasaba entre nosotros.

A veces me preguntaba cómo le iría a Ben. Sabía que le habían nombrado socio de una empresa de gestión de crisis de la ciudad. Había visto que lo anunciaban en Twitter, red que yo revisaba en momentos de masoquismo. Todavía seguía recibiendo algún que otro mensaje de algún trol que me llamaba guarra, zorra robamaridos o puta, pero en general los insultos se iban desinflando a medida que yo desaparecía de la memoria de la gente. Me pregunté si Ben recibiría también esos mensajes. Si era así, no mostraba rastro alguno de ello en la fotografía que acompañaba al anuncio. Su mirada era directa, como la de una foto policial. De vez en cuando pensaba también en Beano.

Terminé el texto de AgriFutures y lo envié por correo electrónico. Había resumido las vidas de todas esas buenas mujeres rurales en biografías de quinientas palabras. Había tenido que condensar diez vidas, a ochenta centavos la palabra. Las había hecho parecer completas y respetables. Envié la factura enseguida y recé en silencio para que pagaran rápido. Cuando llegara, el dinero serviría para el seguro del coche y un par de semanas de cuotas de la guardería. Aparte de eso, necesitaba encontrar pronto un trabajo a jornada completa y bien pagado.

Esa tarde tenía sesión con Jan. Había dormido bien y me sentía descansada. Caminé por Ruby Street, bajo la sombra de una fila de higueras. Sentía las piernas esponjosas y ligeras. Entre las hojas se proyectaban diamantes de sol sobre mi pelo y mis manos. El aire era tan cálido que parecía estar vivo. Era como si el mundo estuviera compuesto solamente del aire sobre la piel y los músculos que me hacían caminar.

El aire me recordó al verano en que había estado embarazada. Charlie y yo habíamos ido de vacaciones por la costa. Yo estaba llegando al final del segundo trimestre y empezaba a sentir el embarazo como algo menos ficticio. Definitivamente, me encontraba en una trayectoria irreversible. Para entonces, Charlie ya había empezado a beber bastante, pero podía controlar su ingesta de alcohol y yo la notaba solo apenas, como algo que ves por el rabillo del ojo o que no te detienes a comprobar hasta más tarde, cuando se hace evidente y quieres concentrarte en ello. Nos alojamos en una casita de madera en una zona insalubre de la bahía de Jervis, donde la gente tenía sofás en sus porches delanteros y Holdens maltrechos en sus caminos de entrada. En un patio trasero de nuestra calle había una cabra. Los comercios de la zona consistían en una tienda de licores, un autoservicio y una tienda de cebos. Charlie preparaba una barbacoa para los dos la mayoría de las noches. Siempre hacía mucho alarde de darme la carne más hecha.

Más tarde, cuando yo buscaba cosas a las que aferrarme, acudía a este recuerdo como prueba de que, a pesar de todo, él me había querido: tomaba las precauciones básicas para que no me infectara de listeria. En otra ocasión, vio que me estaba peleando con los cordones de los zapatos y se arrodilló en el suelo para atármelos. Me trató con cuidado durante todas las vacaciones, como si yo fuera algo valioso, pero sus cuidados parecían ausentes y faltos de intimidad, como si fuese mi ayuda de cámara y yo su aristócrata, incapaz de realizar por mí misma tareas básicas como levantarme yo sola de un sillón bajo.

Para entonces yo ya me había acostumbrado a que Charlie no me deseara, pero en esas vacaciones me tocó más: me acariciaba el brazo por encima de la mesa o me agarraba de la mano mientras caminábamos por la ciudad. En una ocasión colocó la mano sobre mi rodilla desnuda mientras yo conducía el coche desde el *pub* del pueblo tras la cena. Pasé todo el camino deseando que subiera más los dedos, hasta el centro de mi cuerpo. Me decía a mí misma que todavía me quería y, a veces, le descubrí mirándome fijamente, como si estuviese a punto de decir algo o como si acabara de verme por primera vez. Me decía a mí misma que eso era amor. Me estaba prestando atención y, si la atención se había distraído o si él estaba preocupado, ¿quién era yo para quejarme? No tenía información sobre relaciones de otras personas, pero seguro que en todas había rincones íntimos de sufrimiento, océanos de anhelos invisibles, lugares donde la incapacidad de una persona se encontraba con la necesidad desnuda de otra y donde se empezaba a abrir un agujero. Eso era la vida. Esa era la vida a la que yo estaba a punto de traer a un bebé.

Nuestra última noche, me desperté y Charlie no estaba a mi lado en la cama. A menudo se quedaba viendo el críquet hasta tarde. Entré en la sala de estar. Las puertas del porche estaban abiertas a la noche, dejando entrar el suave aire. Charlie estaba inmóvil en el sofá, con sus musculosas piernas relajadas y cubiertas por unos pantalones cortos y el verde del campo de críquet reflejado en su cara. La habitación estaba inundada por el mullido ritmo de los comentarios. Para mí el críquet era como otro idioma. No lo entendía en absoluto, pero me dejaba llevar por su emoción. Sabía cuándo había ocurrido algo dramático. Charlie estaba tumbado en un muladar de latas de cerveza vacías. También había una botella de vino vacía y una taza llena de vino tinto. Sentí un destello de fastidio. ¿Ni siquiera podía molestarse en usar una copa? Creyendo que estaba dormido, cogí el mando a distancia y apagué el críquet. El partido desapareció. La pantalla se quedó en negro.

—¡Oye! —exclamó Charlie, despertándose.

Supe por la viscosidad de su voz y el uso de esa expresión que estaba borracho. También me di cuenta de que me había introducido en una nueva atmósfera, que algo se había levantado en torno a él mientras yo dormía.

—Joder, estaba viéndolo. Vuelve a encenderlo —dijo; después, cuando obedecí, añadió en voz baja—: Joder, eres una inútil.

Cuando me hablaba así, yo siempre lo sabía antes de que pasara. Me cuesta explicar cómo lo sabía, pero tiene que ver con el hecho de haber tenido un padre alcohólico. Había montones de estudios sobre ello e incluso tenía un nombre: codependencia. Principalmente la codependencia era algo malo, pero hacía que estuvieses alerta a pequeños cambios en tu entorno. Y en realidad era como una especie de superpoder. Con el tiempo, especialmente después de que se fuera, empecé a ver a Charlie de otra forma. Él creía que tenía poder sobre mí y era cierto, mucho poder, pero el poder que verdaderamente deseaba era sobre sí mismo. Bebía e iba detrás de mujeres en busca de placer, en un esfuerzo por evitar el sufrimiento, pero con estas cosas solo conseguía sufrir más. Usaba su atrezo para tratar de superar algunas cosas, pero lo único que conseguía era verse más atrapado y terminaba sometiéndose a ellas físicamente, por completo. Nada de esto logró que yo dejara de quererle. Hacía que le quisiera más.

—Hoy no hay galletas —anunció Jan cuando abrió la puerta—. Estoy a dieta. Esta vez una dieta de verdad.
—Vale —contesté.
Jan parecía estar de mal humor, incluso iba vestida de negro, un modesto vestido ancho sin estampados ni adornos.
—El médico dice que la prediabetes va a pasar pronto a ser diabetes —me explicó—. Así que he decidido hacer una limpieza a base de zumos. Hay una receta en el libro de Tracey.
La vida orgánica estaba sobre la mesita de centro, cuidadosamente abierto, como si fuese un pergamino sagrado, por una página en la que detallaba una receta de batido verde. La receta contenía col rizada, polvos de acai y té matcha. Iba acompañado de una foto de Tracey vestida con una camiseta de muselina y sentada junto a un cuenco con frutas tropicales que brillaban como bolas de Navidad. Tenía la cabeza ladeada en el mismo ángulo en que todas las jóvenes ladeaban ahora la cabeza cuando las fotografiaban. Al verla, sentí un pellizco de culpa, como si fuese un calambre. Yo estaba viva y Tracey no.
Jan se movía inquieta por la cocina. Había montones de espinacas por todas las encimeras y lotes de tápers que contenían fruta troceada: piña, manzana y melocotón. Vació el contenido de varios de ellos en una licuadora y la puso en marcha, inundando la habitación de ruido. Metió tallos de espinacas por la boca de la licuadora. El aparato los engulló y los incorporó a la sopa verde. Por último, vertió el líquido verde en un vaso alto y se lo bebió directamente, mientras permanecía descalza en medio de la cocina. Lo bebió como si se tratara de una obligación y, cuando terminó, tenía un bigote verde.
—¿Té? —preguntó, ahora más animada.
Acepté y encendí el hervidor. Mientras esperaba a que el agua hirviera, se movía por la cocina limpiando y enjuagando cosas. Cuando abrió el

cubo de la basura con el pie, vi que estaba lleno hasta arriba de paquetes de patatas fritas, botes de salsa de tomate estrujados, envoltorios de helados y una pequeña montaña de galletas Tim Tams, todas cubiertas de un líquido rojo y viscoso que parecía detergente de lavavajillas. Jan preparó un té con azúcar para mí y uno verde para ella. Nos sentamos en la mesa. La cara de Tracey estaba entre las dos como un reproche.

—¿Te importa si cierro este libro? —pregunté a la vez que sacaba el dictáfono y el cuaderno.

—En absoluto. Es como mirar a un fantasma, ¿verdad?

El tono de Jan era desinflado. Sus ojos estaban hundidos y sus mejillas, habitualmente rechonchas, se mostraban marcadas. Hoy incluso parecía tener la papada caída.

—¿Va todo bien? —le pregunté.

—No, nada bien —contestó.

Metió y sacó la bolsita de té de su taza varias veces, provocando que varias gotas de agua caliente aterrizaran sobre el mantel. Moví el dictáfono.

—Hoy es el cumpleaños de Tracey. Veintinueve.

El temor volvió a aparecer y cerré los ojos.

—Ah —asentí—. ¿Seguro que quieres que hagamos esto hoy?

—Sí. Será mejor que nos pongamos en marcha rápido. Creo que ni siquiera hemos llegado a su décimo cumpleaños todavía. ¿Por dónde íbamos? ¿Dónde estábamos?

Comprobé mis notas.

—Estamos en su noveno cumpleaños, después de que te separaras de Terry. Describiste a Tracey como «una niña despreocupada a la que le gustaban los unicornios y colorear». Dijiste que le gustaba coger renacuajos en el arroyo del pueblo, pero que siempre los devolvía después de que se convirtieran en ranas.

Observé la expresión de Jan. Nada.

Seguí leyendo:

—Tracey destacaba escribiendo historias. Te suplicaba que le pintaras las uñas de rosa, igual que las tuyas. Estaba obsesionada con la muñeca

Polly Pocket, cosa que tú le alimentabas, porque pensabas que Polly era menos zorra que Barbie.

—No pongas eso —repuso Jan—, lo de que Barbie es una zorra.

Tomé nota y continué:

—Tracey tenía una colección de conejitos de porcelana que se llevó un día a casa de su padre y nunca más volvió a traer. Pasó días llorando por eso, pero no te contó qué había pasado.

—Vamos a omitir eso.

—¿Lo de la colección de conejitos de porcelana?

—Sí, esa parte. Me gustaría que esta fuera una historia positiva —dijo Jan, y levantó los ojos hacia mí por encima del tapete—. Podemos omitir algunas cosas. Todo el mundo omite cosas, ¿no? Cuando cuentan historias.

—Por supuesto. Todos los escritores hacen correcciones —respondí—. Editan...

—Ah, editan. ¡Editar! —espetó Jan—. Esa es otra de vuestras palabras estrambóticas.

Movió la bolsita de té con rabia antes de sacarla de la taza balanceándola y dejándola caer en el mantel entre gotas salpicadas. Empezó a formarse una mancha verde. Parecía haber vuelto a virar hacia la rabia. Yo misma sentí también un arranque de rabia. «Editar» no era ninguna palabra estrambótica.

Jan me lanzó una mirada fría.

—Tú omitiste cosas —dijo—, cuando escribiste sobre ella.

Solté un suspiro. De repente sentía que los huesos me pesaban. Dentro de mí había un océano de fatiga que chapoteaba contra mi piel.

—Escribí un artículo riguroso sobre Tracey. Había gente a la que tu hija engañó —señalé—. Tenían que saber...

—Omitiste cosas —insistió—. Mentiste por omisión.

Esa expresión no parecía propia de Jan. Me pregunté si la habría copiado de alguna serie policiaca nocturna. Sabía que veía ese tipo de cosas cuando no podía dormir, lo cual sucedía casi todas las noches.

—Podemos escribir el tipo de historia que tú quieras —dije, en un intento por avanzar.

Jan levantó la vista hacia mí. Sus ojos, a los que nunca había mirado fijamente, parecían profundos y llenos de vida. Guardaban una inteligencia que, según parecía, muchas personas que la rodeaban no habían visto nunca. Jan, con su parloteo sobre las galletas, su amor por *Mamma Mía* y las camisetas con frases motivadoras, su creencia en los meridianos y su sorprendente punto de vista, me contó durante una de esas mañanas que pasamos juntas que el 11 de septiembre había sido un encargo del propio Gobierno.

—Quiero una buena historia —dijo—. Quiero una historia que me consuele.

Capítulo quince

Tracey Doran se aferraba a mi piel mientras me preparaba para ir a la inauguración de Tom. Betty estaba ocupada, así que pedí a mi madre que viniera para cuidar a Maddy. Odiaba conducir de noche, pero vino. Podía oírla en la cocina mientras yo me maquillaba en el baño de arriba. Estaba tratando de darme un toque felino con el lápiz de ojos. Abajo, mi madre repasaba las letras con Maddy.

—N, E, N, A —deletreó—. ¿Qué pone aquí, Maddy?

La respuesta de Maddy sonó amortiguada y difícil de entender, pero no pareció ser la correcta.

—No, cariño —dijo mi madre, con un tono algo ascendente—. Vamos. Esta la sabes.

Hacía calor, todavía veintiocho grados, y hasta había humedad, aunque el sol se estaba escondiendo. Me quité los vaqueros ajustados y me puse un vestido negro de lino y unas sandalias planas. Sabía que todas las chicas de la inauguración llevarían ropa deliberadamente ancha, porque creían que el rechazo a la sensualidad era una postura política. Esas mismas chicas eran las que publicarían más tarde en Instagram fotos de la exposición de Tom, telegrafiando de esa forma su identidad al mundo. Me di cuenta de que sentía hostilidad por esas chicas, quienesquiera que fueran, porque me preocupaba que Tom se estuviese acostando con alguna de ellas. Conseguí hacerme el ojo de gato y bajé.

—Maddy ha estado leyéndome —anunció Beverley.

Llevaba puesto un delantal, aunque no había que cocinar nada para la cena de Maddy, solo usar el microondas, cosa que a Beverley le parecía vulgar. Debajo llevaba una camisa blanca inmaculada, con el cuello subido, y una cara cadena de oro en el cuello, acompañadas de un pantalón pirata y unos mocasines de piel. Parecía como si acabara de bajarse de un yate. Se dio la vuelta cuando sonó la señal del microondas.

—Pero yo no sé leer, mami —dijo Maddy, mirándome confundida.

—Pronto sabrás, cariño —respondí, luego me incliné para colocar mi mejilla junto a la suya un momento.

Uno de mis libros sobre maternidad decía que los niños con un fuerte vínculo siempre volvían con sus madres tras pasar un tiempo explorando. El libro decía que ahí era cuando los niños «rellenaban sus tazas», pero a menudo era yo, y no Maddy, quien necesitaba rellenar su taza.

La camarera tenía un aro en la nariz y una camiseta en la que ponía «Cómete al rico». Yo no era rica, así que estaba a salvo. Cogí mi copa de vino. Tal y como Tom había prometido, estaba caliente y lo habían servido en copa de plástico, pero al menos era una copa, no un vaso. Me pregunté cuál era la razón por la que no usaban cristal en este tipo de inauguraciones. Quizá pensaban que algún día habría disturbios, o los esperaban, como una apreciación anárquica del arte.

Cogí mi copa y me moví por la galería. Estaba toda pintada de blanco y tenía un suelo irregular. Busqué a Tom entre la gente, pero no pude verlo. La sala estaba abarrotada de gente que parecía, sobre todo, de treinta y tantos años. Los hombres llevaban las perneras de los pantalones demasiado cortas. Vic lo llamaba «estilo de cultivador de patatas». Algunos llevaban bolsas de compra ecológicas con eslóganes. Las mujeres vestían los sacos deliberadamente repelentes que yo había predicho. Admiraba cómo conseguían tener un aspecto tan andrógino con ellos. Todas esas mujeres parecían estar destinadas a ser delgadas sin tener que esforzarse en ello tanto como yo. Sus piernas eran pulcras y firmes y no ocupaban espacio de forma innecesaria. Había también personas mayores entre el público, coleccionistas y críticos, supuse, hombres con barba y mujeres con gafas.

Reconocí al crítico de arte de mi antiguo periódico, Stefan, un hombre calvo que hacía muchos gestos con las manos. Estaba mirando una obra en la que aparecía uno de los amigos del baloncesto de Tom. Reconocí a ese chico de la casa de Tom y del parque. A menudo se quitaba la camiseta y se la metía por detrás de los pantalones cortos mientras jugaba, con esa despreocupación masculina que a mí me fascinaba. En la fotografía de Tom estaba sin camiseta, impresionante. Solo sabía que le llamaban Boggo, que supuse que no sería su verdadero nombre.

—¡Suzy! —Stefan inclinó la cabeza hacia mí y gritó entre la multitud—: ¿Qué tal estás?

Stefan hablaba como un personaje de una novela de P. G. Wodehouse. Caí en la cuenta de que debía haberme ocultado de su vista cuando tenía la posibilidad. Ahora era demasiado tarde y me acerqué a él forzando mis músculos faciales para formar una sonrisa. Giró la cabeza hacia la fotografía, admirándola.

—Maravillosamente impresionante, ¿verdad?

Boggo, por lo que veía ahora, tenía en la mano una bota de vino de plástico que sostenía por encima de sí con una pose clásica. Detrás, una chica huesuda se agachaba sobre lo que parecía una pipa para fumar *crack*. De alguna forma, la iluminaba una nube de tormenta azul y negra y Boggo, en primer plano, estaba iluminado por una potente luz blanca que le daba un aspecto hiperreal.

—Es Dionisio —advirtió Stefan. Parecía cautivado—. Es ingenioso y sublime, pero absolutamente prosaico a la vez. Mágico.

Supuse que Tom iba a recibir una buena crítica de Stefan y sentí una compleja mezcla de emociones. De repente, me di cuenta de que no quería que Tom dejara de trabajar en la cafetería de mi calle ni de jugar al baloncesto en el Parque de Árboles. Quería que se quedara donde estaba, aunque ya no le viera tanto. A esa sensación le siguió la certeza de que las vidas de las demás personas seguían avanzando mientras la mía estaba estancada, que mi identidad estaba ahora atrapada en el tiempo en internet y sería así eternamente. Como para subrayar esa sensación, Stefan apartó los ojos de la fotografía de Tom para examinarme.

—Es una sorpresa verte aquí —dijo—. ¿Conoces al fotógrafo?

Quise responder: «Sí, le conozco. Antes follábamos», pero me di cuenta de que Stefan sabría lo de Ben y probablemente había llegado a nuestra conversación con unas ideas preconcebidas sobre mi capacidad sexual que yo no deseaba reforzarle.

—Vive cerca de mí —contesté sin convicción—. Somos amigos.

—Tiene talento. Si le conoces, permíteme que te sugiera que compres alguna de sus obras. Créeme, su trabajo está a punto de encarecerse.

Nunca se me había ocurrido pedirle nada a Tom, pero ahora deseaba haberlo hecho. Cuando empezamos a vernos, Tom me había hecho fotos con una vieja cámara réflex de un solo objetivo que había bajado de un estante torcido de su habitación. Hacía todo su trabajo bueno con una cámara digital negra y exquisita, como una pantera en miniatura, que guardaba en una pequeña caja metálica. La desgastada cámara réflex la tenía por su habitación, amontonada entre carretes que compraba a granel por internet. Dijo que era solo para divertirnos y, aunque no me gustaba que me hicieran fotos, sí que me encantaba la captura y la espera que suponían las cámaras antiguas de carrete. No sabías exactamente lo que estabas haciendo cuando hacías la foto ni con qué te ibas a encontrar.

Esa me parecía una mejor aproximación al proceso creativo que la escuela de fotografía de Tracey Doran, en la que había que posar para las fotos y se manipulaban inmediatamente, alterándolas para convertirlas en otra cosa, algo que quedaba más allá del artista y del modelo. Esas fotos, más que describir la realidad, la ocultaban. De todos modos, el fotógrafo y el modelo eran por lo general la misma persona, encerrados en una mirada narcisista. A mí me gustó estar bajo la mirada de Tom, ser vista de esa manera, aunque no quisiera conocer el resultado. Conseguía enfrascarme en una conversación sobre cualquier cosa, normalmente un libro, haciéndome una pregunta tras otra, como si de verdad quisiera conocer mi opinión, y luego, mientras yo hablaba, él levantaba la cámara desde su cintura hasta los ojos y pulsaba rápido. Hacía que ese gesto pareciese inocuo, como si estuviese espantando a una mosca o apartándose un mechón de los ojos. Nunca me hizo posar. Debió de hacerme docenas de fotos con la boca abierta. Eso si es que alguna vez llegó a revelar el carrete, cosa que dudaba. Para él hacer fotos era como un simple acto reflejo.

La camarera que nos alentaba a comernos a los ricos pasó con una botella medio llena de Chardonnay y Stefan la detuvo con ansia para pedirle que le rellenara la copa. Yo también se lo pedí. Nos quedamos juntos bajo la imagen de Boggo. Deseaba con todas mis fuerzas que se acercara alguien rápidamente a rescatarme de la conversación que estaba a punto de mantener.

—Bueno..., ¿qué tal te trata la vida? —empezó a decir Stefan—. ¿Qué tal te va después del...?

—¿Del apocalipsis?

—Iba a decir del periodismo. ¿Qué tal te va después del periodismo?

Me sentí derrotada.

—Ah. Bueno, sigo trabajando. Sigo escribiendo.

—Bien, me alegro por ti, chica lista —respondió Stefan—. ¿En qué estás trabajando? ¿Algún libro de memorias? —Se regodeó en la última palabra—. Creo que hay mercado para ese tipo de cosas. Ya sabes, gente que ha sido sometida a...

—La deshonra.

—A examen en el tribunal de la opinión pública, iba a decir.

—No —respondí—. En realidad, estoy ayudando a otra persona con las suyas. Estoy escribiendo una biografía. —Tosí ligeramente al pronunciar mi pequeña mentira—. Estoy haciendo un trabajo biográfico de mayor formato. Ese tipo de cosas.

Stefan me miró como si fuese un cuadro sin brillo.

—Qué interesante.

Me hice con más vino caliente y me aparté de Stefan con toda la cortesía que me fue posible. En un rincón vi a Boggo, que llevaba una sudadera con capucha, unas bermudas, unas zapatillas con calcetines que se había subido hasta la mitad de las espinillas y una gorra de baloncesto con el logo de un equipo que no supe distinguir. Boggo miraba con atención una fotografía de un adiestrador de galgos. El hombre sostenía tirante la correa del perro. El perro miraba orgulloso hacia la cámara, con su prominente pecho levantado. Era una fotografía tomada a cámara rápida y el perro debió de moverse durante la sesión, lo cual le daba el efecto de tener varias cabezas. La fotografía se llamaba *Cerbero*. Tomé nota mentalmente para buscarlo luego en Google. No sabía qué significado tenía la imagen, pero daba una sensación mística y remota. Me coloqué al lado de Boggo y me presenté, aunque ya nos habíamos conocido en una ocasión, cuando había ido a casa de Tom para recoger una bomba de bicicleta. Yo estaba dando sorbos a un té mientras leía un periódico en la mesa de la cocina, vestida con una camiseta vieja de Tom, y nos habíamos presentado brevemente, pero dudaba de que Boggo se acordara. Tom decía que Boggo pasaba el noventa por ciento de su vigilia colocado y el otro diez por ciento buscando marihuana.

—Eh —me saludó Boggo. Solo con mirarle a los ojos confirmé que había fumado muy recientemente—. Te recuerdo. Suzy. Eres la chica de Tom.

—No soy su chica, en realidad —contesté.

—No. No desde que fuiste a follarte a tu jefe.

Boggo soltó una risita afeminada, como si fuese muy divertido. Di un sorbo al vino caliente y traté de asimilar el comentario. ¿Por qué creía Boggo que yo era la chica de Tom? ¿Por qué sabía lo del incidente con Ben? Debí mirarle de alguna forma porque él pareció darse cuenta. Irguió la espalda y se quitó la gorra, dejando al aire una cabeza de pelo negro y simétrico. Me miró. Tenía los ojos suspendidos en una nube inyectada en sangre. Bajo los abultados vasos sanguíneos parecían ser de un color avellana verdoso. Sonrió y se le marcaron unos hoyuelos, que resultaban atractivos.

—Perdona. Estoy siendo un gilipollas. No es asunto mío —se disculpó—. Tienes una hija pequeña, ¿verdad?

—Sí. Se llama Maddy.

—La recuerdo del parque. Yo me llamo Abdel, por cierto. Con *e*, no con *u*.

—Me gusta el retrato que te ha hecho Tom. Estás muy... regio.

Mientras hablaba, pude entrever al artista, por fin, por encima del hombro de Abdel. Estaba hablando con Stefan, o más bien era Stefan quien hablaba con él, moviendo los brazos, eufórico, como si estuviese tratando de entretener e impresionar a Tom. Se me ocurrió enseguida que esta exposición, tan magnífica e interesante, además de delicada, muy delicada, daría buena reputación a Tom. Estaría en muchas más salas como esta, con un vino malo en la mano —aunque quizá el vino mejoraría— y recibiendo los elogios de personas importantes, todo ello con la cabeza inclinada y un mechón de pelo por delante de los ojos como gesto defensivo. Tom levantó brevemente la vista y me miró, antes de volver a bajarla para amortiguar las gesticulaciones de Stefan.

—Sí, es demencial —comentó Abdel mirándome ahora con fijeza.

Supe que demencial, en este contexto, era algo bueno. Me balanceé ligeramente y me di cuenta de que estaba un poco borracha. Maldije la ausencia artística de canapés. Ahora mismo habría cogido unos cacahuetes o unas palomitas.

—Eh —dijo Abdel mientras me sujetaba del brazo para sostenerme—. Vamos bien.

—Hoy no he comido.

—Sí, eso parece —contestó. Después, apartando la mano, añadió—: ¿Has visto las tuyas?

—¿Que si he visto mis qué?

—Tus fotografías.

—Yo no tengo ninguna fotografía.

Estaba confundida y sentí que me acaloraba. El regusto del vino me resultaba desagradable en la boca.

—No, no me refiero a fotografías tuyas —aclaró. Le miré sin comprender—. Me refiero a las fotografías que Tom te ha hecho. Están allí. En la sala Arpía.

Eso no sonaba muy bien.

* * *

Por fortuna, la sala Arpía era pequeña, una especie de antesala contigua al espacio principal de la galería, tan intrascendente que supuse que mucha gente la habría pasado por alto pensando que pertenecía a otra exposición. En ella estaban las obras más hermosas, los retratos femeninos de Tom. Yo había creído que solo usaba a hombres como modelos, pero en cuanto vi estas fotografías me di cuenta de lo tonta que había sido al suponer que por haber visto solo retratos masculinos estos fuesen los únicos que hacía.

Tom parecía ser el perfecto observador de la feminidad, mostrando a sus modelos tan delicadas como fuertes. Los modelos masculinos mostraban poses de superhéroes y estaban colocados al lado de algún objeto, iluminados desde arriba. Resultaban hiperreales y titánicos. Estaban colocados frente a la cámara, pero miraban mucho más allá de ella, como si tuviesen la mirada fija en alguna otra cosa, algo que se hallara en el horizonte y que era más noble e importante que lo que estaba ahí. Sin embargo, las mujeres miraban hacia abajo, con los ojos dirigidos hacia un interior lejano. Estaban trabajando, cada una en diferentes tareas: una desplumaba pollos en una cadena de producción, otra se inclinaba sobre un huerto, otra estaba sentada ante un ordenador con el rostro resplandeciente por la luz. Me pregunté cómo había encontrado Tom a todas estas mujeres y volví a asombrarme ante mi desconocimiento sobre este hombre con el que me había estado acostando durante buena parte del año anterior y que, sin embargo, tenía esta vida de la que yo no sabía nada, una en la que buscaba modelos fotográficos de otros mundos y los retrataba con sumo cuidado. Otro par de mujeres atendían a niños, una en una habitación sucia y tumbada en un colchón, con paredes manchadas de las que colgaban recortes de revistas con personajes de Disney. Otra mujer, mejor vestida, estaba dando pequeños toques a su hija en la cara, mientras la niña, preparada con su traje de baile lleno de plumas, esperaba para actuar. Todas las mujeres hacían algo, no eran algo. Todos sus rostros estaban oscurecidos y no tenían ninguna pose. Las fotografías tenían los sencillos nombres de *Arpía 1, Arpía 2* y así sucesivamente hasta la ocho. Seguí los retratos a lo largo de las paredes de la pequeña sala, caminando despacio, como si fuese abriéndome camino por un laberinto.

En la última pared estaban mis fotos. Yo era la *Arpía 8*. En una, le estaba haciendo una trenza a Maddy. La fotografía estaba tomada desde atrás y no podían verse nuestras caras, pero me reconocí e identifiqué la camisa azul marino que llevaba puesta. Estaba lista para ir a trabajar, peinada con el pelo apartado de la cara y engominado hacia atrás, con aspecto formal. Maddy, por una vez, se mostraba obediente y la cámara apuntaba a mis dedos, flexionados y trabajando. No se me veía el rostro, pero el perfil oblicuo sí permitía que se me viera la nariz. Maddy iba vestida de blanco y, con el pelo recogido en una trenza, parecía una ninfa griega o un querubín haciendo un cameo en una ejecución renacentista de un mito griego. Recordé que una noche, unos seis meses atrás, Tom se había quedado a pasar la noche en mi casa, algo inusual que casi nunca permití. Por la mañana, le desperté unos minutos antes de que Maddy entrara a toda velocidad en mi habitación y le eché a la calle con su mochila. Él respondió llamando a la puerta y fingiendo que pasaba por allí, que acababa de decidir entrar a desayunar. La naturalidad era innata en él. Maddy estaba encantada y no tuve más remedio que invitarle a que pasara. Seguía desprendiendo el calor de mi cama. Llevaba la cámara con él y tomó algunas fotos mientras yo arreglaba a Maddy en la mesa de la cocina. Jamás imaginé que lo que captó terminaría aquí, en esta sala de paredes blancas.

En la última fotografía también aparecía yo, pero solo yo, y estaba dormida, con mis rasgos suavizados de tal forma que casi me costaba reconocerme. Estaba envuelta en una sábana y la luz era tan sombría y tenue que la resolución quedaba difuminada de una forma cinematográfica. Tenía la cabeza de lado y parecía vacía, en paz y sola. También estaba guapa; incluso a pesar de la lente de mi autocrítica podía verlo. Tom me había hecho hermosa.

Una semana después de la inauguración, leí la crítica de Stefan en el periódico. Fue la única vez que compré uno desde mi despido efectivo.

Stefan empleaba todo tipo de calificativos para la obra de Tom y usó la palabra *luminoso* en dos ocasiones. Decía que en las obras se mezclaba el misterio de Bill Henson con el realismo preciso de un fotógrafo de guerra. Reservaba su elogio más especial para la serie *Arpías,* de la que decía que «redefinía a la arpía como una figura transformadora, diligente y un agente de cambio, como feminista y luchadora, no como un virago». Yo no sabía nada de eso. Leí un poco sobre las arpías y supe que en literatura se las representaba casi a nivel mundial como personajes malvados, especialmente en el *Infierno* de Dante, donde las mostraba acechando en el bosque endemoniado, en el séptimo círculo del infierno. Ese era el peor lugar, donde acudían los suicidas para quemarse y sufrir. Las arpías atormentaban a los suicidas. ¿Sabía Tom eso cuando me representó como una de ellas? ¿Mostraría tanta crueldad en la búsqueda de su arte? Si bien otros escritores clásicos, los más oscuros, habían representado a las arpías como personajes hermosos, la personificación heráldica de los grandes vientos de tormenta del mundo antiguo. Yo podía soportar ser un viento de tormenta.

Los días siguientes, tras ver los retratos de Tom, no sabía qué pensar sobre la potencia de su versión de mí, una versión que no tenía nada que ver con la forma en que yo me veía. Me había tomado y me había convertido en otra cosa, en algo distinto. Me había cambiado por completo. Yo nunca le di permiso para que me tomara una fotografía, y mucho menos para que la usara para una exposición pública, pero sabía por mi propio trabajo que nadie es poseedor de su imagen pública, que el mundo puede arrebatártela sin permiso ni previo aviso. Así que, al final, me sentía menos enfadada que fascinada. Tom había cogido algo de mí, pero también me había dado algo: otra versión de mí misma para someterla a examen y tenerla en consideración. A esta reflexión llegué más delante. En aquel momento, sin embargo, me quedé sin habla delante de mí misma. Tom apareció detrás de mí. No tuve que girarme para saber que era él. Me preguntó si me gustaban las fotografías.

—Creo que son increíblemente sorprendentes —respondí a la vez que me giraba.

Se había arreglado. Llevaba una camisa vaquera desgastada con unos vaqueros negros y sus zapatillas de deporte habituales. Tenía el pelo corto y los rizos le resplandecían sobre la cabeza. Resultaba tan deseable que llegaba a doler.

—Debería habértelo dicho.

—Pero no lo has hecho.

—Me preocupaba que dijeras que no. No sé hasta qué punto odias que te hagan fotografías.

—Debería estar enfadada —respondí—. Es decir, estoy enfadada.

Trataba de dirigir mis palabras hacia algo, hacia alguna especie de rabia o algo que, al menos, se pareciera al fastidio, pero no lo conseguí. Quizá la rabia fuese una fuente limitada y yo ya había agotado la mía. Estaba borracha y no tenía fuerzas para discutir.

—Son estupendas, Tom. Son realmente buenas.

—Lo dices como si estuvieses decepcionada o algo parecido.

—Estoy decepcionada conmigo misma.

—¿Por qué dices eso?

—Jamás me he disculpado contigo —solté.

—No es necesario.

—Sí que lo es.

—No lo es. ¿Estás borracha? ¿Tengo que darte de comer?

Sentí una oleada de felicidad ante la posesión implícita en esa pregunta.

—Dijiste que los canapés son el enemigo del arte, ¿recuerdas?

—Sí, pero las hamburguesas no. Las hamburguesas y el arte se llevan muy bien.

—¿Dónde hay hamburguesas?

Miré a mi alrededor con la esperanza de ver a un camarero con guantes blancos saliendo de entre las arpías enarbolando una hamburguesa doble con queso... y quizá unas patatas fritas en la otra mano.

—No hay hamburguesas aquí, pero algunos vamos a salir después. Deberías venir.

Tom se disculpó y me dejó que me mezclara con los demás. Yo salí de la sala de las arpías, mi sala, para volver al espacio principal de la galería. Estaba lleno de gente, hacía un calor insoportable y el ruido era desagradable. Los techos eran altos y la sala estaba desnuda, tal como eran ahora todas las galerías e incluso los restaurantes, sin siquiera un kilim en el suelo. Yo esperaba pacientemente a que llegara el día en que volvieran los mobiliarios mullidos. Fui hacia una mesa con caballetes donde había una jarra de agua entre un océano de copas de plástico usadas. No encontraba ninguna limpia, así que me bebí de un trago lo que me quedaba de vino caliente y me serví agua en la copa. El agua me supo a vino, pero era mejor que nada.

—¡Suze!

Jessica, mi compañera de la barra, avanzaba por la sala hacia mí. Me sorprendió verla. No sabía que fuera amiga de Tom. Llevaba un vestido con corpiño de lunares que se estrechaba en la cintura y tenía botones por todo el delantero. Mientras la miraba, no pude evitar pensar en desabotonarla. Los tatuajes relucían sobre su piel perlada. Charlamos unos minutos sobre el trabajo. Jessica me contó que la noche anterior, durante su turno en el Little Friend, Pete la había seguido hasta el patio en su descanso, le había ofrecido fuego y le había preguntado si quería salir con él.

—Vaya. Bien por Pete —dije—. Jamás pensé que tendría valor.

—La verdad es que no lo tuvo. Me preguntó si había visto su solicitud de Facebook. Al parecer me había enviado por Facebook una invitación para un concierto. Le dije que yo nunca miro Facebook.

—¿Es así como lo hacen ahora los *milenials*? —pregunté—. ¿Pete es un *milenial*?

—No sé, pero después de que me dijera eso, entré en Facebook, eché un vistazo a su perfil y yo tenía razón: es un defensor de los derechos humanos. Sigue por Facebook la página oficial de ese tal Stirling Kirk, además de un montón de *fanfictions* de Harry Potter.

Stirling Kirk era una celebridad de internet y un psicólogo popular que había escrito un exitoso manual sobre cómo ser hombre. Yo lo sabía porque Tom se había comprado un ejemplar por pura curiosidad y lo había dejado, literalmente, en el suelo de su habitación, asqueado. Recordé que lo calificó como «basura seudojungiana» y yo me había hecho una nota mental para buscar en Google las principales teorías de Jung. A menudo me desanimaba mi propia ignorancia.

—Mi radar de misoginia funciona a la perfección —comentó Jessica—. Te lo aseguro, deberías dejar que yo me encargue de examinar a tu próximo novio.

—Quizá lo haga —respondí, y di otro sorbo al agua con vino—. Siento curiosidad. ¿Es eso lo único que ha hecho Pete?, ¿preguntarte si has visto su solicitud de Facebook? Creía que Stirling Kirk alentaba a sus seguidores a ser más duros.

—Y así es. Los llama comadrejas. Eh, ¿quieres salir a fumar?

Por lo general yo solo fumaba cuando estaba borracha, así que acepté. También necesitaba un poco de aire. Pasamos entre la multitud y salimos a la calle. La puerta de la galería daba directamente a un pequeño callejón con poco tráfico. Enfrente de nosotras había un gran contenedor rebosante de adornos navideños. El brazo de un traje de Santa Claus forrado con piel blanca falsa sobresalía por la apertura. Parecía como si hubiesen asesinado a Santa Claus y hubiesen abandonado apresuradamente allí su cuerpo. Jessica se encendió un cigarro y me lo pasó. La colilla estaba manchada con el círculo sensual de su lápiz de labios. Di una calada y tosí un poco.

—¿A qué concierto te ha invitado Pete? —le pregunté.

—Al de un grupo que toca una especie de banjos Apalaches. No es mi rollo —aseguró Jessica.

—¿Y cómo te lo has quitado de encima? ¿Qué le has dicho?

—Me puso en un compromiso, cosa que me cabreó. Luego le envié un mensaje por Facebook para decirle que estaba saliendo con alguien.

—Pobre Pete.

Nos quedamos un momento en silencio. Di otra calada y pensé en Pete, con su extraña música y su huesuda y felina energía. Parecía estar tratando de forjarse una identidad propia y una chica como Jessica formaba parte de esa visión. Era despampanante y de risa fácil. Tenía un hueco entre los dientes delanteros que me recordaba al cuento de la comadre de Bath. Tenía algo de ella, algo que casi podría describir como convicción, lo cual despertaba el deseo de querer estar cerca de ella. Entendía por qué Pete, que era todo aristas y precariedad, se sentía atraído.

—En fin, por supuesto, no vayas a decirle a Pete que te lo he contado —dijo Jessica. Tiró el cigarro y lo aplastó en los adoquines con el pie. Llevaba zapatos con tacón de corcho. Parecía una preciosa punki que se hubiese colado en una película de Elvis—. Es posible que ahora quiera intentarlo contigo. ¿Estás saliendo con alguien?

—No.

En ese momento Boggo salió del bullicio de la galería y se unió a nosotras en el callejón. Estaba buscando algo frenéticamente en los bolsillos de sus bermudas mientras tarareaba algo en voz baja. Yo no sabía si sus bermudas eran de patinador o de surfero, pero estaba segura de que las había comprado en una tienda de ropa urbana para adolescentes. Calculé que Boggo tendría veintimuchos años. Me pregunté cómo se ganaría la vida o incluso si tendría algún trabajo.

—Joder, qué calor hace aquí —comentó.

Se sacó un porro pequeño y arrugado del bolsillo y lo alisó con cuidado sobre su camisa. Jessica le observaba con gesto de aprobación. Miré a mi alrededor por si había alguien más en la calle, pero estaba vacía.

Tuve una pequeña visión, ensombrecida por la culpa y el deseo, de Maddy dormida. Eran las nueve de la noche y probablemente ya habría adoptado una posición horizontal atravesada en la cama. Solía retorcerse al dormir, estirando las piernas hacia fuera como las agujas de un reloj. A medianoche estaría del revés, con los pies en la almohada. Me pregunté con qué frecuencia las madres del parque fumarían en la puerta de una galería y con qué frecuencia dejarían a sus hijos con sus madres para mezclarse con gente como Boggo. Vi un destello de la vida paralela, en la que Charlie me estaba esperando en casa, leyendo en la cama. Yo estaría delante del espejo, hablando con su reflejo, contándole cómo había ido la velada. Me quitaría el maquillaje, los pendientes, de uno en uno, y me sentaría delante de él, con la cabeza inclinada hacia delante, suplicante, para que él me desabrochara el collar y la espalda del vestido. Añadí esta visión a la lista de cosas de mi vida que nunca pasarían.

—Ya está —dijo Boggo con cierta satisfacción mientras enderezaba el porro. Lo encendió y se lo pasó a Jessica—. ¿Hace los honores, señora?

—Gracias, Ab —contestó ella, y me di cuenta de que conocía a Boggo.

Jessica dio una calada y me pasó el porro. Me sentí furtiva. La última vez que había fumado hierba había sido antes de Maddy, con Charlie. Habíamos estado de vacaciones en la playa con unos amigos poco después de conocernos. Yo fumé demasiado y me sentí mal, mareada. Terminé la noche en una tienda de campaña oscura, convencida de que la gente que estaba fuera, nuestros amigos, creían que yo daba pena y que era estúpida. Al día siguiente Charlie me acarició la cabeza mientras yo estaba tumbada, avergonzada, sobre su regazo.

—Te ha dado un bajón, Suze —dijo, y me llevó a casa.

Yo me emocioné con su forma de cuidarme. Solo habían pasado unos meses y yo ya era consciente de cuánto lo amaba. Supe, incluso desde el principio, que sería capaz de arrancarme la piel para dársela si me lo pidiera.

Ahora Charlie ya no estaba, nadie sabía dónde había ido o, al menos, yo no. Y resultaba extraño y bochornoso no saber el paradero del padre de tu hija, resultaba de lo más inusual en los círculos de clase media como el mío. Probé con distintas versiones de la historia cada vez que la gente me preguntaba: «Está en el extranjero», «Ahora mismo no está implicado en la vida de su hija» o «Viaja mucho por trabajo», pero ninguna contenía la urgencia ni la rabia justificada y simple que habían mostrado generaciones de mujeres antes que yo a las que les había pasado lo mismo. Lo cierto es que salió corriendo.

Cogí el porro e inhalé con cuidado. Mi madre siempre se quedaba dormida en el sofá. Le envié un mensaje para decirle que quizá llegaría tarde a casa, a continuación puse el teléfono en modo avión para que nadie me molestara.

Resultó que Boggo trabajaba en el mundo de las carreras, era una mezcla entre corredor de apuestas y chico de los recados.

—Corredor en todos los sentidos —dijo, y soltó de nuevo una carcajada afeminada antes de cambiar de expresión para adoptar una más seria mientras apuraba el porro, con los ojos entrecerrados e inhalando con cuidado y con verdadera entrega.

Parecía un artesano soplador de vidrio trabajando a la inversa.

Justo cuando lo terminó, la puerta se abrió y Tom asomó la cabeza por el lateral con un gesto cómico, como si fuese uno de los hermanos Marx. Se rio al vernos.

—¿A quién estás corrompiendo, Bog? —preguntó.

—A estas chicas. A tus chicas —respondió Boggo.

Sentía la cabeza engomada, cargada, pero también ligera. Quería protestar porque me hubiesen llamado chica, pero la boca no me funcionaba.

Jessica se giró hacia Tom.

—¿Adónde podemos ir a comer? ¿Has hecho todo lo que tenías que hacer?

Los miré y me pregunté por la despreocupada familiaridad que parecía existir entre los dos. Entonces Tom salió al callejón y pasó el brazo por encima del hombro de Jessica. Ella le miró y le besó, con entusiasmo, en la boca.

—Ya he acabado —dijo—. Estoy listo para marcharnos, cariño.

Tom me había llamado cariño en una ocasión y yo le había respondido de inmediato y con firmeza que no me gustaba. Nunca más volvió a llamarme cariño. Tom era muy respetuoso en eso. Sin embargo, a Jessica no parecía importarle en absoluto.

Un rato después estábamos en un bar subterráneo al lado del distrito financiero, en algún lugar del centro, Surry Hills o quizá Darlinghurst. Tom lo había elegido porque servían absenta o, al menos, la versión aguada de absenta que los propietarios de los bares tenían permitido importar. Este verano parecía irle bien a este tipo de bares de Sídney, que en esencia usaban este truco para los clientes burgueses. Servían comida mexicana que pretendía ser una imitación mejorada de la comida callejera, o bien servían solo ginebra, o eran bares especializados en tequila o en burratas, y entonces lo único que había en el menú era un nudo lechoso de queso italiano espolvoreado con sal ibicenca. La verdad era que yo ya no iba a ese tipo de sitios, aunque leía sobre ellos en las revistas de comida cosmopolita de mi madre y recordaba con cariño la época en la que solía ir, antes de que Maddy naciera, cuando Charlie y yo explorábamos la ciudad como turistas entusiastas.

Lo de Tom y Jessica, o Jessica y Tom, era una nueva información que me golpeó con una fuerza sorprendente, pero sabía que el impacto completo había quedado suavizado por la hierba y el vino y eso me consoló. Fue como un golpe en la cabeza. El verdadero daño no aparecería hasta más tarde, cuando estuviese en la intimidad de mi propia casa.

Nos sentamos alrededor de la mesa de un reservado y ante nosotros apareció una mujer con una fuente de absenta. Los chicos estaban a un lado y las chicas al otro. Yo estaba justo enfrente de Boggo, cuyos ojos se habían vuelto tan oscuros que parecían imaginarios. Me pregunté si los pies de Tom y Jessica se estarían tocando bajo la mesa, pero conservaba el suficiente amor propio como para no mirar. La fuente era de cristal y plata pulida. Parecía uno de los castillos de cristal de los libros de cuentos de Maddy. El cuenco de cristal que contenía la absenta estaba sostenido por una figura femenina desnuda de *art nouveau* tallada en plata.

—Artemisa —dijo Tom mirándome.

—Me fiaré de tu palabra —respondí sin mirar.

La camarera colocó un vaso de cristal delante de cada uno de nosotros y puso una cuchara de plata intrincadamente labrada encima de cada uno. Contenían un terrón de azúcar y, como yo seguía estando bastante colocada, me fijé en el brillo de cada cristal y pensé en su menudencia en comparación con otras cosas más grandes, como los cachalotes, el espacio o el tiempo. Con una floritura del codo, la camarera dio un giro a cada uno de los grifos de la fuente para que el alcohol empezara a caer despacio, pausadamente, pasando por Artemisa y fluyendo a través de la ranura de la cuchara sobre el azúcar, que empezó a erosionarse con la presión de cada gota. Resultaba fascinante observar el proceso. Era la cosa más lenta que recordaba haber presenciado desde hacía mucho tiempo. Tuve una epifanía sobre el poder de la lentitud y su efecto relajante. Curvé la boca para formar una sonrisa, lo cual hizo que, por alguna razón, Boggo volviera a reírse, esta vez con entusiasmo.

Cuando quedó claro que las copas no iban a estar listas hasta pasado un rato, Jessica y Abdel decidieron salir para fumar otra vez. Boggo sacó del bolsillo otra barrita arrugada y enrollada en papel. Yo me pregunté por qué no se hacía con algún tipo de receptáculo rígido para guardarse los porros. Supuse que su capacidad de hacer planes con antelación era limitada. Me aparté a un lado para dejar salir a Jessica del reservado y, cuando pasó junto a mí, sentí la presión y el movimiento de sus nalgas en mis huesos. Intenté recordar, sin lograrlo, por qué llevaba tanto tiempo tratando de estar delgada.

—Bueno, dime la verdad —me dijo Tom en cuanto nos quedamos solos. Estaba sentado en diagonal con respecto a mí, al otro lado de la mesa, una posición que parecía descentrada, como si ambos fuésemos viajeros solitarios en una estación de autobuses que esperan en asientos enfrentados tratando de no establecer contacto visual. Se movió ligeramente hacia mí, como para llenar el hueco—. ¿Estás enfadada?

—¿Por qué en particular? —contesté—. ¿Porque hayas utilizado mi imagen sin mi permiso o porque estés saliendo con mi amiga sin habérmelo dicho?

Mi plan de tratar a Tom con arrogancia silenciosa ya se había torcido.

—¿Estás de broma? Nunca sé si estás de broma.

No respondí. Giré un poco mi cuchara de plata, tratando de mojar cada esquina del terrón de azúcar por igual.

—Ni siquiera sé por dónde empezar con respecto a eso —dijo.

—Por donde quieras.

—Vale. Tú nunca quisiste salir conmigo ni ser mi novia.

—¿Cómo lo sabes? Nunca me lo pediste.

—Lo adiviné aquella vez que leí unas cuantas docenas de publicaciones en Twitter sobre que te estabas follando a tu jefe.

—Muy bonito.

—Ni siquiera me importa eso —continuó—. No me habría importado.

—Entonces, ¿estamos teniendo esta conversación por…?

Sentí cierta corriente de rabia. Me gustó. Era como salir de una habitación cargada y sentir un aire tan frío que se quedaba atrapado en el fondo de la garganta.

—Porque quiero saber por qué te cuentas esas historias.

—Ahora soy yo la que no sabe de qué estás hablando —repuse—. Eres tú el que, al parecer, se ha pasado los últimos meses dedicándose a representarme como una arpía. Joder.

Y como seguía estando colocada y, por tanto, un poco fuera de mí, de repente me llamó la atención lo extremadamente oscuro y específico de este argumento. Posiblemente no había en toda la población mundial otras dos personas que estuvieran manteniendo en este momento un debate sobre lo justo o no de ser representado artísticamente como un monstruo o diosa griega con mala reputación. Me reí y la mesa, que no era muy estable, se sacudió, haciendo que la fuente de absenta y los vasos traquearan. Todo tintineó suavemente, como la risa de un hada, como si ya estuviésemos idos por la absenta.

—¿Dónde está la gracia?

Tom tenía una mirada agresiva que jamás le había visto.

—Es por esta discusión que estamos teniendo. —Me recompuse—. Dime, ¿qué son esas cosas que me cuento a mí misma?

—Que eres una especie de persona errante, no sé, como un llanero solitario. Que puedes simplemente sacar lo que quieres de la gente, pero que tú nunca necesitas nada de nadie. —Hizo una pausa—. Que tu ex va a volver.

—Yo no…

—¿No qué?

Boggo y Jessica llegaron en ese momento a la mesa con un aroma apestoso. Esta vez me desplacé, de modo que me quedé enfrente de Tom. Jessica parecía recién inundada de una especie de júbilo y se inclinó por encima de mí para plantar a Tom un beso explosivo en la boca. Él cerró los ojos para recibirlo y yo sentí el ardor de los celos, pero una parte de mí seguía colocada y distante y apenas mostró interés por esa sensación. Otra parte de mí, lo que quedaba de mi superyó, se preguntaba qué estaba haciendo allí y cómo me iba a sentir al día siguiente. El rostro de Jan apareció en mi imaginación. Tenía una sesión con ella por la mañana. ¿Cómo iba a enfrentarme a sus galletas y sus yujus?

—Vamos a jugar a una cosa —propuso Boggo.

—Aaah, estupendo —contestó Jessica.

—Esperad, antes tenemos que bebernos estas mierdas —advirtió Boggo.

Los grifos habían dejado de gotear y todos nuestros vasos tenían dos centímetros de un líquido turbio sobre un montón disuelto de azúcar. Le añadí un poco de agua al mío. La camarera nos había dicho que le diéramos pequeños sorbos. Boggo inclinó la cabeza hacia atrás y abrió la boca para introducirse la bebida de un solo trago. Después de toser un poco, se recompuso, pidió una cerveza y explicó que quería jugar a lo que él llamaba una versión «mafia» del Yo Nunca, donde la persona que dijera algo que nunca había hecho podía mentir y, si los demás descubrían la mentira, el mentiroso tendría que someterse a algún reto.

—Pero ¿cómo vamos a saber si el que miente no se empeña en defender su mentira para librarse del reto? —pregunté.

—En eso habrá que ser sincero —respondió Boggo—. Esas son las reglas.

—Todo el juego se basa en la sinceridad, bobo —dijo Jess—. Nadie más que tú sabe lo que has hecho. Esa es la premisa.

Era un juego que tenía poco sentido, pero, al fin y al cabo, esta noche nada lo tenía. Miré a Tom, que tenía la vista clavada en su absenta. Estaba removiéndola y añadiéndole agua poco a poco, como si fuese una poción mágica. Dije que empezaba yo.

—Yo nunca he bailado la polca.

Nadie bebió.

—Qué aburrido, joder —dijo Boggo—. Me toca a mí. Yo nunca jamás he robado en una tienda... ¡Bah! Es broma, claro que lo he hecho.

Todos bebieron excepto yo.

—Ah, venga ya. ¿En serio, Suze? ¿Ni siquiera unos pendientes, un CD o algo? —me preguntó Jessica.

—Tengo un estricto código ético.

Tom soltó un resoplido.

—Te toca, Jess.

—Yo nunca… he puesto una canción de Justin Bieber en Spotify. Bebí.

—Me gusta esa canción que va de que ya es demasiado tarde para decir lo siento —me excusé.

—Tom —dijo Boggo haciéndole una señal con la cabeza.

—Yo nunca he echado un polvo de una noche —dijo Tom.

—Ah, venga ya, tío —respondió Boggo, y dio varios tragos a su cerveza europea.

Tanto Jessica como yo dimos unos sorbos a nuestra absenta. Me quemaba la garganta y, después, el anís volvió a aparecer de alguna forma en mi conducto nasal y me hizo estornudar. Tom no bebió esta vez. Colocó las manos entrelazadas sobre la mesa como un sacerdote.

—Tom —dije—. ¿Nunca has echado un polvo de una noche? No me lo puedo creer. Yo digo que es mentira o lo que sea que haya que decir aquí. ¿Boggo?

—Tom, Suze dice que mientes, tío —intervino Boggo—. Ahora tienes que defender tu honor y responder con sinceridad.

—Es la verdad. Siempre me he ido a la cama con chicas que conocía de antes —se defendió Tom.

Jessica le miraba con atención, seguramente buscando pistas de que mentía.

—No te creo en absoluto —dije—. Creo que mientes al cien por cien.

—Pues te equivocas al cien por cien.

—Tendrás que confesar y te impondremos un reto —insistí—. ¿Boggo? Tú eres el árbitro.

—Tom, tío, por tu honor y por la vida de tu madre, ¿estás diciendo la verdad?

—Sí —respondió Tom, y dio un sorbo a su absenta—. Bebo porque quiero hacerlo, no porque esté mintiendo, por cierto.

—Sí, ya —repliqué yo.

—No todos estamos tan liberados sexualmente como tú, Suze —repuso él.

Tuve una terrible sensación, como si en mi pecho se acabara de desinflar un globo y el aire estuviese saliendo de mí silenciosamente y de una forma que nadie más que yo podía notar. Miré la hora en mi teléfono. Era la una de la noche. Pensé en la cara de Maddy sobre la mía por la mañana y en el resoplido marsupial y húmedo de su nariz despertándome.

—Tommy ha jurado por la vida de su madre y el caso queda cerrado —sentenció Boggo—. Eso significa que vuelve a tocarte a ti, tío.

—No sé, tío —respondió Tom—. Estoy perdiendo el interés. Yo nunca…, no sé, he matado a nadie.

Cogí mi vaso de absenta y me lo bebí, entero, con un gesto mecánico, como si fuese una medicina. Tom y Jessica se quedaron mirándome con sus rostros inundados de angustiosa curiosidad, como si yo fuese una acróbata que estuviese realizando un salto y no estuviesen seguros de cómo iba a aterrizar. Dejé el vaso y pasé por encima de Jessica, chocando contra la pequeña mesa con los huesos de la cadera y provocando así más tintineo de cristales y un ligero hematoma que más tarde aparecería en mi piel, como un tatuaje sorpresa que me hubiese hecho mientras estaba colocada.

Tomé un taxi hasta casa. En el viaje tuve una sensación de lucidez, con la ventanilla bajada y el frescor de la brisa dándome en la cara mientras atravesábamos las calles de la ciudad, con el latido de las farolas fluorescentes, en dirección a las sombreadas calles de Glebe, donde las casas estaban a oscuras y todos dormían a excepción de mí y del conductor, que iba escuchando un audio sobre la soledad de los hombres. El locutor decía que, a menudo, los hombres se sienten aislados tras un divorcio y la separación de la familia, y el taxista, de pelo blanco y cachetes caídos, como los de un perro decepcionado, asintió con la cabeza a la vez que pulsaba el intermitente para dar un volantazo hacia Ruby Street.

Cuando entré en casa, bajo el amenazante dosel de la higuera, donde se oyó el movimiento de las zarigüeyas al moverse, supe, por una especie de percepción electromagnética o paranormal, o quizá, quería pensar, profundamente maternal, que no había nadie en casa. A ese instinto le siguió la certeza de que algo iba mal y que tenía que ver con Maddy. Recorrí la casa sigilosamente. No había ninguna Beverley en el sofá. Subí corriendo y entré en el dormitorio de Maddy. En su cama estaba su impronta, pero no ella. Mi habitación estaba vacía. Me di cuenta horrorizada de que había estado desconectada durante las últimas cuatro horas, más o menos, y forcejeé con mi teléfono para volver a encenderlo. Unos angustiantes segundos después, sonó un aviso, y otro, y otro, con mensajes de texto y notificaciones de mensajes de voz. El más reciente, por lo que vi, era de Tom, pero no le hice caso. Fui pasando hasta el nombre de mi madre: «Maddy está en el hospital. Príncipe de Gales. Tienes que venir enseguida».

Le seguía una serie de mensajes con la misma pregunta repetida, como un ejercicio humillante:

«¿Dónde estás?».

«¿Dónde estás?».

«¿Dónde estás?».

Capítulo dieciséis

El mismo conductor de taxi me llevó de vuelta a través de la ciudad hasta el hospital donde mi hija yacía enferma. Estaba a solo una manzana cuando recibió la llamada y, si se sorprendió, no lo parecía. Cuando salté al asiento trasero, con el humo aferrado a mi pelo y el maquillaje deslizándose por mi cara como pintura desteñida, simplemente dijo con un marcado tono de responsabilidad, como si anunciara un lamento:

—Príncipe de Gales.

Condujo veloz y en silencio por las calles vacías y, cuando se saltó un semáforo en rojo en Oxford Street, sentí una oleada de gratitud en el pecho tan fuerte que me provocó un sollozo.

La recepción del hospital tenía una iluminación intensa y unas pocas familias esperaban con languidez el triaje, con sus hijos sobreestimulados y dando saltos por todas partes o tumbados e inmóviles como muñecos en los brazos de sus madres. Las paredes estaban decoradas con el alegre imaginario de la infancia: simpáticas jirafas, cubos que formaban números y un mural con evidente participación de niños, probablemente pacientes. Me pregunté cuántos habrían muerto ya.

La enfermera de la recepción se estaba mordiendo las uñas cuando llegué, sin aliento, para preguntar dónde podía encontrar a Maddy. Levantó los ojos hacia mí, me dijo la planta y debió de verme algo de desesperación en la cara porque le pidió a uno de los celadores que pasaba que me mostrara el camino. Cuando encontré a Maddy, estaba dormida, con su cuerpecito sobre una cama alta y blanca. Estaba conectada a un monitor de respiración y a varios tubos. Al verla todo mi cuerpo quedó inundado por una sensación de alivio e hice un trato con el dios que estuviese disponible, todos, cualquiera de ellos, para que la protegiera, la hiciera mejorar e hiciera lo necesario para mantenerla a salvo. A cambio podía tomar de mí lo que quisiera, incluida mi vida, o la de otra persona.

Pensé en la última vez que Maddy había estado en el hospital, cuando nació. Pasaron varios segundos entre el momento en que la levantaron por encima de mí y el momento en que la oí llorar, y pensé en que la palabra felicidad no servía del todo para describir la sensación que experimenté al oír aquel sonido fuerte y desgarrador, el sonido de la llegada de la vida y de su fuerza. Necesitábamos una palabra nueva para describir aquella sensación, una palabra que incluyera el júbilo atronador de oírla llorar y la dulce y triste conciencia de todo lo que vendría después, el magnífico y doloroso viaje de la vida que acababa de ponerse en marcha como un reloj de oro macizo, como escribió la poeta.

Mi madre, cuyo rostro yo había temido, como un miedo secundario que seguía a lo que pudiera haberle ocurrido a Maddy, me miró solamente con tiernas palabras escritas en su expresión. Apoyé la cabeza junto a la de Maddy y le sujeté la manita. Tuve que esforzarme al máximo para no cogerla en brazos y abrazarla. Quería volver a introducirla en mi cuerpo.

—No la despiertes —susurró Beverley—. Ha estado llorando y preguntando por ti y acaba de dormirse.

El pecho de Maddy se elevaba y descendía con un sonido pegajoso, como el de un pesado batido que se sorbiera por una pajita. Mi madre colocó la mano sobre mi hombro mientras me dejaba caer junto a mi hija. Me quedé así con Maddy durante un largo rato, mirándola respirar, y en algún momento el sol se filtró a través de las persianas de la ventana. El hospital pareció ponerse en marcha, con enfermeras de suelas suaves entrando para mirar los historiales y comprobar los goteos. Tomaban notas con bolígrafos que colgaban de sus cuellos como dijes. La enfermera que se estaba mordiendo las uñas en la recepción entró a vernos y nos saludó con un alegre «¡Buenos días!». Se sacó un aparato del bolsillo y lo colocó por encima de la frente de Maddy. Sonó un pitido. Entonces lo miró y dijo:

—Le ha bajado la temperatura. Eso es bueno.

Maddy empezó a cobrar vida revolviéndose con el pulgar en la boca. Sus ojitos le temblaron y, después, los abrió. Cuando habló su voz sonó ronca y grave, como la de una cantante de un bar de cócteles o la de una fumadora. Fue el sonido más feliz del mundo y un reproche insoportable.

—Mami —dijo, y lanzó los brazos alrededor de mi cuerpo, agarrándose a mí como si fuese un bote salvavidas.

—Necesito mis pegatinas —repetía Maddy—. Las necesito.

Era el día siguiente. Estaba despierta y mucho mejor, aunque el sonido del pecho seguía estando presente y me hacía sentir escalofríos cada vez que lo oía. Parecía como si sus órganos esenciales, pulmones, vasos sanguíneos y bronquiolos, partes que yo había formado en mi interior y a las que nunca había prestado mayor atención, se hubiesen vuelto repentinamente conflictivas y poco fiables.

—¿Qué pegatinas, bichito? —dijo mi padre.

Había venido de visita con Beverley. Habían llegado a media mañana con tarta, juguetes y ropa limpia para mí. A la hora del almuerzo, él anunció que «más le valía ir a por algo para comer». Cuando Beverley dijo que no era necesario, porque había traído bocadillos y fruta, él contestó que tenía que ir a mover el coche y, cuando Beverley le dijo que no pasaba nada porque en el hospital ofrecían tres horas de aparcamiento gratis, él dijo por fin que iba a ir a comprarle a Maddy una de esas revistas que le gustaban, las rosas. Comprendimos qué era lo que de verdad quería, pero mi madre debía de estar de un humor sádico o juguetón. Volvió con el olor agridulce del alcohol en el aliento y con una revista de los osos amorosos que estaba llena de arcoíris y pegatinas. El lema de los osos hablaba de la magia de la amistad y mi padre le leyó a Maddy la revista, con voz seria, como un presentador del telediario. Ella estaba embelesada.

—¿Estos osos tienen algo que ver con los tres pequeñitos? —preguntó a Maddy.

—No, abuelito —contestó ella—. Esos son otros osos.

—Espera, ¿estos osos están relacionados con Fozzie el oso? ¿Con el oso del cuarto oscuro? ¿Con el oso Paddington?

—No, abuelito.

—Siempre me lío con los osos —dijo negando tristemente con la cabeza.

Beverley dijo que eran anginas, solo anginas, y que habían aparecido rápido. Me contó que, después de acostarse, había oído una tos fuerte que venía del cuarto de Maddy. Al principio pensó que serían las zarigüeyas haciendo alguna trastada. Luego, escuchó el sonido agudo y sobrenatural que Maddy hacía al tomar aire. Lo llamaban estridor, supe después, y era en verdad espeluznante. Maddy había tenido también fiebre, que ahora estaba bajándole, y muy posiblemente asma, cosa que los médicos estaban esperando confirmar. Charlie sufría asma y yo había temido que Maddy la desarrollara, así que la había ido observando preguntándome si esa parte de él sería alguna de las que nos había dejado al marcharse.

Llamé a Jan para decirle que Maddy estaba enferma y que no iba a poder ir a nuestra sesión ese día. La voz de Jan tembló y se rompió. Pude notar el espesor de sus lágrimas al otro lado del teléfono y la agitación de sus palabras cuando dijo:

—Ay, cielo santo.

Entonces pensé en todas las cosas que yo tenía sin merecerlas. Maddy era la primera de la lista, y la compasión de Jan por mí, en una crisis de mi maternidad, ocupó un segundo lugar muy cercano. Le dije que Maddy se iba a poner bien, que le darían el alta en un par de días y podría terminar pronto el escrito de Tracey, aunque quizá un poco más tarde de lo planeado.

—Lo siento mucho, Jan —dije desde un rincón de la habitación de Maddy en el hospital mientras observaba cómo mi hija colocaba una fila de pegatinas en el brazo de mi padre.

—No pasa nada, cariño —respondió ella—. No te preocupes.

Capítulo diecisiete

Pasamos dos noches en el hospital y la segunda, mientras yo estaba sentada en una silla viendo a Maddy dormir, oí un aviso en mi teléfono con el sonido de la llegada de un correo electrónico. Era de Tom. En el asunto había escrito: *Ciudades de refugio*.

> Pues he estado leyendo la Biblia hebrea. Sí, ya sé. Es para mi siguiente proyecto. En fin, que he encontrado esto para ti: Josué 20.

Incluía un enlace. Pulsé sobre él y leí el pasaje. Contaba que Dios había ordenado a Josué que les dijera a los israelitas que señalaran las ciudades de refugio para las personas que habían matado a alguien accidentalmente. Y ordenaba a los ancianos de la ciudad que permitieran la entrada de esos asesinos, los acogieran y los protegieran de cualquier vengador de sangre que pudiera llegar en su busca, pues, según decía la Biblia, esos fugitivos habían matado de forma no intencionada y sin premeditación maliciosa. Los homicidas debían comparecer en juicio, después, esperar hasta que el sumo sacerdote de la ciudad muriera. Solo entonces podría el homicida regresar a su pueblo natal y quedar libre. El siguiente párrafo nombraba las ciudades. Yo susurré sus nombres en voz alta, una lista de respiraciones árabes y persas, como Hebrón, Cedes y Siquem.

Respondí a Tom.

«Todas estas ciudades están situadas en Oriente Medio. Muy lejos de Glebe».

Él debía de estar conectado, porque contestó de inmediato.

«No seas tan literal, Hamilton».

«¿Y a quién puedo reemplazar como sumo sacerdote?», contesté. No quería que terminara la conversación.

«A alguien muy viejo y/o muy enfermo. Es lo mejor para que te liberen cuanto antes».

Mientras pensaba en algo ingenioso para contestarle, llegó otro correo de Tom: «¿Estás bien? Te envié un mensaje después de la otra noche, pero no contestaste».

«Maddy ha estado enferma», respondí.

La miré y sus párpados aletearon con sueño mientras el pulgar se le caía de la boca y los músculos se le relajaban.

«¿Es grave? ¿Qué puedo hacer?».

«Está bien, y nada».

No tenía sentido ahondar en ello con Tom. No dudaba de la sinceridad de su ofrecimiento, pero no quería ser ese tipo de persona: una mujer sin hombre que persuade a un hombre que pertenece a otra mujer; una mujer que depende de la bondad de los desconocidos. Pensé en Jess, atractiva, ardiente, fuerte, y me di cuenta de que era adecuada para Tom en aspectos que yo no lo era. Me salí del correo electrónico. Sin pensar, abrí Twitter y vi en mis menciones que en los últimos días me habían llamado zorra, puta, bruja y escoria. Borré mi cuenta.

Ciudades de refugio para aquellos que habían cometido un daño moral. Liberación de la culpabilidad con la muerte de un sumo sacerdote. Era una buena idea. Muerte por muerte, una deuda de sangre. Todas las culturas tenían la misma versión de lo mismo, y en la era moderna la habíamos actualizado incluyendo la humillación por internet, que era tan inmune a la razón como a los sentimientos.

* * *

—Fue un mal asunto lo del pollo —dijo Jan—. Yo creo que fue ahí cuando empezaron los problemas.

Habíamos llegado a los doce años. Tracey había empezado el instituto, pero Jan parecía atascada en ese punto, como si temiera avanzar y descubrir a la Tracey adulta, con sus complejidades y zonas oscuras.

—Una se olvida de cosas, ¿verdad? Es todo muy confuso —comentó, y mordisqueó una almendra.

Decía que las almendras estaban activadas y yo respondí que eso era bueno, aunque no sabía a qué se refería. El médico había vuelto a advertirle de su glucemia y le había dado un aparatito para que la comprobara en casa. Se pinchaba con él después de comer y le daba el veredicto del impacto glucémico de la comida.

—Caramba —decía—. Y yo que pensaba que el maíz era bueno.

Y una vez comentó en voz baja:

—¿Cómo sabe lo del pan?

Me pregunté cuánta comida estaba comiendo Jan a hurtadillas.

—Trata de centrarte en algo específico —propuse—. ¿Qué asignaturas se le daban mejor?

—Inglés, siempre el inglés —contestó—. Y teatro. No me sorprendía.

—¿Hubo algún profesor que le gustara en especial o con el que estuviese más unida?

—No sé decirte —respondió Jan.

—¿Hacía alguna actividad extraescolar?

—Yo trabajaba por las noches durante esa época, de enfermera. Por lo que sé, su hermano y ella venían a casa directamente después de clase. Veían la televisión y hacían los deberes, ese tipo de cosas.

—Muchas chicas de esa edad tienen obsesiones, como coleccionar cierto tipo de juguetes, o ponis, o practicar algún deporte. ¿Hubo algo así, algo con lo que se volviera loca?

—Le gustaban los pollos.

—¿Cómo?

—Los pollos —repitió Jan—. Leyó un libro que le regaló alguien, una vecina nuestra de Broadbeach, una mujer que era del Hare Krishna. Esa mujer se había enamorado de un Hare Krishna, así que se metió directamente. Solían estar bailando por la parada del autobús y yo les daba los buenos días cuando iba de camino al trabajo solo por escandalizar a los vecinos. Todos los rehuían, ya sabes. Decían que eran jipis y drogadictos, pero yo veía que no eran más que personas que buscaban algo. Y digo yo, ¿hay alguien que no busque algo? —Jan levantó la mirada hacia mí antes de continuar—: En fin, que Tracey leyó ese libro, entonces se volvió vegetariana y, luego, se lanzó al barro como un cerdo. Perdona la ironía.

Lanzó un pequeño bufido y de la boca se le salió un trozo de almendra que vino volando hasta mí y aterrizó en el dictáfono que estaba entre las dos.

—Tina —dijo.

—¿Tina era el pollo?

—No, Tina era la Hare Krishna —aclaró Jan—. Tracey solía ir a su piso cuando yo estaba en el trabajo. El incienso y su ropa le gustaban, creo. Volvía a casa con esos espantosos libros, llenos de imágenes y fotos de colores suaves, pero de cosas desagradables, sexo y todos los dioses hindúes, ya sabes. Yo me preguntaba si era apropiado. La religión es muy violenta, ¿verdad? —Asentí, evasiva—. En fin —continuó Jan—. Un día, volvió a casa con un libro sobre el bienestar de los animales y sobre pollos. Dijo que las gallinas de las granjas avícolas estaban oprimidas. Ese libro contenía todo tipo de horrores, ya sabes, que si a los polluelos les cortaban el pico y que si los tenían a todos amontonados en jaulas apiladas unas sobre otras como piezas de Lego. Decía que las heces caían por las jaulas. Todavía pienso en eso a veces. Sentía una tremenda preocupación por los pollos, lloraba en la mesa de la cocina. Yo siempre estaba agotada cuando llegaba a casa del hospital, demasiado cansada como para preocuparme por los pollos.

—Tracey sentía mucha compasión.

—Sí, pero era como un grifo que no se podía cerrar. No se puede vivir así. Estaba devastada por esos pollos. Decía que a los machos los cogían al nacer y los ahogaban o que los machacaban vivos para hacer carne. Eran solo las hembras las que servían, para ser madres. Decía que, como feminista, no podía seguir comiendo huevos, lo cual era una novedad para mí. ¡Yo no la había educado para que saliera feminista! No es que sea nada malo...

Me miró para ver si me sentía ofendida. Luego continuó:

—Y los huevos..., en fin, si no podía darle huevos para comer ni tampoco pollo, estaba perdida, pero seguí dándole tortitas. Tardó mucho tiempo en darse cuenta de que llevaban huevo. Cuando lo supo se puso furiosa conmigo.

—¿Crees que fue entonces cuando Tracey empezó a interesarse por... la dieta ética? —pregunté.

—Supongo que sí. Se convirtió en una verdadera evangelizadora con el tema de los pollos. Entonces, un fin de semana, su hermano y ella estaban con su padre en una feria local, ya sabes, y vendían polluelos. Así que, por supuesto, su padre le compró uno, para torturarme. Me los trajo de vuelta el domingo y ahí estaba Tracey con un maldito polluelo vivo. Dijo que iba a criarlo en libertad y a darle una buena vida. Dijo que su padre le había ayudado a ponerle un nombre.

—¿Cómo se llamaba?

—Kiev —respondió Jan—. Terry es un cabrón asqueroso.

—¿Qué pasó con el pollo?

—Busqué un gallinero para él. Por supuesto a Terry no se le había ocurrido. Se limitó a dejármelo a mí. Busqué un gallinero, y el pollo, Kiev, vivió una semana más o menos. —Se quedó en silencio un momento, al parecer, perdida en sus recuerdos—. Creo que durante esa semana fue feliz.

—¿Qué le pasó a Kiev?

—Un día llegué a casa después de mi turno de mañana, mientras Tracey estaba en clase, afortunadamente. Solo estaba Mikey. Cuando entramos a la cocina, vimos que el gato tenía a Kiev en sus fauces. Kiev estaba más muerto que mi abuela y el gato estaba lleno de plumas y sangre.

—Oh.

—Un lío espantoso —dijo Jan—. ¿Quieres una galleta? Llevo varios días siendo muy buena y me apetece una.

—Para mí no, gracias.

Jan se levantó y se movió por la cocina. Volvió con un plato de galletas. Yo extendí la mano para coger una y la mordisqueé.

—En fin, limpié toda la sangre del pollo y, cuando Tracey volvió a casa, le dije que Kiev se había ido. Traté de hacer que sonara como si se hubiese escapado para vivir una agradable vida en algún otro lugar, ya sabes, en algún sitio bueno para los pollos.

—¿Alguna vez supo la verdad?

—Sí, Mikey le fue con el cuento, claro.

—¿Y?

—No había forma de consolarla. Decía que le había causado sufrimiento a Kiev y que todo había sido por su culpa. Decía que jamás podría volver a mirar como antes a Binky, el gato. Después de eso se volvió vegana, lo cual fue una maldita pesadilla. Empezó a perder peso y... fue entonces cuando empezó con el tema del sexo. Fue una época complicada.

—¿Quieres hablar de eso?

—No.

—Vale.

Mastiqué mi galleta y dejé que hubiese un silencio entre las dos.

Después del Incidente y de que Maddy y yo nos mudáramos a casa del tío Sam, pasé una época en la que me preocupaba por todo. No había un momento en que no me preocupara por algo. Al dormir, en lugar de descansar, la situación empeoraba. Mis noches estaban llenas de sueños angustiosos. Las preocupaciones eran por todo y sin control, catapultándose en cientos de direcciones distintas, como un montón de polluelos que salen desperdigados con la llegada de un gato. Mi terapeuta, Kathleen Wong, que me hablaba de límites, decía que tenía que hacer algo con las cosas que no podía controlar, marcar una distancia con respecto a ellas.

Una de mis principales preocupaciones era la estabilidad económica. Me obsesionaba que Maddy pudiera llegar a criarse en peores condiciones que las que yo había disfrutado de niña. Al contrario que yo, ella no iba a vivir en un hogar estable que fuese propiedad de sus padres. No tenía un jardín trasero en condiciones. ¿Y qué pasaba con todas las oportunidades educativas que debía tener? Cuando yo tenía dieciséis años había ido de intercambio a Francia y me besé en la boca con un chico que se llamaba Christophe, que conducía un Citroën y me decía:

—*Tu me rends complètement fou.*

Volví a casa dominando con fluidez el francés. Quería ese tipo de cosas para Maddy. Quería que en su vida hubiese distintas opciones, libertad, aventuras. Decidí que, aunque Maddy no pudiera disfrutar de una estabilidad económica de niña, sí podría tenerla de adulta. Tenía el tiempo de su parte y yo me aprovecharía de su poder, y de la magia del interés compuesto, para sostenerla cuando fuera adulta. Desde entonces, cada dos semanas yo apartaba una pequeña cantidad de dinero y lo invertía en un fondo indexado. Maddy tenía ahora unos pequeños ahorros de más. Cuando miré mi cuenta corriente una semana después de que le dieron el alta en el hospital, me di cuenta de que tenía más dinero que yo. El impuesto de circulación del coche había vencido y también el pago del seguro. Tomarme una semana libre para cuidar de Maddy sin trabajar y sin buscar otro trabajo me había dejado atrás. Entré en mi banco de internet y transferí algo de dinero de la casilla que tenía el nombre de Maddy a mi cuenta. Entre todas las razones que tenía para considerarme una mala persona, esta era la que peor me hacía sentir.

Después de que Maddy volviera a casa y a la guardería, con su respiración normalizada, me sentía distinta con respecto a ella. Parecía más vulnerable, como si tuviese algo escondido en su interior que me era desconocido y que podía volver en cualquier momento. Esta nueva sensación estaba relacionada con Charlie, en cierto modo, y con la vida paralela, y con el hecho de no saber cuándo volvería él, si es que lo hacía. Maddy tenía el asma de su padre. ¿Qué más? No saber qué partes de él saldrían a la superficie era como esperar a que un temor se materializara. Y, por otro lado, quería saberlo, quería ver por dónde aparecería él en ella.

Le envié un correo electrónico para contarle que Maddy había estado enferma y hospitalizada. No respondió.

Mis sesiones con Jan se acercaban a su fin y pasé los siguientes días transcribiendo las grabaciones y haciendo un borrador del texto. La verdadera historia de Tracey Doran. La escribiría de una forma directa, con pocas florituras, pero centrándome en las partes positivas: su belleza, su éxito, el hecho de haber sido querida… ¿Quién podía comprender la vida de otra persona? Yo podía unir algunas partes, como las cuentas ensartadas en un cordón. Distintas partes de la historia supondrían un destello de luz para distintas personas, pero la mayor parte de la vida de alguien permanecía oculta para todos salvo para la persona que la habitaba. A Tom le gustaba decir que las personas eran sus actos, y alguna vez citó a Jean-Paul Sartre, haciendo referencia a uno de los libros que tenía en el suelo de su habitación. Decía que Sartre había dicho que cada hombre se construía a sí mismo a partir de sus actos, que no había una esencia predeterminada en las personas. Yo pensé mucho en aquello después de haber sufrido la humillación en internet y después de que me despidieran. Mis actos se amontonaban para convertirme en alguien terrible. Una noche busqué a Sartre en Google. Leí que había tratado de rechazar un Premio Nobel, lo cual me parecía acorde con una persona que rechazaba los valores burgueses. Me alegró saber que después se desmarcó de muchas de las opiniones que había expresado en aquel libro sobre la esencia y la existencia. Deseaba no haberlas publicado nunca. Yo no estaba segura de lo que eso decía sobre la esencia de Sartre, más allá del hecho de que todos tenemos nuestros remordimientos y que a todos nos gustaría cambiar el pasado.

Capítulo dieciocho

Tenía una entrevista de trabajo. Era para un puesto en una pequeña agencia de relaciones públicas especializada en relaciones gubernamentales y gestión de crisis, campo en el que yo suponía que tenía cierta experiencia. Beverley estaba encantada. Me prestó ropa, porque decía que debía lucir un aspecto de persona solvente. Buscó la agencia por internet y, tras mirar su lista de clientes, citó por teléfono con tono de aprobación las empresas en las que mi padre y ella conocían a gente.

—Recógete el pelo, ¿vale, cariño? —me pidió, también me dijo—: Píntate los labios o los ojos, pero no ambos.

A Beverley le gustaba la discreción y la elegancia. Para ella era importante aparentar que no te prestabas mucha atención, aunque ella sí lo hacía. La entrevista era a última hora de la tarde y no sabía cuándo acabaría, así que se ofreció para recoger a Maddy en la guardería y llevarla a Ruby Street para cenar. Dijo que llevaría champán, «por si acaso». Le advertí que se estaba adelantando, pero su entusiasmo me contagió y empecé a pensar en cómo sería poder viajar en un autobús vestida con traje y ser del tipo de mujeres que guardan varios pares de zapatos de tacón en el trabajo para las reuniones importantes, tienen una cuenta de gastos, compran en *boutiques* y pueden considerar la idea de comprarse un bolso de mano; el tipo de mujer que estaba al otro lado de las puertas a las que yo me había pasado llamando toda mi vida de periodista. Quizá encontraría más dignidad en ello estando dentro, no fuera, y tratando de ver el lado positivo de las historias en lugar de intentar sacar a la luz los aspectos más desagradables. Quizá estuviera bien ayudar a mantener ocultas las cosas o, al menos, a quitarles importancia, en lugar de tratar de hacerlas más grandes y mostrárselas al mundo infladas y chabacanas.

Tomé el tren al centro y caminé con cierta dificultad hasta las oficinas de la agencia. Llevaba unos zapatos de tacón que Beverley había insistido en comprarme. Eran negros, de charol y punta estrecha, y hacían que caminar resultara más arduo de lo que debía ser. El vestíbulo del edificio relucía con el cristal y el acero y había grandes jarrones de flores colocados a la largo de él como ofrendas a un dios invisible de los negocios. Había varios ascensores organizados en filas. Me abrí camino hasta una pantalla táctil que me pedía que introdujera el número de planta al que quería ir. Me hicieron falta varios intentos y la intervención de un guardia de seguridad antes de darme cuenta de que el robot me estaba diciendo el número del ascensor que se me había asignado para conducirme a la planta elegida. La inercia del tirón del ascensor al empezar a subir me dio una sacudida y me pregunté cómo funcionaría ese sistema que parecía la forma más intrincada de garantizar que ninguno de los empleados del edificio se mantenía a la espera un momento más del necesario. Me preocupaba el nivel de eficacia que pudieran exigirme en este trabajo.

Me recibió un hombre joven con una expresión ilegible que me pidió que me sentara a esperar y eso fue un momento antes de darme cuenta de que era el recepcionista. Aquello me pareció moderno y estimulante. Me senté a esperar en un sofá de cuero que resultó ser demasiado profundo como para echarse hacia atrás y demasiado minimalista como para tener brazos, así que me vi obligada a mantenerme sentada en una postura completamente recta que me daba una sensación de profesionalidad, como si estuviese a medio camino de convertirme en la persona que necesitaría ser para trabajar en un lugar así. Quizá todo lo que había en el edificio estuviese diseñado para esa finalidad: el ascensor eficiente, los floreros, el hecho de que cada una de las oficinas pareciera una caja de cristal, con su contenido completamente visible. El edificio manufacturaba a la gente que necesitaba. Me senté con las rodillas juntas mientras admiraba la amplia vista del resplandeciente puerto azul: desde esa altura los yates parecían insectos que se movían despacio dejando un rastro lleno de curvas. Una mujer se acercó a mí.

—Tú debes de ser Suzy —dijo.

Su voz sonaba alta y dulce y llevaba un traje de pantalón de algún material exquisito que le caía suavemente por el cuerpo. Era bajita y los pómulos le sobresalían de la cara como si fuesen los de un gato. Su piel era traslúcida y había dejado que el pelo se le llenara de canas, aunque parecía joven, sin edad. Tenía el pelo apartado de la cara y recogido con un pasador en la nuca.

—Yo soy Olivia —se presentó—. Estamos listos para recibirte. Vamos a estar en una sala de juntas, que sé que es un poco intimidante, pero las demás salas de reuniones están reservadas.

Olivia me condujo por un pasillo hasta una gran sala con una larga mesa de madera clara. Las paredes eran, en su mayoría, de cristal y proporcionaban una vista oriental del puerto, con el agua serpenteando hacia los Heads. En la pared sur había una magnífica pintura aborigen de puntos. Supuse que era del Desierto Occidental, que seguro sería la antítesis de este lugar con aire acondicionado, fresco, impoluto y limpio inmaculado. Olivia me señaló una silla para que me sentara. Estaba frente a las vistas, que me deslumbraban. Me presentó a dos hombres que llevaban trajes oscuros. Veía sus siluetas a contraluz, como figuras que estuviesen delante de una pantalla de cine iluminada. Tenían nombres masculinos bíblicos intercambiables. Eran John y Mark o Luke y Peter. En cuanto Olivia me los presentó, me olvidé de quién era quién, también de sus nombres. Los dos, también Olivia, se encargaron de pronunciar mucho mi nombre, incluyéndolo al final de cualquier comentario o pregunta. Yo supuse que era una técnica que usaban con los clientes para hacerles sentir apreciados como individuos. Probablemente era algo que enseñaban en los másteres de Dirección de Empresas a los que, sin duda, estas personas habían acudido. No sabía por qué yo me mostraba tan esnob con ese tipo de cursos, al fin y al cabo no tenía ninguna licenciatura, lo cual debía suponer un evidente vacío en mi currículum, del que cada uno de mis tres entrevistadores tenía una copia bien colocada frente a sí.

—Y bien —dijo Luke o Peter—. Así que quieres trabajar en Rafter & Robinson.

No había considerado que me fueran a pedir que mintiera tan pronto. «Querer» no tenía nada que ver, por supuesto, pero sabía que aquello era una danza en la que tenía que participar.

—Sí —contesté—. Creo que…, tras varios años en el mundo del periodismo, he decidido que quiero trabajar en el otro lado, supongo.

—¡Ver cómo se hacen las salchichas! —bramó el otro, John o Mark. Soltó una carcajada como si se tratara de algo muy gracioso—. Por así decir.

No estaba muy segura de que fuese una analogía acertada, pero asentí.

—Tu currículum es interesante —dijo Olivia. Me observaba con frialdad, como si fuese un objeto que no tuviera nada que ver con ella, pero que, por lo que fuera, hubiese entrado en su campo de visión—. Has recibido algunos premios de periodismo, por lo que veo.

—Así es —respondí.

John, o Peter, el hombre que había hecho la broma de las salchichas, dijo que necesitaban a alguien con mi experiencia. Sus clientes tenían que trabajar con su red de contactos y sacar información, pero también recopilarla. Esto se conseguía, según él, con la combinación de poder blando y poder duro.

—Sobre todo intentamos utilizar el blando, claro —dijo con otra carcajada—, pero a veces tenemos que ser duros.

Yo no sabía del todo qué quería decir, pero supuse que probablemente se refería a ese tipo de cosas ante las que siempre me había mantenido alerta como periodista: el ejercicio de la desinformación, la búsqueda de antecedentes como forma de influir en el curso de los acontecimientos, el intercambio de favores, el uso de las relaciones personales como moneda de cambio… Todas estas cosas eran manipulaciones que yo había utilizado, pero siempre al servicio de la historia, o eso me decía a mí misma. Quizá las hubiese usado también al servicio de otras cosas. Quizá las había usado en beneficio de mi propio ego.

Me pregunté si estarían al corriente de las circunstancias de mi marcha de mi anterior trabajo y si les importaba. En ocasiones me buscaba en Google para ver qué aparecía y el asunto del cotilleo sobre Ben y yo que se había publicado siempre salía entre los primeros resultados de la búsqueda. Seguramente un vistazo a mis menciones en Twitter sería suficiente para alejar a posibles empresas que quisieran contratarme. Verían palabras que utilizaban los trols, medievalismos como «buscona» y «ramera», modernismos como «zorra» o «perra», o el puñetazo perenne de «puta». Seguramente ninguna empresa profesional querría ver ese tipo de cosas relacionadas con su nombre.

Olivia me miraba.

—Conocemos las circunstancias de tu salida de *The Tribune* —dijo. Tenía una belleza exquisita, como la reina de una saga fantástica cinematográfica, el tipo de reina que tiene el poder, pero que corre el suficiente peligro como para provocar que los héroes tomen las armas por ella—. Si es que eso te preocupa —añadió, y me examinó en busca de alguna señal de que así fuera.

Los dos hombres, Peter y Paul, bajaron la vista a los papeles que tenían ante ellos, mi currículum, donde no había ninguna mención a mis humillaciones en internet ni a la muerte de Tracey Doran. La verdad está en los espacios en blanco.

Olivia parecía estar planteándome un reto o, de alguna forma, poniéndome a prueba. Noté que me estaba desafiando para que me postrara, para que entonara un *mea culpa* y explicara que había hecho examen de conciencia y que, por consiguiente, había cambiado como persona, para que usara palabras como «lamentable» y expresiones como «error de criterio». Sentí que estaba poniéndome a prueba para ver si yo hacía todo eso, pero también sentí que la decepcionaría si lo hacía. Muchos meses atrás me había dado cuenta de que todas las humillaciones públicas eran iguales. Quizá los tiempos hubiesen cambiado, pero no el patrón. Los movimientos jamás cambiaban. El mejor acto de resistencia era seguir la corriente, guardar silencio ante el ruido, no hacer ningún movimiento en absoluto, limitarse a hacer en tu interior los ajustes necesarios para recibir el impacto de la humillación y pasar a otra cosa. No importaba cuánto esfuerzo era necesario para hacerlo, solo que ese esfuerzo fuese invisible ante los demás. Levanté los ojos hacia donde estaban Olivia y los dos hombres bíblicos, oscuros en contraposición a la caja de luz del puerto de Sídney, cuya vista, desde donde yo estaba, era exclusiva y reluciente desde la altura.

—Mi madre me decía siempre que jamás había que disculparse ni dar explicaciones —contesté.

Jan me contó que fue en torno al decimoquinto cumpleaños de Tracey cuando se dio cuenta de que su hija tenía un increíble talento para la mentira. Jan hacía sus turnos de trabajo en el hospital y su recuerdo de aquellos años estaba fragmentado por la enorme fatiga que constantemente sentía, como un triste animal de compañía que siempre estuviese presente y en silencio. El cansancio era una bruma que hacía que las cosas más evidentes parecieran confusas, como el hecho de que su hija se estuviera adentrando cada vez más en una realidad alternativa y fantástica y que su hijo, que entonces tenía trece años, estuviera introduciéndose en el mundo de las drogas.

—Pero esa es otra historia —dijo Jan.

Ese día parecía cansada. En cierto modo su rostro parecía desnudo, expuesto de una manera que debería permanecer oculta. Yo estaba preocupada y lo cierto era que no quería estar allí. Esa mañana no había escuchado una llamada de mi tío Sam, que dejó un mensaje en el que me pedía que fuera a verle. Decía que era por la casa. Sus palabras exactas fueron: «planes para la casa» y esa forma de formularlo me preocupaba. Angustiada, llamé a Beverley. Me dijo que las primas de Nueva Zelanda estaban preguntando insistentemente por Ruby Street. Sam era el único soltero de seis hermanos, entre los que estaba el padre de mi padre, y las primas decían que había comprado la casa con dinero que el padre de ellos le había prestado. Pregunté a mi madre si debía preocuparme.

—No lo sé, cariño —contestó—. Esa es la verdad. —Iba con prisa para su clase de yoga vinyasa, así que no tenía mucho tiempo. Ese día iban a hacer el pino—. Llevo varias semanas preparándome —me contó.

Luego dijo que era una vulgaridad hablar de ello, pero que todo dependía de cuánto tiempo viviese Sam. Nadie sabía qué decía en su testamento, claro. Y, de todos modos, en la actualidad había mucha gente que impugnaba los testamentos.

—Ya nadie respeta a los muertos. Y ya sabes cómo son los neozelandeses.

Le dije que no lo sabía.

—Les gustan los pleitos, cariño. Les encantan.

Delante de mí, Jan ajustó su volumen en el sillón. Parecía tan triste que le pregunté si de verdad quería seguir.

—Sí —contestó con firmeza—. Hoy es el día. Quiero sacármelo todo. Quiero llegar hasta el fondo.

Dejé el dictáfono entre las dos, sobre una mesa que estaba llena de blondas. Crucé las manos sobre las rodillas y me dispuse a escuchar.

Según Jan, jamás habría forma de saber quién era una adolescente ni qué quería del mundo o de sí misma, y menos aún de ti. Para ella ese era uno de los horrores de la maternidad: que tu hija te forjara a partir de su dependencia, que empezara la vida unida a ti, y que después se convirtiera en una niña que quería estar unida a ti, y luego en una hija con necesidades que eran aún más complicadas. ¿Por qué fingimos que no nos abruman? ¿Por qué pretendemos mostrar que no anhelamos la ingravidez de antes?

—Pero todo ocurre mientras estás muy ocupada con el trabajo y con traer comida a la mesa y mientras estás asegurándote de que tienes en casa todo lo necesario: los libros escolares, los almuerzos, un sobre con el dinero para las clases de natación, cordones nuevos para los zapatos y todo lo demás.

Dijo que tenía una teoría. Cuando llegan a la adolescencia nos han visto realizar tantas labores no remuneradas, preparar tantas comidas, agacharnos tantas veces para recoger, llevarlos a tantos sitios en coche, limpiar (¡no quería ni acordarse de toda la limpieza!) tantas caras y culos, tantas encimeras y suelos, tantas camisas y pantalones, y de tantas maneras: limpieza bochornosa, limpieza reflexiva, limpieza pesarosa, limpieza furiosa, limpieza triste..., nos han visto hacer tanto ese trabajo tan pesado que, al menos de forma inconsciente, deben de pensar que nosotras, sus madres, somos sus esclavas. Y esa certeza aparece en una adolescente al mismo tiempo que desea la independencia y anhela la creación de una identidad que resulte llamativa y absolutamente distinta a todo lo que hubo antes. Quiere definirse aparte de ti y en ti ve a alguien que solo se define en su relación con los demás, principalmente, con ella.

—No me extraña que nos odien —concluyó Jan—. Sé que piensas que a ti no te va a pasar. Ahora mismo no crees que sea posible, pero pasará.

Pensé en Maddy y en su forma de acurrucarse conmigo mientras dormía, en su modo de extender la mano en silencio durante la noche para buscar la mía y que la colocara sobre su vientre o para que acercara la cabeza a la suya. Sí que me parecía imposible que algún día nos separáramos, pero, como muchas otras cosas imposibles, no me cabía duda de que podría ocurrir.

—En fin, fue como si Tracey empezara a odiarme de repente —continuó Jan—. El día que cumplió quince años se despertó odiándome. Empezó a mofarse de mi peso. Yo le gritaba y le decía que hablaba como su padre. Eso era muy típico de él. Siempre me decía que estaba gorda.

—¿A qué te refieres? ¿Quieres decir después de que os separarais?

—Ah, sí. Era mucho peor después de separarnos. Solía entrar en casa cuando recogía a los niños y miraba en los armarios para decirme que no debía comer esto o lo otro, o que estaba alimentando mal a los niños. A veces estaba en casa cuando yo llegaba del trabajo a mediodía, sentado en la mesa de la cocina con las botas, asquerosas, apoyadas en ella, y me preguntaba qué les iba a hacer esa noche para cenar.

—Pero estabais separados. ¿Cómo entraba?

—Ah, pues cogía la llave de Tracey. Decía que tenía que coger alguno de sus libros del colegio o que se habían olvidado el bañador o algo parecido. Siempre había una razón.

—¿Por qué no le decías que se fuera?

A Jan aquella pregunta debió de parecerle muy divertida. Me miró como si tratara de saber si yo estaba hablando en serio y, después, soltó unos cuantos gritos. Su barriga se sacudía placenteramente bajo la ropa.

—Eso no habría salido bien —contestó—. El hermano de Terry era policía, y su cuñado también. Una familia de malditos policías y carniceros.

—¿Te amenazaba?

—No, no después de lo de la escopeta. Incluso entonces creo que supo que eso no era un asunto que los policías pudieran pasar por alto si seguía así. Sabía que se podría meter en un lío por ese tipo de cosas.

—¿Qué es lo de la escopeta?

—¿No te lo he contado?

—No. Te aseguro que no.

—Ah.

Jan había sido capaz de alejarse de Lismore y de su matrimonio con Terry durante un breve periodo de tiempo en el que él estuvo enamorado de otra persona: una aprendiz de su tienda. La aprendiz tenía veinte años y era perfectamente capaz tanto en el trabajo como en aspectos sexuales. Notó un cambio en su marido. La dejaba sola en el dormitorio y parecía más animado, más optimista, más proclive a dejar pasar el tipo de infracciones que normalmente castigaba, como unos guisantes recocidos —decía que Jan era una malísima cocinera— o unas chuletas poco hechas —a Terry le gustaban muy hechas—. Jan había notado aquel agradable cambio en su marido y ató cabos cuando los vio juntos un día en la tienda.

—Fue algo en su forma de darle la maza para la carne cuando ella se la pidió —recordó Jan—. Estaba preparando unos escalopes. Vi en él una ternura que no le había visto desde que estábamos saliendo. Y lo supe.

Lo confirmó a la antigua usanza, espiándole, y supo que su marido y su amante se veían por las noches en el centro juvenil que había cerca de su casa y que siempre estaba vacío cuando no había reuniones de exploradores o de aficionados de los trenes las noches de los lunes y miércoles, respectivamente. Hacían el amor sobre un viejo sofá al lado de la cocina. A menudo Terry llevaba un paquete de cervezas y, otras veces, un pequeño transistor donde buscaba la estación local de música *rock* suave.

En lugar de ponerse celosa o sentirse destrozada, Jan casi se desmaya del alivio. Era lo único que podía hacer en lugar de ponerse a dar volteretas en la puerta de su casa de ladrillos. Empezó a planear su huida. Esperó hasta las vacaciones escolares y le dijo a Terry que se iba a llevar a los niños a la casa de su madre de Surfers Paradise durante unas semanas. Terry se aseguró de que tenía lleno el depósito de la gasolina y de meterlo todo en el coche. Ella recordaba que el día que se marcharon él los despidió con la mano desde la puerta de la cochera vestido con pantalones cortos y camiseta, y con el pelo de la axila destacando sobre el músculo pálido del brazo como una felpa negra.

—Jamás me ha alegrado tanto despedirme de alguien —confesó Jan—. Yo sabía que no íbamos a volver.

Durante el camino en dirección norte, Tracey y su hermano fueron callados y tranquilos. Veían el mundo por las ventanillas del coche y parecían felices de poder respirar una nueva atmósfera. En cuanto llegaron a casa de su madre, Jan fue extendiendo las vacaciones. Llamaba a Terry cada pocos días, aunque a menudo él no estaba, y tenía que volver a intentarlo al día siguiente cuando estaba en la carnicería, lo cual le venía bien porque así él nunca podía hablar mucho rato. Siempre parecía alegre y a veces oyó por el fondo la voz aguda de la aprendiz, la novia de Terry, mientras atendía a alguna clienta. Un día recibió una llamada de una vecina de Lismore que le contó que había visto a una joven entrando y saliendo de su casa. Eso era todo lo que Jan necesitaba. Llamó a Terry y le dijo que no iba a volver a casa y que podría visitar a los niños siempre que quisiera. Una amiga de su madre le encontró un nuevo trabajo de enfermera, alquiló la planta de arriba de un viejo dúplex de Broadbeach y los niños y ella empezaron su nueva vida.

—Dios mío, eso sí que fue divertido —comentó Jan—. Me encantó. Me sentía libre. Los niños tenían bicicletas y tablas de surf y campaban por ahí como les daba la gana. Hicieron muchos amigos nuevos. Yo también hice amigos, de los de verdad, y empecé a ir a clases de calistenia y a escuchar a Carole King. La brisa del mar entraba por las ventanas y empecé a pensar, ya sabes, que eso sí era vivir, que eso era más parecido a como yo quería que fueran las cosas para mí, para nosotros.

Pensé fugazmente que quizá a Maddy y a mí nos iría mejor en Queensland, con una cálida brisa y un alojamiento barato.

—Pero estamos hablando de mí —se interrumpió Jan—. Se suponía que íbamos hablar de Tracey. ¿Cómo he terminado contando todo esto?

—Me estabas hablando de Tracey cuando era adolescente —le indiqué—. Se puso contra ti y empezó a criticarte igual que hacía Terry.

Jan continuó contándome que la paz se terminó cuando Terry rompió con su novia, o su novia con él, y empezó a dirigir su atención de nuevo hacia ella. No paraba de intimidarla. Vendió la tienda y se mudó a la costa, cerca de ellos. Aunque eso le inquietaba, ¿qué podía hacer? No podía controlar a dónde se mudaba. Él empezó a ver más a los niños y a usarlos para llegar hasta ella. Decía, por ejemplo, que debían cenar todos juntos como una familia, por los niños. Se inventaba excusas para ir a la casa. Decía que había soñado con que ella se estaba viendo con otro y le preguntaba si era así. Si iba a ir a la compra, le preguntaba si necesitaba que le trajera leche. Según él ella debía ir a los partidos de fútbol de Mikey de los sábados, aun cuando le tocaba a él tener a los niños y ella tenía el fin de semana libre. Era mejor para Mikey. Terry volvió a centrarse en Jan y ella volvió a convertirse en su objetivo, al cual vigilaba.

—Tracey nos rogaba que volviéramos a estar juntos. Cuando su padre venía a dejarlos después del fin de semana, lloraba, ¿sabes? Decía que se sentía muy solo, que yo le había apartado de su familia. Al principio Tracey trató de hacer que volviéramos. Luego se hartó y se limitó a estar resentida conmigo.

Jan me contó que Tracey estaba al corriente de la violencia. Había presenciado muchas discusiones de niña. Su carita era como una luna en la oscuridad de la puerta de su dormitorio, mientras Terry recorría la casa entre bravatas y estrépito.

—Y luego pasó lo de la escopeta —indicó Jan.

—¿Cuándo ocurrió lo de la escopeta? —pregunté—. ¿Qué es lo de la escopeta? Hablas de ello como si yo lo debiera saber.

—Ya te he hablado de eso.

—No es verdad.

Jan volvía a dar vueltas, regresando en el tiempo y saltándose partes importantes de la historia.

—Te lo contaré otro día. Fue más o menos en la época en que mató al pollito de Tracey. A Kiev.

—Espera —la interrumpí—. Me dijiste que el gato había matado al pollo.

—No dije eso —repuso Jan—. Eso es lo que le conté a los niños.

—Es lo que me contaste a mí. Sentada en el mismo sillón donde estás ahora. El otro día dijiste que el gato mató al pollo.

Jan soltó un suspiro. Parecía irritada. Yo estaba desconcertada. ¿Cuánto de lo que me había contado era verdad?

—Creo que fue una de esas cosas en las que cuentas una mentira durante tanto tiempo que en tu mente se convierte en verdad, pero no, sin duda fue Terry quien mató al pollo. Lo hizo de forma deliberada.

Ya era la última hora de la tarde y en la ventana, por detrás de Jan, las jacarandas emitían suaves destellos bajo el sol inclinado. Jan llevaba varias horas hablando y yo no estaba más cerca de la verdad ni de los detalles sobre la Tracey de quince años que me ayudarían a rellenar la última década de su vida, la década en la que pasó de ser una chica feliz a una mentirosa patológica y una estafadora que se inventó su propio cáncer para desplumar a la gente. Sin embargo, en cada sesión sí conocía un poco más a Jan. Dentro de la historia de cada madre está la historia de su hija, escondida como una muñeca rusa. Me fui para ir a recoger a Maddy. La guardería te multaba si llegabas tarde.

Al día siguiente, mientras cruzaba Glebe Point Road con Maddy agarrada de la mano de camino a la guardería, vi a Tom y a Jess caminando por el otro lado de la calle. Ella iba echada sobre su hombro y él le había pasado un brazo por detrás para meter la palma de la mano en el bolsillo trasero de los vaqueros de ella. Recordé momentos en los que él había tratado de cogerme de la mano cuando caminábamos juntos por la calle y yo la soltaba. A mí no me gustaban mucho las muestras de cariño en público. Se lo dije porque yo misma quería creerlo así. Vi su aspecto feliz y normal, cada uno en comunión con el otro, y retrocedí para esconderme tras una hortensia y nadar en silencio durante un momento en medio de un mar de arrepentimiento. Maddy me preguntó qué estaba haciendo y dijo en voz alta que quería irse ya a la guardería. No era la primera vez que pensaba en lo implacables que podían ser los niños con respecto a las emociones adultas que los rodeaban, desconcertándolos.

Esa misma noche, yo estaba sentada en mi habitación trabajando con el ordenador. Había recibido otro encargo como trabajadora independiente, esta vez de un antiguo contacto que ahora trabajaba en el sector de la belleza. Estaba escribiendo un texto fragmentado sobre lápices de labios para una página web sobre pruebas de maquillaje. Era increíblemente fácil. Solo había que buscar diferentes formas de decir que este o aquel lápiz de labios te haría resultar más follable, lo cual, para las mujeres inseguras, es lo mismo que decir digna de amar. Supuse que esas mujeres tendrían una representación más elevada entre las lectoras de una página web sobre lápices de labios. El trabajo estaba mal pagado, solo setenta y cinco centavos por palabra, pero resultaba fácil de hacer mientras yo estaba medio dormida y medio entonada, que era como me encontraba esa noche. Desde la mesa miraba hacia la higuera, que de vez en cuando, cuando la brisa le hacía temblar, crujía con fuerza. Había comprado un aparato que se conectaba a los enchufes eléctricos y ahuyentaba a los mosquitos. Emitía un producto químico silencioso que parecía matarlos o mantenerlos alejados. Mientras escribía unos párrafos sobre Blood Diamond, al que califiqué como delicioso y nacarado, definitivamente un color apropiado para una cita nocturna, sonó la señal de mi buzón de entrada. El correo era de Jan y en el asunto decía: «Vale, aquí va».

Hola, Suze:

Lo cierto es que me resulta más fácil escribir esto. Espero que te sirva para rellenar los espacios en blanco que puedas tener.
Lo de la escopeta.

Ocurrió después de que nos mudáramos a Broadbeach. Habían pasado varios años y Terry todavía seguía sin firmar los papeles del divorcio. Estaba llegando el momento en que yo necesitaba que lo hiciera porque el pago de la prestación familiar dependía de que yo fuese madre soltera. Necesitaba el dinero y los de asuntos sociales habían empezado a hacer preguntas y a pedir pruebas de que yo estaba sola. Terry dijo que le había dado por la caza y que se había comprado una escopeta. Solía llevarse con él a los niños los fines de semana, cosa que horrorizaba a Tracey, claro, porque ya sabes cuánto le gustaban los animales. A ella le espantaba, pero a Mikey le encantaba. En fin, que hubo algún problema con la escopeta, Dios sabrá qué pasó, y Terry trajo esa cosa a nuestra casa. Decía que tenía que esconderla. Por supuesto yo me negué, pero él insistió y montó un lío delante de los niños. Al final cedí y la guardó en lo alto de un armario.

Un día llegué a casa del trabajo con los niños, agotada, ya sabes. Estaba haciendo turnos de doce horas en el hospital para poder pagar las facturas. Sabía que no podía presionar a Terry, pero ya me estaba hartando de que él estuviese viniendo a casa a todas horas. Necesitaba alejarme de él, establecer límites, así es como lo llaman. Él tenía que firmar los papeles, pero no lo hacía. Y aquel día cuando llegué a casa, allí estaba, en la mesa de la cocina, con la escopeta. La había sacado y la estaba limpiando con un trapo. Tenía una botellita de aceite al lado y estaba acariciando esa cosa como si fuese su mascota o algo así. Le dije: «Terry, ¿qué haces aquí? Guarda eso». Él contestó que tenía que limpiarla o se quedaría atascada, quedaría inservible y todo ese dinero habría sido en balde. Dijo que era lo único que de verdad le gustaba y que yo no lo entendía porque no sabía cómo cuidar de las cosas valiosas, que nunca había sabido. Probablemente en eso tuviera razón, ja, pero no porque no quiera. Decidí dejarlo estar y empecé a preparar la cena. Los niños se fueron a ver la televisión y él se quedó ahí sentado, mirándome, aplicando cada vez más aceite a su maldita escopeta mientras yo daba vueltas preparando las patatas y los huevos o lo que fuera. Me dice: «Prepárame una cena más». Yo contesto: «¿Qué?», y él me dice: «Prepárame una cena más como esposa y te firmaré esos papeles que tanto quieres». Pensé, bueno, vale. Dijo que quería chuletas y yo tenía algunas, así que me dispuse a cocinarlas. Mientras estoy en los fogones, cocinando, él se limita a estar ahí sentado, sin hablar. La tele está encendida en la habitación de al lado. Me giro y tiene la escopeta levantada, amartillada, apuntando hacia mí. Me está mirando con los ojos entrecerrados por el visor ese (no sé nada de armas y me alegra que sea así). Me di un verdadero susto y solté un chillido. Él se ríe y dice: «Tranquila, Jan, que no está cargada. Solo estoy practicando puntería. Dios sabe que tu culo es un objetivo lo bastante grande». «Ya estamos», pensé, pero sigo preparando la cena y pensando «Dios mío, por favor, que cumpla su palabra. Solo tengo que darle unas chuletas. Unas chuletas y seré libre». Él está sentado en la mesa con la escopeta amartillada y lista, conmigo en el punto de mira, y me sigue mientras voy a por el té. Intento mantener la calma, no hacerle caso, porque sé que quiere hacerme saltar. Yo sabía que lo que estaba haciendo era estrujar al máximo lo poco que le quedaba de poder. «Pues que siga estrujando», pensé, que haga un último intento antes de dejarme ir. Llamo a los niños para que vengan a comer y Terry deja la escopeta. Ellos entran haciendo ruido. Solo quieren engullir su comida y volver a irse para seguir viendo *Home and Away* o lo que sea. La verdad es que si Terry no hubiera estado allí, habrían estado cenando delante de la televisión, que es lo que hacíamos la mayoría de las noches, pero yo sabía que a Terry no le gustaría, así que se lo oculté.

En fin, que Terry empieza a meterse con los niños por sus modales en la mesa y le da a Mikey un coscorrón en la cabeza. La tomó con ellos y los niños ya no estaban acostumbrados a eso porque yo les daba un poco de libertad. Veo que me está poniendo a prueba, esperando a que intervenga y le diga que les deje en paz. Siempre ha habido una línea muy delgada con él. Quería que yo me convirtiera en el objetivo diciéndole que parara. ¿Cuánto hay que dejar que moleste a los niños antes de intervenir? Porque sabes que una vez que lo hagas, te tiene en sus manos y, desde ahí, todo irá a más y será peor para todos, sobre todo para los niños. Así que yo siempre tenía que guardar el equilibrio y soy la primera que dice que muchas veces lo hice mal y dejé que pegara a los niños o los humillara por alguna cosa sin importancia, pero esa noche yo estaba harta, cansada y muy enfadada, furiosa, ya sabes, porque no me dejaba en paz. Me invadía una sensación muy real de rabia por tener siempre que dar, dar y dar a ese cabrón y que él fuera como el genio de una lámpara con todas sus exigencias, sin parar de insistir. De modo que le dije que dejara en paz a los niños. A ellos les dije que podían dejar sus platos en el fregadero y después ir a ver de nuevo la televisión. Él dijo que se quedaran ahí. Los niños se quedaron inmóviles. Notaron algo en su voz. «Vuestra madre quiere que firme los papeles del divorcio», dice. «¿Qué os parece a vosotros?». Yo dije: «Terry, no los metas en esto». Entonces, mira a los niños, que están como con la mirada baja, avergonzados, ya sabes, mirando al suelo; extiende la mano y les toca la cara y les acaricia las mejillas, y dice con mucha ternura: «Puedo firmar los papeles si es lo que quiere vuestra madre o puedo ir a por los cartuchos de esta escopeta y volarle los putos sesos. Esta noche. Vosotros decidís».

En ese momento, me entra miedo y trato de pensar si tiene esa cosa cargada y si he visto que tenga cartuchos en el cañón. Y pienso que seguro que no, seguro que no. Mikey empieza a lloriquear de inmediato, levanta los ojos hacia mí y está lleno de miedo; esa mirada me la llevaré a la tumba. Sin embargo, Tracey está calmada. Le mira directamente. Inclina un poco el mentón y su voz suena firme cuando habla. «No tienes cartuchos, papá», dice. «Sí que tengo, joder», le contesta él, «y puedes ir tú a traérmelos. Están en el armario». «No, papá», dice ella, «los he regalado», y empieza a contar una historia de que su amigo Tim estaba en el club de tiro del colegio y que había venido el otro día y necesitaba cartuchos para su excursión a Caboolture y que ella le había dado los cartuchos porque sabía que a Terry no le importaría. Le da todo tipo de detalles, se lo cuenta todo, ya sabes, de tal forma que todos estamos distraídos. «Lo siento, papá», dice, con cara de no haber roto un plato y mirándolo directamente con sus ojos azules, sin pestañear ni encogerse. «No hay ningún cartucho», dice. De repente Terry cambia de expresión, me mira y dice: «Ve a por esos putos papeles». Yo voy a por ellos, los firma y, después, da un beso a los niños y se va.

Al día siguiente los presenté y sentí como si me quitara un peso, como si hubiese estado nadando debajo del agua con pesos en los tobillos durante años. ¡Por fin pude salir a la superficie y notar el sol en la cara! Después de que Terry se fuera, miré en el armario y había una caja llena de cartuchos de escopeta. Tracey no tenía ningún amigo que se llamara Tim. Se lo había inventado todo. Le había contado un cuento para protegerme. Y a eso es a lo que me aferro. A pesar de que fuera entonces cuando empezó a mentir. Luego se convirtió en algo malo, pero empezó a hacerlo por una buena razón. Me sirve de consuelo, un poco, al menos, y ahora mismo es lo que necesito.

Espero que te sirva de algo.

Un poco desordenado, pero ahí lo tienes.

Con cariño, Jan.

P. D.: Besos a esa hijita tuya tan rica.

Miré hacia los crujidos de la higuera y pensé en Maddy, dormida en la habitación de al lado, y en lo puro que era el mundo que compartíamos. En realidad, eso era lo bueno de ser madre soltera con una sola hija. No había nadie más que mediara en nuestra relación ni se entrometiera, nadie más cuya opinión hubiera que tener en cuenta, ninguna otra experiencia que se entrecruzara ni otra persona con quien pudiera surgir un conflicto de lealtades. Eso quería decir, esperaba, que no había nada subterráneo que pudiera aparecer en Maddy como había pasado con Tracey. Sin embargo, también sabía que el hecho de mantener la mirada vigilante sobre alguien, tener a esa persona en tu punto de mira en todo momento, no garantizaba que lo vieras del todo. Podían formarse lagunas incluso bajo las aguas más tranquilas, sin que se vieran. La intimidad no era garantía de transparencia. Si algo me había enseñado Charlie, era eso.

Cerré el correo electrónico, sin hacer caso a uno de Tom en el que me preguntaba cómo estaba, y terminé mi texto del lápiz de labios. Me sumergí en una descripción sugerente de un labio rosa que era lo más para las carreras de la primavera. Yo nunca había ido a las carreras de la primavera, pero no importaba. Todo lo que se escribe es una especie de mentira.

Capítulo diecinueve

Fue entonces cuando el dinero empezó a escasear de verdad. Estaban los pagos de la guardería, una enorme factura de electricidad, un pago retrasado de impuestos de ingresos no declarados y, a primeros de febrero, mi coche explotó, casi literalmente, cuando el radiador se estropeó por los cuarenta grados de calor que hacía en Parramatta Road. Ese fue un día terrible, de esos en los que mis lágrimas se unieron a las de Maddy y, después, mis lloros se volvieron tan intensos que ella se asustó, intercambiamos los papeles y terminamos con ella dándome palmadas en la espalda y diciéndome que dejara de llorar. Si hubiese estado sola, habría sustituido el coche por un cuatro latas coreano, pero la idea de una espantosa muerte de Maddy bajo metal destrozado en un accidente de tráfico era una de mis mayores angustias por la noche. No iba a permitir que su seguridad se viese afectada por nuestra «relativa» pobreza, así que me gasté una cantidad considerable de dinero en un coche nuevo de segunda mano. Suponía casi el total de la liquidación, con un poco que sobró por si ocurría algo más espantoso, algo como un desahucio.

No había ido a ver al tío Sam desde hacía más de un mes. Una tarde, fui con el coche nuevo hacia las afueras por la zona este para visitar a mi tío, en cuya casa estábamos viviendo. Tenía que encontrar un modo delicado de preguntarle cuál era nuestro futuro, si nos tendríamos que ir cuando él muriera. En mis conversaciones con Jan, yo me había ido convirtiendo en una experta en eludir la muerte, bordeándola y refiriéndome a ella de una forma no directa. Aunque en aquella época no parecía que Sam estuviese muriéndose, era una eventualidad que terminaría ocurriendo más pronto que tarde.

El apartamento independiente de Sam era pequeño pero elegante, estaba rodeado de libros y cubierto de alfombras persas que se imbricaban, como un rico mosaico. Daban al espacio un aspecto cálido y contrarrestaban la presencia de distintos equipos médicos que había esparcidos por allí, además de los toques propios de una residencia, como las barandillas junto al váter y el botón de emergencia de la ducha. Sam tenía ochenta y siete años y estaba en buen estado, pero su edad implicaba que se comunicara con la muerte con bastante facilidad; aparecía y desaparecía de su vida como si tal cosa, como un vecino que asomara la cabeza por encima de la valla o un perro cuyos ladridos fueran un habitual ruido de fondo.

—¿Qué tal está mi chica? —preguntó Sam en cuanto llegué.

Ahora caminaba con un bastón y tardó un largo rato en salir a abrir. Se refería a Maddy.

—Encantadora. Se enfadaría mucho si supiera que he venido sin ella.

—Esa niña es igual que tú a su edad. Exactamente igual.

El tío Sam siempre decía lo mismo. Mi madre aseguraba que Maddy y yo éramos lo único con lo que él se ponía sentimental. Aunque, por lo general, seguía estando lúcido, Sam empezaba a perder la memoria, que se deshilachaba por los bordes como una de sus viejas alfombras. Tenía el mismo aspecto de siempre, con la frente alta, una nariz clásica y un elegante pelo blanco que resultaba especialmente fuerte para alguien tan mayor, pero al igual que todas las personas blancas y muy mayores, parecía como si se hubiese quedado sin color, como si se hubiera ido despojando poco a poco de cualquier tipo de pigmento: tenía el pelo blanco, la piel pálida y los ojos, antes de un azul intenso y tirolés, también blanquecinos. Beverley decía que el tío Sam era «uno de los últimos solteros de oro» y fantaseaba con que era el tipo de hombre que había rehuido el compromiso nupcial a cambio de una vida de libros y trabajo y una caballeresca búsqueda del placer, quizá interrumpida por alguna que otra discreta aventura amorosa. Parecía que nunca se le había ocurrido que esa aventura no fuera con una mujer. A Beverley se le daba bien omitir de su campo de visión ciertos factores, cosas que no le parecían bien o que le resultaban incómodas en algún sentido, y yo nunca le había contado lo de mi descubrimiento del sorprendente almacén pornográfico del tío Sam. Beverley leía los periódicos todos los días, en papel, estaba educada e informada y, al parecer, ahora votaba a los verdes. Por tanto, en teoría estaba de acuerdo con los derechos LGTBI+, pero también estaba influida por los valores de los años cincuenta y el valor de las apariencias. Yo también sospechaba que su vanidad femenina implicaba que le costara creer de verdad en la homosexualidad. Cada vez que surgía en alguna conversación, siempre decía con tono enigmático que algunos hombres pasaban por «fases».

Cuando era niña el tío Sam había sido para mí una presencia constante y amable. Aparecía en cenas y almuerzos; traía vino y siempre un libro para mí, sin envolver, porque esos libros no eran un regalo como tal, no eran algo tan frívolo. Suponían mi educación literaria y moral. O el tío Sam tenía una buena secretaria o un instinto perfecto para saber lo que les gustaba a las niñas. Me traía libros de *Milly-Molly-Mandy* y *Ana de las Tejas Verdes*, montones de novelas de Enid Blyton, *Siete chicos australianos* y, luego, en un magnífico cumpleaños, apareció con una edición de lujo de *Mujercitas*, que engullí a lo largo de una apasionante semana. Sam era uno de esos adultos que parecen tener acceso a una reserva personal de diversión, un tesoro privado de alegría que había decidido no compartir. Se reía, se iluminaba y sonreía con cosas que decía mi madre y a mí me gustaba verle en la mesa del comedor con otros adultos, sin decir mucho pero escuchando con atención y siempre encontrando algo por lo que sonreír en silencio. Cuando cruzaba la mirada conmigo, me guiñaba un ojo y, por un momento, me permitía entrar ahí, y el mundo se reducía a una conspiración entre los dos.

A veces Sam hablaba de su trabajo como abogado matrimonialista, especializado en Derecho de Familia. A algunas clientas no las podía llamar nunca a casa y otras terminaban la conversación de forma abrupta cuando sus maridos entraban por la puerta hablando en voz alta y fingían con tono impostado que era el fontanero o una llamada fastidiosa para colgar rápidamente. Había mujeres que pagaban en efectivo porque la chequera estaba controlada y había otras desesperadas por que sus maridos tuviesen una aventura para así poder demandarlos. Esas mujeres atraían a vecinas guapas, a compañeras de trabajo cautivadoras o, a veces, a voluptuosas amigas para ponerlas bajo las narices de sus arrogantes maridos con la esperanza de que alguna llamara su atención y así fijaran la vista en cualquier otra cosa que no fuesen ellas. Todo cambió cuando el Gobierno dirigido por Whitlam publicó la ley sobre el divorcio sin culpa y se abrieron las compuertas. Según decía el tío Sam, si querías una prueba indiscutible de las muchas formas en que la institución del matrimonio no atendía a las mujeres, solo había que ir a la sala de espera de su bufete de Macquarie Street un día cualquiera de 1976. Lo llamaba «el triste éxodo».

¿Qué habían pensado de él, de ese hombre cosmopolita, lacónico y alto, tan atractivo y amable, que les proporcionaba un alivio silencioso, colocándose entre ellas y sus maridos enfadados, exigentes y gritones? Sam absorbía el impacto de toda esa porquería masculina y protegía a sus clientas de las amenazas y advertencias de los hombres que habían prometido amarlas y protegerlas. Yo siempre me imaginaba que al menos una o dos de esas mujeres desesperadas debían de haberse enamorado de él, igual que su amiga Gina, por cuya muerte le presentaba ahora mis condolencias.

—Gracias, cariño —dijo—. Era una chica encantadora, muy alegre. Yo creía que viviría más que yo, sin duda alguna. Es de lo más peculiar verte en esta situación, ver cómo se va muriendo un amigo tras otro. Resulta muy extraño. Hace que, a veces, me sienta como un personaje de poesía.

—¿En qué sentido? —pregunté.

Las conversaciones con mi tío Sam siempre eran interesantes. Su aversión por las conversaciones triviales venía de antiguo y no tenía nada que ver con el hecho de que se le estuviese agotando el tiempo.

—Te conviertes en el guardián silencioso de muchas cosas —contestó—. Pequeños detalles de una persona, cosas que jamás se repetirán, una rareza en el ADN, en las circunstancias, el entorno o lo que sea que contribuye a formar la singularidad de una persona. Cada una cuenta con una serie de cosas que la hacen única. Y cuando esa persona se va, tú pasas a ser el receptáculo de esa singularidad. ¿Té?

Acepté y me ofrecí a prepararlo, pero Sam me hizo una señal para que me quedara sentada.

—Deja que sea útil por una vez. La enfermera Cherry me dice que no esté demasiado tiempo sentado, por mi circulación. Así que allá vamos. Dame un minuto.

Inició el proceso de levantarse del sillón, que empezó estirando sus huesudas piernas hacia fuera y llevando hacia atrás sus pies con mocasines para poder impulsarse en la silla con la suficiente fuerza como para levantarse. Con un salto de bailarín, las piernas dobladas y los brazos extendidos, aterrizó de pie.

Soltó un gemido de placer.

—¡Es como botar un barco!

Encendió el hervidor y dispuso un par de tazas de porcelana en una bandeja, preciosas como unas flores que acabaran de abrirse bajo el sol.

—¿Y qué era lo que hacía a Gina tan singular? —pregunté mientras esperábamos.

—¡Ah! —Puso té en la tetera, midiéndolo con cuidado—. Muchas cosas. Estuvo en el Ejército de Tierra durante la guerra cuando era una jovencita, arreglando tractores en el oeste de Nueva Gales del Sur. Me contó que cuando estuvo allí tuvo una aventura con el hijo de un hortelano chino. Decía que nunca se lo había contado a nadie. Dio en adopción al hijo que nació de aquello y volvió a verlo cuando él tenía cincuenta años y vivía en Chatswood con su perro schnauzer. Después del encuentro, él no quiso volver a verla. Espantosamente triste. Decía que siempre se preguntó si, de haber sido otra persona, él habría querido tener relación con ella. Decía que merecía aquel rechazo.

—Sí que es triste...

Pensé en qué se sentiría al dejar a un niño, en la imposibilidad de poder vivir tranquilamente después de hacer algo así.

Sam echó agua en la tetera y se quedó mirándome mientras la dejaba en remojo.

—Sí, pero era una mecánica estupenda y nunca sintió pena de sí misma. Leía muchos relatos cortos porque decía que ahora, si empezaba una novela, no estaba segura de si la terminaría. Entraba aquí y se sentaba conmigo para escuchar la radio o charlar un rato, para leer y, a veces, para coser. La enfermera Cherry tiene una enorme colección de hijos, un sinfín de ellos, y todos van por las calurosas calles de Manila con gorros hechos por Gina.

Sam levantó la tapa de la tetera y miró el interior.

—La barriga le soltaba unos rugidos tremendos —continuó—. Ella decía que tenía que ver con la operación de intestino que le habían hecho. Sobre las once y media su barriga empezaba a gemir y borbotear como un bebé rabioso.

Sam sirvió el té con la pericia de una anfitriona japonesa y me acercó una taza a donde yo estaba sentada. Después se volvió a sentar en su sillón, cosa que consiguió realizar con una mezcla de destreza y suerte.

—La echo muchísimo de menos —dijo—. El ruido del vientre es una cosa muy íntima.

—Brindo por Gina —propuse, levantando mi taza.

—Por su memoria —contestó Sam antes de chocar su taza con la mía.

—Y por tu recuerdo de ella.

Nos quedamos sentados en silencio un minuto. Escuché un cúmulo de pequeños ruidos en el ambiente que nos rodeaba: el traqueteo de un carrito del té por el pasillo, la suave llamada a la puerta y el saludo profesional de la enfermera pidiendo permiso para entrar en el apartamento de al lado, el rugido de una motocicleta que se alejaba por la calle… Me pregunté por un momento qué pasaba con el patrimonio de una persona como Gina. ¿Dejó sus bienes al hijo que abandonó, al bebé que la necesitaba, que terminó convertido en un hombre que no la quería? Sería una muestra de amor desde la tumba. Mi mente estaba concentrada en la herencia y traté de pensar en formas de traer a colación la casa de

Glebe y nuestra permanencia en ella, una permanencia que Beverley parecía creer que estaba en peligro por la maldad lejana de las primas de Nueva Zelanda y sus reivindicaciones.

—Mucha gente se vuelve tonta con las herencias —dijo Sam, como si notara el giro de mis pensamientos—. Es otra de las cosas que ves cuando vives tanto como yo. No hay cosa peor que ver a unos hijos adultos peleándose por el dinero de sus padres.

—Supongo que en buena parte tiene que ver con el trato de favor —dije con tono neutro—. Todo el mundo quiere ganarse el favor de sus padres, incluso de adultos. Es natural.

—Sí, pero un adulto hecho y derecho no espera resolver con dinero los problemas de su infancia.

Yo pensé que había bastantes adultos que sí, fuesen o no hechos y derechos, pero me guardé ese pensamiento. Me pregunté si él mencionaría el tema de la casa. Tragué saliva.

—Tío Sam, yo... —empecé.

Mientras hablaba, sonó un fuerte golpe en la puerta y apareció la enfermera Cherry. La llamada en la puerta era una formalidad, una cortesía. En un lugar como este, la falta de respuesta no suponía que el que llamaba no fuera a entrar.

—¡Las medicinas de media mañana! —canturreó al entrar.

La enfermera Cherry era bajita y de piel firme, con unas caderas que se abrían maravillosamente desde una cintura que podría haber rodeado con mis manos.

—El señor Hamilton es mi cliente favorito —me explicó.

—Te presento a mi sobrina nieta, Suzy —dijo el tío Sam—. Suzy, esta es Cherry, mi enfermera favorita.

—Bueno, es que todas las demás enfermeras son unas brujas terribles —contestó Cherry. No supe si estaba bromeando—. Así que no es un gran piropo, pero lo acepto.

—Cherry es muy franca —me explicó Sam—. Por eso me gusta.

Cherry revoloteó alrededor de Sam. Se sacó un termómetro del bolsillo de arriba y abrió el brazalete de la presión arterial como si fuese un lazo. Dirigió la mirada hacia el techo mientras escuchaba con el estetoscopio y nos quedamos en silencio.

—La presión arterial es buena. Bien. El señor Hamilton es también mi mejor paciente —añadió.

—No estoy enfermo. Solo viejo.

—Un cuerpo viejo y un espíritu joven —respondió Cherry antes de desconectarle del brazalete de la presión sanguínea y sacar un puñado de pastillas que cayeron como piedrecitas sobre un cuenco que le acercó—. Tome.

Sam las tragó de una en una, seguidas de un vaso de algo amarillo que Cherry le dio.

—Esto me mantiene en funcionamiento —me dijo, después miró a Cherry—. ¿Sabes que nuestra Suzy es una conocida periodista? Una escritora.

—Ohhh. —Cherry me miró y clavó en mí sus ojos afilados—. ¿Escribes para un periódico?

—Sí —contesté—. Bueno, antes. Estoy tomándome un descanso. Ahora soy más escritora que periodista.

No estaba segura de cuánto sabía Sam, cuánto le habría contado Beverley.

Cherry se estaba palpando la ropa, distraída, y parecía haber perdido interés en la conversación.

—Mis gafas. Siempre estoy perdiendo las gafas. A veces creo que estoy perdiendo la memoria por estar rodeada de tanto viejo gruñón —comentó.

Miré a Sam para ver si se había ofendido, pero él se limitó a reírse.

—Las tienes colgadas del cuello —indicó.

Cherry chasqueó la lengua.

—Adiós, escritora Suzy. Y señor Hamilton, le veo para las medicinas de mediodía.

Caminó con andar suave hacia la puerta y la cerró con un chasquido resuelto.

—Cherry suele alegrarme el día —dijo Sam mirando hacia la puerta—. Es una bromista. Dice cosas espantosas sobre los chinos, pero me hace reír. Solo ve a sus hijos dos veces al año. —Me miró con una sonrisa—. Pero hoy eres tú lo mejor del día.

—Tío Sam —volví a intentarlo.

Me invadió un sentimiento de culpa. Él pensaba que había ido para verle y hablar con él, no para preguntarle sobre mi herencia.

—¿Sí, cariño?

Cambié de dirección.

—Sabes que he dejado el periódico, ¿verdad? Ya no soy periodista.

—Sí, tu madre me lo contó —respondió—. A mí no me importa. No podría sentirme más orgulloso de ti y tengo los recortes de periódico que lo demuestran.

—¿Guardas mis artículos?

—Sí, claro. Se ha convertido para mí en una especie de pasatiempo. Se me ocurrió que algún día podrías necesitar un registro de todo tu trabajo, aunque, claro, ahora todo está en internet.

—¿Lo tienes aquí?

Señaló hacia un estante. Me acerqué y saqué un enorme álbum encuadernado en tapa dura. Dentro estaba toda mi vida laboral, mi vida como escritora, cuidadosamente pegada en orden cronológico y con anotaciones minuciosas. Estaban los primeros informes de mi breve periodo en las rondas policiales, artículos descriptivos y otros sobre el tiempo, perfiles políticos y reseñas sobre artistas y científicos que había escrito durante el almuerzo. Había investigaciones sobre gastos de dietas de políticos y una entrevista en exclusiva con la novia de un yihadista que había caído en la cuenta, con cierto retraso, de las desagradables ramificaciones de su decisión de casarse y que quería regresar a Australia. Es por la que me dieron un premio. La novia seguía todavía en un campamento de refugiados de la frontera siria.

—¿Quieres llevártelo, querida? No es problema.

Fui pasando las páginas, echando una ojeada a aquellos papeles amarillentos y fijándome en mis fotos de las firmas, que iban envejeciendo a medida que pasaba las hojas.

—Bah —respondí—. Quédatelo tú.

No podía mencionar la casa de Ruby Street. Me parecía mal hablar tan abiertamente con Sam sobre su muerte. Nuestra única forma de existir en este mundo es posponiendo pensamientos sobre la muerte de las personas a las que amamos. La muerte solo es soportable en el País de Nunca Jamás, cuando no ha ocurrido cerca de ti y no has participado en su causa.

—La verdad es que dejé el periódico bajo la sombra de una sospecha —le dije a Sam—. Me resulta duro pensar en ello. En todo lo que perdí.

—Beverley me contó lo de la chica —repuso Sam—. ¿Necesitas que yo te lo diga? Porque es la verdad: no fue culpa tuya.

—Hubo otra cosa que hice también. No me siento muy orgullosa.

Ahora Sam parecía un poco tenso y se le hundieron los párpados como los de un yonqui. Parecía haber olvidado que quería hablar conmigo sobre Ruby Street. Las pastillas le empezaban a hacer efecto. Recogí mis cosas y le dije que vendría pronto a visitarle de nuevo. Él extendió una mano hacia mí. El dorso parecía una tela de retales de injertos de piel nacarada, con venas azules tan pegadas a la superficie que la piel daba la impresión de ser endeble como el celofán. Era extraordinario pensar que había vivido casi un siglo. Ahora tenía una dirección de correo electrónico y una enfermera filipina que enviaba dinero por vía electrónica a sus hijos lejanos, un amor práctico que viajaba por las sinapsis y caminos de internet para vestirlos y darles de comer en tiempo real.

Sam me sujetó la mano con una sorprendente fuerza y tiró de mí para poder hablarme al oído en voz baja.

—Te voy a decir otra cosa desde la enorme altura de mis ochenta y siete años —anunció—. La vergüenza envejece mucho y resulta muy pesada.

TERCERA PARTE

Capítulo veinte

Pete estaba atravesando una fase hiphopera. Era una desgracia para todos los presentes, pero sobre todo para los que trabajábamos en el Little Friend, porque los clientes podían marcharse, pero nosotros estábamos atrapados durante todo nuestro turno, como los pasajeros de un extraño crucero. Al menos Pete se estaba remontando a la época más clásica, la de los noventa, aunque lo que hacía con ella era una caricatura, añadiendo guitarras, su peculiar estilo vocal y, a veces, incluso un bongó. Nada de aquello estaba bien, pero yo necesitaba el dinero y tenía pocas alternativas. Pensé en las deliberaciones de George Orwell sobre lo aburrida que resultaba la pobreza «relativa» y estuve de acuerdo; también deseé tener una herencia con la que poder contar, igual que él. Durante las semanas posteriores a mi visita al tío Sam hice más turnos y acepté más trabajos de redacción de textos publicitarios. Un amigo de un amigo necesitaba publicaciones para un blog de contabilidad, un trabajo de lo más aburrido, pero por el que pagaban razonablemente bien y era fácil.

Desde su correo electrónico sobre su ex y la escopeta, Jan había estado misteriosamente desaparecida. Volvió a escribirme para decirme que necesitaba tomarse una semana para ir a Queensland, dejar atados algunos cabos sueltos y ver a Mikey, que acababa de salir de la clínica de rehabilitación y necesitaba ayuda para volver a incorporarse a la sociedad. Me explicó que su hijo iba a vivir en «la casa», con lo que se refería a la casa de Tracey, y que podían volver a llevarse a las mascotas, que según me contó Jan habían estado con una prima que estaba sufriendo una depresión. Ahora Mikey podría encargarse de ellas. En su correo decía:

> ¿Cómo lo llaman? ¿Terapia con mascotas? Es buena para personas que se están recuperando de algo. Como la terapia equina, pero con perros. Y está también ese gato tonto.

A Jan nunca le había gustado el gato, que era de esos blancos y peludos que parecen una nube de los dibujos animados o un malvavisco con ojos. A veces hablaba con tristeza de lo joven que era, apenas un minino, y comentaba que iba a vivir más que su hija muerta. El perro sí le gustaba. No le echaba en cara su vida.

Una noche lluviosa Tom entró en el bar para esperar a que Jessica terminara su turno.

—¡Hola! —me dijo—. Esperaba verte aquí.

—Hola —contesté con menos entusiasmo.

Estaba cansadísima. Sabía que se me notaba. Últimamente la calidad de mi piel parecía estar deteriorándose rápido, como si hubiese decidido por su cuenta acercarse a toda velocidad a los cuarenta y llegar a esa meta antes de lo previsto. Yo sospechaba que era el resultado de varios años de falta de sueño y me permití soltar una pequeña y silenciosa maldición hacia Charlie. ¿Dónde estaba ahora? ¿En un yate? ¿En una zanja? ¿En algún balcón oteando un horizonte infinito? «Donde quiera que estés, te maldigo y maldigo tu libertad», pensé. Le deseé alguna especie de problema crónico, algo que no le matara pero que le provocara una incomodidad casi constante, como una soriasis o un problema de intestinos.

—¿Una copa? —le pregunté a Tom.

Jess estaba con Pete en el otro extremo de la sala, ayudándole a desenredar unos cables. Cuando miré hacia ellos pude ver la cara de Pete, deleitándose en lo hondo y acolchado de los pechos de Jess mientras ella se inclinaba delante de él.

—Tomaré una cerveza. Una rubia.

—¿Hípster o no hípster?

—Dame una de la marca más comercial posible.

—Solo tenemos locales. Toma. Al menos esta no es vegana.

—¿Hay cerveza vegana?

—Sí. Para la cerveza normal utilizan carne de cerdo en el proceso de elaboración.

Mientras empujaba la cerveza por la barra hasta llegarle a la mano, él me miró a los ojos y me preguntó cómo estaba. Le dije que bien, porque no tenía sentido decir lo contrario; además, de todos modos, no tenía tiempo para contarle las razones por las que no lo estaba. Jessica apareció por detrás de Tom y le rodeó con los brazos para darle un beso en la mejilla. Aquel gesto me dolió.

Levantó los ojos para mirar directamente a los míos.

—Gracias por cuidar de él, Suze —dijo.

No supe adivinar si su tono tenía un matiz particular o si solo se trataba de una proyección de mi culpa. Quizá percibió de algún modo que yo movía el cuerpo de una forma distinta cuando él entraba o, a lo mejor, al estar enamorada de Tom, reconocía en mí a una compañera de viaje, o creía hacerlo. Jess susurró algo al oído de Tom que no pude oír y me aparté para servir a un grupo de estudiantes que acababa de entrar.

Era una pandilla solo de chicos que tenían aspecto de universitarios, de esos que parecen recién salidos de un instituto privado masculino para entrar en una de las universidades privadas que todavía defienden los rituales de las novatadas. Yo me había criado con ese tipo de chicos y conocía su forma de tratar de convertirse en hombres sosteniendo sus identidades en una institución. Cuando entraban en la universidad, se dejaban crecer el pelo y a veces, durante el verano, iban descalzos por el campus en una demostración de lo que creían que era liberación, pero que no hacía más que reforzar la evidencia de sus privilegios. Sabían que en los jardines de la universidad no había hindúes, como tampoco en sus vidas.

—¡Señorita! —me llamó uno de ellos—. Una ronda por aquí, por favor.

Hizo con la mano un movimiento circular para señalar al grupo. Todos ellos eran intercambiables y llevaban el pelo algo largo, como un guiño a la bohemia, pero no eran creíbles: los únicos que no llevaban jerséis de *rugby* vestían camisetas polo. Probablemente se quejaran de estar arruinados en los días previos a que sus asignaciones aterrizaran en sus cuentas corrientes e hicieran gala de comer barato en los antros de pasta de King Street. Vic llamaba a ese tipo de chicos «los *nouveau pauvre*». «Te tengo calado, chico», pensé mientras me acercaba. «Te conozco».

—¿Una ronda de qué?

—De cerveza, claro —respondió.

Tenía la cara ya sonrosada por el alcohol y el pelo rubio oscuro. Lo llevaba encantadoramente revuelto, como si se lo hubiese despeinado con la mano un indulgente director de colegio.

—Claro —respondí—. Tenemos de muchos tipos. ¿Quieres elegir alguna?

—Elige tú por mí —dijo—. Pareces una mujer de buen gusto.

Si estaba flirteando conmigo, no me importó. Bajé la mirada hacia la barra. Jessica había recuperado su lugar tras el mostrador, pero estaba delante de Tom, hablaba con él. Le miraba como si estuviese hambrienta y él fuese un tentempié. Dijo algo que le hizo reír y vi cómo elevaba el mentón dejando ver una pendiente de cuello vulnerable.

Serví a los universitarios cinco vasos grandes de la cerveza prémium más cara que teníamos. Trevor estaría encantado conmigo. Di un toque en el hombro al chico del pelo rubio, que estaba de espaldas a mí, y le dije el precio. Sin girarse, sacó una tarjeta de crédito de la cartera y me dijo que le abriera una cuenta. Mientras daban sorbos a la cara cerveza, pude oír que hablaban de una chica que conocían. El rubio dijo que estudiaba Filosofía y uno de sus amigos comentó que las estudiantes de Filosofía eran «como una versión follable de las feministas». Menos mal que era yo la que estaba sirviéndoles y no Jess. Ella les habría tirado el cuenco de palomitas sobre la cabeza. Me acordé de las palomitas y les acerqué un par de cuencos. Creo que el rubio dijo «Gracias, muñeca» cuando me alejaba, pero no estaba segura.

En el otro extremo de la barra, Jess estaba inclinada muy cerca de Tom. Busqué a mi alrededor algo que hacer. Era viernes por la noche, pero la lluvia había ahuyentado a la gente. Aparte de Tom y los universitarios, solo había unos pocos clientes. Entre ellos había una pareja que claramente era una cita de Tinder. La chica estaba acariciándose su larga melena con gesto nervioso, como si fuese su apreciada mascota. También había una pareja de chicos gais que estaban tan sincronizados, tan asentados como pareja, que se parecían entre sí. Después de limpiar algunas mesas y recoger algunos vasos vacíos, miré por la barra en busca de más clientes. Al ver que no había ninguno, cogí mi libro de su hueco, al lado de la caja registradora, y me apoyé en la barra para leer. Era *El filo de la navaja,* de Somerset Maugham. Tom me lo había prestado hacía muchos meses.

—El personaje principal es una especie de tocapelotas —me había dicho entonces—. Pero si descartáramos los libros estupendos por este motivo, no habría libros estupendos.

Tras dos capítulos, estuve de acuerdo con el comentario de Tom, pero el libro me interesaba sobre todo por los escenarios: el protagonista, en su huida de todo tipo de compromiso o relación responsable, serpenteaba por Europa y asistía a grandes fiestas. Hacía cosas que yo no podía hacer. Estaba entregado a una vida intelectual, pero de vez en cuando era capaz de resurgir en busca de un *coq au vin* y una copa de Borgoña en un buen restaurante. Pensé que yo también podría entregarme a una vida intelectual en esas mismas condiciones.

—Maugham, ¿eh? —comentó el rubio. Se había separado de sus amigos para pedir otra ronda. Parecía el gorila jefe del grupo, ya fuera un rol que le habían asignado o que se había dado a sí mismo—. Estudio literatura —indicó guiñándome un ojo, como si me estuviese contando un secreto obsceno.

—Yo pensaba que ya no se estudiaba a Maugham en la universidad —respondí—. Creía que estaba pasado de moda.

—No está en el temario —repuso—, pero trato de no ceñirme solo a los programas. —Otro guiño.

Tuve una visión futura de él más viejo, de abogado o quizá de director de valores de renta variable en un banco. Sería del tipo de hombres que se refieren a otro como «campeón».

—Ya veo. ¿Otra ronda? —pregunté.

—Ponnos otra.

Como no me ordenó otra cosa, le serví cinco vasos más de la carísima cerveza vegana. La siguiente media hora pasó apaciblemente. Estuve leyendo de forma intermitente párrafos de mi libro —el tipo estaba en París, y al rato había regresado a Londres— mientras el rubio volvía una y otra vez a por más cervezas, parloteando un poco mientras esperaba a que se las sirviera. Comentó que se llamaba Oliver y no me había equivocado en lo de que vivía en el campus, aunque explicó que era «asesor estudiantil», lo que parecía que quería decir que actuaba como una especie de vigilante de pasillo y mentor. Era unos años mayor que los demás estudiantes y tenía una habitación mejor. Me contó que estaba revisando a «los grandes», refiriéndose a todos los famosos autores masculinos estadounidenses que escribían sobre mujeres como si fantasearan mucho con ellas, pero jamás hubiesen conocido a ninguna y, menos aún, convivido con alguna. Oliver se definió como un tipo «del primer párrafo».

—Se habla de la prueba de la primera página, pero, para mí, es el primer párrafo —explicó—. Si no me atrapa ahí, no me interesa.

—Una pena para los grandes de la literatura —dije—. Algunos no entran en calor hasta el segundo párrafo. O incluso el tercero.

Jess iba a salir a las diez. Se había ofrecido a quedarse hasta el cierre, pero insistí en que se fuera antes. Le dije que yo cerraría, porque quería estar alejada de ella y de Tom todo lo que fuera posible. Sobre las diez y diez entró al bar un hombre vestido de licra, con su ajustada piel verde fluorescente lanzando destellos con las gotas de lluvia. Sus zapatillas de ciclismo chasqueaban de tal forma que se podían oír por encima de la versión tradicional de *Fuck tha police* que estaba haciendo Pete. El ciclista llevaba en la mano un sobre grande.

—¿Suzy Hamilton? —llamó en voz alta.

Nos miró a Jess y mí, trataba de adivinar a cuál nos sentaba mejor ese nombre.

—Soy yo —respondí, sorprendida.

—Le traigo un sobre.

Me lo dejó y se fue entre los chasquidos de sus suelas, deteniéndose en la puerta para agitarse, como un caballo mojado, antes de adentrarse en la noche.

—¿Qué es? —preguntó Jess—. ¿Quién cojones te envía algo a las diez de la noche de un viernes?

No lo sabía y me mentí pensando que podía haber mucha gente que hiciera algo así, que no era tan raro. Quizá hubiese comprado algo por internet, puede que estando una noche borracha mientras escribía el texto publicitario sobre los lápices de labios, y me había olvidado y ahora había llegado y me lo reenviaban a mi lugar de trabajo. Este razonamiento, como tal, no tenía ningún sentido, porque no había nadie en mi casa que pudiera reenviarme el correo. Maddy se había quedado a dormir en casa de Beverley. Ya llevaría varias horas dormida. Tendría las piernas sobre la almohada y el aire que la rodeaba estaría caliente, bañado con su olor a galleta.

Jess se quedó mirando mientras yo abría el sobre. Lo rasgué por un lado y, con cuidado, vacié su contenido sobre la barra. Salieron cinco o seis objetos blancos y nacarados, como unos dados en miniatura. Eran dientes, dientes de bebé, por lo que parecía. Sentí una desagradable sacudida en el estómago. Busqué alguna nota, esperando que el sobre me arrancara la mano. Había una, tan cuidadosa y cortésmente escrita como siempre.

Querida señorita Hamilton:

¿Te has olvidado ya de Tracey? Estos son sus dientes, todos los que todavía guardo. Tracey no creía en el ratoncito Pérez. Desde jovencita supo que era una mentira de mierda, pero nos seguía la corriente para agradarnos y para que le diéramos el dinero. Hay partes de ella por todas partes. Al menos, para mí. He pensado que tú también deberías tener partes de ella. Se me ha ocurrido que te podría interesar.

—¿Qué coño…? —Jess cogió uno de los dientes de la barra y le dio la vuelta en su mano.

—No —dije—. No es más que una pirada de cuando trabajaba en el periódico. Todos los periodistas terminan recibiendo algo así antes o después. Lo llamábamos «correo loco».

—Pero ¿por qué siguen enviándote esto? —preguntó—. Ya no trabajas en el periódico. Ya no eres periodista.

—Esperas ver la lógica en una persona que no la tiene —le contesté cortante.

Le dije a Jess que se fuera, que Tom y ella deberían ir a tomar una copa a algún sitio que no fuera ese. Le aseguré que estaba bien. El bar se había vaciado y solo quedaban los universitarios, que eran fáciles de tratar. Recogió su bolso y Tom le colocó la mano en el trasero. Él se giró y me hizo un pequeño saludo al salir, antes de bajar el mentón bajo la lluvia y salir a la calle.

Miré los dientes del mostrador como un reproche hacia mí. Maddy no había perdido ningún diente todavía, pero ya habíamos tenido muchas conversaciones sobre el ratoncito Pérez. Ella quería saber cuándo se le iban a caer los dientes y yo le había dicho que se le caerían cuando tuviera siete años, que quedaba lo bastante lejos y futuro como para que a ella le pareciese algo ficticio. De todos modos, no creo que ella considerase el futuro. No necesitaba hacerlo porque yo me estaba encargando de ello, igual que de todo lo demás. Yo guardaba una caja del tesoro azul con cosas de Maddy: su pulsera identificativa del hospital, de cuando nació, con la tira cortada y la letra de la enfermera borrosa, un mechón suave de su primer corte de pelo, varios de sus dibujos abstractos —últimamente estaba atravesando un periodo de piruletas psicodélicas y dibujaba remolinos de piruletas en fila, como si estuviese plantando un jardín de caramelos—. En la caja también había ropita de bebé de la que no soportaba tener que deshacerme: un gorro de lana que le cubría la cabeza como la cáscara de una nuez, un vestidito rosa con unas braguitas a juego que se le ajustaban a su culo acolchado con el pañal, y una foto de Maddy, Charlie y yo que nos hicieron en una boda, cuando ella era muy pequeña, de apenas tres meses. En ella llevaba un blusón blanco con bordados que le había comprado por internet y parecía una bebé rabiosa en su propio bautizo. En la foto yo la estoy mirando a ella y Charlie mira a la cámara, con los ojos entrecerrados, como si tratara de ver a través de ella. Era la única foto que tenía de nuestra pequeña familia antes de que se dividiera, como células cancerígenas. Imaginaba que Maddy podría quererla algún día. En esa misma caja del tesoro esperaba poder guardar los dientes de Maddy cuando se le cayeran de su boquita húmeda y roja como la de un gato.

Aquello, en ese momento, era demasiado. ¿Por qué me enviaba Jan más material genético de su hija muerta? Sentí cierta rabia, esta vez en forma de hormigueo y punzada en la cabeza, aunque podría ser por la deshidratación y el cansancio, un cansancio sin fondo, pesado, que se me agarraba a los tobillos. Miré a los universitarios, que estaban enfrascados en su conversación y aparentemente en medio de su última ronda de cervezas. Cogí el bolso de debajo de la barra y saqué mi teléfono. Un mensaje de Tom iluminó la pantalla: «Me ha alegrado verte», decía y añadía una carita sonriente que no hizo más que fastidiarme. Antes me enviaba el emoticono del beso o la cara con los ojos saltones en forma de corazón.

Llamé a Jan. Era tarde, pero sufría insomnio.

—¿Sí? Es muy tarde para ti, Suzy Q.

—Estoy trabajando esta noche. Oye...

—¡Te estoy oyendo!

Jan parecía muy animada. Se oía música de fondo. Dolly Parton lanzaba aullidos sobre Jolene con el estridente acompañamiento de varias voces femeninas.

—Estamos celebrando una pequeña fiesta —dijo Jan, soltando el aire con fuerza sobre el auricular—. Supongo que podría decirse que es una especie de velatorio. Han venido algunas amigas de Tracey y mis primas. Como sabes, son mi única familia.

No lo sabía, pero a menudo Jan no recordaba lo que me había contado y lo que no. Supuse que tenía que ver con su costumbre de no establecer límites. Si no estaba segura de dónde terminaba ella y empezaban los demás, tenía sentido que atribuyera a otros conocimientos que, en realidad, pertenecían a su propia conciencia.

—Eso está bien —respondí—. No voy a entretenerte mucho.

—Yo siempre tengo tiempo para ti, Suzy. Dame un minuto mientras busco algún otro sitio más agradable y tranquilo.

Oí cómo se acercaba a la voz de Dolly. Después la voz se desvaneció. Soltó un resoplido en el teléfono y a continuación se cerró una puerta.

—Ya estoy sola. ¿Qué tal?

—Acabo de recibir tu paquete. En el trabajo. A las diez de la noche de un viernes.

—¿Sí? ¿Qué paquete, cariño?

—¿Es que hay más de uno? El de los dientes.

—¿Los dientes de quién? ¿Qué dientes?

—Los dientes de Tracey.

—¿Te han dado los dientes de Tracey? —Elevó la voz—. ¿Por qué? ¿Por qué tienes tú sus dientes? ¿Por qué se los iban a quitar?

—Son sus dientes de leche —repuse.

Me giré hacia la barra y cubrí el teléfono para tratar de tapar la música de Pete, que apenas pude reconocer como una versión a capela de *Brown skin lady,* de Black Star. Esto se estaba volviendo un absurdo.

—¿Cómo es que tienes tú sus dientes de leche?

Jan hablaba ahora en voz baja, con un sollozo que le sofocaba la voz.

—¿Qué quieres decir? Tú me los has enviado, por eso los tengo.

—Yo no tengo los dientes de leche de Tracey. ¡Creía que se habían perdido! —gritó Jan, con tanta fuerza que me tuve que apartar el teléfono de la oreja—. Los estuve buscando. ¡Miré por todas partes! Creo que se los llevó su padre. Después de firmar aquellos papeles se llevó cajas llenas de cosas de la casa de Broadbeach. Vino mientras yo no estaba y se llevó algunas cosas. Se las llevó como si fuese un cobrador y yo le debiese algo. Hizo lo mismo después de que Tracey muriera, fue a su casa y se llevó cosas antes de que a mí me diera tiempo a llegar para impedírselo. La mayor parte de ellas no me importaban, pero sí las de los niños, ya sabes, como premios, medallas de natación y ese tipo de cosas que siempre guarda una. Los dientes de leche estaban por alguna parte, los tenía guardados en una cajita como si fueran joyas. ¿Me estás diciendo que los tienes tú?

—Sí. Es decir... —Bajé la mirada hacia los dientes, que resplandecían inocentes sobre la barra negra, con leves rugosidades que los atravesaban y sus bordes puntiagudos en la parte de la encía, desnudos—. La nota dice que son los dientes de Tracey. Supongo que podrían ser de cualquiera.

—¡Tengo que ver esos dientes! —gritó—. Yo sí lo sabré. ¡Envíame una foto! ¡Rápido!

Le dije a Jan que esperara mientras abría la aplicación de la cámara y hacía una foto. Se la envié. Pude oír cómo cloqueaba en el teléfono, como si fuese un pollo.

—Conozco esos dientes —dijo. Su voz sonó firme—. Sí que los conozco. Son los dientes de Tracey.

Mi mente repasó todos los paquetes: el cuadernillo del funeral, el mechón de pelo, el certificado de vacunación de la mascota y el libro de poemas de Plath.

—Jan, tienes que decirme una cosa. Responde sí o no. ¿Has sido tú la que me ha enviado los paquetes? ¿Todos los paquetes?

—¿Qué paquetes?

—Desde hace meses, desde que Tracey... Desde que escribí el artículo he recibido cosas por correo. Primero fue en el trabajo, en *The Tribune*, quiero decir, y ahora aquí, en el bar. Son cosas de Tracey, efectos personales, libros e incluso un mechón de pelo.

Silencio.

—¿Tienes mi mechón de bebé?

—Pues sí —respondí—, pero yo no lo quiero. Te lo puedes llevar.

—Yo lo hice —dijo—. Yo hice ese pelo. ¡Lo hice crecer dentro de mí! —Jan tenía ahora la respiración acelerada y empezaba a enfadarse de nuevo—. ¡Si tienes sus cosas, tienes que devolvérmelas!

—Lo haré.

Miré a Oliver. Me estaba observando con una mirada completamente desnuda en su intención, aunque estuviera velada por la embriaguez. Me di la vuelta y escondí mi cara en el teléfono.

—Jan, he guardado todas las cosas de Tracey —aseguré, tratando de emplear un tono tranquilizador, como un consejero de un teléfono de ayuda o una especie de policía—. Son tuyas, cuando vuelvas. Te las guardaré bien, pero ahora tienes que pensar. Si tú no me has estado enviando todas esas cosas, ¿quién ha sido?

—Es Terry —contestó. Su voz sonaba ahora calmada y seria—. Es ese loco cabrón de Terry.

Estaba sirviendo una copa cuando Oliver se acercó a la barra.

—Te estoy viendo —dijo.

Por un momento pensé que se refería a mis pensamientos o a mi alma, a que todo lo que estaba sintiendo por dentro podía verse por fuera. Entonces me di cuenta de que simplemente se refería a la botella de ginebra que estaba vaciando en un vaso, de una marca de calidad macerada con enebro. Había cortado una rodaja de pepino para el vaso, una cosa que me había enseñado mi padre.

—Ya no —respondí—. Vamos a cerrar pronto. Tú y tus amiguitos no podéis pedir más, me temo.

—¿Mis amiguitos? ¿Lo estás diciendo literalmente? ¿O te refieres a que somos unos pueriles? —preguntó. Se irguió y esperó a que me sintiera impresionada por esa palabra, o quizá perpleja—. ¿Normalmente eres así de maleducada con vuestro público?

—Para nosotros sois clientes —respondí—. Y no creo que esté siendo maleducada. ¿Lo estoy siendo?

Me acerqué la ginebra a la boca y le di un sorbo para probar el grado de la tónica, después, satisfecha con la mezcla, le di un buen trago. Había aprendido algunas cosas trabajando como camarera, camarera de copas, profesional de la hostelería, alguien a quien los tipos como este, que apenas contaban con medio grado de la titulación que yo tenía, podían hablar con condescendencia impunemente. Beverley, cuyas frustradas ambiciones tenían en mí su válvula de escape, me había dicho cuando era pequeña que tenía más talento en mi dedo meñique que todos los niños de mi clase juntos. Yo me miraba el meñique, lo movía y me preguntaba por sus virtudes ocultas. Ahora tenía los dedos alrededor de un *gin-tonic*, agarrándolo como si fuese una taza caliente.

—Eres muy insolente —dijo Oliver.

En ese momento uno de sus amigos, o persona a su cargo, se rio con fuertes carcajadas de algo que uno de los que iban con polo había dicho. Quizá fuese otro chiste sobre feministas. Al hacerlo, una de sus fosas nasales escupió un claro chorro de cerveza y él empezó a toser y resoplar como un caballo enfadado. Sus amigos empezaron a partirse de risa.

—Mira —dijo Oliver—. *Entre nous,* son un poco infantiles. A mí también me parecen agotadores después de más de dos horas en su compañía.

Pasó una mano por encima de la barra en dirección a mí. Yo la miré como si fuese un objeto, no una cosa viva que estuviese unida a una persona. La retiró.

—¿Qué haces después de cerrar?

—Irme a casa —respondí.

—¿Qué te parece si tomas antes una copa conmigo? Puedo acompañarte a casa. Es tarde para ir por la calle sola.

Mientras me pensaba su proposición, noté la agradable descarga de la ginebra por mi cuerpo y sentí que me relajaba físicamente, expandiéndome suavemente hacia fuera, como un vientre liberado de un ajustado cinturón. Le devolví a Oliver su tarjeta de crédito. Saqué el recibo de su cuenta, que ascendía a una cantidad indecible, y la metí en un discreto cuaderno de piel. Cuando me lo devolvió, contenía su tarjeta de crédito, para pagar, y dos billetes de cincuenta dólares nuevecitos para mí. Se alejó para reunirse de nuevo con sus amigos antes de que yo pudiera poner alguna objeción por el dinero, y mentiría si fingiera que esa no fue la razón, en parte, por la que me fui con él tras apagar las luces y cerrar, saltándome cualquier pretensión de ir a tomar una copa, porque él no necesitaba emborracharse más y yo prefería el sexo sobria. Me llevó por Parramatta Road, atravesando un jardín de césped tan grande y tranquilo como un mar verde, y entramos en un edificio de arenisca al que accedió deslizando una tarjeta. En su habitación, que era pequeña pero tenía unas impresionantes vistas del campus, me dedicó todo tipo de atenciones, con mucha más dulzura de la que le había considerado capaz. Me dio lo que necesitaba, el vacío que solo el sexo puede dar. Después, se quedó dormido de inmediato, como si funcionara con un cronómetro invisible. Yo me quedé mirándole un rato. Pensé que ver a alguien dormir era algo mucho más íntimo que cualquiera de las otras cosas que acabábamos de hacer en su cama. Pensé en que Tom me había fotografiado en ese estado, una tierna violación.

Oliver no me acompañó a casa, pero no le culpé por ello. Me escabullí a hurtadillas por el pasillo y pude salir del edificio cuando unos universitarios borrachos entraron haciendo ruido, unos apoyados sobre otros para guardar el equilibrio. Al pasar a mi lado noté el olor al vómito que uno de ellos llevaba sobre la camisa como un babero. Mantuve la cabeza agachada, consciente de que, a veces, el contacto visual puede ir acompañado de problemas.

Una vez fuera, volví a cruzar el mar verde y me regodeé en la suavidad del aire. La lluvia había parado y el mundo estaba limpio. Era después de la medianoche y casi el único momento del día en que el aire se enfriaba hasta un punto que resultaba agradable. Atravesé Victoria Park sin salirme de las veredas iluminadas con fluorescentes y me detuve en el cruce de Broadway, que estaba en silencio, salvo por algún que otro coche que pasaba por la calle mojada. Mientras esperaba, noté que había una persona a mi lado. Levanté los ojos y vi la figura de un hombre alto, fornido y cubierto por un impermeable, uno de esos grandes impermeables amarillos que llevan los pescadores en las películas americanas, con una capucha que llevaba gorro incorporado. Levantó la mano hacia mí, rápida como un látigo, y, de forma instintiva, di un salto atrás.

—Tranquila, guapa —dijo una voz debajo de la capucha.

La mano pulsó el botón para el paso de peatones. Un momento después, los semáforos cambiaron y el botón se puso en acción con unos pitidos agudos que anunciaban que podíamos cruzar sin peligro. El hombre verde se iluminó. Para Maddy, yo llamaba a esa figura verde «el hombre verde». Me cabreaba que se fomentara la masculinidad como norma, como si ese hombre verde representara a todos los hombres del mundo, con libertad para caminar y acechar sin compromisos, como Charlie o como el hombre de mi novela de Maugham, y sin miedo, como este hombre que estaba ahora a mi lado. Eché a andar delante de él, acelerando el paso mientras empezaba a recorrer Glebe Point Road, sin salirme del camino iluminado que había frente a la fachada cerrada. Pasé por el Little Friend, arropado durante la noche como un niño dormido. Miré al otro lado de la calle y vi que el hombre del impermeable caminaba en paralelo a mí. No me preocupaba especialmente, pero sentí un pellizco de fastidio porque su presencia implicara que yo debía priorizar mi protección ante cualquier peligro, por remoto que fuera, en lugar de disfrutar de mi paseo de esa dulce medianoche. Aceleré el paso y bajé la cabeza mientras recorría Glebe Point Road, pasando por la tienda de comestibles y el nuevo salón de pedicura y champán, donde pronto habría una *boutique* de dulces franceses o un establecimiento de dónuts de gama alta, y el barrio sería un desastre de verdad. Seguí caminando mientras las tiendas daban paso a la zona residencial de la calle, que serpenteaba por la cuesta. Pasé por las desaliñadas casas adosadas que todavía pertenecían a la iglesia anglicana y por las más ostentosas, que habían sido vendidas y rehabilitadas y que reaccionaban con sensores de luz cuando yo pasaba, iluminando puertas pintadas de un reluciente negro o rojo, y jardines delanteros llenos de elegantes hortensias. Deseé con todas mis fuerzas que Maddy estuviera en casa para poder entrar a verla, alisarle las mantas y colocar la cara junto a su mejilla. Cuando la veía dormir por la noche, la quería de un modo distinto, de una forma que me resultaba imposible durante el día. Al otro lado de la calle, el hombre del impermeable seguía caminando fatigosamente, al parecer ajeno a mi presencia pero todavía ahí, como mi reflejo. Yo iba a tener que cruzar pronto para entrar en mi casa. Rodeé la esquina de Ruby Street con sus filas de higueras como centinelas. Estaba sobria. Los efectos de mi *gin-tonic* habían desaparecido hacía rato, pero estaba tan cansada que me sentía mareada, incluso ligeramente aturdida. Dudé un poco antes de que una voz interior me dijera que tomara el control de mi cuerpo y crucé la calle hasta mi casa. Mientras cruzaba, lancé una mirada a un lado y otro de la calle y no vi a nadie.

Cuando llegué a mi valla y la abrí, el hombre del impermeable apareció, de repente, por mi izquierda, caminando por la acera en dirección a mi casa. La alarma se encendió en mi estómago. Pasé rápido por delante de él y entré. Cerré la valla con un golpe.

—Buenas noches, guapa —dijo, y siguió caminando.

Pensé que debía de ser algún trabajador nocturno o quizá un insomne cualquiera. Entré en la casa vacía y me metí en la cama.

Capítulo veintiuno

Unos días más tarde Jan volvió de Queensland con el escote enrojecido por el sol y armada con todo un nuevo cargamento de vestidos tipo caftán que lucía día tras día, como si estuviese coreografiando un desfile de moda en un centro comercial de Florida. Por primera vez la invité a mi casa un día de los pocos que tenía libres. Acababa de entregar una gran cantidad de textos para el blog de contabilidad, palabras que casi rozaban el sinsentido. Si hubiese tenido más energía, habría dado vueltas a cómo era posible ganar dinero escribiendo miles de palabras de cháchara tecnocrática, textos llenos de adverbios que estaba segura de que nadie leería, pues solo servían para decorar una página web y revestirla con un manto de profesionalidad. Estaba rellenando espacio en internet, que era infinito. Traté de no sentir que mi vida en esos momentos no tenía sentido. Siempre estaba Maddy. La había enviado a la guardería esa mañana equipada con un objeto para la «noticia». Cada semana, los niños tenían que presentar a la clase una «noticia» y para ello elegir un objeto para describir una experiencia y compartirla así con sus compañeros. Esa mañana Maddy había elegido una Cupcake Girl, una de sus muñecas preferidas, con un irisado pelo rosa y pecas en forma de estrella en la nariz respingona. Yo dudaba de si la muñeca sería de suficiente interés, pero después recordé que había pocos juguetes que pudieran convertirse en magdalenas. Las Cupcake Girls tenían el poder de transformarse y yo lo envidiaba. Durante los cambios de los últimos meses mi vida se había transformado, pero no en algo especialmente bueno, como una magdalena.

La suerte había querido que Jan trajera consigo magdalenas cuando apareció en mi puerta, con su simpática figura centelleando bajo un vestido verdemar espolvoreado de lentejuelas y perlas falsas.

—Son sin gluten, sin azúcar, completamente orgánicas y enriquecidas con superalimentos —advirtió mientras atravesaba la entrada en dirección a la sala de estar—. Están hechas con estevia y remolacha, para darles un dulzor natural. Y con semillas de chía. Están espolvoreadas con…, eh…, polvo de capuchina. Son sanas. Sacadas de una receta del libro de Tracey.

Le di las gracias y fuimos a la cocina. Durante los últimos meses, ahora que estaba pasando más tiempo en casa, me sentía más relajada en aquel espacio. Cocinaba más y hacía comidas equilibradas con verduras secretas escondidas para Maddy. Me sentía orgullosa de esas comidas. Maddy llevaba varios meses sin comer pasta cocinada en dos minutos. Estaba cumpliendo con mi deber. Había repuesto la planta de albahaca que había destrozado en un ataque de rabia maternal y la había acompañado con tomillo. Otro día había añadido un tiesto de perejil, así que contaba con una pequeña familia de hierbas que daba sensación de calidez. Me di cuenta de que, en algún momento, tenía que dejar de vivir como si todo fuese accidental, como si nuestra pequeña familia, o dúo, fuese en cierto sentido irreal, como si estuviésemos viviendo en blanco y negro hasta que Charlie regresara para darnos color de nuevo.

Jan se dejó caer en una de las sillas de madera junto a la mesa redonda de la cocina.

—Nota mental —dijo con un resoplido—. ¡Nunca más volver a volar con OneJet! Hay que pagar si quieres almohada y las azafatas son muy tacañas con las almendras tostadas. Y con los cacahuetes.

—¿Qué tal el viaje?

—Ah, bien, bien —respondió—. Mikey se ha quedado en la casa y dice que esta vez lo ha dejado para siempre. Tracey ha pagado su rehabilitación con lo que nos ha dejado, o me ha dejado a mí. Me gusta pensar que ha sido así, que lo ha pagado ella. No le había dejado nada a Mikey directamente porque sabía que iba a gastárselo en drogas. Y a su padre no le ha dejado nada. Así que lo que ha dejado ha sido para mí y para las mascotas. Esos pobres animales han estado de lo más tristes sin ella, menos el gato. Ese no tiene ningún sentimiento, que yo sepa.

Le puse una taza de té delante y coloqué las magdalenas que había traído en una bandeja. Parecían húmedas y tenían un poco natural color rojo. Jan no cogió ninguna.

—Quiero ver las cosas de Tracey, las que te han enviado.

Las tenía preparadas en una caja, donde las había colocado, con cuidado, como si fuesen explosivos: el cuadernillo del funeral, el libro de poemas con su huella, el pelo, el certificado de vacunación del perro y el envío más reciente, los diminutos y vulnerables dientes. Jan fue cogiéndolas de una en una, y las acarició en silencio. Las falsas perlas y las lentejuelas que la cubrían empezaron a temblar un momento antes de darme cuenta de lo que estaba pasando. Jan estaba llorando. Nunca antes la había visto así.

—Hace que parezca más real —susurró—. Su desaparición.

Repasé distintas combinaciones de palabras en mi mente y las rechacé todas por inadecuadas. Me balanceé de un pie a otro. Empecé a decir algo, pero me detuve. Al final me acerqué a ella y le di unas palmadas suaves en el hombro. Jan tenía la cabeza agachada y pude ver un largo moco traslúcido que le caía de la nariz. Contenta por poder servirle de ayuda, fui a por los pañuelos. Jan los cogió en silencio y, a continuación, se sonó la nariz, con fuerza y un soplido largo, como si con él pudiese deshacerse de algo de lo que necesitaba liberarse.

Más tarde, cuando estuvo más calmada, me contó que Terry y Tracey estaban muy distanciados cuando ella murió. Él había descubierto sus mentiras antes que nadie. Jan dijo que entre mentirosos se reconocen. Siempre le había preocupado que sus dos hijos pudieran heredar algo de Terry, como su crueldad o la inseguridad que le hacía ser cruel. Creía que

Tracey había heredado el talento de Terry para la mentira, «aunque quién sabe si era por naturaleza o por educación», añadió, y su rostro parecía una luna triste. Terry fue al funeral y estaba hecho un despojo. Se culpaba a sí mismo y estuvo todo el rato yendo detrás de Jan, llorando como un espectro gigante. Montó una escena y le dijo a Jan que ella había sido su único y verdadero amor, que nunca había amado a ninguna mujer como a ella.

—Espero que no sea verdad, maldita sea —soltó Jan—. ¡Si lo suyo era amor, no lo quiero ni de lejos! —Después continuó—: Simplemente, estaba mintiendo, más a sí mismo que a mí. Quería fingir que habíamos tenido una maravillosa historia de amor.

Jan me contó que «había tardado» en casarse y que cuando ya tenía treinta y tantos años contaba con un pasado bastante malo en las relaciones. Pensaba que los hombres como Terry eran «los únicos que había» y, al menos, él quería comprometerse con ella. «No podía imaginarme otra vida, pero Tracey sí. Eso era lo que hacía que me sintiera tan orgullosa de ella, a pesar de todo. Podrás decir lo que quieras de ella, pero tenía imaginación. Tenía visión».

Después del funeral, Terry se había puesto en contacto con Jan para preguntarle por el testamento de Tracey, propio de él, según dijo Jan. Y cuando le contó que no le había dejado nada, desapareció. O eso creyó ella.

—Ahora descubro que te ha estado enviando estas cosas. No sé a qué está jugando. Está tratando de llamar tu atención, supongo. Ese hombre siempre necesitaba ser el centro de atención de alguien, otra cosa que Tracey heredó.

En ese momento Jan se había acomodado en el sofá de la habitación delantera. Con el ventanal y el sol que se filtraba entre la higuera sobre la alfombra se proyectaban sombras caleidoscópicas que se agitaban y cambiaban a la vez que se mecían las ramas del árbol. Yo me senté enfrente de ella, comiéndome una magdalena de remolacha. Estaba sorprendentemente buena.

Jan se quedó hasta que el sol se desplazó hacia el oeste y se ocultó por detrás de la valla. Me habló de los últimos años de la vida de Tracey, de que había dejado la universidad después de que uno de sus profesores pasara un trabajo de ella por el programa de plagios, «creo que era sobre Jane Austen o alguna obra de Shakespeare». Descubrió que Tracey había copiado varios párrafos de una página web estadounidense donde se incluían trabajos académicos sobre los clásicos. Tracey había actuado con cuidado: cambió las expresiones americanas por otras australianas y entrelazó las partes plagiadas con párrafos de su cosecha. Todas las historias son en parte robadas, pero esta era académica. Eran muy estrictos con estas cosas. La pusieron como ejemplo.

Jan me contó que sobre esa época aparecieron rumores sobre la promiscuidad de Tracey. Se decía que iba por ahí con todo tipo de gente mala y poniéndose en peligro. Le preocupaba que pudiera contagiarse de algo, que se quedara embarazada o que se metiera en el mundo de la droga o en el de la delincuencia. Intentó ver a Tracey. Sentía que solo con ver a su hija sabría si estaba bien, colocándole una mano en cada hombro y mirándola directamente a los ojos, pero Tracey no respondía a sus llamadas de teléfono, sino solo a un mensaje de cada diez. Siempre contestaba con tono alegre, diciendo que estaba «SUPEROCUPADA ahora mismo!!! Hablamos luego, TQ». Jan tuvo que buscar en Google las abreviaturas para saber qué significaban.

¿Siempre resultaba tan difícil ponerse en contacto con tu propia hija? Cuando Tracey era pequeña siempre iba detrás de su madre, copiándola, imitando su entonación e incluso repitiendo sus giros idiomáticos. Jan conocía cada centímetro de su cuerpecito, pues tenía acceso completo a él. En aquel entonces, podía cerrar los ojos y sentir, en su imaginación, como si estuviese apretando la mano contra la mejilla de Tracey, o rodeándole la espalda con el brazo, o metiendo el dedo índice bajo el pliegue de los deditos de sus pies. En aquel momento su hija había crecido y se había ido y, aun entrecerrando los ojos con fuerza, a su madre le costaba imaginársela. La madre vivía su vida. Había otro hijo del que encargarse, un hijo con el que podría haber guardado un poco más de distancia, francamente, de vez en cuando. Un hijo que no parecía desear crecer y, mucho menos, alejarse de ella.

Jan seguía trabajando de enfermera, pero las rodillas le dolían y su pensión de jubilación apenas le iba a dar para comprar un coche nuevo. Siempre había querido ir a España, a Barcelona, Sevilla y Granada. Desde que vio un documental en la ABC sobre la invasión árabe se había quedado fascinada y se imaginaba a sí misma paseando entre los jardines de la Alhambra con unas sandalias romanas en los pies y el sol del atardecer ardiendo en el horizonte. Quizá la esperara una cerveza fría en un bar de tapas después. Se compró una guía y planeó todo con meticulosidad. Jan decía que sabía que lo de las sandalias de cuero era una fantasía, pues tenía los juanetes muy pronunciados después de tantos años de enfermera, pero estaba decidida a ir a aquel lugar que tenía en mente, aunque tuviera que hacerlo con zapatos ortopédicos. Tenía que hacer ese viaje mientras siguiera trabajando, mientras pudiera todavía hacer turnos extra y aumentar así sus ingresos. Incluso así, tardaría años en ahorrar lo suficiente. Así que trabajaba más y, cuando no trabajaba, estaba cansada.

No es que su hija ocupase un lugar secundario en sus pensamientos, no. Estaba en el primer puesto siempre. Todas las madres saben que los hijos están siempre contigo, incluso cuando te abandonan los sigues manteniendo ahí.

Una vez apareció sin avisar en la casa que Tracey compartía en Brisbane. El césped estaba sin cuidar y había muebles de niños en el porche delantero, cosas de plástico y colores feos en mal estado. Un tipo con arañazos en la cara abrió la puerta y le dijo que Tracey no estaba en casa. No la invitó a entrar. Jan esperaba que Tracey fuera en su busca cuando necesitara a su madre, y a veces Tracey sí que había ido a su casa, conduciendo desde Brisbane hasta la casa de Jan en Broadbeach, Queensland.

Jan había dejado las habitaciones de sus hijos tal cual estaban, como si acabaran de salir a comprar algo un momento, porque cuando estaba sola en la casa le gustaba fingir que era sí. De vez en cuando, al terminar el turno, volvía a una casa que no parecía vacía. Miraba en la habitación de Tracey y ahí estaba su hija con pelo de color sirope de arce, dormida y acurrucada bajo su edredón azul teñido, el que había comprado en el mercadillo de Byron Bay en una excursión que habían hecho las dos solas. Tracey terminaría creciendo y Jan le pondría la comida de su infancia: chuletas de cordero desmigajadas con puré de patatas y salsa, o salchichas y maíz dulce con guisantes y menta. Cosas sencillas y bien cocinadas, comida que luego Tracey describiría como «tóxica» y «química» y de la que hablaría despectivamente en las publicaciones de su blog sobre radicales libres y rejuvenecimiento celular.

—Yo creía que podía estar deprimida —dijo Jan—. Y luego anunció que se iba al *ashram*.

Yo no sabía nada de ningún *ashram*.

—¿Cómo se lo pagó? —pregunté.

—Ni lo sé ni lo quiero saber —respondió Jan—. O sea, los *ashrams* no son caros, ¿no? No se come mucho cuando se está todo el día meditando y, por lo que sé, los monjes suelen ser vegetarianos. No es que conozca a muchos, debo admitir. Aunque algunos son veganos.

—¿Cuánto tiempo estuvo allí?

—Siete meses. Estuvo en Kerala —contestó Jan. Pronunció el nombre del estado indio con toda frialdad, como si fuese el nombre de algún desvergonzado—. Yo había pensado en ir a verla, pero no se admitían visitas. Antes de irse me dijo que guardaban periodos de silencio, ya sabes, eso que empieza por V...

—Vipassana —dije.

—Eso. ¡Buena suerte a los monjes!, pensé, que les vaya bien impidiendo hablar a mi hija cuando se supone que está buscando la iluminación o barriendo la arena con un rastrillo o lo que sea que hagan.

—Creo que son los budistas japoneses los que barren la arena con el rastrillo —apunté.

—Ah, sí. Tienes razón —contestó—. Los del zen.

Jan no tuvo noticias de Tracey durante más o menos un mes. Y entonces, una noche, sonó el teléfono. Era muy tarde, la sobresaltó en la cama, como si fuera una llamada desde otro mundo a través de una caracola, y una sensación de pavor le recorrió el cuerpo.

—Nadie quiere que la llamen a esas horas. El teléfono es portador de todo tipo de horrores después de medianoche.

Pero era Tracey. El sonido era malo y ella hablaba con susurros.

—Mamá —dijo con un bufido—. Llevo seis días sin oír una voz humana. No sé si estoy aburrida o loca o qué. Solo necesito oír una voz.

Jan estuvo sentada media hora con la espalda apoyada en la pared de pladur donde estaba el teléfono charlando con su hija sobre el hospital y sus pacientes, sobre lo que estaba haciendo Mikey y sobre el grupo de amigos de Tracey del instituto a los que había visto el sábado anterior en la discoteca. Jenny estaba embarazada. Hilary había engordado. Derrick seguía siendo un imbécil. Estuvo vertiendo palabras en el oído de su hija hasta que la línea se cortó y Tracey volvió, supuso, a sus esfuerzos por guardar silencio y estar en paz. Jan se fue a dormir preguntándose por qué la gente que se embarcaba en viajes de crecimiento espiritual tenía que ser tan egoísta. No tuvo noticias de su hija durante otros seis meses, hasta que recibió una llamada suya a cobro revertido. Estaba en el aeropuerto de Sídney. Le pidió a su madre que le transfiriera dinero a su cuenta para pagar un autobús. Tracey volvía a casa.

Capítulo veintidós

Al día siguiente, tras dejar a Maddy en la guardería, me puse delante del espejo del baño, con la higuera dejando entrar fuertes puñados de luz de la mañana mientras me examinaba a conciencia el cuello y me preguntaba por su falta de elasticidad. Traté de relajar la cara y dirigir los ojos al suelo y, después, volver a levantarlos rápidamente hacia la superficie del espejo para pillarme desprevenida y verme como me veían los demás. Nunca somos poseedores de nuestra propia imagen, pertenece al mundo, igual que las cosas que nos ocurren. Todo está conectado y ninguna experiencia se puede aislar.

«Guardar secretos supone un intento de acumular experiencia —pensé—, pero mira cómo le resultó eso a Tracey Doran». Yo le había robado sus secretos y los había explotado para un artículo. Me había dicho a mí misma que era de interés público, y así fue. Hubo un encendido debate público por haber dejado al descubierto a Tracey, sus mentiras sobre que sufría cáncer y su curación con la comida orgánica. Ni siquiera había tenido que plantear el debate yo misma. Había citado a oncólogos, expertos en salud pública, representantes de supervivientes y pacientes de cáncer que lo hicieron por mí. Las afirmaciones de Tracey podrían haber provocado muertes, pero lo que terminaron provocando fue la muerte de Tracey. Al explicar la regla del cráneo delgado, mi profesor de Civil había usado la analogía del conductor que choca por detrás con un coche que lleva un jarrón chino en el maletero. El conductor tiene que pagar los daños y perjuicios de todo, incluso de los destrozos que era imposible que pudiera haber previsto. Tienes que aceptar lo que has hecho. Tracey era un jarrón chino y yo quien había cometido el acto vandálico. No importaba cuáles fueran mis intenciones ni lo que hubiese escondido en mi corazón. En unos meses sería mi cuarenta cumpleaños y mi cuello estaba perdiendo firmeza, pero al menos el cuello estaba intacto, tomaba aire y después lo expulsaba de manera fiable para mezclarse con el resto del aire del mundo.

Sonó el teléfono. Había cambiado los tonos que Tom había puesto. Ahora gorjeaba como una mascota electrónica. A Maddy le habían regalado una en su último cumpleaños, un hámster, pero lo había matado tantas veces por no cuidar de él que terminé quitándoselo.

—¿Sí?

—¿Suzy? —Era una voz femenina—. Soy Olivia —dijo, y repitió el nombre de la agencia de relaciones públicas a la que había asistido para la entrevista de trabajo bajo la mirada de dos hombres cuyos nombres todavía no tenía claros y un cuadro de puntos del Desierto Occidental—. Queremos ofrecerte el puesto. Creemos que eres la que está mejor preparada y nos dejaste impresionados en la entrevista. Tu dominio de la actuación de los medios sobre el terreno cubriría una carencia en nuestras competencias colectivas.

Yo estaba muy sorprendida. Había ido a aquella entrevista como si fuera una especie de ejercicio, como una inválida que se levanta del sofá para dar un paseo de vez en cuando. Lo había hecho para evitar que los músculos se me atrofiaran por culpa de una situación de desempleo absoluta y de larga duración. Ni por un momento se me ocurrió que me llevaría hasta su consecuencia lógica: un puesto de trabajo, uno con un buen salario, una pensión de jubilación, bajas por enfermedad y pagas extras, y puede que incluso con una cuenta de gastos para almuerzos en la ciudad, en restaurantes con mesas redondas cubiertas con manteles y camareros que te preguntaban qué tipo de agua deseas tomar, como si las posibilidades fuesen infinitas. Con dinero y algún tipo de avance puede que las posibilidades sí sean infinitas. Como poco, se ampliarían. Un trabajo como ese podía acarrear otras cosas: librarme de la ansiedad, las mejores clases de natación, la seguridad de que mi tarjeta de crédito nunca más volviera a ser rechazada en el supermercado mientras la cajera enturbiaba el ambiente con expresión de desagrado... Sin pensármelo demasiado, acepté. Olivia puso como fecha de comienzo dos semanas después y un día de la semana siguiente, para que yo fuera de nuevo al despacho «para hablar de las condiciones», dijo. Lo anoté por detrás de uno de los dibujos de la guardería de Maddy, otra muestra de piruletas múltiples y de muchos colores, una de sus obras más llamativas.

La primera llamada que hice fue a Beverley, que al oír la noticia empezó a soltar gritos como la presentadora de un concurso de televisión.

—¡Cariño, esto sí que está a tu altura! —exclamó. Estaba encantada. Llamó a mi padre para que se acercara y contárselo—. ¿Cómo dices que se llama la empresa? Voy a buscarla en Google. Simon, enciende el ordenador.

Quería saber si iba a tener mi propio despacho. Le dije que no lo sabía. Quería saber cuál era el sueldo. Le dije que no lo sabía, pero que tenía que ser mejor que el de una periodista.

—Bueno, de eso ya has salido —dijo—. Puedes olvidarte de esa situación tan desagradable.

Colgué el teléfono y pensé en la siguiente llamada que debía hacer. Debería llamar a Jan para hacerle saber que teníamos que terminar nuestro proyecto. Había empezado un borrador de la historia de Tracey y había tomado muchas notas. Jan me había contado suficiente como para componer la mayor parte del texto. Tenía la información básica de la vida de Tracey hasta el último año y medio, que, por lo que sabía de mi anterior investigación periodística, había sido cuando anunció su diagnóstico de cáncer y empezó a escribir sobre ello en su blog. Con esa parte de la historia de Tracey, la última, iniciaríamos un descenso precipitado hacia su muerte y ninguna de las dos estábamos preparadas todavía para adentrarnos en esas aguas.

Envié un mensaje a Vic para contarle que tenía un nuevo trabajo y me respondió: «¿Te pasas al lado oscuro? Me alegro por ti. ¿Una copa pronto? Invitas tú, claro».

Después no dijo más. Probablemente estaba ocupado con algún artículo. Pensé en Charlie, en cómo podríamos haber celebrado en la vida paralela el nuevo trabajo, un trabajo bien pagado y objetivamente bueno. Se me pasaron por la imaginación un bar de vinos del centro y una mesa de un restaurante junto al puerto, pero luego la ausencia de Charlie y su abandono volvieron a aparecer; me sentí ridícula y después rabiosa. Dondequiera que se encontrara, no estaba pensando en nosotras.

Pensé en contárselo a Tom, pero tuve la corazonada de que no le gustaría que aceptara este trabajo. Siempre decía que yo era una buena escritora. Pensaba que debía escribir libros. En una ocasión me dijo que querría leer cualquier libro que yo escribiera.

Era primera hora de la noche. No tenía que ir a trabajar y estaba tumbada en el sofá como una lagartija cansada. Puse en la televisión el programa más tonto que encontré. Se llamaba *Nidito de amor*. Un panel de expertos asignaba a un grupo de veinte concursantes su «único y verdadero amor». La gracia estaba en que no decían a ninguno de ellos quién era su único y verdadero amor, de modo que tenían que liarse unos con otros hasta encontrar a la persona que creían que era su pareja. La acción del programa se desarrollaba en un gran complejo de una isla tropical. Resultaba diabólico, aunque pensé que la premisa no era muy distinta de la trama de *El sueño de una noche de verano*.

Sonó mi teléfono y una voz me dijo que Sam estaba sufriendo una especie de ataque, un «posible infarto». Pregunté por Cherry, pero la voz dijo que no estaba, que estaba de baja. Probablemente estaría visitando a sus hijos en Filipinas, llevándoles algo de dinero, y tuve la breve visión de su llegada a la terminal de un aeropuerto con una pequeña *troupe* de niños con variedad de tamaños y edades, como la familia Von Trapp, lanzándose sobre ella como dardos sobre una diana. Atravesé la ciudad hacia el hospital del barrio del este al que habían llevado a Sam. Resultó ser el mismo al que mi madre había llevado a Maddy aquella espantosa noche de unas semanas atrás, cuando yo estaba por ahí colocada mientras a mi hija le costaba respirar.

Sam estaba en urgencias. Dije su nombre en la recepción y una mujer cansada y vestida con ropa de hospital pasó por mi lado y me señaló el pasillo. Le encontré en una camilla en una sala con otros dos pacientes, los dos dormidos, o inconscientes, de una forma tan rotunda que podría haber pensado que estaban muertos de no ser por la actividad de las máquinas a las que estaban conectados. Las máquinas mostraban varias señales de vida: pitidos, luces y números que destellaban. Mi tío Sam era el único paciente despierto. Parecía pequeño con su bata de hospital. Tenía las mangas cortas y así podía verse la carne de sus brazos, que estaba arrugada y tenía un aspecto delicado, como la piel de un pájaro desplumado. Estaba erguido en la cama. La habían elevado para que se sentara con un ángulo de cuarenta y cinco grados. Tenía un cuaderno sobre las rodillas y estaba escribiendo en él. Cuando entré, levantó los ojos.

—Cariño —dijo—. No deberían haberte llamado. Resulta que solo ha sido la vesícula. Me la quitan a primera hora de la mañana. Siento haberte preocupado. ¿Qué has hecho con Maddy?

Betty no estaba disponible con tan poco tiempo de aviso y Beverley y mi padre no contestaban al teléfono. A menudo iban al cine a primera hora de la noche y, en cualquier caso, mi padre trataba su móvil como un recurso valioso y solo lo encendía cuando él quería hacer una llamada. Al final había llamado a Jan, que había venido en un santiamén y había ocupado mi sitio en el sofá. Dijo que iba a ver un rato de *Nidito de amor*, «No te preocupes por mí».

—Maddy está bien —le dije a Sam—. Cuéntame qué te ha pasado.

Sam se había puesto pronto el pijama, a las seis de la tarde. Le gustaba prepararse para acostarse con mucha antelación porque, a su edad, el sueño a veces te pillaba por sorpresa y, a su edad, no le gustaban las sorpresas de ningún tipo. Había estado viendo el pronóstico del tiempo en la televisión. El hombre del tiempo predecía calor, un calor interminable que solo variaba en su tipo, humedad o sequedad, pero jamás en la constancia de la temperatura. Mientras miraba el panel con iconos de sol con números al lado que oscilaban entre los treinta y los cuarenta grados, Sam se estaba comiendo una galleta y se vio sorprendido por un dolor que le atravesó como un gato a toda velocidad. Empezó por la parte alta, en el pecho, y pensó en la vulgaridad de una muerte por infarto y, sin embargo, no había nada de vulgar en aquella sensación y el dolor fue después bajando hacia el estómago y, por fin, se instaló en el abdomen con un puñetazo, al que se unieron unas náuseas. Empezó a vomitar y pulsó el botón de asistencia que estaba situado en un lugar discreto junto a su sillón reclinable. La vejez de una persona rica, su enfermedad y su muerte final cuentan con la asistencia de personal de servicio, aunque en última instancia se sufre a solas, igual que le ocurre a una persona pobre. Tres enfermeras y un médico de guardia invadieron enseguida la habitación y un conserje llamó a una ambulancia. El dolor de Sam se suavizó en el traslado gracias a una mujer de pelo largo y manos firmes que le recordaba a una hermana que había muerto mucho tiempo atrás. Estaba aturdido por el ritmo tan rápido de los acontecimientos y por el dolor, que seguía invadiéndole como la electricidad en una bombilla, tan fuerte y vivo que sintió que debía de estar vibrando con él, que debía de notarse desde fuera de algún modo visual, como un campo de fuerza o un aura. Y entonces apareció aquella mujer mostrando por encima de él su cara procedente del pasado y le preguntó con voz amable cómo se llamaba y si podía decirle en qué año estaban. «Antes preguntábamos a la gente quién era el primer ministro», comentó mientras le colocaba un torniquete en el brazo y le introducía una aguja con calmada autoridad. «Ya no lo hacemos, por razones obvias». Él estaba decidido a presumir y darle el nombre del actual primer ministro de todos modos, pero no podía hablar bien y Emily —su hermana, su paramédica, esa mujer— le dijo que dejara de hablar y descansara. Él contestó que no quería descansar, que quería vivir, pero lo que le rodeaba se volvió borroso y su conciencia se fue derritiendo a medida que la medicación le helaba las venas.

—Me he despertado grogui en una sala de reconocimiento. Es entonces cuando he sabido que no estaba muerto; una sensación maravillosa, por cierto. En fin, que me han hecho unas cuantas pruebas y resulta que no es más que la vesícula. Pueden extirparla mañana, con una cirugía laparoscópica, y estaré en casa en dos días.

Sam era una verdadera maravilla. Mostraba un calmado desdén ante la idea de la muerte y, aun así, era capaz de buscar y encontrar el placer en un crucigrama, en la compañía de Cherry, en las noticias de las correrías de Maddy, en la *Quinta* de Mahler y en las canciones de Otis Redding. Me pregunto qué pensaría cuando su vida se acercaba a su final. ¿Seguía lamentando sus pérdidas? ¿Seguía sintiendo euforia? ¿Recordaba el amor con ternura o le enfadaba no haber recibido más pese a haber dado tanto?

—Suzy, cariño —dijo ahora Sam—. Estoy desesperado por hacer pis. ¿Puedes hacerme el favor de llamar al celador?

Me tomé mi tiempo para volver a casa, encantada por el alivio de que Sam estuviera bien y Maddy también. Estaba curiosamente eufórica por haber podido salir unas horas de casa por la noche. Normalmente o estaba trabajando o encadenada a mi casa por un hilo invisible que me unía a Maddy, dormida en la cama, sin poder dejarla sola. Quizá las condiciones que había que definir del nuevo trabajo me permitirían tener una especie de niñera o una canguro adolescente y de verdad a la que pudiera encargarle recogerla en la guardería y tareas complicadas como los baños o acostarla, alguien que hubiese terminado los estudios en el instituto y que no tuviera un novio del que se colgara como una chimpancé arisca. Quizá el trabajo nuevo me permitiese abrir la puerta para dejar que una rendija de luz iluminara un camino hacia una buena vida de desayunos en una cocina soleada, zapatos de tacón en el bolso durante el trayecto diario, calendarios marcados con antelación con vacaciones, cumpleaños, clases de natación y planes, todo tipo de planes. Quizá el trabajo nuevo, el dinero que aportara y su seguridad nos proporcionaran a Maddy y a mí algún espacio, un lugar para la dicha. Ahora mismo parecía que el único espacio del que disponía eran los paseos de pocos segundos en los que rodeaba el coche hasta llegar al asiento del conductor, tras haber sujetado a Maddy a su asiento, o las noches de verano después de acostar a Maddy, cuando sacaba rodando los cubos por el lateral de la casa hasta la calle y levantaba la vista para ver un trozo del cielo de la noche antes de volver a entrar.

Llamé a Jan para decirle que iba de vuelta a casa. Respondió a la tercera llamada.

—Hola, pollito —dijo jadeando, como si hubiese estado corriendo. Le conté que Sam estaba bien y que ya iba de camino. Pareció notar que estaba de buen ánimo—. Solo son las nueve —continuó—. ¿Por qué no te quedas por ahí un rato? Yo estoy bien aquí viendo *Nidito de amor*. Están poniendo varios episodios seguidos. Aquí hay más triángulos de amor que en una novela de Danielle Steel. Todas las chicas llevan ahora bañadores de esos que elevan el culo. ¿Te has dado cuenta?

—Creo que es el estilo brasileño —contesté—. Está de moda.

—Parecen incómodos, aunque no se puede negar la calidad de esos traseros —afirmó—. Todo en orden por aquí, cariño. Ni un ruido. Tómate libres unas cuantas horas si quieres.

Un poco de tiempo de regalo. Algo con más valor que ninguna otra riqueza. Una fuente valiosa que no había que desperdiciar. Llamé a Tom.

Fui de este a oeste con mi coche nuevo. Acababa de anochecer y conduje por las calles hasta la casa de Tom, que vivía en un adosado de nuestra misma calle. Nunca podía seguir la pista de sus ocupantes. Parecían cambiar constantemente. En un momento hubo una actriz poco conocida que se volvió menos desconocida al aterrizar en un papel de una serie de largo recorrido. Abandonó sus pretensiones teatrales y se mudó a Melbourne para hacer la serie. A menudo me pregunté si Tom se habría acostado con ella. En otra época una de las habitaciones de arriba había albergado a un titiritero que nunca pagaba el alquiler a tiempo, y solía haber estudiantes, ya fueran de Ingeniería, de Medicina, de estudios sobre feminismo, de estudios internacionales, de teoría económica, de Económicas... Cuando Tom y yo nos acostábamos, cuando quedábamos, los había visto a última hora de la noche, normalmente, cuando iba a visitarlo e intercambiaba con ellos algún saludo incómodo y excesivamente cortés si me los cruzaba en el pasillo de camino al baño. Tom era el paterfamilias no oficial, el que estaba al frente de la casa, que era grande, con techos altos y un balcón que se extendía por el lateral. Este tenía una ligera pendiente hacia fuera y hacia abajo, de modo que se inclinaba hacia la calle. Era estupendo para sentarse en él en noches de verano como esa y así era como estaba Tom cuando aparqué en la puerta. Tenía una cerveza apoyada en la rodilla y un libro en la mano. Salí del coche y me quedé un momento, con las manos entrelazadas sobre el capó, mirándolo.

—Ya has llegado —gritó—. La puerta está abierta. Sube. Coge una cerveza de camino si quieres.

Atravesé la casa, que estaba vacía. En algún lugar había una radio encendida. Karen Carpenter cantaba al hombre al que quería acercarse. Subí las escaleras, que crujían, y entré en la habitación de Tom. Estaba más o menos como yo la había visto por última vez, aunque con unas cuantas novedades: una cajonera de madera sólida y estilo años cincuenta que no parecía haber salido de la basura con unos cuantos artículos femeninos y relucientes sobre ella; un neceser de maquillaje; un platito con unos pendientes; y un bote de perfume Comme des Garçons. Los libros de Tom, que solían estar esparcidos por el suelo como hojas de otoño, estaban apilados en filas junto a la pared y había una obra de su exposición en la pared del fondo, frente a la cama, enmarcada pero sin colgar. Era el Cerbero/perro que tanto había gustado a Boggo. Salí al balcón para unirme a Tom. Se levantó y me dio un beso en la mejilla y, a continuación, me dijo que me sentara en su silla porque era más cómoda. Él se sentó frente a mí en una silla tambaleante. Cogió mi cerveza y me la abrió.

—Servida —dije.
—Hay costumbres que no desaparecen.

Nos quedamos mirándonos un momento y, para mí, pareció como si hubiese una afinidad de sentimientos entre nosotros que ninguno de los dos quería interrumpir diciendo nada. Estar a solas con Tom era como un regalo sorpresa. Deseé quedarme sentada con el regalo en mi regazo antes de abrirlo.

—Así que... —dije, justo cuando él también empezaba a hablar—. Tú primero.

—No, tú.

—Así que te has quedado con el *Cerbero*.

—Sí. Se vendió todo, tuve mucha suerte, pero había una o dos fotografías de las que no me podía deshacer. Y se me ocurrió que ya era hora de colgar algo en mis propias paredes.

—O de apoyar algo en tus propias paredes.

—Sí. Colgar de verdad una fotografía sería como tentar al destino, ¿no? Es un gran compromiso.

—Desde luego, y los de tu generación odiáis el compromiso.

Un destello de fastidio atravesó el rostro de Tom. Yo había notado que odiaba que le recordara la diferencia de edad entre los dos, como si eso le desautorizara de algún modo importante. No sé por qué lo hice. Supongo que fue para poner algo de distancia entre nosotros.

—Aunque veo que te has comprometido a tener perfume en tu cajonera —añadí.

—Bueno. Simplemente ha aparecido ahí —contestó Tom dando un sorbo a su cerveza—. Tú podrías haber puesto cosas en mi cajonera mientras salíamos y no me habría importado.

—Por así decir.

Tom se rio. Sentí una pequeña oleada de felicidad al ser consciente de que aún podía hacer que sonriera.

—¿Y a qué viene esta visita? ¿A qué debo el placer?

—Ah, solo pasaba por aquí —contesté—, por el barrio.

—¿Con quién está Maddy?

Le dije que era complicado de explicar, que la canguro era la madre de una joven que había muerto después de que yo escribiera un artículo sobre ella. Que nos habíamos hecho amigas, o algo parecido. Tom escuchó la anécdota sin decir nada. Se le daba muy bien escuchar y, mientras yo hablaba, alternó entre mirarme y bajar los ojos hacia el cuello de su cerveza, como si pudiera absorber mejor lo que yo le decía si concentraba su visión en un punto. Terminé de contarle la historia, incluyendo que había recibido paquetes por correo de alguien que conocía a Tracey, que Jan había aparecido en mi vida una noche y yo había supuesto que los paquetes los enviaba ella, que me había pedido que escribiera un relato de la historia de Tracey y que, aunque pudiera parecer una tarea extraña, yo había aceptado.

—A mí no me parece extraña —dijo Tom—. Creo que es bonito. Es una forma de expiación.

Cuando pronunció esa palabra, expiación, fue como si en mí se soltase una presión, como si algo pesado y sin forma que había estado sobre mi pecho los últimos meses hubiese cambiado de postura por un minuto para permitirme llenar los pulmones de aire. Nunca había hablado con nadie de mi sentimiento de culpa, de la fría certeza que habitaba en mí de haber sido la causante de la muerte de Tracey. Era una verdad con la que me despertaba todos los días, tan constante y afianzada como mi obligación de levantarme de la cama para preparar el desayuno de Maddy, vestirla y enviarla a la guardería para dedicarme a ganar dinero para seguir manteniendo el ciclo. Nunca le había contado a nadie que el sentimiento de culpa era una especie de antimateria de la alegría y que vaciaba de color los placeres ordinarios.

—Sé que te sientes culpable —dijo Tom. Extendió el pie y golpeteó las gigantes botas de baloncesto contra el mío, menos gigante y con sandalias de cuero—. No deberías.

Di un trago a mi cerveza.

—¿Has oído hablar del principio de «de no ser por»? —le pregunté—. Es un principio sobre la causa que se utiliza en la ley de responsabilidad dentro del derecho civil.

—No, pero creo que sé adónde vas a parar.

—Te gusta el latín, ¿verdad?

—Bueno, más los griegos, pero sí.

—Se conoce como regla *Sine Qua Non*. De no ser por X ¿habría ocurrido Y? Establece una sencilla cadena de causalidad. Ha existido como prueba de culpabilidad durante cientos de años.

—Pero tú…

—De no ser por el artículo que escribí en el que sacaba a la luz quién era Tracey Doran, ella no se habría suicidado.

—Eso no lo sabes.

—Yo creo que cualquier tribunal lo determinaría así.

—¡La vida no es un tribunal, Suzy! —advirtió Tom—. Nadie te está juzgando excepto tú misma.

En algún lugar chilló un murciélago de la fruta.

—No es lo único por lo que me siento culpable —dije—. Jamás debería haberme acostado con mi jefe, con Ben. Estuvo mal, evidentemente, porque estaba casado, y esa es otra cadena de causalidad que probablemente yo inicié y llevó al fin de su matrimonio.

—Si su mujer le ha dejado, creo que él también habrá tenido algo que ver con ello —repuso Tom en voz baja.

Su expresión había cambiado. Bajó la mirada en dirección a sus manos y pareció estar accediendo a un depósito privado de dolor.

—Me dije a mí misma que no le debía nada a su mujer. Ahora he cambiado de opinión. Creo que todos estamos mucho más conectados de lo que creemos. Sin embargo, sí que tenía una obligación hacia ti.

Tom no dijo nada. Pude oír el ruido de una bicicleta. Miré a la calle y vi la figura de una adolescente, flaca y frágil, que pasaba pedaleando por la calle. El aire estaba inmóvil, el pelo se le levantaba por detrás como una llamarada y movía las piernas con rapidez, como si estuviese tratando de aumentar la velocidad hasta poder levantar el vuelo. Últimamente, me descubría a menudo mirando a las adolescentes con gran ternura, pensando que Maddy sería una de ellas algún día: un revoltijo de inseguridades, necesidades y piernas de potrillo; una cosita frágil y fuerte. Era como la sensación inversa de la nostalgia, un tierno anhelo de algo que aún no ha ocurrido.

Empezamos a hablar de otras cosas. Pregunté a Tom qué estaba leyendo. Levantó el libro y le dio la vuelta para que viera la portada.

—¡*Jane Eyre*! —exclamé—. Me encanta ese libro.

—Estoy tratando de dedicarme a los clásicos —dijo—. Ya sabes, instruirme.

—Quizá sirva de inspiración para tu próxima exposición —respondí—. Podrías hacer toda una serie sobre huérfanos. O sobre institutrices. O sobre mujeres que viven en desvanes, como complemento de tus arpías.

—Las institutrices molan —dijo Tom—. Ojalá hubiese tenido una.

—¿Y te gusta el libro?

—Sí —contestó. Se movió en la silla y se dispuso a levantarse—. ¿Quieres un vodka? Me apetece uno.

—Claro.

Le vi pasar por mi lado estirando las piernas de una forma que siempre me resultaba cautivadora. Había algo atlético en sus piernas que le daba un aspecto de ligereza y entusiasmo. Le oí bajar por la escalera chirriante y volver a subir. Dediqué un momento a regodearme en la calidez del aire sobre mi cuello y mis piernas. Me sentía placenteramente cansada, con una relajación que hizo que se me aflojaran las piernas y los brazos. Me quité las sandalias y sentí los tablones del balcón bajo mis pies. La madera estaba desgastada y suavizada por las pisadas de personas desconocidas que habían pasado por allí durante toda la vida del edificio. Las flores de un franchipán caían sobre el balcón. Estaban ahí como pequeños guantes blancos.

—¿En qué piensas? —me preguntó Tom al aparecer con lo que supuse que era un destornillador, pues pequeñas fibras de naranja disecada flotaban por la superficie de la copa.

—Solo estaba pensando en la edad de esta casa y, ya sabes, el ciclo de la vida. —Di un sorbo. El vodka me quemó la garganta con una agradable sensación—. Dime qué piensas de *Jane Eyre*.

Tom dio un sorbo a su copa, pensativo.

—Creo que es una descripción casi perfecta de la soledad. El intenso deseo de amor, de ser amado y comprendido.

—¡Es una historia de autodeterminación! —exclamé. Me sentía segura de mi opinión—. Del impulso de seguir un camino propio. Ya sabes, de ser fiel a tu destino y de cómo eso entra en conflicto con el amor. Jane ama a Rochester, pero tiene que dejarlo porque se da cuenta de que si se casa con él pondrá en peligro su integridad.

—Y sin embargo, se casa con él, ¿no? No he llegado al final, por cierto, pero estoy seguro de que se casa con él.

—Pues en ese caso, no te lo voy a decir —contesté con recato.

Di un sorbo a la copa y nos quedamos en silencio un momento.

—Supongo que no había pensado en el aspecto de la soledad —dije, después de una pausa—. A mí me parecía que la soledad era el estado natural de Jane. Estaba tan arraigada en ella que vivía sola y tenía que seguir su camino sin ayuda alguna. Así que no busca el amor. No lo espera.

—Ella cree que no es algo que esté hecho para ella —dice Tom—, pero entonces conoce a un atractivo lord.

—¿Rochester es un lord?

—Sí, no sé, quizá no sea más que un simple aristócrata, pero existe una diferencia de clase. Eso es importante.

—Sí. Jane solo se casa con él cuando se hacen iguales. Ella se vuelve rica y él tiene dificultades.

—Así que sí que se casan. Lo sabía.

—¡Uy!

—No pasa nada. A veces disfruto más de una historia cuando sé cómo va a acabar.

—La culpa es de los efectos desinhibidores del destornillador —dije.

Dimos un sorbo a nuestras copas en silencio mientras un par de murciélagos formaban dibujos oscuros en el tranquilo cielo por encima de nuestras cabezas.

—¿Alguna vez te sientes solo? —le pregunté.

Tom me miró y levantó una ceja.

—Vaya. Bueno. Una conversación de verdad —dijo. Levantó su vaso hacia la farola, como para apreciar su calidad, y bebió—. Por supuesto que sí —contestó—. Es parte de la condición humana. Quizá suene ridículo, pero es la verdad. La gente que espera no estar sola nunca es la que con más probabilidades llegue a estarlo. No se puede esperar tener una vida feliz, solo cabe esperar que sea satisfactoria.

—Cierto —respondí—, pero la soledad está en alza. Es una epidemia. He leído un artículo en *The Atlantic* sobre ello, así que debe de ser verdad. Es la fragmentación social provocada por las redes sociales, la naturaleza cambiante de las familias, la disrupción digital, etcétera.

—Yo creo que probablemente mi generación... —empezó a decir Tom—. Ahí lo tienes, ¿te ha gustado eso de «mi generación»? —Me miró y asintió—. A los miembros de mi generación no se les da muy bien estar solos. Están tan acostumbrados a vivir sus vidas en las redes sociales que no experimentan una soledad auténtica, quiero decir, una soledad positiva. Y aprender a amar la soledad buena es una destreza necesaria si quieres evitar sentirte solo.

—Sí, pero la gente siempre habla en las redes sociales sobre ello siendo una comunidad. Cuando se hace como se debe, claro —puntualicé—. Y seguramente resulta bueno para gente que ya está aislada socialmente, o para grupos de madres. Te juro que los grupos de madres forman el ochenta por ciento del contenido de internet y solo un veinte por ciento es porno.

Tom se rio.

—Es cien por cien seguro que alguien de tu grupo de madres de Facebook estará despierta a las tres de la madrugada cuando estés sufriendo una noche oscura del alma. Pero ¿de verdad sirven de apoyo? ¿Cuál de esas mujeres que están conectadas va a ir a tu casa con comida o, no sé, para darte una palmadita en el hombro o algo así?

—Apoyo moral. Proporcionan apoyo moral.

—Es fácil dar apoyo moral por internet. A menudo no es sincero, ¿no crees? —cuestionó Tom—. No es más que otra pose fingida. La amiga solidaria, ya sabes a qué me refiero, que hace de animadora en internet ante los éxitos de sus coetáneos. En el fondo sabes que están que echan humo por culpa de los celos profesionales.

Pensé en Tracey, con sus menciones y su generosa costumbre de etiquetar, siempre captando la atención de sus seguidores de internet, adoptando el rol de guía, de modelo a seguir, perfecta y generosa, la hermana mayor y divertida, con su positivismo tan incesante y urgente que resultaba casi hostil, proyectando siempre una visión casi de burbuja de la perfección orgánica, permanentemente vestida con ropa de lino de color pastel, con la luz de sus fotografías tan sobreexpuesta que todo su mundo tenía el aura de encanto retro de una película de Super 8 de los años setenta. Su mundo en internet tenía un toque dorado. Las cabezas rubias tenían un halo de luz. Había jardines frondosos, cocinas perfectas, estantes llenos de botes de baquelita de colores de sorbete... Incluía todo ese contenido, pero su vida interior era opaca.

—¿No han sido los artistas siempre así? —pregunté—. ¿Celosos y rencorosos?

—Es verdad.

—La gente comparte cosas en internet —dije—. Se conectan unos con otros.

Yo no era nada fiel a esta argumentación. De hecho, era probable que no la creyera, pero me gustaba hablar con Tom, lanzar una idea al aire igual que Maddy jugaba con un globo, yendo detrás de él para asegurarse de que no tocaba el suelo.

—Ese es el principal problema. A eso me refiero —contestó Tom—. La gente ve un atardecer, una flor o a un par de chicas peleándose en un tren, y su primer impulso es hacer una foto y compartirla en internet. Nadie observa ya las cosas, ni las saborea, ni las mantiene en privado, faltaría más, ni las guarda como algo especial, sino que se comparten en internet. Aunque en realidad no las comparten, sino que las reclaman. Reclaman la experiencia como propia, así que toda la experiencia queda degradada a una especie de alarde.

Tom echó la cabeza hacia atrás, se apartó el pelo de la cara y me miró.

—Se acabó el sermón.

Le sonreí.

—Di lo que quieras de los grupos de madres —dije—. Y créeme, yo me fío de ellas. Me han dado estupendos consejos sobre cómo tratar los pezones agrietados, y también la incontinencia. Es un espacio seguro para las que sufrimos incontinencia.

—Pues retiro mis anteriores comentarios.

—El de las incontinentes es uno de los grupos sociales más marginados —indiqué, después de unos segundos añadí—: Perdona, demasiada información.

—Contigo demasiada información nunca es suficiente.

Tom me miró. Sus ojos oscuros tenían un aspecto luminoso y nocturno, como los de un simpático marsupial.

—Cuéntame qué tal estás —dijo.

—Bueeeeeno —contesté estirando los brazos por encima de la cabeza—. Ahora que lo dices, me acaban de ofrecer un trabajo nuevo.

—Qué bien —contestó—. ¿Dónde?

Le dije el nombre de la empresa.

—Me van a contratar como consultora jefe. Me voy a encargar de la estrategia en medios, gestión de crisis y ese tipo de cosas. —Tom no dijo nada—. Están bien considerados. Tienen una buena lista de clientes. Se dedican a medios de comunicación, algunas agencias gubernamentales, algunos bancos importantes...

—Pero no te va a gustar —repuso Tom—. ¿Desde cuándo quieres trabajar en eso?

—Muchos periodistas lo hacen —contesté—. Ser reportera resulta agotador. Estaba cansada, por eso cometí aquellos errores. Tienes que distribuir tus lealtades entre tus fuentes, tus lectores y tú misma. Es agotador.

—Así que ahora vas a trabajar para una empresa que colabora con grandes sociedades y explotaciones mineras —dijo—. Una buena forma de eliminar conflictos de interés.

Le miré, sorprendida por su tono. Nunca le había oído hablar con sarcasmo. Le respondí con el mismo tono.

—Entiendes que tengo que ganar dinero, ¿verdad? —solté—. Tengo que mantener a una hija pequeña. No todos podemos vivir la fantasía del artista en su destartalada casa compartida. Yo no quiero vivir con muebles recogidos de la basura. ¿Me convierte eso en una persona problemática?

—¿Es así como me ves? ¿De verdad crees que soy así de simple?

Yo sabía que la madre de Tom era maestra de escuela. Sabía que su padre había dejado a la familia cuando él era pequeño. Al contrario que Danton y probablemente la mayoría de sus coetáneos y competidores, Tom no podía permitirse realmente ser artista.

—Me estás llamando vendida —repuse—. Es propio de privilegiados, por no decir cobardes, juzgar así las decisiones de los demás. Dime lo mismo cuando tengas un hijo.

—Yo creía que tu tío Sam te dejaba barato el alquiler de la casa.

Tom había conocido a Sam en una ocasión, cuando mi tío había venido a Ruby Street a comer y habíamos ido después a la cafetería de Tom a tomar café y tarta. Durante el camino de vuelta, cuesta abajo, Sam me había preguntado qué había entre el guapo camarero y yo. Le contesté que nada.

—Es un alquiler barato que desaparecerá el día que él muera, lo cual, y según las estadísticas, es probable que suceda bastante pronto —señalé—, por mucho que odie esa idea.

—Pues ya encontrarás otro sitio donde vivir —afirmó—. Aquí va a haber un par de habitaciones en abril. Mindy tiene una beca de investigación en Berlín. Chelsea vuelve a casa de sus viejos para ahorrarse el depósito.

—Dios mío.

Sentí una oleada de desprecio hacia Chelsea, quienquiera que fuera. Y por Mindy, quienquiera que fuera, sentí celos. Siempre había querido ir a Berlín.

—¿Tienen empresas de hidrocarburos en su lista de clientes? —preguntó Tom—. Apuesto a que sí.

—Por el amor de Dios.

Me tragué lo que me quedaba de destornillador. Necesitaba volver a casa. Había sido un error venir aquí. Ahora estaba un poco borracha y tendría que enfrentarme a Jan en mi sofá. Probablemente querría hablar de *Nidito de amor* y de biquinis brasileños. De repente me sentí enormemente cansada, tanto que me resultaba imposible imaginar un momento en que no lo estuviera o recordar otro en que no lo hubiera estado.

—Siempre vas por ahí con un aire de justificada aflicción, Suzy —dijo Tom, estallando de rabia de una manera que me sorprendió, incluso a pesar de la mía—. Actúas como si tu vida se hubiese detenido cuando tu ex te dejó. Él no te lanzó ningún hechizo. No estás paralizada.

—Tengo que irme —dije, y levanté en el aire mi vaso vacío—. ¿Qué hago con esto?

—Déjalo ahí —respondió Tom.

Parecía taciturno. Sus cejas se plegaron y, cuando se levantó, extendió la mano hacia mí y me tocó el brazo en el momento en que yo me giraba para salir por las puertas abiertas que daban a su habitación. Dijo mi nombre.

—Tengo que irme —repetí.

Al salir entreví el armario de Tom. Tenía una puerta doble hecha con madera astillada de contrachapado que parecía que llevaba en su dormitorio desde la infancia y que había sufrido demasiadas mudanzas desde entonces. Estaba lleno de ropa, sobre todo camisetas, tiernamente colgadas en perchas, como en tiendas de lujo en las que las camisetas cuestan más de cincuenta dólares. En medio de los azules marinos y grises había un panel de color estampado que supuse que era uno de los vestidos de Jess, algo con tucanes. Envidié su capacidad de invadir el espacio visual con sus estampados, sus colores y el exuberante tamaño de su cuerpo. No pedía disculpas por su presencia. Estaba encantada de que la miraran y aceptaba esas miradas sin pudor. Jess era imponente, con su actitud de estampado de tucanes ante la vida. En medio de mis celos, deseé que le pasara algo, algo que la apartara de Tom. Entonces, nada más pasar junto al estampado de tucanes, debajo, detrás, obstaculizada por el mango de una raqueta de *squash*, vi mi propia cara y mis piernas extendidas sobre un colchón. Estaba profundamente dormida, como si me hubiesen dado un narcótico. Tom no había vendido la *Arpía 8*. Se había aferrado a ella y, después, la había guardado en el fondo de su armario, ni para compartirla ni para mostrarla, sino para conservarla.

Capítulo veintitrés

Diez minutos después estaba de vuelta en la casa de Ruby Street. La planta de arriba estaba a oscuras, y la de abajo, iluminada como una casa de muñecas encendida. Supuse que Jan debía seguir levantada. Eran las once y media y *Nidito de amor* habría terminado ya, pero sabía que después había un programa de debate donde hablaban de *Nidito de amor,* diseccionando las distintas combinaciones de parejas y los malentendidos shakespearianos que habían ocurrido en el episodio de esa semana. En el debate participaban antiguos concursantes del programa que mostraban expresión de sorpresa, aunque inexpresivos por lo demás, y lucían extensiones de pelo tan gruesas como una cuerda de cáñamo. El debate estaba dirigido por una mujer de la cadena de televisión que solía presentar las noticias.

Abrí la puerta y llamé a Jan a la vez que me quitaba los zapatos en el pasillo y lanzaba el bolso al suelo. Pasé por la sala de estar. El programa de debate de *Nidito de amor,* que ahora recordaba que se llamaba *Nidito de amor en directo,* balbuceaba en la televisión, pero la habitación estaba vacía. Uno de los contertulios agitaba un dedo delante de otro que le respondía con el mismo gesto, y la antigua locutora de noticias trataba de poner fin a la discusión. Grité el nombre de Jan, pero no oí nada. Pasé por la cocina, que estaba en silencio y tranquila, y ahí estaba, sentada en la mesa, con la cabeza por debajo de la barra de desayuno donde estaban alineadas mis hierbas, como niños en formación. Jan estaba sentada en una postura poco natural que me alarmó, con las manos en las rodillas y la espalda recta, como si le hubiesen ordenado que se sentara así para hacer una fotografía o como si se hubiese quedado inmóvil mientras meditaba.

—Jan… —dije entrando en la cocina—. ¿Por qué…?

Estaba inmóvil como si hubiese sufrido un ictus, pero sus ojos se movían acelerados a su alrededor, como si sufriese una parálisis y estuviese tratando de comunicar algo complejo, pero sin la ayuda de un ordenador parlante. Incluso tratándose de Jan, era un comportamiento extraño.

—¿Estás bien? —pregunté y, a la vez que me acercaba a ella, oí unos pasos por detrás de mí, en la escalera.

Un pellizco en el estómago me dio la respuesta mejor de lo que podría habérmela dado Jan. No, no estaba bien. Nada estaba bien.

—Hola —saludó una voz detrás de mí.

Me giré y lo vi. Era un hombre grande, de unos sesenta años, con los hombros anchos y caídos hacia unos bíceps fuertes y cubiertos de capas de grasa de décadas del varón australiano, una persona que ha vivido su vida contraviniendo todo tipo de advertencias sobre enfermedades cardiacas con el consumo de carne y alcohol. Si bien, ahora mismo el hombre que estaba en mi cocina parecía bastante calmado. Llevaba una camisa azul marino de manga larga que podría considerarse elegante, con dos pequeños botones que hacían que el cuello se mantuviese recto. Era una camisa propia de un club de golf. Bajo la camisa, se mostraba una personalidad distinta. Llevaba puestas unas bermudas ligeras de las que sobresalían las poderosas piernas de un hombre que antiguamente jugaría a alguna especie de *rugby*, a trece o a quince, y cuyos músculos conservaban su recuerdo. Le miré a la cara. Era ancha, con una nariz fuerte que destacaba en el centro con la forma de un tubérculo. Tenía ojos azules y largas pestañas, lo cual daba a su rostro una ternura que, por lo demás, no merecía. Su pelo era de un dorado oscuro, como el de su hija. Le reconocí como el hombre del impermeable de la semana anterior. No hizo falta preguntar quién era.

—Terry —dijo Jan a mi espalda—. Ha venido Terry.

—Y tú debes ser Suzy —respondió él—. Encantado de conocerte en persona. Por fin. Eres guapa, pero demasiado delgada para mí. A mí me gustan las mujeres con relleno. ¿No es verdad, Jan?

—Maddy.

Mi palabra fue un graznido, una súplica.

—Está bien —contestó Jan. Me miró a los ojos y asintió con firmeza—. Está dormida.

—Al contrario que nuestra hija, diría yo —añadió Terry, y soltó una especie de carcajada seca.

—Deja que vaya a verla —dije, y me dispuse a ir hacia la puerta de la cocina.

Terry, que estaba de pie junto a ella, colocó la mano sobre el quicio en silencio, dejando el brazo atravesado en diagonal como un contrafuerte.

—Siéntate al lado de mi mujer un momento —me ordenó en voz baja—. He venido en son de paz. No voy a hacerle nada a tu niña. He venido a por algo que me pertenece.

Me giré y fui a sentarme al lado de Jan. Mi mente giraba a toda velocidad por distintos escenarios y resultados, peligros y posibilidades. No parecía ir armado. ¿Podríamos las dos contra él? Sabía con absoluta certeza que buscaría el modo de matarle o lisiarle antes de permitir que se acercara a Maddy.

—No le ha hecho nada, te lo juro —me susurró Jan cuando me senté a su lado—. Está dormida. No le ha pasado nada. Él me ha quitado el teléfono.

El corazón se me sacudía en el pecho como un pájaro asustado. La visión se me nubló. Pensé en mi teléfono, inaccesible, metido en mi bolso, que estaba en el suelo. Pensé en todas las decisiones, las pequeñas y las tomadas a ciegas, que me habían llevado hasta esta situación.

Terry se acercó y se colocó delante de nosotras en la cocina, como un obelisco maligno, si es que los obeliscos vistieran bermudas y tuvieran venas varicosas. Se mostraba claramente cómodo con su comportamiento intimidante, pero también se percibía en él algo exagerado y fingido, como si esta forma de masculinidad no le saliese de forma natural, sino que la hubiese elegido conscientemente y la hubiese estudiado para practicarla de forma adecuada. ¿A quién estaba imitando? ¿A los hombres de los programas de debate sobre fútbol? ¿A los matones de la mafia que salían en las películas de serie B? ¿A su propio padre? Reunía en él a todos los hombres de caminar decidido, posesivos y acosadores del mundo. Observando a esos hombres, Terry había aprendido a perfeccionar su expresión hasta convertirla en una leve mueca. Su cuerpo era una masa de carne y huesos que podía actuar con violencia rápidamente, como si se pulsara un interruptor.

—Bueno —dijo acercándose a nosotras—. Vosotras dos os habéis hecho buenas amigas. Jan dice que habéis pasado mucho tiempo juntas. Haciendo las paces. Intimando.

Cogió una de las sillas de la mesa y la colocó en medio del suelo de linóleo de cuadros blancos y negros de la cocina, a unos metros de nosotras. Giró la silla de modo que el respaldo quedó frente a nosotras y se sentó a horcajadas, como si fuese Liza Minnelli y este fuera su cabaret. El movimiento tensó sus endebles bermudas y de ellas asomó un solitario testículo, como un huevo de codorniz de color morado.

Miré a Jan. Su expresión cambió rápido de diversión a desprecio, después a miedo. Yo sentía asco y lástima y esperaba que no se me notara en la cara. Jan se aclaró la garganta antes de hablar.

—Resulta que Terry lleva como un mes vigilándome —dijo—. Ha visto nuestros encuentros y te ha reconocido, claro, del periódico. Quería saber por qué nos hemos estado viendo.

—¿Se lo has dicho?

—Le he dicho que hemos estado trabajando en un proyecto. Una especie de homenaje a Tracey.

—¿Y sabes qué he dicho yo? —intervino Terry—. He dicho que debería avergonzarse tan solo por hablar con la zorra que mató a nuestra hija.

Lo divertido de Terry en ese momento, aparte del hecho de que le estuviese asomando un huevo por las bermudas como si fuese un muñeco sorpresa, era que oírle decir eso en voz alta supusiese un alivio. Era la descomunal personificación de mi culpa. Era como la aparición en un cuento clásico de un dios vengativo con uñas desafiladas, nariz de boxeador y sin calzoncillos. Pensé en Jan, danzando a su alrededor todos esos años, probando distintas estrategias para que no le pegara: guardando silencio, apaciguándolo, evitándolo, calmándolo. Me había hablado de la liberación que supuso abandonar aquellas estrategias, que de todos modos nunca funcionaron, y entregarse a la inevitabilidad del golpe, girándose hacia él de frente. Yo me sentía ahora inundada de adrenalina, completamente alerta. Me pregunté qué forma de venganza adoptaría. Esperé a averiguarlo.

—He intentado hablar con Terry —me explicó Jan. Mantenía un tono de voz calmado, pero con esfuerzo—. Le he dicho que lo que ocurrió no es culpa de nadie. La gente siempre se culpa a sí misma cuando suceden este tipo de tragedias —dijo, como si estuviese repitiendo argumentos—, pero lo cierto es que nadie mató a Tracey. Se mató ella.

Una lágrima gigante asomó por uno de los ojos azules de Terry y cayó sobre el asiento, a uno o dos centímetros de su testículo expuesto.

—Echo de menos a mi niña —dijo.

Hablaba como un niño malhumorado. Jan soltó un fuerte suspiro.

—Todos la echamos de menos, Terry. —Hizo una pausa—. También estuvo ahí mucho tiempo antes de morir, y lo sabes, mucho tiempo en que tú no la veías, pero no parece que la echaras de menos entonces, no lo suficiente como para mover el trasero y venir a verla.

Miré a Terry y me pregunté si esto le provocaría rabia. Y así fue. Golpeó el respaldo de la silla con la palma de la mano. Pretendía ser un gesto dramático, pero el sonido quedó amortiguado y el golpe le debió de doler.

—¿Crees que no lo lamento ahora? —gritó—. Recuerdo la última conversación que tuve con ella. Nos peleamos. Le dije que sabía que estaba mintiendo y que su abuela Shirl estaría removiéndose en la tumba.

—La abuela Shirl era la madre de Terry —me aclaró Jan—. Murió de cáncer. Tenía enormes nódulos por todo el cuerpo. No hay que hablar mal de los muertos, pero era toda una vieja zorra, la abuela Shirl. La primera vez que la vi me preguntó por qué había ido a su casa vestida con un trapo de cocina. No gustaba a nadie de su propia familia.

—¡Cuidadito, Jan! —gruñó Terry.

—Sabes que es verdad —repuso Jan en voz baja, y alzó el mentón con gesto desafiante.

—El médico dice que tengo estrés postraumático —dijo Terry.

En ese momento bajó la mirada mientras se masajeaba la mano que había usado para golpear la silla. Miré a Jan, que me miró a su vez y puso los ojos en blanco.

—Puedes ir a terapia para eso —le dijo a Terry—, y para medicarte. Ahora hay medicinas para todo. Las prueban con ratas.

—Estoy destrozado —insistió Terry.

Jan soltó un pequeño bufido de fastidio, pero contenido, para que solo yo pudiera oírlo.

—Todos estamos sufriendo, Terry —afirmó. Hablaba despacio—. Tus sentimientos son tuyos y eso no te lo puede discutir nadie, pero no tenemos que estar untándolo todo con ellos, ¿no? Ni verterlos sobre los demás. No tiene sentido hacer que otros paguen por lo que nos ha pasado a nosotros.

—Sí que tiene mucho sentido que ella pague por lo que pasó —dijo mirándome—. Si no hubiese escrito su artículo, Tracey seguiría viva. Y no estaríamos aquí, donde estamos ahora, en Sídney. —Hizo una pausa—. Joder, cómo odio Sídney.

—Tienes que irte, Terry —dijo Jan—. Suzy tiene que acostarse. Yo estoy cansada y tengo los tobillos hinchados como la mierda. Esto no tiene sentido, lo que quiera que creas que estás haciendo. Y tienes que dejar que nos vayamos.

—¿Quién dice que os estoy reteniendo aquí? —preguntó con una sonrisa asomando en su boca. Tenía una boca grande, como si se la hubiesen estirado por los lados con pinzas en algún momento de su infancia. La abrió y mostró unos dientes sorprendentemente blancos—. Os podréis ir en cuanto consiga lo que quiero.

—¿Y qué es? —preguntó Jan.

Su tono sonaba cansado, como si estuviese esforzándose por no perder la compostura. Reconocí la tensión de su voz porque era exactamente el mismo tono con el que yo le hablaba a Maddy cuando me pedía que le leyera un libro más o cuando quería cereales para desayunar y luego empezaba a llorar porque quería tostada.

—¿Dónde está eso que has estado escribiendo? —me preguntó Terry.

—Está en mi ordenador —contesté—. Solo es un borrador. No he escrito todavía la versión final.

—¿Y dónde está tu ordenador?

—Arriba.

—Vamos a por él.

Terry quería la historia de su hija. ¿Para qué? ¿Para leerla? ¿Para llevársela? Sacudió la cabeza para indicarme que me pusiera de pie y obedecí. Me dirigí hacia él y se apartó de la puerta de la cocina, moviendo la mano con un gesto cortés para dejarme pasar. Me siguió, y yo sabía por su aliento que estaba detrás de mí, demasiado cerca, al ir hasta la escalera y subir. Sentía de forma intensa la presencia cálida y con olor a galletas de Maddy en su habitación. Cuando pasé junto a su dormitorio pude entreverla, iluminada por el halo rosa de la lámpara de su mesita. Por el movimiento de su pecho supe que estaba dormida y a salvo. Entré en mi habitación, donde estaba mi portátil cerrado sobre la mesa, junto a las puertas francesas. Lo desenchufé, le di la vuelta y se lo pasé a Terry.

—Gracias, guapa —dijo, como si le hubiese pasado una taza de té—. Ahora podemos volver a bajar.

Volvimos a la cocina, donde Jan estaba sentada en su sitio de la mesa, aún con las manos sobre las rodillas, como un guerrero de terracota.

—¿Estás bien, pollito? —me preguntó cuando entramos.

—Está bien, Jan —respondió Terry—. No te preocupes por ella.

Terry usó sus grandes manos para abrir el portátil y pulsó el botón de encendido. La música familiar del ordenador cobrando vida rompió el silencio de la cocina. La cara rechoncha de Terry se iluminó de azul con la luz reflejada. Jan y yo intercambiamos una mirada.

—Ven aquí, guapa —me dijo Terry—. Tú sabes manejar esta cosa. Enséñame el artículo que has escrito sobre mi niña.

Ahora no era el momento, pero sentí un destello de enorme fastidio, pues siempre he odiado a la gente, quien quiera que sea, que lee mis textos antes de que estén listos. Pensé en que mi texto sobre Tracey tenía un comienzo fuerte, pero estaba incompleto y sin terminar. Tenía largas notas escritas para mí a lo largo del texto en letras mayúsculas, como «INFORMACIÓN AQUÍ SOBRE TÍTULO DE UNI» o «¿DE QUÉ RAZA ES EL PERRO?».

Pero quería que Terry se fuese de mi casa, así que abrí el documento donde estaba el texto y me aparté para que lo pudiera leer. Me estremecí cuando lo hizo. Jan y yo le miramos mientras él lo examinaba, moviendo nerviosamente sus largas pestañas. Estuvo en silencio un minuto o así, completamente inmerso en la lectura, y después cerró el ordenador con un golpe, sobresaltándonos a las dos. Se puso de pie y la silla cayó hacia atrás sobre el linóleo como un pájaro muerto por un disparo.

—La basura de siempre —dijo—. He leído bastantes cosas tuyas. Te he estado siguiendo. Me puse una alerta en Google. Tracey me enseñó a hacerlo cuando todavía nos hablábamos. Lo que escribes…

Me hizo una señal con la cabeza. Sentí que la adrenalina me abandonaba y que mi fatiga regresaba, profunda como el fondo del mar. Entendí entonces que Terry quería un público, quería que le escucharan. Estaba más interesado en sus sentimientos por la muerte de su hija que en su muerte en sí. Y menos interés aún tenía en su vida, la que yo había intentado describir, probablemente sin conseguirlo, como un monumento de palabras para su madre.

—Lo que escribes está lleno de datos y grandes palabras y toda esa basura de siempre de las personas que tratan de parecer listas utilizando datos y grandes palabras —gruñó Terry—. Sé que te crees mejor que mi hija. Apuesto a que vienes de una familia rica.

Bajé la mirada. Decidí no explicarle a Terry el lío de mi padre con la crisis de las hipotecas de alto riesgo, su exposición a instrumentos de deuda americanos y la exclusión de mis padres del club náutico por motivos económicos. No dije nada.

—Sí, lo sabía —dijo Terry—. Las putas zorras como tú creéis que podéis hacer lo que os dé la gana con los demás. Tengo una pregunta para ti.

Esperé.

—Quiero saber por qué escribiste sobre mi hija. He echado un buen vistazo a la mierda sobre la que escribes: pedófilos, jugadores de *rugby* que violan a chicas lo suficientemente estúpidas como para meterse en un coche con ellos, ese chef tan famoso que estafó a sus empleados. ¿Por qué escogiste a mi hija? ¿Qué daño podía hacer?

—Yo no fui a por Tracey —respondí—. No era como si fuese mi objetivo. Recibí un correo electrónico y decidí investigar.

—¿De quién era el correo? —preguntó Terry.

Parecía sorprendido.

—No lo sé.

Jan, que llevaba unos minutos en silencio, soltó un extraño sonido que sonó entre un aullido y un gruñido. La miré y vi que estaba temblando, con su cuerpo centelleando bajo el estampado rosa y púrpura de la blusa.

—¡Por el amor de Dios, Terry, joder! —gritó—. ¿Qué más da? ¿Es que importa algo todo esto? ¿Es que algo de esto va a devolvérnosla? ¿Te pavoneas por aquí enseñando las pelotas y exigiendo respuestas y no sé qué más sobre lo que ha escrito Suzy? Tracey ya no está. Cada cosa que haces lo empeora todo más aún.

Terry pareció quedarse atónito.

—La verdad es que yo sí creo que importa —replicó, herido—. Y mi terapeuta dice que necesito un final. Eso es lo que estoy tratando de conseguir con esto: un maldito final.

Jan soltó un bufido de desprecio.

—Pues buena suerte.

—Pues muchas gracias, Jan —repuso Terry. Su actitud había cambiado tras el estallido de ella. Ahora se comportaba con una exagerada cortesía, como si él fuese el civilizado entre los presentes. Se acercó de nuevo al portátil—. ¿Todavía tienes ese correo electrónico? ¿El primero? —me preguntó—. ¿Está aquí?

Yo lo guardaba todo de forma meticulosa. Sabía que el correo estaba en una carpeta de mi correo.

—Sí —respondí.

A estas alturas no me pareció que tuviera sentido mentir sobre esto ni sobre ninguna otra cosa.

—Vamos a echarle un vistazo, ¿de acuerdo? —dijo.

Volvió a ponerse delante del portátil y lo abrió. Esta vez se reinició rápidamente, como si se hubiese echado una pequeña siesta, pero manteniéndose alerta a cualquier aviso.

—Terry, no te molestes —dijo Jan—. No tienes por qué estar indagando como si fueses un maldito Sherlock Holmes. Yo sé quién envió ese correo. Yo lo envié.

—Joder, ¿estás de broma? —exclamó él. Parecía asustado. Después me miró—. Abre tu correo. Enséñamelo.

Cogí el portátil. Resultó fácil encontrar el correo: estaba en la carpeta en la que lo había guardado. Lo abrí. Ahora que la conocía, me di cuenta de que sí parecía propio de ella. Le volví a pasar el ordenador a Terry para que lo leyera. Lo hizo mientras no paraba de tragar saliva, con la nuez ondulándose bajo su piel.

Jan, para no mirarme a los ojos, bajó la vista hacia sus manos. Las tenía apoyadas en el regazo y giradas hacia arriba, como las manos de una postulante.

A continuación, Terry cerró de golpe el portátil y dio un par de pasos en dirección a Jan. Se detuvo frente a ella, con el ordenador en la mano derecha, blandiéndolo sobre ella como una maza de plata. Si lanzaba el portátil contra el cráneo de Jan ahora, se lo partiría por la mitad como un cuenco dorado. Grité, pero justo en ese momento Terry bajó la mano y se derrumbó delante de Jan como si estuviese delante de un altar. Colocó su enorme cabeza en el regazo de ella y empezó a temblar mientras lloraba sobre su falda, con enormes gritos jadeantes que le salían de algún lugar muy dentro de sí, del mismo lugar donde nacía su violencia, un lugar de necesidad, miedo y pesar. Jan se mantuvo impasible, con expresión indescifrable. No respondió en absoluto al tacto de Terry, apenas parecía ser consciente de ello.

—Pensé que así podría detenerla —explicó Jan en voz baja un rato después—. Creía que si se enfrentaba a las consecuencias, lo dejaría.

Terry levantó la cabeza como un perro gigante que despierta del sueño, y se puso de pie despacio. Cogió el portátil y fue al fregadero, lo metió dentro y abrió los grifos, del todo, de tal forma que el agua le salpicó sobre la entrepierna de sus finas bermudas. Junto al fregadero había una vasija de cerámica en la que tenía instrumentos de cocina y de ella sacó un mazo de carne de plata que yo utilizaba para golpear los filetes de ternera cuando preparaba *schnitzels* para Maddy. Lo sostuvo en alto sobre su cabeza por un momento y luego golpeó con fuerza el portátil mojado. Oí el golpe sordo del metal abollado con una leve nota aguda de cristal roto.

Jan se había dejado caer ahora hacia delante y tenía la barbilla caída sobre el pecho. Su respiración se había acelerado y parecía irregular. Me preocuparon su glucemia y su corazón. Tras dar varios golpes al portátil, Terry se dio la vuelta desde el fregadero y vi el destello apagado del mazo en su mano. El tiempo se detuvo mientras yo esperaba a que volviera a levantarlo y se abalanzara sobre nosotras. Entre las aguas de mi cansancio, mis nervios se estremecieron preparándose para enfrentarse a él, lanzarme sobre él, buscar un arma y obligar a ese hombre a que se alejara de nosotras.

Terry dejó caer el mazo, que aterrizó con un ruido sordo sobre el linóleo. Por un momento todo quedó en silencio mientras le mirábamos y pude oír la corriente del agua del fregadero, donde Terry había dejado los grifos abiertos. Oí el parloteo de la televisión mientras *Nidito de amor en directo* seguía sonando en la sala de estar, ajeno a nosotros. Terry no nos volvió a mirar antes de salir de la cocina. Abrió la puerta y salió de la casa. Oí el balanceo y la sacudida de la ranura del buzón cuando cerró la puerta al salir.

Esperamos uno o dos minutos después de que Terry se marchara. El alivio se mezcló con mi fatiga y sentí que me mareaba.

—Jan —susurré.

—Sí, cariño.

—Mi texto sobre Tracey. No tenía copia de seguridad. Quería guardarlo en una memoria USB. Soy una tonta. Lo siento.

Jan no respondió, así que lo repetí:

—Lo siento muchísimo, Jan.

Mientras hablaba, un sollozo se escapó de mi garganta y pareció quedarse flotando en el aire entre las dos como si estuviese vivo, como si comunicara algo indecible, algo sobre lo que podría escribir mil palabras pero que nunca expresarían su significado de una forma tan precisa como ese ruido.

—No pasa nada, cariño —respondió Jan—. No pasa nada.

Capítulo veinticuatro

Cuando Charlie y yo estábamos juntos, antes de que se marchara a algún lugar desconocido, de que me dejara o de que yo le dejara, o de que nos dejáramos, me había preguntado a menudo cómo terminaríamos. Esa era la palabra en la que pensaba y la forma en que se lo expresé una vez que le pregunté:

—¿Cómo crees que vamos a terminar tú y yo?

Estábamos en la cama, yo con una novela y él con su teléfono, moviendo el dedo sin cesar por la pantalla, perezosa pero incesantemente, como si estuviese tratando de llegar al fondo mismo de internet. Me pregunté qué riquezas albergaba el teléfono para él, pero cuando saboreé lo que eran deseé no haber querido saberlo.

—¿Eh? —replicó, y siguió con el teléfono.

—¿Dónde crees que vamos a terminar? —repetí—. Tú y yo.

No sé qué era lo que me esperaba que dijera, pero creo que supe muy pronto, incluso cuando Maddy no era más que un vertebrado acurrucado y a medio formar dentro de mi abdomen, más como una idea que como carne, que algún día ella terminaría atada a mi pecho y yo iría caminando sola con ella. Creo que le hice esa pregunta para forzar las cosas, porque me sentía tan frustrada y sola que ya anhelaba que me dejase. Nuestra relación se había convertido en un juego de a ver quién se apartaba primero.

—No lo sé —respondió—. ¿Quién sabe lo que puede pasar? Se supone que los humanos no están hechos para estar emparejados de por vida. La gente lo hacía cuando la esperanza de vida era como de cuarenta años.

Maddy tenía entonces unos seis meses. Mientras manteníamos esta conversación, ella dormía en su cunita al lado de nuestra cama. Era una bebé perfectamente formada, como una de esas muñecas que se anuncian en las revistas de mujeres, de las que van vestidas con trajes de bautizo con volantes que parecen la espuma del mar y que son de lo más realistas. Sin embargo, al contrario que esas muñecas, Maddy se despertaría pronto y gemiría por la leche que me hinchaba los pechos, y me dolerían si no respondía a sus necesidades. Así era nuestra dolorosa interdependencia. Después de darle de comer, tendría que hacer sus regüeldos y tranquilizarse y, en algún momento de ese proceso, Charlie se pondría de pie, con el móvil en una mano y una almohada en la otra, y saldría enfadado de la habitación para dormir en el sofá de la sala de estar. Ese no era el momento adecuado para hablar de la naturaleza efímera de toda conexión humana. Me miró y me apretó la mano, como un gesto de consuelo.

—¿Por qué me pediste entonces que me casara contigo? —le pregunté.

—Pues precisamente —respondió, de forma absurda—. Ahora estoy aquí, ¿no? Es una ingenuidad esperar que una persona sea tu amante o tu alma gemela durante toda la vida.

Volvió a su teléfono y yo a mi libro, y no dije lo que estaba pensando, porque su actitud no dejaba espacio para los sentimentalismos. Lo que yo más había esperado y lo que aún seguía esperando, si era sincera, no era un amante ni un alma gemela, aunque hubiese estado bien, sino una persona que, algún día, fuese un viejo amigo, alguien con quien poder evaluar la vasta extensión de la vida y, en cierto modo, verle sentido.

Llamamos a la policía y llegaron con sus luces azules estroboscópicas, que rebotaron contra la higuera y las paredes de la sala de estar. Apagamos el *Nidito de amor en directo,* donde una chica de pelo rosa estaba discutiendo con un hombre con unos músculos tan grandes que parecían impedirle el movimiento más que facilitárselo. Jan parecía impactada; tiritaba en silencio.

Había vuelto a desaparecer todo mi agotamiento y me encontraba en un intenso estado de alerta y de curiosa euforia, lo cual supuse que sería también una forma de impacto. Cubrí a Jan con una manta y le preparé un té. La obligué a comer una galleta. Cuando llegó la policía, fui yo la que se encargó de hablar. Les conté todo con frases apresuradas. Los policías eran un hombre y una mujer y los dos eran jóvenes, supuse que de unos veintimuchos años. La mujer se quitó el gorro azul y dejó a la vista un coleta alta recogida por detrás de la cabeza, como la de una animadora. Ella hizo la mayor parte de las preguntas mientras su compañero tomaba notas en un cuaderno.

Tras preguntarme qué había sucedido, la mujer policía se sentó junto a Jan, la miró fijamente y le preguntó:

—¿Su exmarido tiene antecedentes de malos tratos?

Jan asintió.

—¿Describiría usted esos malos tratos como físicos, emocionales o económicos? —preguntó la mujer.

—Todos, agente.

Dijeron que nos tomarían una declaración formal de los hechos al día siguiente y lanzaron una alerta de búsqueda de Terry, que había huido. Dijeron que dejarían a Jan en casa. Yo le di un largo y fuerte abrazo y vi cómo se metía en el coche de la policía. El agente le abrió la puerta y le colocó una mano sobre la cabeza para evitar que se golpeara al subir a su asiento. Se marcharon en medio de destellos azules. Yo subí y me tumbé junto a Maddy, que sorbía por la nariz como un lechón y se acurrucó junto a mí. Apoyé la cara en su pelo. Estaba encogida en posición fetal, una imitación de sí misma cuando era más pequeña.

Encontraron a Terry como media hora después. Estaba sentado en la barra del Little Friend, bebiéndose una cerveza vegana, con su enorme cabeza apoyada sobre el puño. Esa noche estaba trabajando Jessica y acababa de anunciar que servía las últimas copas cuando vio que la policía entraba por la puerta. Jess odiaba a los policías y protestaba especialmente por la presencia de perros rastreadores en los bares —decía que era una práctica fascista—. No obstante, estos policías no eran de la brigada antidroga. Se acercaron a Terry y la mujer con la coleta alta le preguntó si era Terry Doran. Él dijo que sí. Le arrestó y le leyó sus derechos. Jess dijo que fue todo de lo más civilizado. Terry no se resistió.

Más abajo, en Ruby Street, yo dormía mientras se llevaban a Terry y estuve durmiendo hasta eso de las siete de la mañana, cuando oí el ruido lejano e insistente de mi teléfono y bajé pesadamente las escaleras para cogerlo mientras me preguntaba si los acontecimientos de la noche anterior habían sido reales. Entré en la cocina y vi los cristales rotos de la pantalla de mi portátil en el fregadero. La policía había fotografiado y tomado las huellas del ordenador y se lo había llevado como prueba. Cogí el teléfono y respondí. La voz del otro lado me dijo que era una enfermera del hospital en el que habían operado a Sam. La voz dijo que Sam había muerto.

—No es posible —respondí. Me estaba costando entender qué estaba ocurriendo—. Le vi anoche mismo. Solo era la vesícula.

—Señorita Hamilton, me temo que su tío ha sufrido un paro cardiaco durante la operación. Debería haber sido un procedimiento rutinario, pero estas cosas ocurren a veces con los pacientes más ancianos. Ha sido muy rápido y él estaba anestesiado, así que no se ha dado cuenta. Lo siento mucho.

Con esta llamada de teléfono se añadía otra pérdida más a mi vida, cambiando de nuevo su textura. Miré por la cocina, que era bastante normal, con los tiestos de especias todavía allí y la silla alta de Maddy vacía, de espaldas a mí, esperando a que ella ocupara su lugar y exigiera sus cereales. Fuera el sol daba sobre el patio trasero y, dentro, el aire era de un agradable frescor. Ya estábamos a mediados de febrero y era como si el mundo estuviese deseando que llegara el otoño, una época en la que el aire no era como la sopa y resultaba posible sentarse al sol sin chamuscarse como un insecto bajo una lupa. Tendría que recoger los cristales rotos antes de que bajara Maddy. Tenía que llamar a mis padres. Tendría que buscar un momento para ir a la comisaría para prestar declaración y ver cómo estaba Jan. Había que organizar un funeral. Y ahora, suponía, mientras miraba lo que era mi hogar, se pondría en marcha la maquinaria testamentaria y, cuando se detuviera, a Maddy y a mí nos sacarían de esta casa. Di las gracias a la enfermera del teléfono. Me dijo que había que firmar algunos formularios y le prometí que iría más tarde a firmarlos.

Cuando colgué, oí el sonido sordo y nervioso de los pasos de Maddy en el techo, golpeteando por el pasillo, haciéndose más fuertes a medida que llegaba a la escalera. Pom-pom-pom. Una de las muchas cosas que me encantaban de Maddy era su determinación: si se podía ir caminando a algún sitio, para ella merecía la pena hacerlo corriendo. Siempre esperaba que el lugar al que se dirigía fuera aún mejor que el que dejaba atrás. Daba brincos hacia su futuro. Esta exuberancia era innata en ella y constantemente se revitalizaba. Su alegría era invencible. Apareció en la cocina con el pelo revuelto, como si acabara de despertarse de una borrachera, la voz ronca y el cuerpo todavía enrojecido por el sueño. La vida que había dentro de ella era un campo de fuerza que la seguía cuando corría.

—Buenos días, mami. ¿Con quién hablabas por el *téfono*?

Encontramos un sitio donde podían celebrar el funeral la siguiente semana. Beverley quería una misa. Decía que Sam había sido bautizado como católico y había recibido una educación católica, como todos los Hamilton, y bueno, aunque luego no había practicado mucho, los católicos sabían cómo hacer estas cosas.

—¿Por qué no dejar que ellos lo organicen? —me sugirió sentada en la mesa de su cocina una noche, cigarro en mano.

Hablaba de los católicos como si fuesen una buena empresa de *catering* para una fiesta, pero yo me negué. Sam me había hablado del sacerdote que había sido su entrenador de fútbol en un enorme edificio de arenisca, el Hogwarts que estaba junto al puerto, donde había sido alumno desde los seis años hasta los dieciséis. Atlético, curioso y listo, Sam habría sido un principito jesuita, quizá incluso elegido para el sacerdocio. Podría haber tomado los hábitos de no haber sido por el padre Dominic, al que le gustaba desnudar a sus chicos, jugadores de *rugby* sobre todo, aunque también entrenaba al críquet, y luego los ponía en fila, desnudos, y rastreaba sus traseros pequeños y frágiles con una correa que guardaba en su despacho. Les decía que estaba comprobando sus formas y emitía sonidos de aprobación con los chicos de piernas largas y nalgas altas, según me contó Sam, a pesar de que, en realidad, ese no era el físico ideal para el *rugby*. Sam me contó también que uno de los chicos, un interno cuyos padres vivían en una estación remota al oeste de Nueva Gales del Sur, se había convertido en la mascota del padre Dominic y que a menudo iba a su despacho o a su dormitorio de la residencia. Sam sentía cierta lástima por aquel chico, pero sobre todo alivio porque, al haberle elegido a él, los demás se habían librado del sacerdote. El resto de los chicos rechazaba a aquel muchacho, lo que, a su vez, hacía que se acercara más al sacerdote. Cuando Sam tenía cincuenta y tantos años y estaba conversando con un antiguo compañero, un abogado al que había asesorado por un caso de custodia, el abogado le contó que aquel niño, que por supuesto ya se había convertido en un hombre como ellos, se había suicidado recientemente y que su mujer le había encontrado una mañana en la cochera cuando fue a meter los cubos de la basura.

Sam me contó todo esto cuando se estaba celebrando la Comisión Real sobre abuso infantil institucional. Aquello había despertado en él un tsunami de culpabilidad y tristeza que no entendía, porque había pasado toda su vida con la conciencia oculta de lo que en realidad le había pasado a aquel chico y no le había importado mucho hasta entonces. Y al fin y al cabo, nunca le había pasado nada a él, a Sam. Me dijo que ese sentimiento de culpa le resultaba insoportablemente pesado. Seguía viéndose sorprendido por la aparición en sus sueños del rostro afilado y pálido de aquel niño, de la marca de la correa en el trasero, de la puerta cerrándose tras el niño con sus padres lejos. Me pregunté si aquella experiencia había sido, en parte, la razón por la que Sam nunca había salido del armario. Quizá le confundió de alguna forma y convirtió su homosexualidad en un motivo de culpa, y el remordimiento se había instalado en él. No le pregunté ni tampoco lo supe nunca. Tras una semana o así de angustia, Sam se arregló, dio una cantidad de dinero a una organización benéfica y escribió una carta a la Comisión Real. En el informe final figuraba el padre Dominic como pedófilo. Había abusado también de otros niños que seguían con vida. Para entonces aquel sacerdote ya llevaba veinte años muerto.

De modo que nada de católicos, por muy experimentados que fueran en la muerte. En su lugar insistí en que buscáramos a un oficiante para celebrar una ceremonia no religiosa en un crematorio de un barrio periférico del norte, donde las zonas residenciales daban paso a campos de matorrales y donde Sam podría tener una placa en un jardín de flores de banksia y franelas.

Nos reunimos con el oficiante en su despacho de moqueta verde una tarde de tormenta. Se llamaba Christopher. Llevaba una pajarita de lunares. Tenía barba pelirroja, acento inglés y su propio canal de YouTube. Nos escuchaba con atención, tomaba notas y desprendía exactamente el tipo de firmeza que yo buscaba.

—Bueno, cariño —dijo Beverley cuando íbamos después hacia el coche—. Es un poco... —levantó el dedo meñique, con lo que supuse que sería una indicación de amaneramiento—, pero encantador. Parece muy sensible.

Beverley siempre añadía a sus despreocupados prejuicios ciertos cumplidos, como si con una cosa compensara la otra.

Tras reunirnos con Christopher, Beverley y yo fuimos con el coche a la residencia de Sam, donde Cherry nos abrió la puerta, y recorrimos la última habitación de su larga vida tocándolo todo con cuidado. Su muerte era tan reciente que nos sentíamos como unas fisgonas.

—¿Qué vamos a hacer con todas estas cosas? —le pregunté.

—Puede que las de Nueva Zelanda quieran algo —respondió—, pero tú deberías llevarte las alfombras, cariño. Eras su favorita.

Yo estaba pisando una de ellas, una alfombra de seda dorada que parecía haber salido de un castillo italiano. La habitación era luminosa, con aspecto nórdico, y el sillón aún tenía la huella del ligero peso de Sam. Su juego de té estaba en una bandeja sobre la mesita y sus mocasines junto a la puerta del baño, esperando firmes a que él los usara. Yo había querido a mi tío abuelo de una forma transparente y fuerte; sin ningún tipo de complicación. Y tampoco había complicación alguna en su adoración por mí, ningún tipo de dificultad. Algo se abrió y empecé a llorar. Beverley se acercó a mí por detrás y posó la mano en mi espalda.

—Ay, cariño —dijo—. Mi gatita.

Me di la vuelta y la abracé. Olía a lápiz de labios y a Issey Miyake. Me asaltó la autocompasión.

—Sam me hacía sentir como una buena persona —sollocé—. Cuando estaba con él sentía que era buena.

—Eres buena —respondió mi madre—. Yo creo que eres maravillosa.

Su voz tembló y rápidamente empezó a darme palmadas, una, dos, tres..., como hacía cuando era niña, como dando a entender que había terminado de hacerme la trenza y abotonarme el cuello, una señal de que ya estaba lista para salir al mundo. Cuando era adolescente, veía su preocupación por las apariencias, se ponía una máscara para enfrentarse al mundo, superficial y despreciablemente burguesa; pero cuando era una niña con la edad de Maddy, disfrutaba de sus mimos. Ahora que yo era madre, veía esa forma que tenía Beverley de acicalarme como una manera de cuidarme.

Nos separamos y empezamos a ordenar y empaquetar la vida de Sam. Al final sumaban seis cajas de libros, dos de cosas de casa y artículos varios, tres grandes bolsas llenas de ropa, un elegante sombrero Panamá y una caja de efectos personales. Entre ellos había una vieja polaroid a color de un hombre atractivo y nervudo que parecía tener unos treinta y tantos años. Estaba sentado en una barca de remos, en medio de un agua que no reconocí, y el sol se reflejaba por detrás de él. En la foto estaba riéndose mirando a la persona que estaba detrás de la cámara, con el mentón hacia arriba y un cigarro apoyado en los labios, al tiempo que sujetaba los remos. La postura de su cuerpo parecía suspendida hacia arriba, feliz. Pregunté a Beverley quién era aquel hombre y me dijo que no lo sabía. Me guardé la foto, porque me pareció importante. Aún la conservo.

Una semana después nos presentamos en el crematorio, donde nos recibió Christopher, elegante como unos zapatos lustrosos. Recorrió el pasillo de la sala de la ceremonia que habíamos reservado ordenando los montones de cuadernillos del funeral y tomando notas en su hoja de ruta. Su competencia se dejaba ver en la firmeza de su paso al caminar desde el atril hacia las flores, para colocar bien las hortensias. Según la previsión del tiempo íbamos a llegar a los cuarenta y un grados. Beverley llevaba un traje de falda negro de *bouclé* y una blusa negra de seda con un elaborado lazo en el cuello que le quedaba impecable, como la vela de una faluca. Yo sospeché que el traje era un Chanel o quizá un Pucci *vintage*.

Mi padre también estaba, claro, el eterno acompañante tranquilo de la ajetreada energía de Beverley. Iba afeitado, pero en cierto modo se las arreglaba para seguir teniendo un aspecto arrugado, aunque llevase un traje caro italiano con los pliegues de los pantalones cayéndole en una perfecta vertical. El traje lo había elegido Beverley y había sido confeccionado siguiendo sus instrucciones en la época en la que él trabajaba.

Beverley había solicitado una ceremonia matutina, «por el calor», dijo, pero las dos sabíamos que era porque mi padre se encontraba mejor por las mañanas. Si sabía que iba a poder tener acceso al alcohol en la recepción posterior al funeral, estaría bien. Me pregunté si mi padre podría recordar una época en la que no había deseado tomar una copa y si Beverley le habría provocado algún perjuicio al no haberle dado nunca un ultimátum que le obligara a elegir entre sus preferencias.

A las diez de la mañana empezó a llegar la gente. Los rostros eran en su mayoría viejos y blancos, como el de Sam, y yo jugué a adivinar quién era quién mientras los recibíamos en la puerta. Un antiguo compañero de trabajo. Antiguos alumnos, pues Sam había dado clase de Derecho de Familia durante unos años en la Universidad de Sídney. ¿Antiguos amantes? En medio de todos apareció Cherry, con un sencillo vestido negro, medias y sus zapatos de enfermera.

—Tu tío era mi preferido —susurró, y yo le pregunté por sus hijos—. ¡Muy traviesos! —exclamó con una sonrisa antes de ir a tomar asiento hacia el final de la sala.

Llegaron también las primas neozelandesas y mi madre me las presentó. Dijo que debía acordarme de cuando nos conocimos cuando yo tendría unos ocho o nueve años. Yo no tenía recuerdo alguno de ellas. Eran primas de mi padre y, por tanto, sobrinas de Sam. Traté de no pensar en lo que su presencia allí significaba para la seguridad de mi permanencia en Ruby Street. Eran tres: las dos sobrinas, de aspecto impasible y con discretos cortes de pelo de golfistas o de políticas, y un hombre que supuse que sería uno de sus hijos. Parecía tener unos cuarenta y tantos años y empezaba a lucir una calvicie irregular. Me sorprendió al guiñarme un ojo mientras me estrechaba la mano.

Nos sentamos en la primera fila, yo entre mis padres. Ambos tenían una forma de respirar que me resultaba molesta. La de mi padre era pesada y cansada; la de mi madre, superficial e irritable. Maddy estaba en la guardería, pero por un momento deseé que estuviese conmigo. Quería sentir su peso en mi regazo y sus manitas sobre las mías.

Christopher estaba en el atril con los ojos iluminados y una sonrisa.

—Hemos venido hoy a celebrar la vida de Sam Hamilton —empezó—. Un distinguido abogado. Talentoso pianista. Tío querido para Simon, Cynthia y Trudie. Cariñoso tío abuelo de Suzy y Timothy. Y muy querido tío bisabuelo de la pequeña Maddy. A lo largo de esta ceremonia vamos a oír hablar a los seres queridos de Sam sobre el tipo de hombre que fue, pero antes me gustaría invitar a Beverley Hamilton a venir aquí para recitar uno de los textos favoritos de Sam.

Christopher hizo una señal a mi madre y ella se levantó con elegancia, plenamente consciente de que todos la miraban, y se acercó rápidamente al atril. Se puso las gafas sobre la nariz y anunció su lectura. Era de John Donne. Yo la había elegido.

—Ningún hombre es una isla entera por sí mismo —leyó—. Cada hombre es una pieza del continente, una parte del todo. Si el mar hace desaparecer un trozo de tierra, Europa queda disminuida, como si de un promontorio se tratara, o como si fuera la casa de tu amigo o la tuya propia.

En ese momento, Beverley hizo una pausa. Su voz flaqueó de una forma hermosa. Christopher le colocó una mano discreta sobre el hombro y le hizo una firme señal con la cabeza. Continuó:

—La muerte de cualquier hombre me disminuye a mí, porque estoy ligado a la humanidad. Y, por tanto, no preguntes nunca por quién doblan las campanas: porque doblan por ti.

Beverley se deslizó de nuevo hacia su asiento y yo le pasé un pañuelo de papel. Ella lo rechazó y sacó un pañuelo de lino de su bolso de mano, que le sujetaba mi padre.

—¿Qué tal mi maquillaje? —me susurró.

Me incliné para limpiarle una mancha negra de maquillaje en el pómulo. Los pómulos de mi madre eran famosos por ser muy llamativos. Mi padre siempre se refería a ellos cariñosamente como «donde empezaron todos los problemas». Ella me dio una palmada en la pierna como agradecimiento.

—Gracias, Beverley, por tu conmovedora lectura —dijo Christopher—. Qué difícil es leer en voz alta cuando sentimos dolor en nuestros corazones por una pérdida, pero qué consuelo producen estas palabras inmortales.

Empezaba a pensar que Christopher era un poco pomposo.

—Durante los últimos días he compartido muchas horas con las personas más queridas por Sam —continuó—. Me han hablado de un hombre valiente y auténtico, con una mente brillante para la abogacía y un excelente sentido del humor. Aunque nunca se casó ni tuvo hijos propios, Sam mostró un enorme interés y curiosidad por los jóvenes que le rodeaban. Y, por supuesto, a lo largo de toda su larga carrera en el ámbito legal, ayudó a montones de clientes en una época complicada de sus vidas, ofreciéndoles sabios consejos y una presencia tranquilizadora mientras se enfrentaban a un laberinto kafkiano de nuestro sistema legal. —Christopher parecía especialmente encantado de hacer esta referencia—. A continuación me gustaría invitar a Jerry Cohen, antiguo compañero de trabajo de Sam, para que nos hable del capítulo profesional de su vida.

Beverley había encontrado a Jerry Cohen. Queríamos que fuera alguien que pudiera hablar de los éxitos profesionales de Sam, la gratitud de sus clientes y los casos del Tribunal Supremo en los que había trabajado, elucidando importantes principios jurídicos sobre derechos de propiedad y patria potestad. Beverley había cogido el teléfono para llamar a sus contactos del mundo de la abogacía de los barrios del este, los que tanto quería que yo hubiese aprovechado. Tenía una lista de socios jubilados del bufete de Sam. Uno de los amigos de mis padres que era juez retirado dijo que Jerry Cohen era la mejor opción. Al parecer mi tío y él habían sido muy amigos en el bufete.

Jerry Cohen tenía piernas largas y nervudas que conservaban el recuerdo de la figura que debió de tener de joven: bastante esbelto y atractivo. Tenía pelo abundante y gris, peinado como si fuese lana de oveja. Sus ojos eran luminosos e inteligentes y su voz, al hablar, tenía rasgos de acento americano.

—Conocí a Sam en 1950 en la Universidad de Sídney, en un *pub* atestado de gente donde todas las chicas llevaban faldas anchas, y los hombres, chaquetas deportivas. Yo acababa de llegar a la ciudad y me dijo que conocía un club de *jazz*. «Estupendo», contesté. «Me encanta el *jazz*». Al menos eso creí que había dicho. Esa misma noche me vi en King Cross, sentado en el extremo de una barra mirando las largas piernas de metro ochenta de una cabaretera mientras se quitaba un zapato y acariciaba mi oreja con el dedo del pie. Sam, a mi lado, daba sorbos a su copa y se reía tanto que parecía que se le iba a partir una costilla. Solo que no se trataba de una chica. No había dicho *jazz,* sino *drags.*

Mi padre silbó encantado al oír aquello a la vez que se daba una palmada en la pierna. En el resto de la sala se oyeron algunas risas contenidas, como pidiendo permiso para reír a carcajadas, pero sin saber si se les concedería. Mi madre frunció el ceño. De pie detrás de Jerry, Christopher, el oficiante, sonrió con expresión neutra.

—Ese fue el principio de nuestra amistad, que fue larga y más profunda de lo que mucha gente sabía. En los funerales se dicen muchas bobadas, pero Sam fue una de las mejores personas que he conocido. Tenía una mente refinada y su sensibilidad lo era aún más. En algunos aspectos nació demasiado tarde, porque era un tipo muy del siglo xix, pero en otros nació demasiado pronto, porque nunca pudo disfrutar de las libertades que debió tener desde su nacimiento.

Beverley se aclaró la garganta y se tiró de su falda de *bouclé.* Mi madre y sus formalidades. Aún creía que a la gente le importaba si un hombre era gay y aún creía que importaba pese a que estuviese muerto. Ya había acabado todo. Sam estaba en una caja, en el frontal de la sala, cubierta de flores y con una alfombra afgana, una de las preferidas de mi tío de sus viajes. Lo que quiera que fuera la vida, la de Sam y su esencia se había extinguido. Lo único que podía mantenerlo vivo era el relato de estas historias. Sam en 1950, riéndose encantado con su broma admirando una pierna cubierta por una media de rejilla.

Jerry estuvo hablando durante diez minutos, recorriendo su época universitaria, sus comienzos como abogados y, después, su compañerismo como colegas en el mismo bufete, las largas jornadas en el despacho, los almuerzos en el club, el consuelo y los consejos que Sam le brindó cuando el matrimonio de Jerry se disolvió. Pensé que quedaban muchas lagunas aún. Tras el discurso de Jerry, hubo más lecturas: una de las primas neozelandesas con su pelo de golfista leyó un extracto de la Biblia que resultó adecuado. Sam odiaba la religión, pero le encantaba el Eclesiastés. «Todo tiene su momento y hay un tiempo para todo lo que se hace bajo el cielo». Yo hablé brevemente del cariño y el humor de Sam al representar la figura de un abuelo para mí. Mientras yo hablaba, Christopher puso en marcha un vídeo que proyectaba fotografías de la vida de Sam sobre la pared que tenía detrás. Mi favorita era una en la que salía él con Maddy de bebé, como a los dos meses, cuando empezó a soltar sonrisas. Él la abrazaba, feliz, y se miraban el uno al otro, unidos por un placer mutuo.

Cuando acabó la ceremonia, Christopher pulsó un botón y una pantalla electrónica apareció desplazándose de lado para ocultar el ataúd de Sam, una especie de *striptease* al revés. Desde allí se llevarían el ataúd hasta el horno humano donde achicharraban los cuerpos de nuestros seres queridos. La próxima vez que viéramos a Sam sería en forma de urna y esa urna permanecería en la repisa de la chimenea de Ruby Street durante mucho tiempo antes de que yo decidiera qué hacer con ella. Sin embargo, ahora lo que había era una gran aglomeración de gente, un balbuceo cruzado de «una ceremonia preciosa» y «le echaremos mucho de menos» y mi madre en la puerta, con unas grandes gafas de sol, recibiendo elegantemente los pésames, la Jacqueline Kennedy de las afueras de Sídney. Y en algún lugar en medio de todo aquello estaba yo, pasando calor y sintiendo la necesidad de tener un momento, apenas un momento, para quedarme sola y absorber la última y difícil realidad repentina de que nunca más volvería a oír la risa de Sam y de ser consciente de que todas las cosas que nunca le había preguntado quedarían sin respuesta. Sus secretos se quemarían con él en ese horno humano. Una persona tras otra me iban saludando y yo daba las respuestas esperadas mientras mi mente se amotinaba con la necesidad de estar sola, no hablar con nadie y que nadie me hablara. Y entonces, delante de mí, vi la sonrisa alargada de Jerry Cohen, que estrechó mi mano con su mano derecha y la cubrió con la izquierda. Le di las gracias por sus palabras.

—No hay de qué —contestó—. Llevaba casi veinte años sin ver a tu tío, ¿sabes? Nos distanciamos.

Le dije que no lo sabía y que lamentaba oírlo. Deseé haber sabido de la existencia de Jerry mientras Sam estaba vivo.

—Le echo muchísimo de menos —confesó Jerry, y se marchó.

No vino a la recepción posterior en casa de mis padres.

Cuando la muchedumbre se dispersó vi la alta y familiar figura de Tom, moviéndose por el lateral de la sala junto a un ramo gigante de lirios. Estaba hablando con Cherry, que parecía encantada con él. Me miró a los ojos y se acercó.

—Soy amigo de Beverley en Facebook —se explicó.

—¿Cómo…?

—Me envió una solicitud de amistad hace mucho tiempo y acepté. No quería ser maleducado. Además, me gusta tu madre.

Beverley era muy activa en Facebook. Ajena a las irónicas convenciones que regían las redes sociales, hacía publicaciones muy personales y lo usaba como tablón de anuncios para buscar servicios de jardinería y otro tipo de información que fácilmente podía encontrar en Google. Se enfrascaba en montones de discusiones políticas con otras personas en las secciones dedicadas a los comentarios. Y estaba segura de que también lo utilizaba para realizar un desvergonzado acoso cibernético. Esperaba que Tom tuviese bien ocultos sus ajustes de privacidad.

—Publicó un aviso del funeral —me explicó Tom—. Se me ocurrió venir a presentar mis respetos, como se suele decir. Lo siento mucho, Suzy. Sam tenía una energía especial.

—Sí —contesté—. Oye, ¿por casualidad me podrías llevar en tu coche? Ahora mismo necesito no estar en el mismo coche que mis padres.

Una vez estuve a salvo, tras el ruido sordo y contundente de la puerta del Subaru de Tom al cerrarse, me tranquilicé un poco. Me quité los zapatos, los mismos de punta fina que me había puesto para la entrevista de trabajo, que parecía haber sucedido hacía décadas. Me solté el pelo. Recliné el asiento y busqué en la radio hasta que se oyó algo bueno. Encontré *Cigarettes and coffee*, de Otis Redding. A Sam le gustaba esta canción. Tom subió al asiento del conductor y se puso las gafas de sol. Ese gesto tuvo el efecto de que su atractivo natural se multiplicara por siete.

—Hola —dijo, mirándome—. ¿Qué tal estás?

Le sonreí y puso el coche en marcha. Me llevó por los grandes caminos del parque nacional hasta las calles residenciales, donde el césped, antes exuberante, amarilleaba por el sol de la última hora de la mañana y donde los accesos a las casas estaban vacíos. No hablamos. No le conté lo que había pasado con Terry. Necesitaba pasar una hora sin tener que digerir las reacciones de otras personas. En algún lugar cerca de Artarmon, antes de meternos en la autopista hacia el puente de la Bahía, que parecía la entrada no oficial al mundo real, Tom me preguntó cómo iba mi texto, el de Tracey.

—Lo he perdido —contesté con una mentira a medias—. Se me ha roto el ordenador y lo he perdido todo.

Tom se quedó un momento en silencio. Sus manos agarraban el volante como si llevara el timón de un barco. Puso el intermitente para entrar en la autopista y vi cómo los pequeños músculos de su antebrazo se tensaban y relajaban.

—Pásame tus claves —me propuso—. Le echaré un vistazo a ver si lo recupero. Podría estar en la nube.

Capítulo veinticinco

Unos días después entré en el Little Friend para presentar mi renuncia. No había trabajado allí desde que Sam había muerto y llamé a Trevor para pedirle unos días libres. Ya me había reunido con Olivia, de la agencia, y habíamos acordado un sueldo que pondría fin a una buena cantidad de mis problemas. Comenzaría en una semana y ahora necesitaba ropa nueva. Beverley tenía una opinión al respecto. Me envió una lista de artículos que, según ella, formaban el «armario básico» ideal. Se trataba, según ella, de una idea que habían adoptado los franceses, que creían que una mujer debía tener ciertas «piezas» de calidad como pilares fundamentales de la elegancia. En su lista había una falda negra ajustada, una chaqueta de buen corte y unos pantalones azul marino de cintura alta. También incluía una camisa de botones blanca y un pañuelo de seda para poner un toque de color en el cuello. Me di cuenta de que si compraba todas esas cosas me parecería a Beverley y que probablemente ese debía ser mi aspecto si quería que me tomaran en serio en mi nuevo trabajo. Me imaginé proponiendo almuerzos con mis antiguos compañeros, bajando la voz para soltarles algún soplo sobre algún rival o alguna información discreta y positiva sobre nuestros clientes, mis clientes, mientras les rellenaba las copas de Sancerre. ¿Era así como se hacía? «Forjamos relaciones», había dicho Olivia con su voz dulce pero clara, y supuse que yo podría hacer lo mismo con bastante facilidad si contaba con una tarjeta de crédito de la empresa y un armario básico.

Primero, sin embargo, tenía que pagarle mi deuda a Jan y terminar el texto sobre Tracey, entregárselo para que hiciera lo que quisiera con él. Le había dado mis claves a Tom y, de alguna forma, él había encontrado el borrador del texto en la nube y me lo había enviado por correo electrónico con el asunto: «POR EL AMOR DE DIOS, HAZ UNA COPIA DE SEGURIDAD DE TU TRABAJO». Yo le contesté para darle las gracias y le pregunté si podía invitarle a cenar para devolverle el favor, pero dijo que estaba ocupado. *Planes con Jess,* escribió. Leer aquello me provocó un nudo de humillación en la garganta que me costó tragar. Pisoteé los dedos de mi deseo con la esperanza de que se soltaran y desapareciera.

La policía de la coleta alta nos había llamado a Jan y a mí el día anterior para contarnos que Terry había pagado la fianza, pero que la policía había solicitado una orden de nuestra parte para impedir que se acercara a menos de diez kilómetros de nosotras o nuestras casas y para que no se pusiera en contacto con nosotras. Jan dijo que no le gustaba la idea de que hubiese salido, pero, por otra parte, tampoco le gustaba pensar que estaba en la cárcel y tan lejos de su casa.

—Siempre le han encantado sus costumbres hogareñas —comentó—. Su tostada viendo la tele y su partido de fútbol de los viernes por la noche. Sé que parece un hombre duro y estoy segura de que se las sabe arreglar, pero en realidad es un corderito.

No dije nada, pero por dentro me maravilló ver la lealtad que la gente podía tener a ciertas creencias, por muchas pruebas que las refutaran.

Era primera hora de la noche cuando llegué al Little Friend y solo se había llenado una cuarta parte del bar. Jess estaba en la barra, vestida con una camiseta que decía: *El coño es Dios,* con las palabras extendiéndose impresionantes a lo largo de su glorioso pecho. Pete estaba en el rincón cantando una versión forzada de *Nuthin' but a G Thang,* de Dr. Dre. Esta noche no parecía muy animado y su voz estaba teñida de melancolía.

—¿Buscas a Trevor? —me preguntó Jess—. Ha ido a la tienda, pero vuelve ya. Siéntate. Te preparo una copa.

Buscó por la barra una coctelera y una botella de alcohol. Con unos cuantos movimientos fuertes de la muñeca, sirvió un mojito en un vaso y le puso encima unas hojas plegadas de hierbabuena. Tenía un sabor fresco, como un paseo entre la neblina.

—¿Crees que Pete ha oído hablar de la apropiación cultural? —le pregunté.

—No. Y si lo ha oído, no cree en ella. Está en contra de la política identitaria —respondió Jess—. Toda cultura es global. ¿Cómo puedes apropiarte de algo que ya es tuyo?

—Le aporta algo a la música que Dre no supo darle.

—Eso es verdad —asintió Jess.

Cogí un puñado de palomitas.

—Voy a empezar en un trabajo nuevo —le conté.

—Me alegro por ti. Yo también. En Melbourne.

Jess me contó que le habían ofrecido un puesto de sumiller en uno de los mejores restaurantes de la ciudad. Era el trabajo que había soñado y siempre había querido vivir allí. Sentía que era una persona hecha para Melbourne. Me imaginé a Jess en un bar de St. Kilda, con el pelo recogido sobre la cabeza, esquivando los cumplidos de hombres pálidos con vaqueros negros.

—¿Y Tom? —pregunté.

—Se viene conmigo.

Esa noche me bebí una botella de Chardonnay barato y me arrastré por la casa como si fuese un fantasma. Beverley me había dicho que cualquier día me iba a llamar la abogada encargada del testamento de mi tío Sam. Había buscado con pocas ganas las ofertas de casas en internet y vi que podíamos alquilar un adosado rehabilitado con nuestro nuevo presupuesto, una casa con patio trasero, en buenas condiciones, con armarios empotrados y espejos de cuerpo entero que permitían verse todo el cuerpo a la vez, de la cabeza a los pies y todo lo de en medio. Todas esas casas estaban recién pintadas y parecían pertenecer a familias que eran distintas a nosotros.

Aceché un poco a Tom en las redes sociales, aunque sabía que eso me haría sentir peor. Y así fue. ¿Qué me debía Tom? Nada. ¿Me había creído que iba a pasarse toda la vida preparando *babychinos*? Por supuesto que querría mudarse a Melbourne. En Melbourne era donde estaba el arte. Jessica y él podrían alquilar un apartamento de techos altos y leer el periódico en la cama los sábados por la mañana. Por la noche irían a abarrotados restaurantes con sus amigos y hablarían de apropiación cultural y de identidad en el arte y de por qué había fracasado el liberalismo. Compartirían la cuenta. Tom se compraría un abrigo que se ajustara a sus anchos hombros y rodearía a Jess con el brazo mientras volvían a casa por las calles frías. Asqueada, cerré el buscador de internet de mi ordenador.

Sonó mi teléfono y miré a mi alrededor, borracha, para localizar de dónde venía el sonido. Lo cogí. Hubo un silencio y, después escuché:

—¿Hola? ¿Hola? Hola, Suzy.

El sonido se introdujo en mi oído con la intimidad de una voz que conocía. Era Charlie.

—Ah. Hola —contesté, como si fuese una llamada rutinaria.

Calculé que llevaba casi dos años sin hablar con él.

—¿Cómo estás?

No había forma de responder a esa pregunta, así que la dejé flotando en el aire. Me pareció admisible provocarle cierta incomodidad. Supongo que eso formaba parte de lo que Tom llamaba «aflicción justificada». ¿Dónde estaba la frontera entre lo justificado y lo correcto? Era algo subjetivo.

—¿Qué coño pasa, Charlie? —solté—. ¿Qué quieres?

—Ah, vale —repuso percatándose de mi actitud—. ¿Cómo está Maddy?

¿Que cómo estaba Maddy? ¿Que cómo estaba la niña? ¿Cómo resumes dos años de primera infancia en un par de frases? Maddy era alta para su edad, muy traviesa, tan encantadora que se te paraba el corazón, increíblemente dulce hasta que se convertía en un demonio, constantemente hambrienta, siempre curiosa y hacía con frecuencia preguntas que yo no sabía responder, como «¿Qué comen las sirenas?», «¿Adónde van las estrellas?» o «¿Dónde está papi?». El otro día, sin ir más lejos, me preguntó si los deseos que piensas al soplar un diente de león se cumplen de verdad porque, al parecer, los de ella no. Y yo pensé: «¿Qué es lo que deseas, corazón mío?».

—Ah, está bien —respondí, y al decir aquello me di cuenta de que era verdad. Estaba más que bien. Era feliz.

—Entonces, ¿ha superado lo de las anginas?

Lo de las anginas parecía cosa de otra vida.

—No estaba segura de si habías recibido aquel correo —dije—. No respondiste. Sí, se recuperó bien. Está estupendamente, incluso.

Oí cómo Charlie soltaba un suspiro. De fondo, oí la alarma de un coche. Me pregunté dónde estaría.

—Siento no haberme puesto en contacto contigo. He estado muy ocupado con el trabajo y necesitaba ordenar un poco las ideas.

Hablaba como si yo supiera qué trabajo tenía ahora y también como si fuese lógico y normal darse un descanso que había durado varios años. Supuse que seguiría trabajando como informático, solo que en otro lugar. Era el tipo de trabajo que podías hacer en cualquier sitio.

—Vale —contesté—. Entonces, ¿ya has ordenado tus ideas?

—Un poco.

—¿Y qué ideas has tenido?

—Oye, sé que piensas que soy un gilipollas —dijo, y después hizo una pausa, como si yo pudiese intervenir para decirle que no, pero como no lo hice continuó—: Considéralo como un voto de confianza hacia ti. Sabía que Maddy iba a estar bien. Sabía lo bien que ibas a cuidar de ella.

—Gracias por el voto de confianza.

—Vale, eso ha sonado raro. —Suspiró—. Dios, no me lo estás poniendo fácil, Suzy.

—Quizá sería más fácil si me dijeras qué es lo que se supone que tengo que ponerte fácil.

—He vuelto a Sídney —dijo.

Eso no me lo había esperado. No era una noticia para la que tuviese una reacción firme en un sentido u otro. Fue como soplar un diente de león y que mis pensamientos fuesen semillas que salen disparadas en todas las direcciones.

—Me alegro por ti —repuse—. ¿Y estás disfrutando del verano?

—No está mal. Oye, quiero verla.

—De acuerdo.

—Quizá podría ir y llevármela a tomar un helado o algo así.

¿Cómo contener la rabia que provoca el ofrecimiento de un helado? Era turbia y desproporcionada. El grado de inadecuación de la propuesta de un helado me dio ganas de soltar un bufido de desprecio. Negligencia compensada con chucherías. Ese ofrecimiento era aún peor sabiendo lo rápido que Maddy caería en sus brazos. Estaría encantada. ¿A quién no le gusta el helado? A menudo escuchábamos una canción de *Barrio Sésamo* que decía que a todo el mundo le encanta el helado. Estaría tímida, claro, pero esa salida le haría feliz como pocas cosas. Y después querría volver a casa conmigo para contarme con todo lujo de detalles el tipo de helado que había elegido, la técnica que había empleado para comérselo, como dejar el cono para el final o dar un bocado primero al borde del cono, y el preciso momento del ciclo de la vida del helado en que había abordado los trocitos de galleta. Conocía a Maddy mejor que ella se conocía a sí misma. Podría terminar sus frases si no disfrutara tanto al escucharla decirlas. ¿Quién era este hombre? Él no la conocía.

—¿Por qué iba a aceptar eso?

—Ah, no sé —contestó con cierta dureza en el tono—. ¿Porque sería bueno para Maddy ver a su padre?

—Claro, pero ¿sería bueno para Maddy ver a su padre para que después volviera a largarse?

—Yo no me largué, Suzy. Tú querías que me fuera. No puedes estar enfadada conmigo por haber captado la indirecta.

No iba a morder ese anzuelo. Dejé que quedara flotando entre los dos, como una gamba fétida.

—No estoy segura de que sea lo mejor para Maddy —dije—. El helado.

—¿Quieres que te suplique? ¿Es esta una forma de ejercer poder sobre mí? Tienes que pensar en lo que es mejor para ella.

Pensé en alguien como Jess, con su estampado de tucanes y su actitud de «me importa una mierda», y me pregunté qué diría ella ante algo así. Colgaría el teléfono o haría algún breve comentario sobre la prepotencia machista. Probablemente yo tenía todo el derecho de hacer cualquiera de las dos opciones o las dos. El problema era que Charlie tenía razón. Posiblemente no había nada de malo en un helado. Me pregunté cómo lo recordaría Maddy después: un padre alto en una puerta, apareciendo tras su ausencia sin previo aviso; su manita entre la mano grande de él; algún intento ahogado de comentario sobre la guardería; el corazoncito de Maddy latiendo de emoción, y algo más a lo que jamás podría ponerle nombre. ¿Había en eso algún riesgo realmente? Todos los vínculos conllevan la amenaza de un daño. Cuanto mayor es el vínculo, mayor será el daño. Incluso Charlie, el gran nómada, el desertor, el padre fantasma, sentía ciertos vínculos al parecer. ¿Quién puede negarse a un helado? Acepté el helado. Acordamos un día de la siguiente semana.

Cuando pensaba en lo que había salido mal entre Charlie y yo, recordaba la cita de Hemingway sobre cómo se arruinó: ocurrió poco a poco y, después, de repente. Probablemente, ese poco a poco empezó no mucho después de que empezáramos a salir. Durante los primeros meses solo hubo una neblina de amor que se aferró a nosotros como el humo de un bar y se nos echó encima con un resplandor de falsa realidad. Charlie era ingenioso, observador y parecía estar encantado conmigo. Nuestros cuerpos encajaron de forma simple y llanamente transformadora. Pasamos mucho tiempo discutiendo sobre quién quería más a quién y otras cosas igual de repugnantes. Tardé mucho en darme cuenta de que ese tipo de cosas eran teatrales, fáciles de soltar. La verdadera intimidad es opresiva cuando no es fluida y provoca que te cierres mucho más que exigir una demostración de pasión.

Durante esa primera época nos enviábamos infinitos mensajes al día y si había un retraso de, por ejemplo, media hora hasta que él respondiera, yo me lanzaba contra las rocas convencida de que ya no me amaba y de que su abandono era inminente. Me obsesionaba, estaba distraída y era incapaz de concentrarme. Creo que yo entraba en este estado para poder sentir todo el poder de Eros cuando por fin me respondía: «¡Perdona! Reunión. No he podido dejar de pensar en tus piernas», o algo parecido. Nuestra relación era un sube y baja, pero, en realidad, él tenía mayor peso y controlaba quién estaba arriba y quién abajo.

Yo pensaba en aquella primera época como si fuese la niebla en medio de la guerra. Cuando se aclaró me di cuenta de lo mucho que Charlie me había ocultado. Prefería mi casa a la suya. Había largas épocas de su pasado de las que no hablaba. Cuando traté de determinar toda la cronología de su primera etapa de vida, protestó y lo eludió, e insistía en que nunca me había contado ciertos detalles que yo podía jurar que sí me había contado. Aparecían de vez en cuando personas de su pasado, a menudo mujeres. Él decía que eran amistades muy antiguas, pero había algunas de las que yo nunca había oído hablar. Se construyó conmigo una reputación de desesperante distracción con la tecnología, y nos reíamos de ello, pues la tecnología era a lo que se dedicaba. «¡Ay, qué gracioso!». Siempre perdía teléfonos, se los olvidaba en algún sitio, se le caían o no se acordaba de cargarlos, de modo que yo estaba varias horas sin poder contactar con él y mis mensajes se quedaban en un espacio muerto. Su lenta retirada (si es que se puede llamar así, aunque yo no lo haría, pues lo cierto es que él nunca estuvo de verdad) me volvió bastante loca. Trataba de mantener la calma, no podía, me aferraba a él, lloraba. Nos peleábamos más de lo que debíamos. Rompíamos durante un tiempo y, después, volvíamos a estar juntos, como los polos opuestos de un imán. Yo estaba cada vez más encima de él, a la vez que iba resultando evidente que no había tierra firme en la que apoyarme. Poco a poco, el amor que antes me había hecho sentir ligera me empezó a pesar, pero yo era como la famosa rana que están hirviendo. Todo fue acorralándome poco a poco. El amor puede ser así.

* * *

Y entonces, llegó la parte repentina: el Incidente.

Maddy fue concebida en la parte álgida de nuestro ciclo de separación-acercamiento, cuando fuimos juntos a Europa. Maddy constituyó un foco, un punto luminoso de amor al que los dos mirábamos y, al hacerlo, estábamos juntos. Hubo incluso momentos en los que sentí que éramos una familia, estampas que yo pintaba para convertirlas en un recuerdo: paseos en los que Charlie llevaba a Maddy en una mochila portabebés; los brazos felices de ella aleteando como un insecto en un parabrisas; mañanas en las que él cogía a Maddy para que yo pudiera dormir y me despertaba con el gorjeo y la risa de sus balbuceos de bebé y las respuestas de él al oírlas… Pero Charlie estuvo muchas veces ausente y un bebé no es compañía. Le surgían nuevas y apremiantes obligaciones en el trabajo, llegaba tarde a casa, olía a alcohol. Su previsibilidad me hizo odiarlo, lo cual quería decir, en realidad, que me odiaba a mí misma porque debía haberlo previsto. Él no se desprendía del teléfono, lo protegía con ternura, como un ratoncito que llevara en el bolsillo, pero la vigilancia constante resulta casi imposible en cualquier contexto y una noche tuvo un lapsus cuando salió de casa para ir a por una *pizza*. Encontré el teléfono entre los cojines del sofá al sentarme. Maddy estaba dormida y yo quería ver los titulares de las noticias, pero probé a marcar el código que le había visto pulsar alguna vez, tras memorizar el dibujo de sus dedos al moverse por la pantalla. Mi desconfianza y su alejamiento me habían convertido en una experta en vigilancia y, como una buena agente de inteligencia, me mantuve escondida hasta que encontré la oportunidad.

En el teléfono vi la foto de una vulva, varias fotos de pechos, fotos de bragas —la remitente y receptora las llamaba «braguitas», una palabra que me hizo arrugar los labios con un gesto de desprecio— y montañas de las palabras que suelen acompañar ese tipo de correspondencia fotográfica, algunas sorprendentemente cariñosas. Charlie tenía muchas destinatarias, tantas que me maravillaba su capacidad de atender a todas a la vez. También había apuestas por internet, muchas, lo cual resultaba realmente sorprendente y tenía más consecuencias en el mundo real que las fotos.

¿Hay alguna forma buena de reaccionar a ese tipo de hallazgos? Si la hay, no fue el modo en que yo lo hice. Aquel impacto supuso la experiencia más física que había tenido desde que di a luz. Pasé por todas las emociones que cualquiera se puede imaginar, pero había un pensamiento que se imponía a los demás y se filtraba por mi cerebro como una pancarta que cuelga de un avión y surca el aire de la mente: «A la mierda. A la mierda todo». El alivio se fue abriendo paso entre mi angustia. Tenía una buena razón para marcharme, aquí había un motivo probable al que podía trasladar la responsabilidad moral. Llevaba tanto tiempo buscando el afecto de Charlie que nunca me había confesado a mí misma que él no era el único que tenía miedo a la intimidad, terror a que alguien lo conociera y a que quedara expuesta la verdad de su persona. Acusamos a los demás de cosas que nosotros mismos hacemos. Yo había estado mucho tiempo persiguiendo y esperando. Ahora iba a descubrir el poder de ser la que salía huyendo. Me empaparía de ese poder.

En momentos así el mundo entero se pone del revés. Cuando regresó con un «¡Hola, cariño!», una *pizza* Margarita y una triste ensalada de rúcula y parmesano, yo empecé a llorar y gritar. Le lancé un precioso jarrón torneado a mano que mi tío Sam nos había regalado por la boda y que quedó destrozado. Era de un artesano especializado de cerca de Camberra y muy caro. Pienso en esos momentos en los que estamos representando un papel, actuando como creemos que se espera de nosotros, contándonos una historia que después nos servirá de consuelo. Le dije cosas feas y rastreras, la mayoría de ellas, cosas que no creía pero que estaban destinadas a herir. Me burlé de las fotos que le habían enviado, haciendo un despliegue de todo mi sarcasmo para humillarlo. Traté de desengañarle de cualquier buen concepto que pudiera tener de sí mismo. Luego, a las mujeres de sus compañeros de trabajo con las que había trabado amistad, les conté lo que había hecho. Lo hice con tono lloroso, bajo una fachada de confianza y sororidad, pero en realidad lo que yo quería era que todo el mundo se enterara. Le eché de casa. Después él volvió y yo me fui con Maddy. Me suplicó que le perdonara. Yo era un muro. Me decía que, si no podía soportarlo, quizá sí que podría al menos ablandarme y tolerarlo, por Maddy. No le di cuartel, le dije que se fuera, que se fuera, que se fuera. Me regodeé en ello. Por fin tenía una buena razón para rendirme, para dejar de buscarlo y de esperar en la cuneta jadeando. Cada vez que le veía le recordaba el tipo de hombre que era. Le hacía mirarse en el espejo de su propia vergüenza. ¿Quién puede vivir así? Nadie. Se fue.

Capítulo veintiséis

La tarde siguiente fui a casa de Jan por última vez. Había pasado el día dando forma a mi texto sobre Tracey, recortándolo una y otra vez, añadiendo palabras y cambiando otras, ajustándolo con cuidado como si fuese un arreglo floral para una boda. Sobre las cinco de la tarde subí por Parramatta Road. Allí había una tienda de suministros de oficina donde lo imprimí. Eran unas treinta páginas o dieciséis mil palabras. No sabía si a Jan le serviría de algo. No creía que mis palabras tuvieran necesariamente tanto poder.

Quizá fuese cosa mía pensar que mi primer artículo sobre Tracey, en el que la dejaba al descubierto, había tenido el poder de matarla. Quizá mi culpa fuese una forma de narcisismo. Que todos estemos conectados no nos hace totalmente responsables de los demás, ¿o sí? Pensé en los cientos de miles de palabras que había escrito como periodista. Era una extraña forma de ganarse la vida, unir palabras sobre otras personas con datos y opiniones de expertos y declaraciones de policías, políticos, agencias estatales y representantes de empresas de relaciones públicas, en una de las cuales yo estaba a punto de convertirme, y después convertirlas en algo que esperabas que proporcionara información real. El resultado era lumpen y, con frecuencia, poco fiable, aunque lo que lo componía fuese verdad. Era un proceso imperfecto, pero en su conjunto era correcto, porque lo cierto es que solo podemos crear historias mirándonos unos a otros.

Cuando salí de imprimirlo, cerré la puerta y me encontré con el muro de calor y el ruido del tráfico de la calle. Oí que alguien me llamaba. Me giré y vi a Ben, con un traje que le daba aspecto de Heathcliff y con el vello del pecho asomándole por el cuello de la camisa. Estaba justo delante del sol y tuve que entrecerrar los ojos mientras le miraba. Sonreí.

—Vaya. Hola —dije.

—Suzy, tienes buen aspecto. —Hizo una pausa y se aclaró la garganta. Estaba tan rígido como siempre. Intercambiamos unas palabras sobre su nuevo trabajo; después, dijo—: He querido ponerme en contacto contigo muchas veces durante estos meses. Quería hacerlo, pero no lo he hecho, por razones obvias.

—No pasa nada —respondí.

Era verdad.

—Todo lo que pasó fue por mi culpa —dijo—. No debí ponerte nunca en esa situación. Era tu superior. Tú eras vulnerable. Estuvo mal por mi parte y te pido disculpas.

—Yo no era vulnerable —contesté, casi con demasiada rapidez—. Estaba necesitada. Hay una ligera diferencia. Estaba necesitada y aburrida, si te soy sincera.

Hundió un poco su recto mentón y pareció herido, justo la reacción que yo buscaba, aunque no de forma consciente. Tratar de mostrar poder sobre los hombres con los que había estado era para mí como un acto reflejo, arraigado en mi interior como el reflejo de Moro en un bebé. Entonces miré a Ben y percibí que él necesitaba echarse encima la carga de su culpa; quizá fuera su forma de expiación, de igualar las cosas. «Vale, pues que así sea», pensé.

—Pero gracias, Ben —dije—. Gracias por tu disculpa.

Le pregunté qué hacía ahí a esas horas. Me señaló una puerta con un cartel de colores donde aparecía una mujer con una falda de vuelo y un hombre con tacones cubanos. Al lado había un cesto de frutas. La perspectiva era rara, pues la fruta era del mismo tamaño que el hombre.

—Salsa —dijo—. Beano viene conmigo.

Nos despedimos y no fingimos que hablaríamos pronto, ni que seguiríamos en contacto, ni que esperábamos volver a vernos.

Mientras volvía por Glebe Point Road hacia Ruby Street, el sol descendía sobre la acera y el aire estaba inundado por una luz rosada y dorada, la luz que a menudo te ofrece Sídney para que te olvides de los defectos de la ciudad. Sonó mi teléfono y, tal y como Beverley había predicho, la llamada era de la abogada encargada del testamento del tío Sam. Sin embargo, no me llamaba para decirme que la casa era para las primas de Nueva Zelanda y que tenía cuatro semanas para irme. Me llamaba para decirme que la casa ahora era mía.

Jan abrió la puerta de su piso con una floritura, como una alegre anfitriona. Parecía estar de un humor excelente, y su comportamiento animado se veía aumentado por el vestido amarillo que llevaba puesto. Un cinturón rojo le rodeaba la cintura y dos pequeños pendientes con forma de plátanos le colgaban de los lóbulos de las orejas. Estaba descalza.

—¡Adelante, pollito! —gorjeó—. Soy toda nervios. Estoy deseando ver el producto final.

Atravesé la sala de estar del apartamento de la anciana y pasé junto a los sofás cuidadosamente adornados con sus mantas de croché y junto a las tres mesitas que estaban al lado del sillón. Vi que Jan tenía un par de maletas a juego junto al sofá.

—Me voy mañana, patito —dijo—. Tengo que volver con las mascotas. Han llamado de la guardería y me han dicho que el gato se ha vuelto un verdadero salvaje. Ha arañado a una de las cuidadoras. Ahora la pobre mujer tiene una enfermedad por arañazo de gato. He tenido que buscarlo en internet y no es ninguna broma, te lo aseguro. Y el perro está deprimido.

Le pasé el cuaderno o el manuscrito, o lo que quiera que fuera. Lo había encuadernado y había diseñado una cubierta con Tracey en la portada. Parecía llena de salud, como una chica en un anuncio de leche. Jan lo cogió en sus manos como si se tratara de un documento sagrado.

—¿Por qué no me dijiste nunca que habías sido tú la que envió el correo electrónico, quien me dio el soplo?

Jan bajó la mirada hacia la cara de su hija en dos dimensiones.

—Estaba harta de sentirme culpable. Fue ese correo el que lo empezó todo, el que nos ha llevado a todo esto —contestó moviendo una mano con intensidad señalándolo todo: el puerto, los tapetes de la mesa de centro, nosotras dos.

Se sentó en el sillón y abrió el cuaderno. Yo me senté a su lado, pero después me levanté para preparar té para las dos. Jan solo tenía leche de almendras en el frigorífico. Con eso me valdría. Bebí té con leche de almendras mientras ella leía y yo miraba por el pequeño piso, con sus montones de revistas de pasatiempos ordenadas y sus claras vistas del azul del puerto. Pensé en lo agradable que sería ser una anciana desprovista de rabia y ya en la otra orilla de la vida.

Cuando Jan terminó de leer tenía lágrimas en los ojos y me dio las gracias. Nos dimos un largo abrazo y nos prometimos escribirnos. Unos días después me envió un selfi que se había hecho con las mascotas de Tracey. Incluso el malicioso gato parecía estar sonriendo.

Había, sin embargo, una parte de la historia que no había incluido en el cuaderno que le di a Jan porque me parecía demasiado tierno. Era algo que Jan me había contado una noche, semanas antes, cuando, después de haber visto *Todo vale* en el Opera House, de camino a casa había parado en el Little Friend casi a la hora de cerrar y me había pedido un vino con soda.

Me contó que no sabía con certeza si su hija mentía. No estaba segura. Por lo que sabía, hubo un cáncer, varios, pero Tracey no había sido muy clara con respecto a citas y tratamientos y nunca había querido que su madre la acompañara al médico. Por supuesto, no hubo ninguna quimioterapia ni radioterapia, pero Jan vio que su hija estaba enferma y que perdía peso. La oyó hablar de superalimentos y vitaminas y de la terapia de cristales que le había recomendado su naturópata. Jan había estado muy preocupada y había hecho por ella lo que pudo. Si surgían preguntas después, ¿qué se suponía que debía hacer? ¿Ir a ver a los especialistas de Tracey? ¿Solicitar ver los informes médicos de su hija? Me preguntó si alguna vez había conocido a algún mentiroso, a un mentiroso de verdad, alguien que fuese experimentado y convincente en sus engaños, tan sinceros y llenos de detalles que las mentiras se convirtieran en un callejón sin salida. Sí, yo había conocido a alguien así. Las mentiras ocultaban cosas y hacía que salieran otras a la luz. Jan estaba agotada.

Tracey dijo que su enfermedad estaba remitiendo, que estaba curada, así que Jan había reservado su viaje a España. Iba a volar a Barcelona y estaba trabajando horas extra para ahorrar suficiente dinero como para no tener que preocuparse por los gastos durante el viaje. ¿Y qué otra cosa podía hacer? Si sospechaba algo, no lo dijo. Pero luego Tracey empezó a hacerse famosa en internet y su fama atrajo el interés de varias marcas comerciales. Consiguió el contrato para el libro de cocina y pareció que incluso las respetadas editoriales se habían tragado lo que Jan empezaba a ver claramente como un engaño. Ella había pasado toda su vida laboral cuidando de enfermos y heridos, había mirado a los ojos a los agonizantes y había visto su necesidad, su miedo y su rabia. Sabía lo que sufrían los pacientes con cáncer porque los había cuidado. Sabía que la única forma de enfrentarse al cáncer era envenenándolo, no tratándolo con batidos, masajes y meridianos. Pensó en los niños que durante años habían estado postrados en pabellones, con los huesos sobresaliendo por debajo de la piel como si la muerte tratara de llevárselos. Pensó en su sufrimiento. Los religiosos visitaban aquellos pabellones y les decían a los padres que había bendición en aquel sufrimiento. Pensó en lo mucho que había deseado echar a aquellos hombres del pabellón con un palo, como si fuesen brujas. Jan sabía que los padres de esos niños podían volverse bastante locos. Se agarraban a lo que hiciera falta, a la más mínima esperanza, porque les resultaba imposible perder a un hijo al que habían conocido durante tan poco tiempo. Resultaba imposible pensar que ese bulto que lloraba con rabia y lleno de vida que el médico les había dado apenas unos minutos antes fuera a detenerse pronto, como una cancelación anticipada realizada por una mano invisible. ¿Y si esos padres destrozados y deseosos de esperanza creyeran las tonterías de su hija? Jan jamás se lo perdonaría. Sentía que tenía una responsabilidad.

—Así que una noche me tomé un *whisky* y me senté a escribirte aquel correo electrónico —me dijo en aquellos días—. Me gustabas desde que hiciste aquello del chef famoso que pagaba mal a sus empleados. Un imbécil malvado, aquel tipo.

Jan no sabía si saldría algo de aquello. Pensó que probablemente yo recibía montones de correos de cascarrabias con extrañas direcciones, y así era. Tenía tanta esperanza como temor de que yo hiciese algo al respecto. Entonces, un día, cuando acababa de entrar a su casa de Broadbeach y se sentó para quitarse los zapatos, sonó su teléfono de la pared. Era Tracey llorando y diciendo:

—Mamá, he hecho algo malo. He cometido un gran error.

¿Y qué madre no lo deja todo cuando recibe una llamada de su hija quejándose como una bebé y pidiéndole que haga de escudo maternal colocándose entre ella y las consecuencias que el mundo le quiere infligir? Asqueada ante la idea de lo que había provocado, Jan se volvió a poner los zapatos sin hacer caso del dolor de sus juanetes y fue a ver a su hija. Encontró a Tracey hecha un pequeño ovillo en el sofá de lino blanco, revisando de forma obsesiva sus redes sociales y llorando. La obligó a apagar todos los aparatos y la sacó a la terraza, donde se escuchaban sonidos de distintos insectos y pájaros procedentes del revoltijo subtropical del jardín. Normalmente resultaban relajantes, pero en ese momento sonaban como una amenaza. Miró a la cara de su hija, sosteniéndola entre sus dos manos, y le suplicó que se lo contara todo, que le contara la verdad, pero Tracey empezó a farfullar, ofuscada, y trató de desdecirse de algunas mentiras mientras insistía en otras. Dijo que había estado enferma, muy enferma. Había decidido curarse con dieta, un nuevo estilo de vida y ciertas prácticas espirituales. ¿Por qué le costaba tanto a la gente entenderlo? Jan asintió:

—Sí, cariño, pero ¿alguna vez dijeron los médicos que era cáncer? ¿Pronunciaron la palabra *cáncer*? Es esa la palabra que hace que el mundo se detenga.

—¡No es tan sencillo, mamá! —exclamó Tracey, y siguió hablando y hablando hasta que el sol se escondió tras el jardín y se empezó a escuchar a las ranas.

Entraron de nuevo a sentarse en el sofá de lino y Jan supo que, aunque su hija quisiera que ella le solucionara el problema, no podía. Era una enfermera de sesenta y dos años, divorciada y con juanetes, con un hijo drogadicto y otra que era una fantasiosa peligrosa. La casa de Broadbeach no estaría pagada antes de su jubilación. Esa casa necesitaba un tejado nuevo. El adelanto del libro de su hija era el doble de lo que ella ganaba en un año como enfermera. Jan había querido ser abogada, pero su padre le había dejado claro que seguir estudiando no era una opción para ella, que tenía que trabajar desde los quince años, y dejó el instituto para prepararse como enfermera. Si eso resultaba triste o una pena, no era tan poco común entre las mujeres que conocía. Jan Doran estaba cansada y no tenía poder para evitar que todo el mundo se desplomara sobre su hija. Lo que hizo fue abrazarla mientras lloraba. Dejó que la cabeza de Tracey se apoyara en su clavícula, donde seguía encajando, y le acarició la mejilla. Besó el precioso pelo de su hija, que volvía a crecerle tras habérselo cortado, ese pelo que estaba impregnado de miel. Aspiró el olor de Tracey, de cítrico y madera recién cortada, y durante media hora volvió a encontrar el camino de vuelta hacia su hija.

Jan se culpaba a sí misma por haberse marchado aquella noche, sentía una sacudida de horror cada vez que recordaba haberlo hecho, y trató en su imaginación de retroceder en el tiempo para negociar entre amenazas con fuerzas en las que no creía, pero ya nada podía cambiar el hecho de que terminara soltando a su hija a la vez que se secaba la mancha húmeda que le había dejado en la camisa.

—¿No es eso lo que dicen que tenemos que hacer? —me preguntó con dolor después de contarme aquello—. ¿Soltar a los hijos? Lo que nadie te dice es que ellos jamás te sueltan a ti.

Su hija le prometió dejar el teléfono e irse a la cama de inmediato. Jan estaba cansada y le dolían los pies y mientras salía pensó en medio de la fatiga que al día siguiente tenía que contratar el seguro del viaje.

Usaría una de esas páginas web que comparaban precios. Se dejó caer pesadamente en el coche y fue hasta su casa, con sus cansados ojos difuminando las luces de la autopista. Recibió la llamada de teléfono al día siguiente en medio de su turno, mientras ayudaba en una colonoscopia. Canceló su viaje a Barcelona.

En su mente cada día, e incluso cada minuto, regresa a aquel lugar en el que la cabeza de su hija estaba apoyada en el recodo de su mentón y su mano estaba posada sobre el saliente de la mejilla de Tracey. Es un lugar que todavía puede visitar. Es un lugar donde el amor permanece ocioso y se expande. Es lo mejor que tiene.

Capítulo veintisiete

Me senté en la cama en medio de mi nuevo armario básico, con las prendas esparcidas sobre la colcha como un montón de billetes después de que alguien los haya lanzado al aire. Había pasado la tarde de compras en la ciudad con Beverley, trotando de un sitio a otro tras ella como una dócil asistente mientras cogía camisas de seda de las perchas, tiraba de perneras de pantalones y pedía alfileres para poder mostrarme cómo quedaría algo una vez que lo hubiesen arreglado bien. Pensé en lo raro que resultaba comprar ropa cara que aún no te queda bien, pero Beverley tenía el dogma de fe de que si tenías ropa a medida podrías confiar en que sería siempre elegante. En el mundo de Beverley, ganar peso o cambiar de forma no era una posibilidad que hubiese que tener en consideración. Sencillamente había que hacer dieta para evitar que eso pasara. También había insistido en que me comprara un sujetador adecuado, pues todavía seguía usando la lencería ya nada elástica de la época anterior a Maddy. La dependienta que me hizo la prueba confirmó lo que yo ya sabía: que había perdido una talla de copa desde que había sido madre.

—No te preocupes, cariño —me dijo Beverley mientras marcaba mis compras—. En cuanto termines de tener bebés podrás arreglar ese asunto —me aseguró señalando con el mentón mi escote de copa A como si fuese un niño problemático.

Ahora estaba sentada supervisando mis tesoros como un rey pirata, levantando prendas y colocándolas sobre mi piel. El fin de semana anterior había ido a la ferretería y me había comprado un espejo de cuerpo entero. Lo había llevado a casa bajo el brazo, como si lo acabara de robar. Vic vino a casa y lo colgó en la parte de atrás de la puerta de mi dormitorio mientras bebíamos unos negronis para celebrar. Ahora podía verme entera.

Toqué mi ropa nueva y me imaginé la impresión que podría dar al llevarla. Quería tener un aspecto de profesional impenetrable. Civismo sereno. Esas prendas me ayudarían a librarme de mi pasado, disponible para toda persona que tuviese acceso a Google. Era por la tarde y las ramas de la higuera se mecían perezosas bajo la luz de finales del verano al otro lado de las puertas del balcón. Pronto la luz cambiaría de oscura a blanca cuando encendieran las farolas. Tenía que llamar al ayuntamiento para hablar de ese árbol. Ahora que era propietaria de la casa, idea que todavía me parecía imposible y abstracta, tendría que hacer algo de verdad con respecto a él.

Al otro lado de mi habitación sonó mi móvil desde dentro del bolso. Me levanté para cogerlo y vi un mensaje de Tom. Quería venir a verme. Tenía que decirme una cosa.

—Sé que te mudas a Melbourne —dije mientras le abría la puerta diez minutos después—. Siento robarte la primicia. Ya me lo ha contado Jess.

—Hola también a ti —contestó. Me dio un beso en la mejilla al pasar a mi lado—. ¿Maddy está dormida?

—Sí.

—¿Tienes algo para beber?

—Claro.

Fuimos a la cocina y saqué una botella de vino del frigorífico. Pasamos a la sala de estar. Él se sentó en el sofá bajo de pana y yo me senté frente a él en una silla cualquiera.

—Estás muy lejos —dijo Tom.

Llevaba una camiseta negra desgastada y unos vaqueros algo rasgados por la rodilla, pero no a propósito, no porque estuviera de moda. En Tom todo era natural.

—Y tú estás a punto de mudarte muy lejos —respondí.

—Jess ha aprovechado una oportunidad en el restaurante Franco's. Estoy seguro de que te lo ha contado. Yo he solicitado un par de becas. Si no consigo ninguna, buscaré otro trabajo en una cafetería y prepararé mi próxima exposición. La vida allí es más barata. Y es el hogar espiritual de los baristas.

—Estás dando muchos argumentos sobre Melbourne, casi como si estuvieses tratando de convencerte a ti mismo.

—Hay cosas de Sídney que voy a echar de menos.

—¿Como cuáles?

—La luz.

Echó la cabeza hacia atrás para beber vino de la copa y, después, me miró con un descaro que no era propio de él. Pensé que estaba deseando que yo pusiera alguna objeción a su partida, pero después me di cuenta de que eso era una estupidez que yo me había inventado. Tom había pasado página. Pronto yo también lo haría. Sobre mi cama estaba el armario básico que me ayudaría a ello.

Charlamos sobre varias cosas. Le conté que la policía había puesto fecha para la vista de Terry en el juzgado. Le habían dejado volver a su casa de Queensland, pero tenía que presentarse en la comisaría dos veces por semana y todavía seguía sometido a la orden que le impedía acercarse a Jan o a mí. Maddy había llegado a casa esa semana con un dibujo —más piruletas impresionistas— con su propio nombre escrito en él, con su propia letra.

—Va a ser escritora, como su madre —dijo Tom y yo le contesté que se lavara la boca.

Le dije que Vic había conseguido el puesto de corresponsal en Londres, lo cual era maravilloso. Era un trabajo que yo había deseado tiempo atrás y fantaseé con solicitarlo la siguiente vez que quedara libre, aunque al mismo tiempo sabía que la vida de corresponsal que lo deja todo para salir en busca de algún desastre era incompatible con lo de ser madre soltera.

—Me alegro por Vic, pero Londres es una ciudad espantosa —dijo Tom—. La luz es terrible, y los dentistas, aún peores.

Le pregunté a Tom de qué iba a ir su siguiente serie y me contó que no estaba seguro, pero que había estado leyendo sobre la aporía, que era una idea de Sócrates sobre la incertidumbre a la que inevitablemente conducen todas las preguntas del mundo.

—Me parece que la aporía es un poco difícil de fotografiar —comenté.

—Tengo algunas ideas. Confía en mí, Hamilton.

La conversación llegó a una pausa natural.

—La semana que viene empiezo el trabajo que tú no apruebas. Me he comprado ropa nueva y todo.

—Lo siento —dijo Tom—. No tengo ningún derecho a juzgarte. No sé lo que es estar en tu situación. Sé que no te ha sido fácil con Maddy.

—Voy a probar una temporada —contesté—. Ahora soy la propietaria de esta casa. ¿Te lo puedes creer?

—¿Qué? ¿Cómo…?

—Mi tío Sam.

—¿Te ha dado la casa?

—Me la ha dejado en su testamento.

—Ay, Suzy —dijo Tom con una amplia sonrisa—. Ahora tienes lo que todo artista necesita, lo que hace que los humanos prosperen y lo que las madres solteras casi nunca consiguen.

—¿Dinero?

—Parecido, pero mucho mejor. Libertad.

Alzó la copa hacia mí y yo me reí. Me sentí contenta porque me di cuenta de que tenía razón. Me levanté y me acerqué a él, choqué mi copa contra la suya y me senté a su lado. Nuestras piernas se tocaron. Estar cerca de él era como recibir una sobrecarga. Sentí que me elevaba, como si estuviese hecha de aire. Él dejó la copa sobre la mesita de madera, donde dejó una pequeña marca que permanecería allí durante años y que a mí no me importó nada. Se inclinó hacia mí y me besó y, un rato después, subimos a la cama y nos desvestimos el uno al otro encima del armario básico.

A la mañana siguiente me desperté más tarde de lo habitual y me di cuenta de que había dormido profundamente. Normalmente, habría echado a Tom de casa antes de que Maddy se despertara. Era demasiado tarde. Podía oír el sonido de los dos en la cocina flotando escaleras arriba. Me puse el kimono y fui con ellos.

—¡Tom ha dormido aquí! —exclamó Maddy alegremente cuando entré en la cocina.

—Estamos preparando tortitas —dijo Tom.

Los dos llevaban delantales y estaban concentrados en esa especie de sincronía que caracteriza a los dúos de cocineros de toda la vida: poner leche en un cuenco de harina, un ligero toque de esencia de vainilla y la agradable aplicación de una porción de mantequilla sobre la sartén.

Sabía que Tom tenía razón y que las preguntas solo llevaban a la incertidumbre. La vida era tan incierta como frágil. Pensé que la única forma de concretarlo todo, de hacer que el suelo fuera seguro bajo nuestros pies, era aferrarse a la vida con las dos manos, correr hacia ella como hacía Maddy, con el pom-pom-pom entusiasta de sus pasos por el pasillo. Pensé que, aunque correr y aferrarse a ella no funcionara, había que intentarlo. Levanté los ojos hacia Tom, que estaba al lado de mi hija junto a la encimera de la cocina. Ella estaba llena de vida, refractándola como si fuese luz, mientras que la hija de Jan, Tracey, estaba muerta y solo podíamos recuperarla a través de las historias que contábamos de ella. La mano de Tom cubrió la de Maddy para sujetarla mientras batía la masa de las tortitas.

—No te vayas a Melbourne —le dije—. Quédate.

Agradecimientos

Si hace falta un pueblo para criar a un niño, se necesita una pequeña metrópolis para criar a un niño y un libro al mismo tiempo. Gracias, en primer lugar y siempre, a mi magnífica madre, Judy, por todo tu apoyo y tu amor. Mamá, si tanto el libro como el bebé salen bien, será gracias a ti.

Richard Walsh fue la primera persona que vio mis iniciales intentos en la ficción. Me dijo que podía hacerlo. Por ello y por mucho más, siempre te estaré agradecida, Richard, y creo que te debo una comida.

Mi editora, Catherine Milne, ha sido persuasiva, sensible y entusiasta en todos los momentos precisos. Gracias, Catherine, por tu valioso apoyo y tu amable obstetricia.

Gracias a mi magnífica agente, Jeanne Ryckmans, por tu incansable energía y pasión por este libro.

Terminé el borrador de esta novela mientras disfrutaba de una beca en el Centro de Escritores Katharine Susannah Prichard de Perth. Fueron dos semanas maravillosas y quiero dar las gracias al personal del centro por ellas.

Gracias a mis maravillosos Maley por el cariñoso apoyo y por toda una vida de buenas conversaciones: papá, Tan, Matt, Imogen, Paul, Grace, Sebby, Cath, Mark y Karen, Natalya, Olivia y mis maravillosos abuelos, Yvonne y Barry. Abuela, tú me has enseñado de libros más que nadie. Abuelo, gracias por creer siempre en mí. Papá, gracias por ser de los primeros lectores y por no dejar de preguntar por la fecha de publicación del libro, no si sería posible. Paul, gracias por cubrirme siempre las espaldas.

Gracias a mis queridos amigos. Muchos de vosotros me habéis mantenido a flote durante los últimos años. Gracias en especial a mi querido Ben Wickham, por su amor verdadero, su lealtad y su comprensión. Ben, ni estoy muerta ni soy gay, pero espero que leas este libro. A Julia Baird por tanto, pero sobre todo por tu increíble generosidad de espíritu y tu alegría de vivir (y por los recuerdos del culo gordo de la residencia universitaria). A Jordan Baker: eres mi conversador favorito y mi amigo incondicional. A Anna Clark y Gab Abromovitz, por darme un hogar y un lugar donde escribir cuando lo necesité. A Sarah Oakes, por ser mi lectora. Siempre te estaré agradecida por tu forma de animar a los demás, es un verdadero don. Gracias también a Dylan Welch, por hacer de dios y por hacerme reír. A Gillian Khaw, por su apoyo y por sus charlas cariñosas pero firmes cuando he necesitado seguir adelante después de un fracaso.

Gracias a mis editores y compañeros del *Sydney Morning Herald*, por su apoyo y comprensión mientras escribía este libro, especialmente a Lisa Davies, James Chessell, Cosima Marriner, Andrew Forbes, Julie Lewis, Steph Peatling, Nick O'Malley y Katrina Strickland. ¡Juro que todo lo que he escrito sobre la redacción de noticias es pura ficción!

Y por último, pero nunca menos importante, a Michael, por tu lealtad y amor, por estar al cuidado de E y por el regalo de dos semanas en una casita de Perth para terminar esto. Jamás podré agradecerte lo suficiente todo lo que has hecho por mí. Te quiero más que quedarme en la cama hasta tarde. Puede que algún día tú también lo hagas.

www.ingramcontent.com/pod-product-compliance
Lightning Source LLC
LaVergne TN
LVHW091620070526
838199LV00044B/873